el libro de otro lugar

GRANTRAVESÍA

Keanu Reeves
China Miéville

el libro de otro lugar

Traducción de
Pilar Ramírez Tello y Manuel de los Reyes

GRANTRAVESÍA

El libro de otro lugar

Ésta es una obra de ficción. Los nombres, personajes, lugares e incidentes son producto de la imaginación del creador o se usan de manera ficticia. Cualquier semejanza con personas (vivas o muertas), acontecimientos o lugares reales es mera coincidencia.

Título original: *The Book of Elsewhere*

Traducción: Pilar Ramírez Tello y Manuel de los Reyes

Esta novela está basada en la serie de cómics BRZRKR, publicada por BOOM! Studios.

D.R. © 2024, Editorial Océano, S.L.U.
C/Calabria, 168-174 - Escalera B - Entlo. 2ª
08015 Barcelona, España
www.oceano.com

D.R. © 2024, Editorial Océano de México, S.A. de C.V.
Guillermo Barroso 17-5, Col. Industrial Las Armas
Tlalnepantla de Baz, 54080, Estado de México

Primera edición: 2024

ISBN: 978-84-127944-3-4 (Océano España)
ISBN: 978-607-557-939-9 (Océano México)
Depósito legal: B 14401-2024

IMPRESO EN ESPAÑA / *PRINTED IN SPAIN*

9005857010824

PARA NUESTRAS MADRES,

por darnos la vida, por contarnos historias

y por todo el cariño

Y si lo terrenal te olvidare,
«Discurro», dile al suelo silente;
pero: «Estoy», dile al raudo caudal.

—Rainer Maria Rilke, *Sonetos a Orfeo*

el libro de otro lugar

Prólogo

Una habitación repleta de violencia inminente, primero, después del desagradable resplandor blanco de las lámparas LED, en la que un hombre entró para sentarse entre las taquillas metálicas. Tras sacar un dispositivo de la mochila e introducir una serie de protocolos, se quedó contemplando la pantalla durante unos instantes, a solas, sin parpadear. Sus camaradas lo siguieron, al cabo.

El hombre continuó con sus preparativos. Cada soldado tenía un ritual.

Dos de las figuras se contaban chistes verdes entre carcajadas. Sin decir palabra, en sincronía, dos más se concentraban en comprobar el correcto funcionamiento de sus respectivas armas. De súbito, un quinto, éste con el torso desnudo, se dejó caer al suelo de golpe y empezó a dar palmadas mientras hacía flexiones a los pies de sus camaradas. Fue entonces cuando llegó el líder de aquella patrulla nocturna, líder que procedió a examinar un mapa con inusitado detenimiento, como si lo hubiera rescatado de una cripta sellada. El soldado que había llegado primero, por su parte, continuaba ejecutando diagnósticos con el escáner.

Ése fue el momento que eligió para entrar alguien más, alguien ya preparado, embutido en un uniforme de combate sin distintivos con la cremallera subida hasta la barbilla, como si estuviese aterido. Su presencia no suscitó ninguna reacción. Sin embargo, tras barrer la sala con la mirada, dejó que ésta se posara en el hombre del escáner y los dos se saludaron con un sutil cabeceo.

Se oyó la puerta de nuevo. En esta ocasión, todos levantaron la cabeza para mirar a quien ahora ocupaba el umbral.

Una figura alta y fibrosa, vestida de negro, que los observaba tras un velo de oscuros cabellos. Su silueta, recortada e inmóvil.

De entre todos sus camaradas, únicamente el del escáner observaba de reojo a otro de los presentes, uno de los que estaban comprobando su arma; uno que, al igual que el resto, sólo tenía ojos para el recién llegado.

El hombre de pelo moreno entró y, una vez rota su inmovilidad, todos retomaron lo que habían estado haciendo hasta ese momento. El primero de los que habían llegado levantó el escáner de nuevo e hizo un barrido de prueba; la habitación quedó capturada en su totalidad en la pantalla indiscreta. Dejó que ésta se demorara un momento sobre el hombre al que había espiado de soslayo mientras modificaba los registros del dispositivo y transformaba el pelotón en un paisaje de contornos multicolor.

El recién llegado se había quedado a solas en un rincón, con la cabeza agachada. Alguien se acercó a él.

El hombre del escáner arrugó el entrecejo. Su desconcierto no se debía al insólito vórtex de oscuridad que se arremolinaba en la pantalla, pues aquélla distaba de ser la primera vez que veía manifestarse de tal modo al hombre de negros cabellos, sino a la anomalía que representaba quien se le estaba acercando: un soldado más bajo, con la chaqueta ceñida. Chaqueta que en la pantalla se mostraba blanca y opaca, como no correspondía a las prendas de vestir convencionales. Debía de estar revestida de algo para emitir ese resplandor.

—Eh —dijo el técnico sin apartar la mirada de la imagen de la pantalla—. ¿Ulafson?

Sólo él fue testigo de cómo el soldado de la chaqueta se aproximaba con paso vacilante a la mejor baza de la unidad.

Puesto que se encontraban fuera del alcance del oído, seleccionó la opción de capturar audio para leer lo que interpretaba la IA del escáner a partir del movimiento de sus labios, del tenue rastro de cualquier posible onda sonora; pese a todo, no logró sacar nada en claro.

El más alto de los dos se giró para mirar a la figura que se le acercaba, que murmuraba como si estuviera implorando; a Ulafson, quien, de improviso, extendió los brazos y apretó el paso. Su objetivo lo observó imperturbable, inexpresivo, mientras Ulafson, que daba la impresión de querer abrazarlo, avanzaba silabeando con las facciones desencajadas, como si estuviese llorando, y el hombre del escáner repitió «¡Eh!», tan fuerte que todos se dieron la vuelta y comenzaron a gritar a su vez al ver que el hombre de la chaqueta con la cremallera subida hasta arriba sacaba una pistola del bolsillo, sollozando en verdad, era fácil verlo ahora, y apuntaba con el arma, no a aquél al que había estado acercándose a trompicones sino a la sala en su conjunto, a todos los que lo observaban.

—¡Atrás! —exclamó.

El hombre de cabellos oscuros extendió el brazo y apoyó la palma de la mano en el pecho de su asaltante, cortándole el paso. No lo golpeó ni lo derribó, sino que lo detuvo sin más para, a continuación, melancólico, sin hablar ni hacer ningún otro ademán, limitarse a sujetar a un brazo de distancia a su camarada mientras éste pugnaba por acortar el espacio que los separaba.

El hombre de la chaqueta empujaba y gruñía mientras el otro lo mantenía a raya, hasta que, con la mano libre, se bajó la cremallera, hurgó en algún bolsillo interior, se oyó un chasquido y se vislumbró un destello metálico.

—¡Un arma! —anunció alguien, como si el artefacto en cuestión no estuviera ya a la vista de todos, apuntándolos, apuntando a aquéllos a cuyo lado aquel soldado había segado innumerables vidas mientras se jugaba la suya.

—¡Ulafson, no! —dijo otra voz.

Estampidos. Ensordecedores. Ulafson sufrió una sacudida mientras el soldado del rifle, al que su camarada había observado de reojo, afianzaba los pies en el suelo antes de disparar una serie de ráfagas cortas con el semblante demudado, enviando proyectiles contra la parte superior del pecho y los muslos, consiguiendo no acertar dondequiera que estuviese apuntando, y Ulafson gritó bajo aquella lluvia de plomo y soltó la pistola pero, por el motivo que fuera, permanecía aún en pie, aún empujaba, manoteaba mientras las balas se hundían en él y en su objetivo impasible, que continuaba sin inmutarse a pesar de los surtidores de sangre que brotaban de él.

Sufrió un estremecimiento, sin embargo, y se le resbaló el brazo. Las mismas balas que estaban matando al hombre de la chaqueta lo empujaron por fin más allá de la barrera que representaba el brazo de su objetivo y lo pegaron a él como si quisiera estrujarlo, momento en el que, con una exhalación definitiva, triunfal, Ulafson activó un detonador oculto hasta entonces.

La habitación volvió a llenarse de nuevo, en esta ocasión de humo y metal, de llamaradas, de estruendo.

El primero de los hombres que había entrado en la sala no fue el último en salir, sino que se quedó hasta que las desagradables labores de limpieza hubieron concluido.

Se encontraba lejos de la zona cero de la explosión, medio escudado por aquéllos cuyos restos había visto recoger, etiquetar, guardar con todo el respeto que se les podía dispensar a unos trozos de carne. Para sus adentros, había recitado los nombres. Ignoraba cuántos de los supervivientes no despertarían jamás. Cuántos, como él, regresarían al frente tras la baja de rigor. Cuántos habían pasado por su lado arrastrando los pies camino de algún lavabo en el que sacudirse a sus amigos de encima.

Una mano en el hombro. Aquel camarada que había disparado primero.

—¿Vienes?

—Enseguida os sigo.

En el extremo de la cámara se encontraba el líder del equipo, olvidado ya el mapa, serena su expresión bajo una capa de sangre. Cuando se encendió un puro, el humo se sumó a la pestilente mezcla de hierbas y pólvora.

Sentado en el banco, en el epicentro de aquella estrella arrasada de color rojo y negro, estaba el hombre de pelo moreno que el suicida había intentado llevarse consigo con su inmolación.

El rostro sobre sus labios se veía en calma y bastante limpio después de que se lo hubiera protegido la barbilla, reducida ahora a un amasijo de jirones de piel y astillas de hueso. Tenía los codos apoyados en los muslos. El observador vislumbró un trozo de columna vertebral en la cueva carbonizada que era el pecho del hombre. Atisbó también el movimiento de sus entrañas, como peces asustados por los reflejos del agua.

Bajó la mano y giró levemente el escáner para abarcarlos a ambos. El dispositivo aún estaba en modo de captura de audio.

El líder del equipo dijo algo y sus palabras discurrieron por la pantalla del escáner en veloz sucesión.

`>>¿Estás bien, hijo?`

Sin levantar la cabeza, el hombre sentado exhaló un suspiro sanguinolento y accionó las mandíbulas mutiladas.

>>Cansado / Arado / [?] se reflejó en el lector.

>>Joder, menudo follón, fueron las palabras del otro. >>¿En qué cojones estaría pensando?

Su interlocutor se encogió de hombros. Metió la mano bajo el zaguán de su torso y se extrajo algo. Lo levantó.

>>? Cristal / Final / ?, dijo, según la máquina.

>>Pues sí, replicó el otro. >>Estaba envuelto en botellas de vidrio. Los técnicos están analizando los restos para averiguar qué había dentro de ellas.

>>Tres cuartas martes vinagre, fue la respuesta que leyó la máquina en aquellos labios destrozados. >>Y agua bendita. Sal de poca / roca [¿] y clavos de herraduras. Huele, además. Salvia. La salvia fue el detonante.

>>¿A qué te refieres? ¿Cómo lo sabes?

>>La sensación que dejan la sal y el vinagre en una herida es inconfundible. Ulafson tenía la bomba alargada / ¿cargada? De encantamientos. Y eso no es todo, Keever.

La desfigurada figura de negros cabellos le enseñó un trozo de papel calcinado y manchado de sangre.

>>Llevaba esto bajo las costillas.

>>No se entiende nada.

>>Es un nombre.

Hizo un gesto vago en dirección a la estancia antes de continuar.

>>¿Casi lodo / todo? Acabó incinerado, pero hay fragmentos. Nombres. Los nombres de los muertos de la unidad. Los que se acercaron demasiado.

Los dos hombres se sostuvieron la mirada durante unos instantes.

>>Qué harto estoy, dijo el hombre que estaba sentado. Los restos incinerados de su corazón goteaban. >>De esto. Indicó la habitación. Se señaló a sí mismo. De súbito, levantó la cabeza y emitió un gorjeo borboteante.

—¿Y encima te ríes? —dijo el veterano líder de la unidad, tan alto que al observador no le hizo falta descifrar sus palabras.

>>Es por el puro, dijo el otro mientras el observador se fijaba en la pantalla de nuevo. >>Déjà vu.

La historia del médico

Me queda poco. Estas palabras serán de las últimas que escriba. Saberlo me apena, pero no por mi final, puesto que ya he cumplido años de sobra, sino por lo lamentable de mi condición. Cuando incluso una perra devota, una criatura capaz de amar sin las complicaciones que tiñen el afecto de los seres humanos, me vuelve el rostro asqueada, el desconsuelo es comprensible. El hecho de que Lun tan sólo esté reaccionando al olor del medicamento para mi mandíbula me proporciona escaso consuelo. Su animadversión me produce vergüenza, por mucho que intente evitarlo; provocar en ella semejante reacción hace que sienta como si la hubiera traicionado, abandonado.

Aún más dolorosa que este pesar inmediato, ni que decir tiene, es mi preocupación por aquéllos de mis familiares que no han podido abandonar sus hogares (todavía, espero). Me resulta inconcebible que las tinieblas que envuelven Austria, y probablemente Europa entera, vayan a remitir en un futuro cercano.

En las retorcidas sendas de mi intelecto, los hitos de mi dolor están vinculados. La incapacidad de Lun para mirarme me trae al recuerdo el gesto de Dolfi, una de mis hermanas, antes de que apartara el rostro ella también.

El dolor habrá de acompañarme hasta que caiga por fin el telón para mí.

Ignoro quién espero que encuentre esta nota. Quizá debería arrojarla a las llamas. Sin embargo, después de casi veinte años, me siento inclinado a plasmar estos recuerdos sobre el papel. Siempre he utilizado la escritura para averiguar en qué estoy pensando. Además, me resisto a dejar sin examinar todo este misterio. Me gustaría saber qué opino de ello.

Ahora que noto la muerte tan próxima a mí, palpable en todo cuanto me rodea, ¿cómo podría yo, que tanta importancia le concedo al retorno de aquello que había sido enterrado, hacer otra cosa que revisitar esta visitación en concreto de mi pasado?

Mis divagaciones sobre Tánatos se alimentan sobre todo del testimonio de los supervivientes de la Primera Guerra Mundial, muchos de los cuales revivían sus horrores en sueños. Si el subconsciente está, por encima de todo, diseñado para evitarnos lo desagradable, ¿a qué obedecían tan repetidos regresos a la agonía? Siempre me han maravillado mis encuentros con esos pobres diablos. Sin embargo, la información rara vez es suficiente para hacernos cambiar de opinión. Lo que necesitamos es una conmoción, una crisis personal e intransferible.

Tenía un paciente.

Sólo nos vimos tres veces. Largas sesiones. Alto y moreno, parecía estar en buena forma para tratarse de alguien de mediana edad. Llegó vestido con un traje caro, me miró a los ojos y me estrechó la mano con firmeza. Enseguida lo califiqué de soldado. Lo tomé por uno de esos supervivientes, ducho en el arte de disimular los estragos de sus recurrentes terrores nocturnos.

Dijo desear comprenderse a sí mismo.

Recuerdo con todo lujo de detalles aquel primer día. Estaba sentado a la luz cenicienta de la mañana, al lado del diván en el que él estaba tumbado, con una libreta ante mí, atento a la voz templada pero apremiante con la que aspiraba a desgranarme la historia de toda su vida.

Las primeras palabras que pronunció en aquella sesión (aún conservo mis notas, aunque pronto serán destruidas) confirmaron mis sospechas sobre qué era lo que lo angustiaba.

«Mato una y otra vez —me dijo—. Y lo cierto es que me gustaría descansar y hacer otra cosa, aparte de matar quiero decir, o tener al menos la posibilidad de hacerlo, pero no, la muerte siempre regresa y se apodera de mí. Y a veces, no con mucha frecuencia, pero sí en repetidas ocasiones a lo largo de mi existencia, sucumbo por fin. Y me duele. Es desagradable. Noto todos los golpes. Todos los cortes. El calor abrasador de todas las bombas».

»Y después regreso.

»Regreso y mato, sigo matando y vuelvo a matar hasta que sucumbo de nuevo por fin, de modo que este tiovivo continúa girando, incesante. Así que, por favor, *herr doktor* —me dijo—, ¿en qué tipo de persona me convierte eso?».

Ahora bien, me imaginaba que estaba describiendo una masacre onírica como tantas otras de las que ya me habían contado. Entendía que me estaba preguntando, como yo a él, por qué regresaba a semejante carnicería su subconsciente. Sin embargo, aquel paciente cuyo nombre no desvelaré se incorporó, giró la cabeza para clavar los ojos en mí (incumpliendo así todos los protocolos de los que soy partidario) y me descubrí incapaz de apartar la mirada. Lo que hizo a continuación fue descargar el primero de los innumerables y contundentes mazazos con los que habría de reducir todos mis paradigmas a añicos.

«Regreso», repitió, y la serenidad del timbre con el que había hecho aquella insólita declaración me desveló lo inadecuado de mis antiguas teorías para afrontar tan existenciales y cotidianos horrores.

Pese a todo, seguía pensando que lo que estaba confiándome no era más que una verdad fabulística. Como entre otras cosas, sin duda, así era.

Me di cuenta de que la mirada de aquel hombre me traspasaba, de que veía lo que yo estaba pensando. Sacudió la cabeza y (con delicadeza, como si no quisiera dar alas a mi creciente pavor, a pesar de que yo no había abierto la boca) añadió:

«No, *herr doktor*. No. O no sólo eso. Nada tiene un solo significado, cierto, pero a veces las cosas son exclusivamente lo que parecen. Escúcheme, se lo ruego. He venido para preguntarle por qué. Qué soy».

No me dejaba apartar la mirada. Y éste fue el segundo mazazo. Sabía lo que iba a decir y conocía la verdad que entrañaba. Era consciente de que, además de simbólica, su declaración sólo podía ser literal. Como lo era también que yo ya no volvería a ser el mismo después de aquel día. Había sido embrujado.

«Mato —me dijo con una parsimonia implacable—. Muero —me dijo—. Regreso».

Signos vitales

Los edificios descienden de forma escalonada a ambos lados de la amplia avenida que irradia del centro de la ciudad, como si el cielo comprimiera las torres achaparradas y los escaparates polvorientos, descoloridos por el sol, repletos de artículos de fiesta y tartas baratas, las habitaciones amuebladas con artículos restaurados, los servicios de fotocopiadora y las notarías de capa caída. Un hombre (llamémoslo hombre) ha seguido esta ruta. Ha contemplado ese firmamento rapaz. Ha pestañeado varias veces seguidas (aunque sin menear la cabeza, puesto que en esta época abjura de casi todos los movimientos superfluos), gesto en el que quien lo conociera bien habría sabido reconocer el indicio de que lo intrigaban sus propios caprichos.

Era un hombre alto y recio, y de haberse fijado quienes se cruzaban con él, la mayoría lo habría tomado por blanco. Vestía una cazadora bómber de color gris y vaqueros negros, y alrededor de su barba y su rostro vuelto hacia abajo se arremolinaban unos cabellos oscuros. Muy a su espalda: las torres con ventanas de espejo de los bancos, de las gestorías, de las financieras, bloques blancos en las fachadas y piedra desgastada en vulgar imitación de una Grecia imaginaria, falsa obsidiana, hoteles bautizados (en *sans serif*) como los personajes de esas fábulas locales que los disidentes tanto aborrecen.

La calzada se angostaba un parque diminuto tras otro, vigilada por edificios de apartamentos denominados de cellisca en la jerga de la zona, en homenaje a los de arenisca neoyorquinos con los que aspiraban a guardar algún parecido. El sol resplandecía helado detrás de las nubes, por lo que unas sombras vagas, difusas, servían de heraldo a aquellos viandantes que se cruzaban con nuestro viajero. La gente se sentaba en los escalones de las bodegas, reñía y jugaba a los dados, lo ignoraba. Un cura fumaba un cigarrillo alicaído en la puerta de una iglesia de chapa ondulada. Inclinó la cabeza a modo de saludo desconfiado, a lo que el hombre respondió de la misma manera. Su presencia interrumpió a dos muchachos que rebuscaban entre la chatarra a la entrada de un desguace. El hombre hizo como si no los viera mientras ellos murmuraban, ahogados sus comentarios por las protestas de un coche prensado.

Dejadlo en paz, chicos. Ese hombre ya no mata a los niños, si puede evitarlo, pero aun así, dejadlo tranquilo.

Los muchachos, tan sagaces como los perros callejeros que observaban al hombre, no se acercaron.

Faldas de la ciudad adentro. Almacenes y viviendas de protección oficial, explanadas reconvertidas en aparcamiento y turbio punto de encuentro para cualquier trapicheo. Al otro lado de los muros agujereados, el hombre alcanzaba a ver la hierba abrasada del campo. Se detuvo bajo una figurita de LED rojo que parpadeaba en su semáforo, incongruente en aquella intersección entre ninguna parte y la nada. Oyó una sirena y se quedó esperando en la acera. Se trataba de una ambulancia (cada vez más lejana), no de la policía.

Cuando apareció la figurita verde, el hombre cruzó la calle y se adentró en un callejón que daba a un patio rodeado de amplios edificios de dos y tres plantas, cubiertos de pintadas y apuntalados por la basura que se acumulaba contra sus paredes. He aquí un Dacia sin ruedas, recostado sobre un lecho de rastrojos; allí, en la otra punta del recinto, junto a la puerta de un taller clausurado, los restos carbonizados de un segundo vehículo.

Inspeccionó las ventanas. Caminó hasta la ruina, sin prisa. Aunque la noche anterior había caído un fuerte aguacero, persistía el hedor a plástico quemado y carbón. Sacó una llave del bolsillo, abrió un candado y entreabrió la puerta metálica, lo justo para entrar, cerró cuando hubo pasado y la volvió a trancar desde dentro.

Un taller de reparación de maquinaria ocupaba toda la planta baja. Sierras de cinta, prensas hidráulicas, un torno rodeado de relucientes virutas con forma de muelle. Un dedo de luz grisácea lo señalaba desde las alturas, donde una bala había perforado la ventana mugrienta. El suelo era un *sastrugi* grumoso de polvo y aceite, con los relieves teñidos de un negro mate que él sabía que pertenecía a la sangre. Se necesitaría asesoramiento especializado para darse cuenta de que la forma de las manchas no era arbitraria, sino que alguien las había moldeado intencionadamente para enrevesar la historia que habrían podido contar esas huellas. Él, que sí era consciente de aquello, cruzó el taller hasta un armario alto, lleno de herramientas, que había en el rincón más umbrío. Lo separó de la pared para revelar una puerta. También ésta la abrió. Tras ella, una escalera oculta. Bajó.

Encendió la linterna mientras sus pies lo adentraban en la oscuridad. El techo de un túnel se arqueaba a un palmo de distancia sobre su cabeza; las bombillas desnudas colgaban a la altura de los ojos, por lo que, de no haber estado todas fundidas, habría habido que apartar la mirada de su resplandor.

Aguzó el oído. Un goteo sutil, sincopado. El murmullo de la tierra al asentarse.

El hombre continuó caminando, esquivando las esferas de vidrio. Los recodos del pasillo lo condujeron, a través de un umbral que tuvo que cruzar agachado, hasta una cámara diminuta. El frío jaspeado de la pared destelló con el arco que trazó su linterna. El haz de luz encontró y siguió una senda hollada ya por las balas, subrayados los orificios perforados en el hormigón por oscuros trazos de sangre que señalaban los bancos de trabajo, los portátiles destrozados, los cadáveres de tres hombres que se habían desplomado con una exactitud insólita unos encima de otros, desplegados sus brazos como los de unos bailarines que estuvieran posando.

Bajo la podredumbre se percibía un tufo cáustico. Usó la bota derecha para darle la vuelta al cadáver que coronaba la pila y observó sin inmutarse el amasijo fundido que antes había sido una cara y ahora no era más que dientes, una fosa nasal esquelética y protuberancias óseas que sobresalían de la corteza que señalaba aquellas zonas en las que la piel se había cocido. Sus ojos se clavaron en unas cuencas oculares vacías.

—En fin —dijo. Su voz era amable. No se estaba dirigiendo al cadáver, sino a la estancia—. ¿Qué te parece?

El cuarto se reservó su opinión, como él se imaginaba que haría. Apoyó los dedos en aquella colección de despojos, pero los secretos que éstos guardaban le estaban vedados.

De vuelta al túnel. Una segunda cámara, estantes de armas vacíos. También a ellos les susurró. Una habitación de planta cuadrada, muy alta, tenue claridad procedente de una abertura en lo alto, como un sumidero, detrás de cuyos barrotes se extendía el cielo enjaulado. Dejó que las aristas de luz lo bañaran como si él fuera Bastet y aquél, su templo de Luxor.

Sillas volcadas, cables desenchufados, monitores en las paredes, un disparo solitario en el centro de cada uno de ellos. Alguien se había llevado todos los ordenadores. Otra cámara, más grande. Literas, catres para diez personas. Latas en las baldas. Un frigorífico, un microondas encajonado entre dos paredes, frente a un inodoro y una ducha con desagüe. Sobre la alcachofa, la diagonal de una barra que llegaba hasta el suelo, donde se arremolinaban los pliegues de la cortina de plástico. Una última puerta en la pared del fondo, oblicua, arrancada de sus goznes, arrumbada en una ladera de tierra caída. Tras ella, tinieblas coaguladas de escombros.

La habitación se había convertido en un templo con una ofrenda en el centro, un zigurat de cadáveres que se elevaba hasta la altura de la cabeza del observador. Seis varones, tres mujeres. El hombre conocía de antemano su número, pues no habría podido extrapolarlo a partir de la burda arquitectura de aquel cono de extremidades, prendas oscuras y semblantes mutilados, entremezclados en la desapasionada orgía de una fosa común carente de fosa. Las sombras de los muertos intentaban escapar de su luz. Ni siquiera la terquedad póstuma del rigor mortis perduraba en esta amalgama, no se veía ni un solo codo en escuadra, ni una sola rodilla saliente, suavizados como estaban todos sus contornos por una mezcla de flaccidez y gravidez secundarias, difuminados los bordes con ácido, ese corrosivo enmascarador de particularidades. Entre los sedimentos viscosos de la carne, los cinturones y los macutos, las puntas de hueso y los restos de las armas rotas descollaban como el relieve de un paisaje kárstico.

El hombre se sentó a la mesa.

—¿Qué te parece? —repitió. La habitación persistió en su mutismo—. Por lo menos, me gustaría entenderlo.

Colocó la linterna de forma que alumbrara a los cadáveres. Se acodó y entrelazó los dedos. Cuando habló de nuevo, quien lo oyera no habría sabido qué era lo que estaba diciendo, aunque quizá sí hubiera podido detectar un cambio de código, el salto de una lengua viva a otra muerta desde hacía ya tiempo; quizá hubiera podido detectar que en sus palabras vibraba el timbre de una pregunta.

Horas.

A veces apagaba la linterna y se quedaba inmóvil en la silla, con la oscuridad por toda compañía. Como el vacío que todo lo antecedía, soslayaba, sucedía. Hasta en dos ocasiones caminó alrededor de la sala, pisoteando la sangre, los casquillos de bala y otros restos por el estilo. Se plantó ante la entrada de aquel túnel cegado y se quedó contemplándolo un rato. Se acercó a las camas una por una, aunque sin tumbarse en ellas, sin tantear bajo las almohadas en busca de diarios o cartas de amor. Sabía cuál habría sido el fruto de tales registros. Esperaba, y lo que fuese que estaba esperando no se materializaba.

El hombre supo que era de noche cuando oyó pasos procedentes del túnel.

No se giró. Dejó la linterna apoyada en su base, para que el techo bajo refulgiera y él estuviera iluminado desde abajo. Los pasos se interrumpieron justo a su espalda.

Procedente del umbral, una voz.

—Hola, B.

—Hola, Keever —dijo el hombre.

El recién llegado se situó junto a él. Otro hombre, éste musculoso, denso, vestido con ropa anodina. Llevaba el pelo rapado y tenía las facciones endrinas, entreveradas de surcos profundos.

—¿Otra vez comulgando? —preguntó Keever.

—Ese verbo es tuyo —replicó el hombre—, no mío.

—¿Cuál sería el tuyo?

B movió la cabeza.

—No tengo ninguno. Puedo ofrecerte un sustantivo. Aunque no sea en tu idioma. *Toska*.

—Tristeza. ¿Estás mustio? ¿Se trata de eso?

—Ignoraba que supieras ruso —dijo B—. En cualquier caso, he dicho toska. «Tristeza» no alcanza a expresar todo lo que eso connota.

Keever se sentó. Sus ojos se posaron en la puerta rota, primero, y después en la ruina apelmazada y la tierra del otro lado. Por último, se fijó en la montaña de muertos.

—¿Quieres hablar de esto, hijo? No me pilla por sorpresa que te sientas apagado. Y no te molestes en negarlo. Desde lo de Ulafson.

B no levantó la cabeza.

—Oye —dijo Keever apuntando al dobladillo raído de una capucha, visible en medio del túmulo. Su improbable color naranja categorizaba la prenda de recuerdo conmemorativo de la gira de alguna banda de pop—. Eso me suena. El capullo de su dueño intentó partirme la cara una vez. Sería el cabecilla, ¿no?

—«Mustio» —murmuró B—. Hum. No es tristeza lo que siento, exactamente, sino más bien..., curiosidad, diría yo. Lo que pasa es que... —Negó con la cabeza—. Intento escuchar lo que sea que haya que escuchar, eso es todo.

—¿Estás seguro de que hay un mensaje?

—No. ¿Cómo me has encontrado, Keever?

—B. Venga ya. ¿Esta qué es, la tercera? Tampoco eres tan enigmático como tú te crees.

—Nunca me las he dado de enigmático.

Keever volvió a observar de reojo aquella descolorida sudadera con capucha. B lo miró y tuvo la certeza de que estaba visualizando el golpeteo de las balas contra la carne, los tirones, los cabezazos, todo ello del propio B.

—Bueno —dijo B—. Aquí estás.

Keever fijó la mirada en él. En su frente, la misma que había reventado el cráneo del objetivo.

Tanto B como Keever estaban más que acostumbrados al silencio.

Keever esperó un momento a la fría luz plateada de la linterna. B calculó todas las posibles configuraciones de muerte con la exactitud de un experto.

—¿Te desvela algo? —preguntó por fin Keever.

B escudriñó la oscuridad que se extendía más allá de la última puerta, bajo tierra.

—Buena pregunta —dijo—. Atinada, Keever. Aunque no exacta del todo. —Hizo un gesto en dirección a la oscuridad—. No es que pueda leerlo. Si lo que dejamos atrás es un texto, al hacer lo que hacemos, no está escrito en ningún idioma que yo pueda leer.

—Y los puedes leer todos.

—Ni siquiera es que note algo en particular —añadió B—. Aunque presiento que debería.

—No puedes seguir así, hijo —dijo Keever—. Te conoces de sobra el percal. Los límites no existen cuando hacemos un barrido, con autorización o sin ella. Llegamos y nos volvemos a ir sin dejar ni rastro. Sin identificación, sin distintivos, sin entradas en ninguna base de datos, sin huellas dactilares, rociamos la enzima, sin rostro... —Indicó la pila de cadáveres con un ademán—. Nosotros o ellos. Ahora bien, ¿y si alguien se fijara en alguien como tú merodeando por ahí? No podemos correr el riesgo de que te vean.

—Ni a ti —replicó B—. Tú también has venido, ¿no es cierto?

—Porque no me has dejado elección. Sólo estoy aquí para regañarte con el dedo.

B se incorporó y salió del círculo de luz.

—Keever —dijo—, ¿cuál es el porcentaje de miembros de la unidad que alguna vez me dan órdenes? —No parecía enfadado—. Saben que, si no me da la gana, no voy a acatarlas. En cuyo caso, ¿verdad?, ni yo estaré obedeciendo ni ellas podrán considerarse órdenes. Saben..., y tú también..., que lo que a ellos tanto les importa a mí me la sopla. Esto es un acuerdo de conveniencia y no pasa nada. Pero no entiendo por qué, teniendo todo eso en cuenta, se empeñan en perpetuar esta farsa. En impartir «órdenes». No entiendo por qué te obligan a representar este papel. A afearme la conducta.

Keever se encogió de hombros.

—Y yo qué puñetas sé.

—Prefieren intentar imponerme unas reglas que me traen sin cuidado —continuó B—, unas reglas que yo siempre me salto, a prescindir por completo de ellas. Supongo que, para ellos, la insubordinación es un pecado más venial que la independencia.

—Lo dicho, ni idea. A mí sólo me dicen: «Ve y recuérdale a B que no puede hacer eso», y yo, a diferencia de ti, sí que hago lo que me piden. Así que aquí estoy. Órdenes acatadas.

—¿Y ahora qué?

Keever frunció los labios.

—Pues no sé. Se me había ocurrido que quizá te viniera bien tener algo de compañía.

B imitó su gesto.

—No lo sé. Si me vendrá bien, digo.

—En fin. Lo dicho, heme aquí, regañándote con el dedo. —Hizo el ademán en cuestión—. Pondré en el informe que el Sujeto Unute se ha saltado los protocolos de nuevo.

—Adelante.

—Pórtate bien.

Keever se levantó y le dio una palmadita en el hombro. Sin prestarle mucha atención, B se limitó a escuchar mientras Keever se alejaba. Una vez a solas, puso la mano encima de la linterna y la estancia se oscureció al tiempo que los resquicios entre sus dedos resplandecían.

Se giró al oír pasos de nuevo, escasos minutos después, mucho más rápidos que antes. Estaba controlando la entrada cuando Keever volvió.

—Un mensaje. Ha entrado cuando subí a la superficie.

—¿De qué se trata?

Keever hizo un gesto en dirección a la puerta arrancada de cuajo. A la oscuridad. Los cascotes.

—La base está... —Arrugó el entrecejo—. Según ellos, están detectando algo. En uno de los escáneres TTE de Thakka.

—¿Qué?

—Será un falso positivo —dijo Keever—. Lleva inactivo desde..., tú ya sabes. Pero saben que estoy aquí, que los dos estamos aquí...

—Menuda casualidad, ¿a que sí?

—... y querrán que vayamos a echar un vistazo.

—¿Qué dicen que han detectado, exactamente?

—Mira, ya sabes que es una señal de las básicas. Incluso cuando funciona llega cargada de estática...

—¿Qué han detectado?

Keever parpadeó.

—Signos vitales.

B le sostuvo la mirada un momento. Luego se plantó en la puerta antes incluso de que Keever lo viera moverse. De cuclillas encima de la puerta derribada, introduciendo las manos por el umbral, tirando y empujando contra los soportes destrozados del otro lado, retirando la tierra trufada de piedras del túnel bloqueado y hundiendo los brazos en una desasosegante parodia de operación quirúrgica.

—Frena, B —dijo Keever—. Mira, tú no estabas... Estabas a lo tuyo cuando pasó, pero te aseguro que yo lo he visto, no ha sido sólo el colapso. Vi... —Un instante de vacilación—. Vi caer a Thakka. A él y a Grayson, los dos. Los perdimos. Y la señal se apagó. Fue entonces cuando...

Entonces, entonces fue cuando. Entonces fue cuando Keever, al ver esas bajas, había lanzado la granada de cuchara justo entre las piernas flexionadas de B mientras éste, goteando, con un rifle roto en una mano y su propietario, también roto, en la otra, resollando como un toro, se erguía, según acertó a discernir, con la oscuridad del túnel y los cadáveres de Grayson y Thakka a su espalda. La granada de Keever había descendido, había rebotado en dirección al líder de la célula, en el rincón más lejano del estrecho túnel de evacuación. Era la última oportunidad de atraparlo. Convirtiendo el túnel en una tumba.

—Ya la habían palmado —dijo Keever—. De lo contrario, no lo habría hecho. No sé qué lectura estarán recibiendo ahora en la base, pero los dos habían muerto. Por eso lo demolí todo.

Aun así, B continuaba escarbando. Ambos sabían que quienes le daban órdenes a Keever le habrían encargado derrumbar el túnel encima de sus camaradas aunque éstos estuvieran con vida, si fuera preciso. De la maraña y la pila extrajo un antiguo soporte de madera, hizo palanca bajo un peso que nadie más podría haber levantado y el aire que escapó por la brecha formó un remolino de polvo a su alrededor. Lo soltó.

—B, no es estable...

—Pues vete.

Keever titubeó. También él enterró las manos en aquel mikado de madera y metal que se enredaba detrás del umbral. Tiró y empezó a arrojar a su espalda lo que lograba destrabar.

—Coser y cantar —dijo.

Pero B se sumergió más aún en la madeja de materia que bloqueaba el túnel y tiró, lanzó a su espalda, a la cámara, puñados de tierra, ladrillos y restos ennegrecidos con la sangre de sus propias manos, heridas que él ignoraba. Cavaba en silencio y Keever también, los minutos transcurrían y ninguno de los dos aminoraba, aunque los resoplidos de Keever sonaban cada vez más fuertes. B ensanchaba el túnel y Keever se esforzaba por afianzar la senda que abría. Lo detuvo el estrépito de un corrimiento de guijarros y virotes de metal que lo acabaron bañando.

—Me cago en la leche, B. Que algunos de nosotros podemos morir, ¿sabes?

Keever dobló el espinazo y se adentró en la polvareda gateando, a ciegas; ahogó un grito de sorpresa cuando, al vencerse hacia delante y aterrizar a cuatro patas, se encontró al otro lado de la barricada, agazapado en las sombras y la luz espectral de una barra luminosa abandonaba en el túnel. Donde se encontraba B, que lo llamó por señas.

En la periferia de aquel resplandor fosforescente, Keever vio un cadáver ovillado. El objetivo, descuartizado. El líder de este grupo de enemigos declarados, allí donde lo habían matado.

La mirada de Keever recorrió de nuevo este último túnel y sorteó el cráter de escombros y las marcas de quemadura de su granada hasta llegar a otro hombre muerto, éste tendido sobre el estómago. Grayson, allí donde una bala se había hundido en su cuello. Aquella abrupta visión iluminó la memoria de Keever como un fogonazo. Los brazos y las piernas de Grayson, una eterna zambullida en la muerte. Ahora, sobre su piel, sombras y moho.

Allí, una tercera figura.

Thakka. Arrumbado contra una de las paredes del túnel, con las piernas dobladas y la espalda contra el hormigón, escorzado el rostro que apuntaba hacia ellos, con un boquete en la cabeza, mutilada y desencajada la boca, los ojos inyectados en sangre, desorbitados y fijos en Keever y B.

Movimiento en los ojos. Movimiento en la boca.

Thakka parpadeó. Dos días antes, Keever lo había visto morir. Entonces fue cuando usó la explosión de una granada para sepultar el cadáver del hombre. Ahora, sin embargo, los labios de Thakka intentaban formar alguna palabra.

Keever se oyó maldecir.

Se acercó a Thakka, se acuclilló juntó a él y clavó la mirada en aquellos ojos que estaban demasiado abiertos.

—Thakka —dijo—. Thakka, Thakka, tío, Thakka. ¿Me oyes?

B se puso a su lado, atento, tan en tensión como si se dispusiera a infligir algún tipo de castigo violento. Keever sujetaba la cabeza de Thakka intentando no tocar la caverna que se abría en la carne del hombre. Murmuró algo mientras le sostenía la mirada y llevó la mano al cuello de Thakka, donde notó un pulso fuerte como una coz. Thakka tenía la piel helada, pero también debajo de ella, trémulo y tentativo, se insinuaba el calor de la vida.

—Dios, Thakka.

Aunque Thakka no paraba de silabear, Keever no oía nada. Los labios y los ojos de Thakka eran lo único que se movía. Tenía el rifle cruzado sobre las piernas.

—Mírame —dijo Keever.

Así lo hizo Thakka, cuyos ojos aletearon tan deprisa que Keever no habría sabido decir si el hombre lo había entendido. Su propia mirada saltó de las pupilas de Thakka a aquel agujero asimétrico que le alteraba los contornos de la cabeza, que lo hipnotizaba con sus profundidades ribeteadas de sangre y fragmentos de cráneo.

—¡Eh! ¡B!

B se arrodilló sin mirar ni a Keever ni a Thakka y, tras hundir los dedos en el polvo, bajó el rostro a escasos centímetros del suelo mientras sacaba otra barra luminosa de su cinturón, la partía y se la acercaba a los ojos.

—¿Qué...? —dijo Keever, pero Thakka estaba jadeando y ahora era evidente que no se trataba de exhalaciones aleatorias, sino de palabras. Acercó el oído a aquellos labios resecos.

—... vino y eso fue lo que dijo —susurró Thakka—. Se puso a escarbar. Venga a escarbar. He tenido perros, así que sé de lo que hablo.

—Vale, Thakka —dijo Keever—. De acuerdo, hijo. Tú aguanta. —Palpó los restos acartonados del uniforme del hombre en busca del escáner corporal cuya humilde señal, quejumbrosa e imposible, había atravesado la tierra—. B —repitió.

Pero B ya se había internado en el corazón de las tinieblas, lejos de los restos del principal adversario, justo donde acababa el túnel. Se agarraba a los remaches metálicos de la pared, del mismo color que la oscuridad de la que surgían.

—B, por favor —insistió Keever.

—¿A qué día estamos? —preguntó Thakka. En voz más alta ahora. Sereno su acento del Medio Oeste—. Keever —dijo—. Hace frío, ¿verdad? Les importas un comino. Sin ofender. Yo también les importo un comino.

B regresó. Se puso en cuclillas a cierta distancia.

—Thakka —dijo—. ¿Qué ha pasado?

—Ah.

Al ver a B, Thakka hizo una mueca, sufrió un escalofrío y le volvió el rostro. Su expresión, qué visión tan horrenda.

—¿Qué ha pasado, Thakka?

Thakka se pasó la lengua por los labios y meneó la cabeza. Con los ojos siempre fijos en B, gimió y susurró demasiado bajo para que éste lo oyera. Keever volvió a acercar la oreja a su boca.

—Tengo un perro —estaba murmurando Thakka—. Me acompañaba mi perro. —Una risita inaudible—. Buen chico. Siempre hay preguntas —susurró—. Pero ni nombre, ni rango, ni número, ¿eh? Confidencial todo.

Los ojos de Thakka, que permanecían puestos en B, se ensancharon más de lo que debería haber sido posible. El ruido que hizo podría haber procedido de un pulmón perforado, aplastado; o quizá fuese fruto del miedo.

agua

Llevas una eternidad caminando. Llevas caminando un suspiro. Tan verdadera puede ser una cosa como todo lo contrario.

Cuando le contaste a Kaisheen que tenías un viaje que hacer, la embargaron el enfado y la pena y te rogó que no te marcharas. Acababa de nacer su hijo, cuyos ojos y boca, cuyo conjunto de expresiones, aún se veían tan imprecisos como la arcilla; aunque Kaisheen decía ignorar cuál de sus maridos era el donante de esperma, el bebé respiraba y tú sabías que no podía ser tuyo. Podría serlo, según ella (no te molestaste en explicarle por qué se equivocaba), algo que conllevaría ciertas responsabilidades; según ella, estaría mal privarlo de una figura paterna. Lo que se abstuvo de decir fue que deseara que dicha figura fuese la tuya.

Has intentado cometer actos crueles en más de una ocasión y volverás a hacerlo, sin duda, pero ya llevas más de cuatrocientas estaciones coqueteando con el desapasionamiento, de modo que te alejaste de su dolor sin mostrar la menor emoción.

Si aquella criatura vive todavía, será ya un anciano, y quizá las historias que cuente estén protagonizadas por un niño cuyos padres lo abandonaron. Si aquella criatura vive todavía, casi la totalidad de su existencia, menos aquel primer puñado de días, será el cómputo total de la duración de tu viaje.

Una vez te pasaste tres generaciones sentado, inmóvil, instalado en una silla de piedra a medio camino de la cima de una montaña, tan sólo para ver qué sucedía. No sucedió nada.

En esta ocasión has bajado al sur sin premura, atravesando diversos parajes inhóspitos mientras evitabas los pequeños asentamientos, abriéndote camino por densos humedales, tan saturados como si el mundo mismo estuviera sudando; has cruzado ríos congelados que aguardaban el momento de volver a fluir algún día, de desaparecer y dejar tan sólo un rastro de piedras por toda señal de su paso.

Hace años llegaste a la costa y supiste que el lugar llamado Suhal se hallaba al otro lado del mar poco profundo que se extendía ante ti. Buscaste y encontraste a los pobladores de aquel estuario, que tienen el mentón pronunciado y recapacitan largo y tendido antes de hablar. Largo y tendido recapacitaron antes de acceder a llevarte en sus canoas hasta el corazón del archipiélago.

Adhiriéndose a las normas de la hospitalidad, declinaron tus ofrecimientos de ayudar a remar, por lo que quedaste relegado a representar el papel de atento mascarón de madera erguido en la proa de aquella embarcación alargada. Cuando se desató una tormenta, el segundo más joven de la tripulación se cayó por la borda, tú saltaste detrás de él y, surcando las tinieblas, lo sacaste a la superficie. Cuando las olas adoptaron una calma antinatural, el lomo de una inmensa bestia de color verde surgió a un remo de distancia, precursor de una cabeza entre ofidia y crustácea cuyas mandíbulas chasqueaban voraces, y mientras la tripulación se desgañitaba, imploraba la ayuda de sus difuntos y llamaba al animal por el nombre de cualquiera que fuese la perversa deidad oceánica por la que la habían tomado, tú te erguiste en la cubierta escorada gritando a tu vez, pero de alivio, pues llevabas ya varios días acumulando tensión, sin liberar el fuego helado que crecía siempre incesante en tu seno, como sabías que debías hacer, como hiciste, con la mirada fija en el brumoso velo azul-blanco-azul que te envolvía, saltaste de la canoa obsidiana en ristre y lastimaste al desconcertado leviatán y forcejeaste (debiste de hacerlo) con él y sus dientes te laceraron (debieron de hacerlo) para dejarte en el costado esa herida menguante y los dos teñisteis (debisteis de hacerlo) las olas de sangre y tú le cortaste (debiste de hacerlo) la lengua y dejaste que su mole se hundiera para convertirse en pasto de otras criaturas, éstas más diminutas, y regresaste a bordo, templada ya tu fuga de rabia mientras trepabas, mientras resbalabas, y la tripulación te llamó deicida y te dio las gracias antes de desterrarte también y lo único que sentiste por ellos fue compasión y fingiste que la droga que te echaron en la carne en la isla siguiente había surtido efecto y fingiste no estar despierto, escuchándolos levantarse, recoger sus herramientas y sus talismanes y alejarse a hurtadillas, volver a sus embarcaciones sin hacer ruido, o eso se imaginaban, y no te moviste mientras oías cómo se hundían sus remos en el manso oleaje.

Es ahora cuando te sientas, solitario, bañado por el sol cegador e implacable, cuando hace tiempo que ya no están al alcance de la vista. Te han dejado comida y cantimploras de agua.

Sin compañía, sin barca, caminas de nuevo.

Te deslizas por un manto de derrubios e introduces en tu atuendo todas las piedras que es capaz de alojar.

Caminas cargado. Sales de los restos achaparrados de la espesura, dejas atrás la curiosidad de las aves de vivos colores y te adentras en los bajíos, con los pies lacerados por los moluscos y vendados en respuesta por la aterciopelada calidez de las algas. Espuma, primero. Luego, el agua hasta la cintura, el pecho, los hombros. El cuello. La barba, los labios firmemente apretados.

Te llenas los pulmones de aire antes de dar el siguiente paso y tomar esa carretera de coral que discurre entre las islas. La salmuera caliente se cierra sobre tu cabeza y miras a través de ella, contemplas el sol, el sol te devuelve la mirada y te cuentas las historias de tu vida mientras te sumerges.

No, no eres el ser más longevo que haya vivido jamás, estás seguro de eso. En algún continente lejano debe de proliferar algún conjunto de álamos con un solo complejo de raíces en común, nacidos quizás un día antes que tú. Debe de haber millas de praderas marinas surgidas de la misma brizna primigenia, ya antiguas muchas generaciones antes de que tú abrieras los ojos. Pero si hubiera en el mundo más seres vivos más viejos que tú de los que se pudiesen contar con los dedos de las dos manos, te sorprendería. Y llevas casi mil años sin experimentar ninguna sorpresa.

Ya lo decía tu madre. Eres un don. Fuiste un don. Tienes un don, te decía.

Cuando aún eras joven (joven, aunque ya con las facciones y el cuerpo de un hombre) te decía esas cosas. Y cuando te hablaba, la querías, como la quieres aún, si es que se puede querer a los muertos, pero el amor que le profesabas entonces era tácito, un fervor incuestionable y ajeno a los matices de la edad, a las suspicacias de las que el mundo te imbuye, y ella, ahora lo sabes, lograba enmascarar con cierta facilidad sus preocupaciones y su desdicha para responder, lo recuerdas nítidamente, que también te quería. La cadencia de su orgullo resuena todavía en tus oídos. Hubieron de transcurrir varias generaciones después de su muerte para que tú, al rememorar su rostro, comprendieras la emoción allí contenida. Orgullo, sí, pero también pesadumbre por ti. Te admiraba y le preocupaba la admiración que sentían los otros, lo que iba a suponer para ti. Te consideraba un regalo de los dioses, sí, un don tanto para ella como para todo su pueblo, pero ¿acaso no te consideraba también una maldición? El amor que te profesaba: ¿cuáles fueron sus consecuencias?

Llevas el tiempo suficiente bajando por esta pendiente, acarreando tu lastre de pizarra, como para que ese plano convulso donde el mar y el cielo se encuentran quede tan por encima de tu cabeza como la copa de un roble sobre la de una mujer en una senda del bosque. Contemplas los jaspeados reflejos del sol entre la bruma y el escozor propios de la visión submarina.

Al principio, te contó tu madre, sólo existía la Nada. Todo estaba en reposo. Luego surgió Algo que truncó la paz de la Nada. De aquel Algo surgieron Cosas en tromba, clamor y movimientos y cantos, tinieblas y luz y crepúsculo, rocas y estrellas y agua y fuego y helor. El fango y el légamo surgieron de ellas. De ellas surgieron motas fugaces. Y también, al cabo, los árboles y las aves, nosotros.

Ahí están ahora, la presión y el dolor en el pecho, la celeridad de la sangre, los tambores de tu corazón.

En cierta ocasión te pasaste siete años inmerso en una cultura de las estepas desaparecida hace ya mucho tiempo. Te sumergiste en sus estanques sagrados. Un poco más cada día. Aquellas técnicas te acompañan aún, al igual que todos los recuerdos. Todavía eres capaz de aguantar la respiración durante varios minutos. No será agradable, pero sí posible.

Tensas los músculos del estómago y extiendes una mano para apoyarte en el tronco viscoso, invertido, de un quelpo inmenso y la materia que forma tu camino ondula y fluctúa, ahí está. ¿Es una anguila eso que te pregunta qué eres? ¿Son esos cardenales animados que te empañan la vista peces atentos que han venido para interrogarte? Asientes diplomáticamente ante las visiones y te sumerges en unas aguas aún más opresivas, aún más oscuras.

Éramos nómadas, te contaba tu madre. Encontramos un valle. Nos asentamos en él. No éramos guerreros. Cuatro veces al año llegaban unos jinetes, una banda abigarrada, vecinos nuestros, una coalición temporal con la rapiña por todo objetivo, empuñadas sus armas para llevarse nuestro sustento, para mermar nuestras familias, para hacer de nosotros esclavos, víctimas, presas.

Al pasar por debajo de un arco de coral, en tu mente, con delicadeza, susurras: «Madre, ¿sabes cuántas historias empiezan así?».

Un pez piedra te ve contarle a su recuerdo que, en las épocas posteriores a su muerte, a la gente se le olvidó cómo se montaba a caballo y éstos se volvieron salvajes de nuevo; la gente volvió a aprender tiempo más tarde, y volvió a olvidarlo después.

Se cebaban con nosotros y sangrábamos, relataba tu madre, ¿y quién necesita un arma más que quienes no han nacido para la guerra? Necesitábamos una herramienta, dijo ella. Así que se la pedí a los dioses.

¿Qué pasó?, le preguntabas. Su hombrecito, sentado a su lado (demasiado grande ya para hacerlo en sus piernas), con los ojos como platos. ¿Cómo te comunicaste con ellos?

Preparé una pócima, fue su respuesta, para hacerme soñar. Algunas plantas son sendas, ¿lo sabías, pequeño Unute?, como también puede serlo la carne.

Unute es tu nombre, continuó. Unute fue lo que el brebaje dijo a través de mí aquella noche.

¿Qué hiciste?, le preguntaste.

¿No te lo estoy contando?, dijo ella. Sólo tienes que escuchar, Unute. La pócima abrió las puertas de la tormenta y me transportó a un lugar azul, donde habita la tormenta, o fue ella la que vino a mí, o quizá nos reuniéramos en el umbral, y forniqué con el rayo, y al día siguiente tenía el vientre abultado, y te llamamos el Niño Impaciente. Llegaste dos lunas después.

Entonces, ¿mi padre no es mi padre?, quisiste saber.

No digas tonterías, replicó ella. Tu padre es tu padre, tu padre de día, como el rayo azul es tu padre de noche. No interrumpas nunca una historia, Unute, si no quieres que se marchiten las flores. El fuego no te daba miedo y tampoco gritabas de dolor cuando jugabas con los palos en llamas. Tres lunas más tarde mataste a un lobo que había venido en busca de despojos, lo abatiste con los dientes, con unas manos todavía pequeñas. Una estación después de aquello estabas jugando con los chicos, luchando con unas porras con hachas que les habíamos copiado a los saqueadores, y todavía ignoro si lo tuyo era un juego o un conflicto real, tan sólo sé que la guerra que llevabas dentro vio la guerra que ellos estaban representando, igual que antes viera los labios replegados del lobo, y a través de ti se abrió paso.

Dijiste no haberlo hecho a propósito y tu padre les concedió a los padres del chico muerto el derecho a cantar la endecha de sangre; después de aquello continuaron odiándote por la suerte que había corrido su hijo, pero también supieron reconocer que tú eras el arma que necesitábamos, y a su difunto vástago lo denominamos la piedra de amolar que te había afilado.

La luz no está ausente por completo del agua a través de la que caminas. Sabes que tendrías que descender mucho más para eso, que las saetas del sol se extienden a gran profundidad en el mar, pero hace frío, en tu ubicación reina la penumbra y los animales que te observan poseen el carácter furtivo propio de quien mora en las sombras. Pese a todo, el camino continúa bajando, han pasado tantos minutos que ya te duele la cabeza y la presión del agua es como un torno.

Sigue adelante, Unute.

Aprendiste con el mejor lancero de la banda, decía tu madre. Y tus heridas sanaban en cuestión de días en lugar de meses, pequeña arma. Y cuando tus ojos comenzaban a relucir con el color de los de tu padre, a refulgir tan azules como el rayo de tu padre de noche, te metíamos en el foso con las grandes bestias que a tal fin capturábamos. Se pensaban que te estábamos entregando a ellas, cuando era a la inversa. Ejecutabas tus pasos de guerra y descuartizabas osos, dientes de sable y monstruos de los ramales de la montaña, y si en aquellos espasmos de ensueño, en el trance que te poseía hasta el punto de rugir y transformarte en una bestia, si ocasionalmente hacías pedazos a tus maestros o les arrancabas los brazos a tus compañeros de juego y éstos acababan desangrándose sin entender qué había pasado, si alguna vez le hundías las costillas a alguien, en fin, todos sabían que no convenía acercarse demasiado a Unute, el arma, cuando éste estaba transido. Todos sabían que había que correr y esconderse cuando las centellas despuntaban en tu mirada. No eras un niño díscolo, sino algo peligroso, y siempre lo lamentabas más tarde, como también siempre había alguien que no tenía cuidado.

Y entonces, dijo ella, regresaron los saqueadores.

Arrastras los pies por una cañada abovedada con doseles de coral y cada instante que pasa es una nueva llamarada en tus pulmones cerrados. Tu madre siempre entona esta parte de la historia como si de una canción se tratara, así que ahora eres tú el que canta en el agua, abriendo la boca para las morenas atentas. Canta ella, tú cantas:

¡Escuchad!
Aquellos jinetes
de amenaza ocre pintada en la cara
se rieron ante el pacifismo ofrecido
y cabalgaron hasta donde las montañas miraban
donde el rayo del padre de noche había vertido su simiente
en aquel niño arma.

¡El de los ojos, Unute!
Filo de hacha, en cónclave, infante, punta de lanza.

Avanzó danzando
entre los caballos,
entre sus jinetes.

Ésta es su fuga.
¡Rabia de guerra!   *¡Hamask!*
¡Espasmo del trance!
¡Frenesí!   ¡Furia!

Unute tomó la senda sangrienta
Unute pulverizaba los huesos
Infatigable, aun erizado de flechas
Pues él era el machete,
el terror.
Él era el destructor de todas las cosas.

Cómo te queríamos, dijo tu madre. Te envolvimos en mantas cuando acabaste con ellos. Seguías siendo un bebé. Te arropamos, lavamos la muerte que te celaba y te dimos las gracias, te cubrimos de halagos.

Cada nuevo paso es una tortura. Cuando te metiste en la espuma esperabas que el declive desembocara en otra pendiente, en otra ladera por la que ascender tras haber caminado un rato a pesar del tormento de la cabeza, el corazón, los pulmones, ésa era la apuesta, que en el arrecife hubiese un promontorio lo bastante próximo a la superficie como para permitirte asomar la cabeza, aspirar una bocanada de aire antes de que se te colapsaran los pulmones, y así llegarías a tu destino, por medio de esa secuencia de picos y valles, y si la caminata avivara en ti el vigor de la guerra, el ansia invertida, la necesidad de destrucción en el frío resplandor de tus ojos, esperabas desquitarte con los tiburones y las torres de coral antes de proseguir la marcha, de dejar atrás el agua teñida de sangre en tu temblorosa excursión a los continentes meridionales. Esperabas que bastara con eso.

Hace tiempo que identificaste en ti, sin importar cuantas pruebas recabes sobre lo absurdo de la idea, una sensación de inevitabilidad. De que ciertas cosas deben suceder a fin de moldear esa historia que son todas las vidas. Se trata de un anhelo que has visto en casi todas las personas con las que te has cruzado, una inclinación peligrosa que, por compartida, te impulsa a titubear a la hora de declarar que no eres humano.

Un presentimiento equivocado, más que acertado, en infinidad de ocasiones.

Este camino no hace sino continuar descendiendo, adentrándose en la zona más sombría del mar. Y tú avanzas cada vez más despacio, con los dedos demasiado entumecidos ya como para retirar las piedras de tu ropa.

La historia que hay en ti se acelera. Ya no es la voz de tu madre. Ésta es la que te cuentas tú a ti mismo, basada en recuerdos e investigaciones, en conclusiones e indicios.

Has llegado a un ensanchamiento en el que (¡Mira!) el azul se oscurece y ya no hay nada más tras esa pared de coral, te encuentras al borde de un precipicio más allá del cual sólo se extienden las más negras aguas. Tropiezas. Aun con la bruma que te nubla el pensamiento, tu versión de la historia continúa acelerando porque todavía no has llegado al final, primero, y porque ya te queda cada vez menos. Deprisa, en tal caso.

Siempre hubo más tribus que temer, que detener, que frenar antes de que empezaran, decían, lo decían tu banda y tu padre de día, y también tu madre, hasta que dejó de decirlo. Te animaron a desencadenar tu rabia de guerra sobre pescadores, habitantes de las montañas y edificaciones en la nieve cuyas columnas hace ya tiempo que se redujeron a polvo, aunque, cuando tú coronaste aquel sendero que discurría entre las montañas, formaban parte de la ciudad más majestuosa que haya existido jamás.

Entraste

descuartizado el rey descuartizados los guardias triturados los huesos atrás el gran salón bañado en sangre escalinata abajo descuartizado hasta el último habitante de la ciudad y tú sentado en la cumbre de una pirámide de cadáveres. Viste

un rayo caer a lo lejos, rojo en esta ocasión, y tu padre también lo vio y maldijo a tu madre y tú lo viste en el valle y él le arrebató algo a ella y arrojó algo al foso donde tú antaño habías hecho pedazos a osos y le gritó a tu madre cuando ésta le dijo que temía por ti y quería que tu dolor terminara, tú no sabías de qué estaba hablando porque ignorabas que lo que sentías no era sencillamente lo que significaba estar vivo. Decidiste preguntárselo y seguiste a tu padre de día pero en una quebrada te recibieron diez mil flechas y entraste en *hamask*, mutaste en la versión azul, resplandeciente, furiosa de ti mismo y ejecutaste tus cambios, sangrientos e imperiosos, sobre los atacantes y sobre aquellos miembros de tu banda que incumplieron las escrituras sobre guardar las distancias y oíste gritar a tu padre y supiste que era una trampa y una distracción y volviste en ti lo justo para seguirlo, para adelantar a los últimos caballos hasta llegar al campamento y

encontraste a tu padre acuclillado junto a tu madre, muerta a manos de los invasores, y sentiste un páramo en tu interior y le dijiste que aquel páramo era obra suya y te alejaste y volvieron y lo mataron también a él y tú seguiste caminando hasta las piedras de un lugar de reunión en el que aguardaba un ejército integrado por todas las tribus a través de las cuales habías abierto tu senda.

Cuando, con las armas levantadas, acudieron a tu encuentro, tú no les levantaste la mano.

Al filo del fondo marino, ahí estás, arrastrándote como un sediento por el desierto hacia una oscuridad que contemplas fijamente como si de un ojo se tratara y esto es el fin, no puedes incorporarte, las piedras te inmovilizan y las tinieblas se elevan procedentes de los cañones de las simas del mundo, unas tinieblas que se extienden por la periferia de tu visión y descienden, más poderosas ahora que el brillo del sol, derramándose en el mar desde las lóbregas regiones del espacio para envolverte como una mortaja y tú te tumbas, ya no sabes si de costado o de bruces pero ya no ves nada y sí, esto es el fin.

Recuerdas el impacto de las armas de tus enemigos, milenios atrás. Incapaz de evitarlo, aspiras las terribles aguas del mar.

El dolor que te martiriza los pulmones no cesa. Ahogarse siempre ha sido la forma más horrible de morir.

Te mueres.

y se produce un empujón

un empujón y la liberación

de una valva en medio de los sedimentos espesos, viscosos, de sangre y jirones de piel y aquí estás de nuevo, restaurada ya tu razón, desnudo y en carne viva, con la sal ardiendo en tu piel nueva, purificándola, y en este momento es cuando se te deniega esa primera bocanada de aire, tan agónica como deliciosa, con la que has recibido tus eclosiones en el aire; distingues la caverna del óvulo del que acabas de surgir, fruto de la insólita fertilidad de cadáver ahogado, encallado, encajonado en aquella cresta marina, igual que surgiste de tu primer huevo en aquel lugar de piedra fustigado por el sol en el que por primera vez te desmembraron y descuartizaron, igual que has surgido de todos los demás huevos desde entonces, cuando eliges o te ves obligado a rebasar los límites incluso de tu cuerpo obstinado, renacido tan desnudo como la primera vez que naciste, por lo que ya no hay piedras ni bolsillos para ellas siquiera, e incluso sin aire dentro de ti puedes flotar y te dejas llevar a la deriva para averiguar en qué dirección se encuentra la superficie. Pataleas ahora en esa dirección.

Rompes ahora esa superficie y, por fin, aspiras tu primera bocanada de aire.

La nueva oscuridad

B, al que Keever llamaba «hijo», robó un coche y condujo tan veloz como pudo, durante tanto tiempo como le fue posible, por las grotescas estribaciones hasta llegar a la costa. Compró suministros. Se deshizo de su teléfono desechable en el agua.

Las siguientes carreteras que tomó, éstas ya más modestas, lo llevaron por planicies de centros comerciales y viviendas de hormigón, pequeñas ciudades dormitorio impregnadas de la estrechez de miras propia de las regiones depauperadas. Abandonó el vehículo entre la maleza y entró en una zona de potentes olores químicos y charcos en los que relucían las irisadas toxinas de los vertidos.

Encontró un sitio que le pareció adecuado. La última planta de un bloque de oficinas desierto. Se apostó junto a la ventana y contó los coches y los peatones que confluían en el cruce que se divisaba desde su posición, contó las luces que se encendían al terminar la jornada en los talleres y las tiendas de comestibles. Si disparaba, lo oirían, pero la primera noche que pasó allí él mismo había escuchado tres tiros a menos de un kilómetro de distancia y después no había habido ni sirenas ni gritos.

Encontró una silla todavía más o menos utilizable y despejó lo que debía de haber sido la mesa de algún directivo. La arrastró y la orientó en dirección a la puerta de cristal que daba acceso a la última habitación del pasillo. Encima de ella B colocó una SIG Sauer P320 con cargador para diez cartuchos del calibre .45 ACP, una Daewoo K5 llena de 9 milímetros, un KA-BAR Becker BK22 y un G.I. Tanto, desenvainados los dos, además de una porra extensible de Smith & Wesson. Colocó el arsenal formando una fila. Pensó en cómo le gustaba a la gente ponerles nombre a sus armas, como si pistola pistola cuchillo cuchillo palo no fuera bastante, no fuese verdad.

A las herramientas sólo se les presta atención cuando se estropean, recordó.

Deceleró al fin. Expulsó el aire y se sentó. Bajó la mirada. Zangoloteó la cabeza vigorosamente, como jamás habría hecho de no estar a solas, como si se estuviera negando a contestar a la pregunta de algún observador, de su fuero interno. Como si se negara a responder, o a preguntar, qué estoy haciendo.

Se pasó dos días sentado detrás de sus armas, rodeado de polvo. Esperaba, vigilaba el pasillo y era observado a su vez por los ojos descoloridos por el sol de una pin-up que anunciaba el mes de verano de un año que ya había pasado.

Se inclinó hacia delante a la tercera jornada, el primer movimiento que hacía desde su llegada.

El sol se había puesto hacía un rato y una gruesa columna de luz atravesaba en diagonal el pasillo ante él. En las motas que danzaban dentro de ella, un temblor. Por debajo de los susurros estocásticos del lento declive del edificio percibió un ritmo más regular.

Se dio unos golpecitos con el pulgar en la punta del índice de la mano derecha, acariciando los contornos de una dureza.

¿Cuáles serían las reglas?, se preguntó, como solía hacer cada pocos años. ¿Cuál era el umbral de tamaño o gravedad de una herida que impelía a las energías de su interior a reparar aquel cuerpo insólito, a erradicar cualquier posible indicio de trauma o desgaste? ¿Por qué perduraban algunas cicatrices pequeñas, mientras que otras desaparecían? No habría sabido decir por qué el diminuto bulto de piel que estaba tocando debía verse afectado, aunque tampoco rebatía el veredicto (por así decirlo) de aquello, lo que quisiera que fuese: tribunal celestial, conquistador alienígena, vigilante planar, capricho evolutivo, tormentas de azar consuetudinario o su propia, ¿qué, divinidad?, implacable. No recordaba el origen de aquella mácula en la punta del dedo, por lo que, o bien se había originado en su estado gestacional entre vidas o se había producido durante alguna fuga de combate. O no se había dado cuenta, sin más. No tenía mayor importancia.

Aguzó el oído.

Quizás una vez cada dos o tres siglos el hombre ensayaba un gesto, como si estuviera delante de un público imaginario, una frivolidad momentánea que contrastaba con la tradicional sobriedad de su porte. Ignoraba ser capaz de llamar por señas, provocativo, como se vio hacer ahora, hasta que lo hizo aquella primera vez.

—Ven —se oyó decir.

Y lo que se estaba acercando, llegó.

Muy despacio. Lo hizo esperar, bien por la meticulosidad propia de la caza o a modo de contraprogramación, imbuido de su propio sentido del melodrama.

Durante dos, tres horas, B presintió, sintió, oyó la irregularidad única de la viga inteligente, un rastreador rastreando. El sol ya no era más que un recuerdo y la penumbra inundaba el pasillo desde el extremo más alejado, donde las puertas de unos ascensores inertes se veían cerradas y contemplativas. Ahora, allí, una aproximación gradual, el roce de unos pies encallecidos contra la moqueta, corporativa y raída, un acercarse, un arribar, una reunión inminente, un reencuentro.

B no alcanzaba a ver en las sombras que anidaban allí donde la escalera y el pasillo se unían, pero sí podía distinguir una fluctuación en las mismas, la inmersión en su ausencia de una nueva oscuridad, oscuridad que lo observaba, que se permitió el lujo de detenerse un momento antes de continuar avanzando.

—Oh —dijo, apesadumbrados los ecos de su voz en aquel pasadizo—. Esperaba que no diera resultado. Es decepcionante, en cualquier caso. Lamento que hayas venido —pareció concluir, y después—: Hola. Otra vez.

Aunque sabía que, cuando se plantaba ante ella, Keever estaba en posición de «descanso», para Diana aquellas piernas rectas y separadas, aquellos brazos detrás de la espalda eran un ejemplo de tensión, una tensión que se le contagiaba al verse convertida en el centro de atención de tan apergaminado respeto.

Diana Ahuja había hecho los deberes y había leído a Sontag; en su mesa de centro reposaba un libro de Tom de Finlandia; se había soltado el pelo de vez en cuando al son de los Village People: no la pillaba por sorpresa que el machismo del ejército tuviese un carácter teatral. Cada dos meses, cuando acudía a la galería de tiro para la renovación obligatoria de su certificado, el entusiasmo con el que los soldados que la rodeaban apretaban las nalgas a la vez que el gatillo evocaba en su mente la imagen de una compañía de danza. Sí que la había pillado por sorpresa, en los primeros compases de esta etapa de su trayectoria, descubrir lo acicalados que eran. Y eso que a Diana también le gustaba arreglarse. Defendería a muerte el derecho de cualquier mujer a no dejarse esclavizar por su aspecto, evidentemente, con independencia de su condición, pero, consciente como era de todas las miradas que estaban pendientes de ella, sobre todo dada la pigmentación de su piel (aparte de que, la verdad sea dicha, tampoco le hacía ascos a pintarse, al menos un poco), el desaliño no casaba con ella. Pese a todo, le gustaba considerarse más pulcra que remilgada. Una más («Dejadme repasar la lista», pensó) de las razones por las que su afiliación militar seguía pareciéndole tan contradictoria.

Sin embargo, había que ir donde estaban los recursos. Si tu trabajo consistía en estudiar a los cefalópodos, sería DARPA, la Agencia de Proyectos de Investigación Avanzados de Defensa, la que te ofrecería ese laboratorio con el que tú ni siquiera habías soñado. ¿Que quieres investigar los cromatóforos que les conceden a tus queridas sepias el milagro de su mimetismo? Adelante. Pero ve haciéndote a la idea de que tus estudios se acabarán aplicando a patrones de camuflaje.

Del mismo modo, si lo que quieres es estudiar a Unute, cuando descubras que aquél de cuya existencia te habías enterado merced a la meticulosa lectura de textos arcanos, aquél que parecía una leyenda, existe realmente y todavía camina, ¿quién va a sufragar tus gastos salvo ese colectivo que aspira a combinar los conceptos de inmortalidad y soldado? Siempre había estado cantado que serían los intelectos mentales más furtivos los que le permitirían hacer lo que anhelaba: buscarlo, sondearlo, desentrañar sus misterios. Comprenderlo, y no sólo a él, sino también su origen. Aquello que lo había creado y que quizá pudiera concederle quién sabía qué más a quién sabía quién.

Así que ahora disfruta del rango que le han asignado y los tipos duros como Keever la saludan con porte marcial.

—Sé que ya has presentado tu informe —le dijo ahora Diana—. Me lo he leído más de una vez, como te imaginarás. Y lo siento de veras, pero, después de todo este tiempo, debo pedirte que me lo repitas. Como comprenderás, no tengo nada en contra de ninguna de las partes implicadas.

Echó un vistazo a los nombres que figuraban en el informe que había encima de su escritorio, el nombre de quienes ya habían escuchado ese mismo discurso. Sanders, Jacobson, Lear: técnicos competentes con un historial impecable. Beech, impaciente pero demasiado lista como para encubrir ningún posible desliz. Shur y Kneen, de los departamentos de psicología y estadística, respectivamente; el primero, novato, aunque ya empezaba a causar impresión; el segundo, objeto de un moderado nivel de respeto, más mascota que colega, fuente de escasa sabiduría.

—No estoy sugiriendo que no fuesen a comprender la importancia de lo que dijeras —continuó Diana—. Lo que digo es que, a veces, es necesario oírlo de viva voz..., a mí me pasa..., para que todas las piezas encajen. A veces tengo que dejarme guiar por mi olfato.

—Señora.

—Me preocupa, evidentemente, el hecho de que no podamos localizar a Unute.

—No es la primera vez que lo hace, señora.

—Tan de súbito y durante tanto tiempo, sí. Lo necesito aquí. Ya tenemos demasiadas cosas a las que seguirles la pista. Y por si fuera poco, Keever, ha dejado la medicación.

—¿La... qué?

—Unos protocolos a los que yo misma lo estoy sometiendo. Con su beneplácito, que eso quede bien claro. Con su permiso.

—¿Para qué, señora?

—Para que yo pueda hacer mi trabajo. Lo ayudan a alcanzar determinados estados. No se va a acabar el mundo porque se salte un par de días, pero la falta de exposición prolongada podría ser un atraso. Tal vez, para encontrarlo, antes deba averiguar qué lo ha asustado.

—¿Asustado?

—Ya, a mí también me resulta extraño ese término. Lo que pasa es que, después de todo este asunto con Thakka, es como si los acontecimientos se hubieran precipitado.

—Con el debido respeto, señora, no estoy de acuerdo. Esto... —Hizo un gesto—. Su desaparición. Esto llevaba tiempo fraguándose. Consta en acta que yo mismo había avisado con anterioridad de lo impredecible de su estado de ánimo. Dicho lo cual... Comprendo a qué se refiere usted, aunque quizá sea todavía más grave. Aquel día me pareció bastante irritado.

Diana asintió con la cabeza.

—Lo siento —dijo por fin—, pero vamos a tener que repasarlo todo. Cuando Unute encontró aquellas huellas en el túnel, ¿se sorprendió?

—Bueno, señora, a veces cuesta, esto...

—No es la persona más expresiva del mundo, ¿a que no?

—No, señora. Hasta que lo es.

Se sostuvieron la mirada durante unos instantes.

—Aunque no sea una agente de campo —dijo Diana—, tampoco me chupo del dedo. Sé que lo conoces mejor que nadie por estos pagos.

—Tampoco es que eso sea mucho.

—Ni poco —replicó ella—. Pero tienes razón. Los dos sabemos que ha estado...

Diana se quedó pensativa.

—Irascible —sugirió Keever.

—Preocupado. Le pasa algo desde hace algún tiempo.

—Ya. Como ocho mil años.

—Es posible. Pero, venga ya. Nadie está diciendo que el hombre carezca de recovecos ocultos. Nunca va a ser el alma de la fiesta, ni en el mejor de los casos. Ni siquiera cuando se le suelta la lengua, para lo que son sus estándares. Pero tú mismo lo has dicho: lleva algún tiempo comportándose de una forma muy rara.

—Desde lo de Ulafson. ¿Era eso lo que quería que le dijera?

Se quedaron callados. Diana inclinó la cabeza.

—Eso fue un shock. Para todos.

—A lo mejor —dijo Keever, ganándose una mirada fulminante—. No estaría yo tan seguro. O sea, sí, a la vista está que lo ocurrido lo dejó impactado. Sin embargo, en el momento, B..., Unute..., no aparentaba sorpresa. Se limitó a quedarse allí plantado. Como si supiera lo que iba a pasar. O como si le hubiera pasado ya antes.

—Sí. He visto las imágenes.

—A B le caía bien. Ulafson. Sospecho que, sea lo que sea lo que sucede ahora con él, aquello fue el detonante.

—Sí —dijo Diana. Con cautela, no obstante.

Las jornadas posteriores al atentado perduraban vívidas en su recuerdo, la limpieza de la carnicería en el vestuario, el enjugar de la sangre y los restos de las paredes y las taquillas. La concienzuda investigación de los restos de Ulafson y aquellos obstinados jirones de su chaqueta abrochada hasta arriba que no se habían dejado incinerar por completo. También los días posteriores los recordaba muy bien. Cuando Sunderland solicitó el traslado fuera de la unidad, y Chapman de las fuerzas directamente. Unute no había abierto la boca. No había exhibido ninguna emoción en particular, o eso pensaba ella. Y ahora, pero ahora, al rememorar lo intenso de su mutismo y su contemplación mientras Keever continuaba hablando, sobrevino a Diana el presentimiento de que lo que había detectado entonces era que Unute no estaba manifestando ninguna emoción nueva. Tan sólo la exacerbación de una creciente melancolía en la que ella ya se había fijado. Al recordarlos ahora, Diana sospechaba que sus silencios habría cabido calificarlos de muy significativos.

—Me parece que venía de antes —dijo, al cabo—. Ulafson intensificó algo, eso es todo. Antes de eso, ya acostumbraba a irse por su cuenta de vez en cuando para regresar a los escenarios de las misiones. Desde entonces lo hace más a menudo, simplemente.

—Cuando encontró aquellas marcas allí —dijo Keever—, en el túnel, detrás de Thakka, no me dio la impresión de que B estuviera esforzándose por identificar lo que estaba mirando. No parecía que estuviera intentando buscarle sentido. No parecía sorprendido. Lo que sí parecía era tener prisa. Yo no paraba de preguntarle, «¿Qué ocurre? ¿Qué ocurre?». Y creo que lo decía porque, en mi fuero interno, me daba cuenta de que B sabía qué era lo que tenía delante.

—Pero ¿contestó?

Keever negó con la cabeza.

—Seguía adentrándose en la oscuridad. Todo aquel sitio era inestable..., cada vez que te movías se caía algo. Yo lo llamaba. No podía verlo. Hasta que el extremo del túnel se desplomó encima de él. Tuve que llamar a un equipo de limpieza y evacuación médica antes de poder levantarme. Entonces fue cuando dejé que se llevaran a Thakka y me fui a buscar a B.

—Pero él seguía estando allí abajo y no había forma de pasar, según tus propias palabras.

—Hice una apuesta. Aposté a que había salido de allí.

—Y no se cruzó contigo.

—No.

—Entonces, ¿te fuiste y seguiste buscando? ¿Desoyendo tus órdenes?

—Sí, señora —replicó Keever. Sin inmutarse—. Estaba preocupado. Salí por donde había llegado, establecí un perímetro, me puse a rastrear y lo encontré al cabo de unos minutos. Estaba en la orilla de una carretera, a escasa distancia del edificio. La misma por la que él había venido. «¿Cómo has salido? —le pregunté—. No te has cruzado conmigo». Él no dijo nada. Tenía el rostro vuelto hacia arriba, como si estuviera olisqueando el aire. Se limitó a señalar el polvo. «Ha pasado por aquí», dijo. —Keever se encogió de hombros—. Yo no veía una mierda.

—¿Algo había pasado por allí? —inquirió Diana.

—Eso mismo le pregunté yo. «El animal —me dijo— que ha dejado esas huellas». Total, que sacamos unas cuantas fotos al lugar que él señalaba..., usted ya las ha visto. Lo dicho, yo no distinguía nada. El equipo se había desplegado ya con sus uniformes de la policía local para acordonar la zona, así que me reuní con ellos y dejé el escenario preparado para los de Tacoma. Le pedí a B que no se moviera del sitio.

—Y él desobedeció tu orden.

Un aleteo en las comisuras de los labios de Keever.

—Tiene gracia que diga usted eso. Era de lo que estábamos hablando cuando encontramos a Thakka. No, señora, no obedeció. ¿Cuándo lo ha visto obedecernos a alguno? No ha acatado nunca ninguna instrucción. Usted lo sabe, yo lo sé, él lo sabe..., hasta en las más altas esferas lo saben. Hace lo que le da la gana y la plana mayor siempre encuentra la manera de compartir objetivos con él, así pueden dar cualquier orden a sus espaldas y decir que ha hecho lo que ellos querían.

—Bueno, ¿y qué pasó luego?

—Le dije, «No te muevas de ahí», y él se limitó a mirarme y supe que estaba a punto de darse el piro. «Venga», le dije, y él replicó, «Tengo que irme». Y eso hizo. Para cuando usted llegó allí...

—¿Que fue qué, cuatro, cinco horas más tarde?

—Correcto. Para cuando llegaron ustedes, B ya se había largado hacía tiempo.

—Y tú desconoces su paradero.

—Afirmativo.

—Dime —formuló Diana con sumo cuidado—, ¿tú qué opinas? Aquí nadie sabe nada, de acuerdo, pero ¿qué crees tú qué está haciendo?

Podía ver que Keever se debatía entre decirle o no lo que estaba pensando.

—Ni idea —dijo al final el soldado—. Y creo que él tampoco lo sabe. Aunque... había un brillo en su mirada. Eso me lleva a pensar que quizá crea no saberlo, eso es todo. O lo sabe, pero preferiría que no fuera así. ¿Puedo hacerle una pregunta?

—Adelante.

—¿Qué ha averiguado? ¿Sobre lo de Thakka?

Diana contempló los feos fluorescentes del techo. Intentó recordar los protocolos sobre qué y cuánto tenía permiso para contar, y a quién, de qué graduación, y exactamente cuál era el rango de Keever y qué información adicional relacionada con eso estaba incluida en su ficha personal, e intentó dilucidar qué ventaja podría proporcionarle cualquier detalle que ella pudiera proporcionarle, lícito o no, en qué jueguecitos internos y micropolíticas de la base estaba implicado, y suspiró porque, aparte de que se le daban fatal, aborrecía esos cálculos. Motivo por el cual decidió, como sin duda se esperaba de ella que no hiciera jamás, tocar de oído. Fiarse. Confiar en Keever.

Era posible que él lo hubiera intuido; él, jugador con más experiencia en esos lances opacos, podría haber contado con que ella se terminara fiando de él. Era un laberinto de espejos, tal y como Angleton le había dicho. Y eso fue antes de conocer la existencia de B.

—No hemos averiguado nada. —Diana lanzó una mirada de reojo a la puerta de su despacho para indicarle a Keever que aquello no debía salir de allí—. ¿Oficialmente? Se produjo un fallo en sus escáneres. Oficialmente, mientras duró todo, él estaba inconsciente pero con vida, fue la señal lo que envió el mensaje equivocado, que había sido neutralizado, algo de lo que no nos enteramos hasta que la conexión se hubo restablecido. Demasiado tarde para estabilizarlo.

Podía verlo considerando cómo decir lo que quería decir.

—Y una mierda, señora —fue la expresión elegida, enunciada con voz glacial—. Con el debido respeto. Lo toqué. Le estaba subiendo la temperatura cuando le puse las manos encima, después de haber estado frío. Y me refiero a frío frío...

—Lo sé. Como decía, ésa es la versión oficial.

—Lo que pasó..., lo que pasó es que dejó de estar muerto.

Ahora era Keever el que prácticamente estaba susurrando.

—Te creo. ¿Qué quieres que te diga? Hay investigaciones en marcha.

—No tiene sentido.

—Coincido. —Diana ladeó la cabeza—. Aunque quizá ya sea un poquito tarde para empezar a preocuparse por eso en esta unidad.

—No, a eso me refiero. O sea, usted misma ha dicho que ésa es la versión oficial, pero es evidente que no se la traga. Me apuesto lo que sea a que no se la traga nadie. Así que, ¿a quién se le ha ocurrido semejante patraña?

Diana apuntó al techo.

—Pero ¿por qué? —dijo Keever—. ¿Para quién? El que se esté inventando estas cosas debe de estar haciéndolo para no parecer..., ¿qué, tonto? ¿Ingenuo? ¿Chiflado? En cualquier caso, la razón de ser de esta unidad se centra en colaborar con un guerrero inmortal. Del cual una proporción nada desdeñable de las contadas personas que están al corriente de su existencia opinan que es el diablo, o el hijo de la muerte, o la puta encarnación de la misma entropía. Y, con el debido respeto, y sin tener ni idea de todo lo que pueda haber dentro de esas carpetas, no recuerdo haber escuchado una explicación mejor por parte de usted o cualquiera de sus colegas. Así que, ¿por qué es la credibilidad ahora un problema? ¿No es como cerrar la puerta del establo después de que el caballo ya se haya pirado?

Diana esbozó una sonrisa agridulce.

—Pirado, marchado al galope, sí, desertado. Esperamos que el caballo se reporte dondequiera que esté, haga lo que haga, cuando a él le apetezca. Te entiendo, Keever. Te lo aseguro. —Sacó las gafas de leer, las limpió y volvió a guardarlas—. De acuerdo. ¿Qué pasa con Stonier?

—¿Qué pasa con él, señora?

—¿Cómo consiguió formar parte del escuadrón de evacuación médica?

Esta vez Keever titubeó.

—Con el debido respeto, señora, como usted sabe, yo me encontraba a cientos de clics de distancia, esperando, mientras reunían al equipo...

—Sabes que yo no tuve nada que ver con eso.

—Me refiero a la oficina. La unidad, este sitio. Yo estaba en el campo. ¿Cómo habría podido tener algo que ver con eso?

—Pensaba que Stonier podría haber contactado contigo. Solicitado...

—En tal caso —replicó Keever—, le habría dicho que ni de coña. Le habría dicho que se fuera olvidando.

—Entonces, ¿fue casualidad que lo movilizaran a él? ¿Que lo asignaran a esa misión?

—No. Eso no es lo que quiero decir. Usted sabe tan bien como yo cómo se propagan los rumores. Se nos va la fuerza por la boca cuando, en realidad, como casi todas las organizaciones, tenemos más agujeros que un colador, por lo menos internamente. Cuando nos pusimos en contacto con la base, la noticia de que Thakka seguía con vida debió de correr como la pólvora. Y creo que Stonier apeló a quienquiera que estuviese al mando. O a lo mejor... —Keever se encogió de hombros—. A lo mejor se puso el uniforme y se subió al avión con todo el mundo, sin más.

—¿Por qué? —preguntó Diana.

—¿En serio? ¿Acaso usted no habría hecho lo mismo?

Diana cerró los ojos.

No le había prestado atención al pelotón que tenía delante en el helicóptero. Había bajado al pozo con la tercera oleada, después de que el líder armado gritase, «¡Despejado!» y el equipo científico hubiera puesto en marcha los instrumentos. Había pasado por delante del montón de cadáveres, nítidos ya bajo el resplandor de los focos. Había pasado por encima del montón de escombros que delimitaba la cámara, infestada de técnicos, y había entrado en lo que quedaba del túnel.

El aire se impregnó de un olor astringente cuando los bioingenieros vertieron sus ungüentos para ver a través de los desperfectos que su propio reactivo había causado. Había que volver a identificar a todos y cada uno de los fallecidos, ya identificados por el equipo de respuesta inicial, porque lo que había sucedido era sencillamente imposible. Había que reexaminar todas y cada una de las variables.

Diana se había puesto manos a la obra con sus escáneres, tras la pista de campos de energía excéntrica. Había avanzado con la mirada fija y allí, en los brazos de Keever, mientras una paramédica se encorvaba para entubarlo y manipularlo, se encontraba Thakka. Parpadeaba y temblaba. Agitaba los brazos como si estuviera en el agua. Tenía una mano crispada, cerrada. Elevó la mirada hacia ella, o a través de ella, y susurró algo que Diana no acertó a percibir.

Era incapaz de dejar de observar el boquete que presentaba, seco desde hacía ya tiempo, aquella cavidad ósea y aquel vertido de sesos quemados que debería haber sido incompatible con la subsistencia. Se acercó. Tocó la piel de Thakka. Hizo un gesto en silencio, Keever se apartó y Diana vio que la técnica inyectaba adrenalina y algo más en las venas colapsadas de Thakka. Con los dedos resbaladizos a causa del sudor, la mujer le retiró de la piel unos jirones de uniforme hediondos e hizo inventario de sus heridas mientras él continuaba balbuceando incoherencias.

Diana se agachó hasta proyectar su sombra sobre Thakka, alejándolo del alcance de aquella iluminación temporal, y sí, sus movimientos, de forma paulatina, se habían vuelto más aletargados aún. Estiró el brazo para apoyarle la palma de la mano en la frente y su piel continuó enfriándose mientras ella mantenía el contacto, mientras la paramédica empezaba a gritar que se quedara con ellos, que se quedara con ellos, y allí, en aquel túnel hundido en la oscuridad, Thakka los miró de uno en uno, por turnos, con la calma de quien se acaba de embarcar en un viaje. Batió los párpados con la mayor lentitud que Diana hubiera visto pestañear nunca a nadie.

Siempre se le había dado bien sumergirse en el trabajo. Dejarse llevar por la inercia.

Lo que la sacó de golpe de su abstracción fue un alarido.

Encuadrado por el marco arrancado de cuajo, iluminado desde atrás por los LED, había un hombre. A Diana le pareció que estaba observándola a ella. Su silueta era tan oscura, tan sobrecogedor su sonido, su lamento, que por un instante lo vio como una especie de psicopompo llegado para escoltar el alma de Thakka al más allá, a ese lugar gris, ceniciento. ¿Acaso sería eso mucho más insólito que las labores que ella efectuaba a diario? Sin embargo, Keever se acercó al recién llegado con los brazos en alto, Diana vio al hombre trastabillar hacia delante y fue entonces cuando lo reconoció, uno de esos especialistas tan musculosos, siempre en tensión, doblándose ahora como si fuera a desplomarse antes de reincorporarse y recuperar el equilibrio sin hacer ya más ruido, con la mirada fija en Thakka.

El pesar de los estoicos exuda un pathos único.

Stonier, así se llamaba. Apartó a Keever de un empujón y se dejó caer de rodillas. Rechazó las manos de Diana y las de la doctora y agarró las de Thakka, que lo miró con un último destello en los ojos. Quizá lo hubiese reconocido. Stonier susurró algo. Diana no logró distinguir sus palabras. No iban dirigidas a ella.

«¿Qué haces aquí? —había dicho Keever—. Márchate, hijo, nosotros nos ocupamos de él. Sal de aquí, venga. Vete ya».

Stonier se quedó contemplando, sujetando a Thakka mientras los movimientos de éste se ralentizaban cada vez más y los ojos se le cerraban de nuevo.

No interfirió nadie. La paramédica cesó en sus intentos. Stonier dijo algo al oído de Thakka. Le dio una palmadita. Los dedos de Thakka se estremecieron, y sus manos (una abierta, la otra cerrada) buscaron a Stonier, que se apresuró a apretarlas con súbito afán.

«Basta —se oyó decir Diana ante aquello—. Necesito que...».

Pero eso fue todo. No hizo nada mientras las manos de Stonier volaban sobre el cuerpo de aquel hombre que ya había iniciado su viaje.

Sólo cuando Thakka hubo muerto de nuevo, por segunda y última vez, Keever tiró de Stonier para levantarlo y se lo llevó a empellones.

—¿Usted no habría hecho lo mismo? —le preguntó Keever ahora—. Si un ser amado al que daba por muerto hubiera resultado estar vivo al final, ¿no habría ido a verlo?

—¿Dónde está? —preguntó Diana—. ¿Lo han expulsado?

—¿A Stonier? ¿Qué, por insurrecto? ¿Sólo por estar allí? No, señora. Los tiempos han cambiado. Stonier es un buen soldado. Y en una división como la nuestra, sobre todo, la insubordinación se trata con más discreción de lo habitual. Normas de las Fuerzas Especiales. Le han ofrecido la posibilidad de tomarse unos días de permiso por el fallecimiento de un ser querido. No se los va a pedir, por supuesto. Está con Shur en estos momentos.

Diana giró la cabeza hacia la entrada principal de la base. Se podía negar y se negaba la existencia de todo aquel lugar al completo (al igual que todas las operaciones que llevaban a cabo), por supuesto, pero la maniática querencia burocrática por la compartimentalización no era menos patente en los entornos ultrasecretos que en otros más públicos. Por consiguiente, el de la doctora Shur se contaba entre los primeros despachos que alguien que visitara la Zona 1, la zona menos restringida, podría encontrar.

—La terapia —murmuró Keever— ya no es algo opcional, ni mucho menos.

—Me imagino lo que piensas al respecto —replicó Diana.

Keever la miró a los ojos.

—Y a mí me parece que usted se debería dar menos aires —dijo por fin—, señora. ¿Se cree que me tiene calado? —le preguntó en voz baja—. ¿Que, como soy militar, opino que las sesiones de terapia son para pusilánimes? Soy militar, cierto, y lo que quiero es que mi gente dé lo mejor de sí misma. Ya no estamos en los ochenta. ¿No ha leído a Karl Marlantes? ¿Qué sabe de la historia de la psiquiatría en el ejército? ¿Piensa que no creo en el trauma? ¿Que ponerse triste es para florecillas delicadas o cualquier mierda de ésas? ¿Que no me importa mi gente? Usted no lo estaba mirando.

—Sí que lo estaba...

—A Thakka, no. A Stonier. Yo estaba pendiente de él. Veía sus ojos. Lo vi agarrar algo con torpeza, con fuerza. Le garantizo que se trataba de algo que Thakka le dio en sus últimos momentos y me apuesto lo que sea a que todavía se aferra a ello como si fuera un salvavidas. Quiero que esté bien, tanto si se queda aquí como si no, y si se queda, espero que sea el mejor soldado del mundo. Pero eso no significa fingir ser inexpugnable. ¿De dónde cree que surgió la idea de contratar a Shur? —Diana lo observó fijamente—. Exacto —dijo Keever—. A mí no me está dado firmar en esas historias, evidentemente. Sólo soy un machaca, pero fui yo el que cursó la solicitud. Después de lo de Ulafson. Así que, si la doctora está aquí, es gracias a mí.

—Me sorprendes.

Keever suspiró.

—Soy de la vieja escuela, lo reconozco. Pertenezco a la generación que se lo guarda todo dentro. ¿Que si el vocabulario que utilizan algunos hoy en día me parece una fantochada? Pues sí, para qué nos vamos a engañar. Estoy acostumbrado a otro tipo de desencadenantes, a otro tipo de avisos. Pero habría que ser muy idiota para considerar que el adiestramiento de uno es el único válido. Yo cursé aquella solicitud y yo me impliqué en el proceso de selección de los candidatos. Vale, tener en nómina a Shur es un plus a la hora de solicitar fondos. Pero, aparte de eso, nos ha sido de gran ayuda. Se le da bien su trabajo.

—¿Y tú cómo lo sabes?

—¿A usted qué le parece? —replicó Keever. Diana se lo quedó mirando fijamente de nuevo; el silencio se prolongó—. No crea que se me caen los anillos por hablar con ella. A los perros viejos como yo nos cuesta aprender trucos nuevos, pero somos tenaces. Se le da bien tirarte de la lengua. Te ofrece estrategias. Recursos para seguir adelante, aunque las cosas estén...

De soslayo, Diana echó un vistazo en dirección al despacho de la terapeuta.

—Pobre hombre —murmuró.

—Ya —dijo Keever—. Pobre Stonier. —Aunque ella no lo corrigió, él agachó la cabeza como si lo hubiera hecho—. Pobre Thakka —dijo—. Y pobre Stonier. —Volvió a sorprenderla a continuación, tanto con la ternura de su voz como con sus palabras—. Estuve en su boda.

«¿Hoy has tenido pensamientos suicidas?».

Diana recordaba la última vez que le había preguntado eso a B. Ni siquiera hacía tanto tiempo. Había sido después de una misión particularmente intensa, tal y como se reflejaba en los destellos de las lecturas de B, de sus diversas respuestas físicas y mentales, representadas en un gráfico fabuloso e insólito. Nuevas sinapsis, nuevos pensamientos. La pregunta había sido una provocación. Siempre lo era.

«Ya te lo he dicho —replicó él—. Yo no quiero morir. Lo que me gustaría es ser mortal, que no es lo mismo».

Diana se agachó sobre el cadáver de Thakka, tendido en la mesa del depósito, y leyó los informes de patología. Contrastó lo que decían con los de los agentes de campo que estaban con él cuando cayó, que lo habían visto todo. Especialistas entrenados, impregnados de una memoria muscular que les permitía enfrentarse al pánico y los solecismos excitables propios de los testigos sin formación. Únicamente dos habían disfrutado de un buen ángulo de visión en el momento de su muerte. La primera vez. La primera muerte.

Hablaban del impacto contundente contra la cabeza de Thakka, de la lluvia de sangre, piel y fragmentos de hueso, del aullido truncado, de la caída como un fardo. De lo que a todas luces había sido su fallecimiento.

Se sentó junto al cuerpo.

Unute, B, le había contado a Diana que, en cierta ocasión, habían sobrecargado su cuerpo, sus cuerpos, sus huesos.

—Me secuestraron, por así decirlo —había comenzado—. En fin, me ha pasado ya unas cuantas veces. En esta ocasión, sin embargo, fue diferente. Mis secuestradores no paraban de matarme. Supongo que me estaban estudiando.

—¿Quiénes eran? —había preguntado ella—. ¿Y cómo demonios lo hacían? ¿Cuándo ocurrió?

—Hace mucho. Bueno, te sorprenderías: la gente siempre encuentra la manera de hacerlo prácticamente todo. Además... —Había fruncido los labios—. Nunca estuve seguro de su identidad. Creo que ellos tampoco. Alguna secta de ésas. Lo único que sé es que me odiaban. Creían que yo representaba el fin del mundo, así que tenían que acabar conmigo. El fin del mundo, en plan, por cómo se expresaban, regresar a lo que había al principio: nada. Como si yo fuese por ahí predicando que la vida era un error. Supongo que pensaban que yo también era el principio. Lo que había al principio. En cualquier caso, matarme no es nada fácil, y menos tantas veces seguidas. Eso hay que reconocérselo.

—¿No te regeneraste en otro lugar? ¿Después de morir?

—No siempre he podido hacer eso. Durante mucho tiempo, ocurría únicamente en el mismo lugar de mi muerte. Así que, en aquella ocasión, no paraba de reaparecer allí. Entre los restos, cada vez más desagradables, de mis antiguos yoes.

—¿Qué? —había dicho ella. Con él, nunca se sabía muy bien cuándo ibas a aprender algo imposiblemente nuevo y extraordinario—. ¿Sólo te regenerabas donde caías?

—Pues sí. ¿No lo sabías? Pensaba que Caldwell lo sabía.

—¿Dónde se produjo aquel secuestro?

—Ni idea.

—¡Pero si te acuerdas de todo!

—Nunca llegué a averiguarlo. No estaba prestando atención a mi paradero.

Diana había reproducido esa parte de la conversación para Caldwell.

—¿Y bien? —le dijo—. ¿Lo sabías? ¿Que eclosionar a distancia no siempre había sido posible?

—No —había respondido él, juntando las puntas de los dedos. Ni siquiera la emoción que sentía, pensó Diana, bastaba para hacerle perder los papeles. Añadió con voz tensa—. Si B pensaba que sí, no sé por qué. En cualquier caso, así se explica algún que otro hallazgo. —Garabateó unos apuntes—. El modo en que algunas máquinas parecen salir de la nada, separadas por grandes distancias. Esto es importante.

Cuando hubo terminado de escribir, usó la estilográfica para señalar la pantalla, las ondulaciones de la conversación que ella estaba reproduciendo.

—Le gustas —había dicho.

Técnicamente, Stephen Caldwell, director de Sistemas de Creencias y Migración de Tecnología Antigua, estaba por debajo de Diana en el escalafón, pero a ninguno de los dos le gustaba andarse con rodeos.

—¿Qué podría significar eso para alguien como él? —había replicado Diana—. Pero, sí. Sospecho que sí.

—¿Sólo llevas trabajando con él, qué, un año? Y ya has obtenido mejores resultados que cualquiera de tus predecesores. Los protocolos a los que lo has sometido... No lo había visto nunca tan... introspectivo. Tan parlanchín. ¿Todavía quiere morir?

—No —dijo ella—. Nunca ha querido.

—Ya, ya, conozco ese discurso —había replicado Caldwell—. Eso dice él. Y siempre me ha gustado oírte explicarlo.

A mí me gusta oírselo explicar a él, era lo que ella se había abstenido de decir.

Ahora, junto al cadáver de Thakka, Diana oyó el siseo de unas puertas, una conmoción a lo lejos. Antes de levantar la cabeza ya sabía que Unute había vuelto.

Se acercaba a ella por el pasillo con su atuendo oscuro, con un séquito formado por Caldwell y algunos guardias. Diana esperó. A través de la ventana veía caminar a B con zancadas largas, ágiles a pesar de su carga, pues cruzado sobre los hombros llevaba algo de gran tamaño que se bamboleaba y colgaba con la horrenda indignidad de la carne, algo que goteaba y lo bañaba, lo teñía de rojo. Con la cadera, empujó la puerta que los separaba. Con él entró el clamor de su estela.

B se detuvo junto a una camilla. La saludó con la cabeza.

—¿Dónde te habías metido? —preguntó Diana—. Los protocolos van con retraso, estaba, estábamos... No puedes esfumarte sin más, ha pasado demasiado tiempo. ¿Dónde te habías metido?

No lograba distinguir qué era lo que él transportaba. B lo izó, lo levantó directamente sobre la cabeza. El objeto colgaba y goteaba en sus manos, y Diana contuvo la respiración porque temía que se tratara de otro cadáver, el cuerpo espantosamente truncado de un hombre. Anticipando lo que él iba a hacer, masculló una maldición mientras se apresuraba a dar un paso atrás.

B lo dejó caer. El pesado lastre golpeó la mesa de acero inoxidable con un impacto húmedo que salpicó la pechera de la bata blanca de Diana. Ahora yacía en el centro de una nueva estrella roja.

Diana vio unos cuartos traseros retorcidos, deformes. Pezuñas. Aspiró una bocanada de almizcle. Buscó sin éxito alguna cabeza, un rostro humano, pero tan sólo encontró un amasijo de carne, huesos y vértebras que sobresalían.

—Colocad esto en un laboratorio de contención, por favor —dijo Unute sin mirar siquiera al equipo que estaba a su espalda.

Nadie se movió. Se pasó la mano por la cara, embadurnándosela de sangre. Diana miró a Caldwell y éste la miró a ella, que señaló la mesa.

—¿Qué es esto? —preguntó.

—Tengo que lavarme —dijo B—. Y necesito pensar. Te lo contaré todo lo antes posible. Ya te pego yo un toque. Ha ocurrido algo.

Salió de la cámara. Transcurridos unos instantes, el equipo técnico sacó gasas, esponjas y lejía, y se puso manos a la obra.

—¿Y bien? —le dijo Caldwell a Diana.

Sus dedos volvían a formar la punta de una pirámide. Este hombre flaco, blanco y de edad indeterminada, todo trajes y pajaritas y gafas de estilo anticuado, todo barbita recortada y acento. Arqueólogo, oficialmente, aunque, como ocurría con todos los expertos del proyecto Unute, eso no alcanzaba a abarcar toda la variedad de sus intereses y conocimientos. Cuando Diana y él se conocieron, ella esperaba que pudieran ser amigos además de colaboradores en los proyectos Top y NPU (Ne Plus Ultra) Secreto. Que, algún día, ella pudiera tomarle el pelo sobre lo arácnido de sus manierismos.

¿Había algo más humillante que una atracción de oficina?

A ella, por supuesto, la habían invitado a presentar su solicitud porque sabía un poquito, comprendía lo justo como para tantear en los lugares apropiados, había respaldado su búsqueda de empleo con lo que había conseguido averiguar merced a sus torpes investigaciones, sus tres (contadlos si queréis) doctorados. Lo que había conseguido averiguar merced a la comparación de físicas de vanguardia, anomalías históricas y los textos sagrados de sectas ridiculizadas. Merced a los rumores a los que había preferido no aludir delante del comité del Nobel cuando declinó su oferta. Así pues, para cuando Diana hubo entrado en la sala de reuniones de aquella base camuflada en el bosque, a buena distancia de Tacoma, Washington, sin señalizar o mal señalizada en los mapas, una más entre el puñado de novatos llegados para pasar la mañana asistiendo a pases de diapositivas sobre las graduaciones civiles y militares, la prevención de incendios, la seguridad en el laboratorio, los protocolos de actuación en caso de acoso en el lugar de trabajo y la liga de *softball* de Unit, ella, al igual que el resto de los presentes, ya tenía muy claro que el departamento que de ellos se esperaba que construyeran iba a estar consagrado a la colaboración con; el estudio, la descodificación y el secreto de; el interrogatorio y la protección (por risible que pareciera) de; y la ejecución de cualesquiera operaciones secretas que fueran necesarias con un guerrero de ocho mil años de antigüedad que no podía morir.

Luego vendrían las reescrituras fundamentales de la historia y la prehistoria ocasionadas por su nuevo sujeto. Una curva sinusoide, el auge y la caída de civilizaciones antiguas y ocultas. Esa ciencia nueva e imposible que todas pugnaban por desarrollar, ese campo que abarcaba desde la morfología a la biología especulativa, desde la física cuántica a la fulminología, y de ahí a la mitografía y la ontología, en ocasiones incluso a la puta teología. Aunque a esta especialidad no se le había puesto nunca un nombre oficial, a Diana le constaba que no era la única persona en la base de la pirámide que, para sus adentros, se consideraba unutóloga.

No todo el mundo habría estado dispuesto a aceptar una oferta de empleo acompañada de la advertencia que le habían dado a ella: que su vida iba a pender siempre de un hilo y que jamás podría hablar de su trabajo con ningún ser querido. A una no la reclutan para dedicarse a algo así exclusivamente en función de sus logros académicos, por muy encomiables que sean. En ella debía de haber algo más, lo sabía, algo que había suscitado el interés de unas personas a las que aún no había visto, las que tomaban todas las decisiones.

Durante su orientación, Caldwell estaba en la sala. Había sido entonces cuando Diana cruzó la mirada con él; cuando, por un instante, se permitió abrigar la esperanza de que pudiera coquetear con él.

—¿Por qué crees que nos está haciendo esperar? —preguntó ahora Caldwell—. ¿Qué crees que hay detrás de ese regalito inesperado?

Guardaron silencio un momento. Diana miró de reojo a su alrededor.

—¿Alguna novedad? —dijo—. No podemos dar por sentado que esto, sea lo que sea, vaya a alterar las cosas. Tenemos que seguir...

—Adelante, sí, siempre en la brecha. Te avisaré si surge algo interesante de lo que informar, Diana. Como tú ya sabes de sobra.

—Eso dices siempre. He visto informes en los que se habla de que se van a recoger más mondaduras. ¿Es eso cierto?

—Estoy presionando al respecto. El rumor que más me interesaba ha resultado ser un callejón sin salida. Me había hecho ilusiones: daba la impresión de que podría haber estado conectado con un filón mítico. Pero no es real.

—¿Cómo lo sabes?

—¿Alguna vez lo has visto contraer alguna enfermedad? ¿Algún problema de piel?

—Por supuesto que no.

—Correcto. Así que, cuando resulta que lo que está escondido se describe como su verruga, sabes que te están tratando como si fueras un burro en la noria, que sólo quieren hacerte dar vueltas. —Los dos esbozaron sendas sonrisas desprovistas de humor—. De vuelta a la casilla de partida, por tanto. Mientras él se dedica a hacer lo que sea este paripé en el que tan enfrascado está ahora.

—Bueno —dijo Diana—, a nuestra manera, todos participamos en algún espectáculo. Sólo que, en esta ocasión, parece alterado. Conmocionado, quizá.

—¿Unute? ¿Tú crees?

—No. La verdad es que no. A lo que me refiero es que... Dijo que tenía que reflexionar. Puede que haya visto algo que lo ha sorprendido.

—Insisto: ¿tú crees?

—Es posible sorprenderlo. De vez en cuando. Él mismo lo reconoce. No creía que lo vería mientras viviera, pero en ocasiones nos sonríe la suerte.

—Para bien o para mal.

—Las dos cosas —dijo Diana—. Siempre las dos.

La curva que describe la calle 21 South al entrar en Court East. Un hombre que se aproximaba: era anguloso, alto, pálido, tenso, musculoso, tenía las mandíbulas apretadas y caminaba sin mirar a ninguna parte en concreto. Jeff Stonier cruzaba un callejón entre dos avenidas principales. Siempre le han gustado esos cielos inmensos que se extienden sobre Tacoma.

A Arman también. Así que, ¿cómo podía contemplar ahora aquel arco azul jaspeado de nubes y no sentirse engañado? ¿O como si fuese él quien cometía el engaño?

Por tanto, Stonier mantenía la vista al frente. Estaba tomándose su tiempo. Armándose de valor. Sabía que se estaba desafiando a sí mismo.

«Soy un chico de ciudad», le había dicho Arman Thakka. Su primera conversación.

Estaban sentados el uno al lado del otro en un viejo Huey destartalado, hablando a gritos por encima de las copas de los árboles de Gambia, tan bajas que habría bastado con estirar el brazo para arrancar una hoja de baobab. Unute se encontraba enfrente, con los antebrazos apoyados en los muslos y la mirada fija en las botas, siempre la misma pose, como si la tristeza que sentía le impidiera levantar la cabeza. Stonier había estado observándolo a través del visor, sin decir nada, firmemente aferrado a su arma. En tensión, no por el contacto inminente, sino porque por fin había llegado el momento. Ésta era la primera operación en la que participaba como integrante de una unidad acerca de la que tan sólo había oído rumores durante tres años, los dos últimos invertidos en averiguar cómo se solicitaba ingresar en ella, seguidos de otro más, el tiempo que había durado el curso de acceso. Un aprobado, por fin, seguido de dos meses y medio de orientación. Tiempo durante el cual la orden más importante que había recibido su promoción, lo que no paraban de repetirles una y otra vez, siempre era la misma: «Superadlo». Lo que había que superar variaba: podía ser su incredulidad; el deseo de recibir algún tipo de explicación que nunca llegaba; las teorías sobre cómo era posible que existieran las evidentes imposibilidades a las que servían; el temor reverencial que les inspiraba su nuevo camarada.

El antedicho camarada no les daba órdenes. No era su superior. Tampoco era seguro acercarse demasiado a él, estar en su compañía. ¿Eso lo habéis entendido todos? Era la baza más importante de la nación y también su peor amenaza. Era la razón de ser de la unidad.

Pero, sobre todo, según había acabado entendiéndolo Stonier, lo que debían superar era su deseo de comprender.

«Nos oiréis llamarlo B —había dicho Keever—, pero para vosotros será Unute».

Stonier recordaba los vídeos que le habían enseñado. Ángulos forzados e inestables de cámaras montadas en el hombro. Unute eludiendo un todoterreno que pretendía arrollarlo, dándole un puñetazo en el lateral, destrozándolo. Unute, una mota, saltando, rompiendo a patadas el cristal de la carlinga de un helicóptero al vuelo. Unute contra un tanque, sacando a tirones al conductor por una portilla demasiado pequeña para su cuerpo, aullando como un animal. Unute contra un mortero, una mina, todavía en pie mientras los pedazos de sí mismo llovían a su alrededor, desencadenando el infierno. Unute contra un aluvión de soldados. También contra aquellos miembros de la unidad que no habían guardado las distancias cuando en sus ojos empezaron a saltar chispas azules.

Y aquí estaba ahora Stonier, sentado enfrente de esta cosa, este avatar de la guerra.

El hombre que tenía al lado, un veterano que ya iba por su cuarta misión, Stonier aún se acordaba, se había inclinado de repente hacia él y, por señas, le había pedido que activara un canal privado. Así lo hizo Stonier, preparándose, listo para recibir cualquiera que fuese la información supersecreta que se avecinaba; pero Thakka se había limitado a decir:

—Soy un chico de ciudad. Chicago. Tú eres natural de aquí, ¿no?

Stonier se lo había quedado mirando.

—Es que no me puedo tomar en serio un sitio que está a la sombra de una papelera —dijo Thakka—. Sin ánimo de ofender, pero, por lo que a mí respecta, Tacoma es un pueblo.

La voz de Keever resonaba en el canal principal, informándoles de que había llegado el momento.

Y cuando, veintiséis minutos más tarde, habían regresado al helicóptero, sin aliento, sudorosos y cubiertos de quemaduras recientes, viscosos de sangre y aceite, acarreando entre ambos a un camarada llamado Dansen que sobreviviría pero no volvería a caminar, mirando fijamente a Unute, que los esperaba en el vehículo sujetando la pulpa triturada que era la cabeza de su objetivo principal, con los ojos clavados en ella mientras se le acompasaba la respiración y el azul se apagaba a medida que el aire revuelto y el mundo que lo rodeaba desaparecían de forma gradual, cuando retomaron sus asientos y se abrocharon los cinturones y se rehidrataron mientras el pájaro despegaba en medio de un remolino de polvo y una tormenta de balas procedente de abajo, Stonier había oído el chasquido del mismo canal privado y la voz de Thakka volvió, cansada ahora pero poco menos jovial.

—Tampoco quiero ser un capullo —era lo que Arman Thakka había dicho—. Me refiero a lo de Tacoma. Lo que pasa es que tenía entendido que tú eras de la zona, así que he pensado que serías la persona indicada a la que preguntarle qué sitios molan por aquí.

Stonier lo había llevado a la taberna La Plata de la Suerte.

—¿Qué haces para desconectar? —le había preguntado Thakka.

—No sé —había replicado Stonier—. Videojuegos, a veces. ¿Tú juegas?

—Hago puzles.

—No me jodas.

—Pues sí. —¡Aquella sonrisa! Tan estilizada, tan lánguida—. Venga, no te cortes, dime lo cutre que es eso. Ya he superado la vergüenza. —Arman se había encogido de hombros—. Me chiflan los puzles.

—Tú sí que sabes vivir peligrosamente —dijo Stonier.

—Bueno, a lo mejor es que me gusta ver cómo encajan las piezas. Es casi como si estuvieran follando.

Stonier se ruborizó mientras se le escapaba una carcajada.

Habían desayunado en la cafetería La Cucharilla de Plata de Marcia. Todo era plata.

—Soy de Hillside —le había explicado Stonier—. Antes era la parte mala de la ciudad.

—¿Y cuál es la parte mala de la ciudad ahora?

—Ya no hay ninguna.

—Siempre hay una parte mala de la ciudad —insistió Thakka.

Le había dicho en más de una ocasión que quería ver dónde se había criado. Pero Stonier se negaba a llevarlo a Hillside, y aunque Arman bromeaba y le restaba importancia, él sabía que, en el fondo, lo apenaba, lo cual a su vez entristecía a Stonier, que ni siquiera estaba seguro del porqué de su reticencia.

—Ya no es lo mismo —alegaba—. Lo han gentrificado todo.

—¿Y dónde no? —había replicado Thakka—. ¿Por qué no me haces de guía y me enseñas cuáles son los sitios que faltan?

Claro que sí, dijo Stonier. Pero no lo había hecho.

¡Eh!, pensó ahora. Más vale tarde que nunca, pensó, proyectándolo adondequiera que pudiera estar Arman. Porque allí estaba Stonier, en Hillside, caminando por fin entre el muro trasero, liso y gris del almacén que se elevaba a su derecha y el feo edificio de oficinas abandonado que tenía a su izquierda.

Una valla de tela metálica se inclinaba en su dirección allí donde uno de los postes había saltado, meciéndose a merced del viento y la gravedad. Más vale tarde que nunca, Arman, dijo Stonier en silencio, sabiendo que eso no siempre era cierto.

Estaba a solas en aquel callejón tan estrecho. Las fachadas que lo flanqueaban no estaban pensadas para que nadie las viera. Allí no había la menor motivación para raspar las pintadas viejas de las paredes, ni para contratar a algún chaval con piercing en la nariz, estudiante de diseño, y que las reemplazara con sus irónicos homenajes a los dibujos de Obey Giant, o sus versiones de ojos saltones de los bichos de Merrie Melodies posteriores a la etapa de Haring, o sus caricaturas de Trump o cualquier otro personaje malvado. En vez de eso, Stonier caminaba entre *mené mené tequel ufarsines* bastante más zafios. Numerados, numerados, sopesados y divididos, rezaban A tomar por culo y Gilipollas y eran imágenes de penes eyaculando y el perro de alguien se había cagado y sus heces yacían al pie de aquellos símbolos como ofrendas abyectas, y Stonier estaba solo en aquella calle de Hillside, y no siempre valía más tarde que nunca.

Encontraron a Unute por fin, duchado, vendado y cambiado, en la ventana del laboratorio de seguridad en el que yacía la cosa muerta que había traído. A través del cristal reforzado con alambres, observaba a los científicos que, con sus batas blancas, comprobaban los espectrógrafos y medidores de gauss, trazando los perfiles del resplandor kirliano que envolvían aquella carne sanguinolenta.

—No corren peligro —dijo B cuando Caldwell y Diana se acercaron—. Todavía les deben de quedar unas horas.

En el interior de la sala, fuertemente iluminada, una mujer tenía el rostro enmascarado poco menos que sumergido en aquella caverna de carne, escarbando como un arúspice. Caldwell les mostró una copia de los resultados preliminares.

—Un cerdo —dijo—. Nos has traído un cochino, Unute. ¿Qué, tenías hambre? ¿Te gustaría que celebrásemos una *luau*? ¿Va siendo hora —Caldwell exageró su acento, algo pasado de moda, para rematar la frase— de asar un lechón en la barbacoa?

«Así que tú sí te puedes burlar de ti mismo —pensó Diana—. Lo que no te gusta es que lo hagan los demás».

—Esto —dijo B mientras se volvía hacia ellos— es un babirusa.

—¿Un qué? —preguntó Diana.

—Un puerco ciervo. Un babirusa. Ahora no se distingue... —Indicó la ventana—. Por lo que he hecho con él. Acompañadme.

La habitación a la que los condujo se encontraba al fondo de un largo pasillo, detrás de más de una cerradura, en la planta más alta del edificio. Ocupaba una esquina del saliente de acero y cristal, por lo que la interminable ventana que hacía las veces de pared no era vertical, sino que se inclinaba en su descenso. El centro de la cámara lo ocupaba un enorme escritorio. Los demás tabiques eran de un gris glacial, sin más adornos que un mapa del mundo. La proyección de Peters, cuya estilizada representación de África atrajo la atención de Diana. Contra las paredes de la sala aguardaban seis sillas.

—No he visto ninguna cámara en esta sección —dijo Diana.

B asintió con la cabeza.

—Una de mis condiciones. —Se acercó al ventanal hasta tocarlo casi con la puntera de las botas y contempló las sombras del bosque que se extendía a sus pies—. El helipuerto está cerca. Pensarían que sería útil cuando quisieran que me desplazara deprisa.

—¿Qué es este sitio? —preguntó Diana.

—Mi despacho. —B se giró. Les indicó que se sentaran e hizo lo propio.

—¿Te han dado un despacho?

—Creo que algo había oído —dijo Caldwell mientras acercaba una silla a la mesa—. Me suena haberlo visto incluso señalado en los planos.

—Quizá hayas oído algo, pero te aseguro que no lo has visto señalado en ninguna parte. Tampoco lo uso mucho. Sin embargo, cuando empecé a trabajar para vosotros... —Hizo un gesto que pretendía abarcar todo el edificio antes de apuntar con dos dedos a Diana y a Caldwell—. Cuando empecé a trabajar aquí, me lo ofrecieron. Insistieron, más bien. De vez en cuando me viene bien recordar su existencia.

—Bonitas vistas —dijo Diana.

B apuntó al techo.

—Espacio de almacenamiento. Para no sé qué. Pero, ya sabes, se agradece el detalle. —Apuntó a la puerta—. Un poco de intimidad. Apartado.

Entrelazó las manos encima de la mesa. Era la primera vez que Diana lo veía con aspecto de profesor. Se acomodó en la silla, considerablemente más cómoda que la suya.

—¿Son de Eames estas sillas? —preguntó.

—Pues sí —dijo Unute—. Modelo 117. Me gustan los brazos. Siempre he pensado que las Aeron están sobrevaloradas.

A Diana le dieron ganas de soltar una risotada. Le parecía de lo más cómico que a ese hombre le pudieran gustar unas sillas más que otras. La embargaba la hilaridad cada vez que Unute expresaba preferencia por algo, lo que fuera.

«Esas cosas me gustan», le había dicho en cierta ocasión, al entrar en la cocina para empleados mientras ella se calentaba una sartén de palomitas. Diana todavía recordaba la oleada de histeria que había tenido que combatir al verlo esperando a que ella rasgara el envoltorio. ¿Qué podías hacer más que reírte ante el hecho de que alguien que, eones atrás, había cruzado continentes despoblados por puentes de tierra ya hundidos, que había matado mamuts apuñalándolos con sus propios colmillos, que era arcaico cuando Gilgamesh aún estaba en pañales, te contaba que prefería las palomitas de Jiffy Pop a las de Orville Redenbacher? ¿Los bizcochos de Betty Crocker a los de Baker's Dozen? ¿Eames a Herman Miller, las estilográficas de Franklin-Christoph a las de Montblanc, la pizza a los espaguetis o lo que fuese a cualquier otra cosa?

¿Qué podían importarle a alguien como él esas cosas?

Lo que ya había empezado a comprender, sin embargo, era que todo importaba.

B le había dicho que le gustaban Etta James y el Laphroaig, aunque podía bailar y había bailado al son de los alaridos de huargos moribundos; aunque podía beber y había bebido orines, sangre y fango estancado. Podía sentarse sobre cantos de pedernal en un abismo azotado por la ventisca, si era preciso. Había ocurrido. Pero ¿por qué no le iban a gustar unas sillas en particular antes que otras?

Habría que darle la vuelta a esa pregunta. ¿Por qué no iba a tener una opinión muy clara sobre todo lo que alguna vez había existido?

Diana se fijó ahora en él, que estaba considerando cuál sería la mejor manera de decir lo que quería decirles. No recordaba haberlo visto nunca indeciso. B comenzó a entrechocar el pulgar y el índice de la mano derecha, siguiendo algún ritmo antiguo, mientras persistía en su mutismo.

—¿Dónde estabas, Unute? —preguntó por fin Caldwell.

—De caza.

—Y nos has traído un cerdo muerto —dijo Diana.

—Eso es lo que quería explicaros. El babirusa. Lo cacé quedándome sentado e inmóvil.

De nuevo el silencio.

Diana notó en el brazo la mano de Caldwell, que reclamaba discretamente su atención. Le enseñó el teléfono. Diana miró lo que había conjurado en la red interna: una imagen de babirusas. Unos cerdos densos, curiosamente estilizados, con algo de hipopótamo en los contornos del lomo y el cuello. Lo más dramático eran sus dientes. Cada uno de ellos (los animales eran machos: había visto el término en la ventana de búsqueda) presentaba dos grandes pares de colmillos de marfil que se arqueaban hacia atrás, hacia la cabeza del animal. El par delantero sobresalía de su labio inferior, trazando una trayectoria exagerada y, ya de por sí, espectacular. Pero los traseros brotaban directamente de la piel del morro de la bestia, en ocasiones cruzándose, formando un tirabuzón extraordinario hacia la frente.

—¿Y por qué te has ido de caza? —preguntó Caldwell.

Unute lo observó de reojo. Detrás de su expresión, soterrado bajo su habitual mezcla de melancolía e impenetrabilidad, se intuía un leve desafío que hizo que Diana recordara lo que Keever había dicho acerca de las introspecciones de B. Diana se llevó los dedos a los labios y B la miró en ese preciso momento; debía de parecer una niña intentando no hacerse ilusiones.

—Muy pocas cosas —habló B por fin— de las que me pasan son cosas que no me habían pasado antes, de un modo u otro. Eso incluye cosas más raras de lo que hayáis visto nunca. «Magia». —Usó los dedos para dibujar las comillas en el aire—. He... —Se quedó pensativo—. He abatido criaturas aladas que vuestros jefes y vosotros denominaríais SVNI, saurios volantes no identificados, con tal de no tener que recurrir a la palabra «dragones». Pero hablemos de personas. Sabéis que no sois los primeros que me habéis estudiado.

—Siempre ha habido sectas —consiguió articular Caldwell, detrás de cuyos ojos a Diana le pareció ver unos lagartos gigantes.

—No me refiero a ellas. Hablo de científicos. Aunque la distinción puede ser muy sutil, bien es cierto. En cualquier caso, me han analizado y examinado durante prolongados periodos de tiempo. Tampoco sois los primeros en montar una unidad secreta.

—Una unidad que gira en torno a ti —matizó Diana.

—En cierta ocasión mencionaste a Henry Cavendish... —dijo Caldwell.

—Y Mary Somerville. Abbas ibn Firnas, Wang Yangming, Mahendra Sūri y Maria al-Qibtiyya, nombres todos ellos que seguramente os suenen de algo. Podría seguir. Pero también Kai Monch Gerin, de quien no sabéis nada. O Agrista, el de Orejas de Murciélago, o el Beso de Cyunrod. Ha habido personas con instituciones tan impresionantes como la vuestra, a su manera. Ahora, todos sus estudios son polvo. Nadie sabrá nunca nada de ellos, a menos que yo se lo cuente. —En su voz sin inflexiones, Diana percibió un cansancio tremendo—. Ya os he explicado que la historia habitual son pamplinas. Reza algo así: en el Paleolítico, ignorancia. —B dio una palmada—. ¡Y en el Neolítico, la revolución! Esperamos unos pocos miles de años y..., ¡puf!..., ahí está la escritura. Ahora es cuando de veras empieza la fiesta. —Movió la cabeza—. Os lo he dicho. Hubo un montón de altibajos. Un incendio, un río de lava, el impacto de un meteorito, yo, lo que sea, la pizarra se borra y empezamos de cero, y siempre hay algún motivo para no encontrar pruebas. La gente montaba a caballo cuando nací. La primera vez que aprendí a leer fue hace setenta y siete mil años. Hasta que ocurre alguna putada y eso se pierde. Para empezar de nuevo más tarde. Con la agricultura, lo mismo. Con las matemáticas. Con la astronomía. La ganadería. La planificación urbana. Ya os hacéis una idea.

Diana podía ver el apetito en los ojos de Caldwell y sabía que debía de haber un brillo parecido en los suyos. Siempre era demasiado. Te encuentras con un informador dotado de una memoria perfecta, casi veinte veces más anciano que la más antigua de las pirámides y que, por motivos de cansancio, beneficio mutuo, frustración o lo que fuera, está dispuesto a contarte casi todo lo que quieres saber. En fin, piensas, tienes las respuestas a todo al alcance de la mano. Pero ¿cómo saber siquiera por dónde empezar? ¿Cómo saber en qué preguntas invertir tu tiempo cuando cada pizca de información, cada revelación histórica que te suelta junto a la máquina de café o por darte conversación mientras estás sacándole sangre, desencadena su propia avalancha infinita de nuevas incógnitas?

Así que sí, no, no le hacía falta seguir. Aunque se quedaban embobados cuando lo hacía.

Caldwell y Diana conocían algunas de esas civilizaciones perdidas que había mencionado. Absorberían entusiasmados cualquier detalle que quisiera soltarles e implorarían más, deseo que podría concederles o no. El Imperio de Draboon. El Matriarcado de Calabash. La Confederación de las Palmas. La Atlántida, Mu e Hiperbórea, claro. Diana y Caldwell habían oído algo acerca de sus torres y sus bibliotecas, sus ciencias *sinquímicas*, sus artefactos voladores.

Y, por supuesto, aunque lo dudaba, o creía dudarlo, quería dudarlo, estando como estaba en la naturaleza de estas revelaciones la inevitabilidad de que ella jamás pudiera encontrar ni un ápice de evidencia que las corroborara, Diana nunca iba a estar segura sin sombra de duda de que B no estuviera, sencillamente, tomándoles el puto pelo.

—¿Adónde quieres ir a parar? —preguntó Caldwell. Si el estado de ánimo de Diana hubiera sido otro, eso podría haberle arrancado una carcajada. ¿Adónde quieres ir a parar, tío, con toda esa cháchara sobre el esplendor de mundos perdidos?

—Es lo que digo siempre. Nunca pasa nada que no haya pasado ya antes. Permitid que os cuente una historia. Me encontraba en una meseta —comenzó a relatar muy despacio—. Con vistas a un valle. Había un río que atravesaba la selva pluvial.

—¿Dónde? —inquirió Caldwell.

B hizo algo, un papirotazo con los dedos. Diana oyó un golpecito seco, el mapa se estremeció y un lápiz rodó por el suelo. Vio un agujero diminuto y una marca de grafito encima de un archipiélago.

—Por aquel entonces todavía no se llamaba Indonesia —dijo B.

—¿Cuándo es «por aquel entonces»? —quiso saber Diana.

—Diecisiete mil años antes de que llegaran los humanos. Bosque. Valle. Pantano. Yo montaba guardia. No habría de llegar nadie más hasta dentro de unos pocos miles de años. Pero no estaba solo, si contamos los animales, y yo los contaba.

»Los veía ir y venir. Hasta que, un año, llegaron estos babirusas.

»El lugar era bueno —continuó—. Fértil, seguro. De modo que se quedaron. Se acostumbraron a mí. Yo nadaba en el río y les ponía nombre a los lechones. Ahora bien, ya había tigres en aquella parte del mundo. Un siglo y medio después de que los babirusas se instalaran allí, unos tigres los encontraron. Se dieron un banquete con ellos. Yo no intervine.

Parecía pensativo. Diana no quiso preguntarle por qué no había intervenido.

—Pero luego los tigres siguieron su camino —dijo B—. Y, con el tiempo, los cerditos que se habían escondido salieron y la vida comenzó de nuevo. Y fue agradable, durante algún tiempo. Hasta que una manada de megaciones..., ya se han extinguido, una especie de perros..., hizo acto de presencia. El ciclo se repite. Yo sigo sin entrometerme. Después de unos cuantos cientos de veces acabas jurando que no te vas a entrometer nunca más en nada, y yo procuraba cumplir mi palabra. Por suerte para vosotros, cambiaría de opinión más adelante, pero ésa no es la cuestión. Me compadecía de aquellos babirusas. Me gustaban. Sin embargo, ésta era una de esas ocasiones en las que mi primera directriz consistía en mantenerme al margen, de modo que me limitaba a observar. Total. Años después de lo de la manada de perros, cuando los puercos ya se habían asentado de nuevo, ¿os podéis creer qué fue lo siguiente que encontró el valle? —Ni Diana ni Caldwell abrieron la boca—. Otro grupo de babirusas —dijo B—. Más duros de pelar que mis chicos. Lo dicho, el sitio era bueno. Y creedme, una pelea de babirusas es algo digno de verse. —Enseñó los dientes como si fueran colmillos—. Ahora bien —dijo Unute, despacio y en voz baja, con la mirada fija en la mesa—. Voy a contaros lo que vi cuando los intrusos hubieron terminado de arrasar el lugar y la piara original, los que habían logrado escapar, regresaron discretamente una vez más.

»Uno de ellos, uno de "mis cerdos", era una hembra adulta muy dominante. Ya la había visto antes. Ignoro cómo había sobrevivido, pero allí estaba, sola. Ensangrentada, renqueante, cubierta de cortes, contemplando su reflejo en las aguas cenagosas. Toda su camada había muerto. Estaba inmóvil, sin más. A veces, alguna de las hembras, incluso alguno de los machos más jóvenes, se acercaban a ella y la acariciaban con el hocico, como si quisieran consolarse o consolarla, como si le estuvieran haciendo preguntas. Ella no respondía.

Diana volvió a llevarse la mano a la boca y se irguió en su silla, despacio.

—Al final —dijo B—, cuando ya anochecía, se alejó cojeando de súbito y se adentró en el bosque. La seguí. Ella no veía nada. Empezó a escarbar. Debía de estar famélica, porque los intrusos habían saqueado casi toda la zona, pero ignoró algunos tubérculos y hierbas que yo la había visto comer antes. Buscaba algo más específico. Y lo encontró. Un hongo en particular. Tiró de él con delicadeza, con los labios, lo transportó con la boca y lo dejó debajo de un arbusto. Al que empezó a quitarle las hojas. Para cubrir el hongo con ellas. Luego se fue en busca de una flor, una flor específica entre todas las que había en el bosque. La trajo también. Y así. Cuando hubo terminado de reunir aquella extraña combinación de ingredientes, el conjunto resultante fue lo que se comió, al fin. Después se tumbó y, transcurridos unos instantes, empezó a lamentarse.

Diana se incorporó. Miró fijamente a B. Éste le devolvió la mirada.

—Aquella misma noche, más tarde —continuó con la misma ecuanimidad de antes—, escalé la cordillera. Flotaba una sensación extraña en el aire. Pensé que se avecinaba una tormenta. No se desató ninguna, pero sí que vi algo.

—No —murmuró Diana—. No.

Podía ver que Caldwell no lo entendía.

—No había ninguna tormenta —dijo B—, ni lluvia, ni viento. Pero el firmamento pareció tensarse ante mis ojos y, de improviso, en las alturas se formó una saeta de un azul cegador que pasó justo por mi lado antes de caer en el valle.

»Vi que el rayo restallaba con un lanzazo inmenso y atronador. Directamente sobre uno de los babirusas. Sobre uno de aquellos cochinos.

Diana salió por la puerta. Aunque Caldwell la llamaba por su nombre, aquello no podía esperar. Tomó el pasillo y empezó a volver sobre sus pasos, corriendo, oyendo su nombre de nuevo y los pasos de Caldwell, y detrás el caminar firme de B, pero ella avanzaba tan deprisa como se lo permitían las piernas, abriendo las puertas con la tarjeta sujeta con su cordel, internándose en otros pasadizos mejor iluminados, más familiares, descendiendo, dejando atrás unos laboratorios demasiado brillantes hasta entrar en el área de seguridad. En el laboratorio reforzado en el que habían dejado los despojos de aquel babirusa.

Había un corrillo de empleados pegados a la ventana de la sala interior. Diana se abrió paso a empujones para sumarse a ellos ante el cristal.

En la mesa, donde habían sujetado con correas el cuerpo fláccido, aquella ruina de materia porcina se había coagulado, desmenuzado, deslizado por toda la mesa, reformado, elevado y adoptado nuevas dimensiones, singulares e insólitas. Allí aguardaba ahora en una gran forma ovoide, correosa, vertical, adherida a la superficie con los restos de su propia piel.

Un huevo enorme.

Un huevo idéntico a aquéllos de los que surgía Unute en esos raros momentos de la historia en los que su cuerpo tiraba la toalla.

La historia del servicio

Cielos. Puesto que me lo pedís con tanta amabilidad, habré de contaros mi historia, aunque sólo sea en parte. Sin embargo, habéis de saber que, en realidad, nunca fue mía. Al menos no por completo.

Aunque las letras me desafían, muchas veces me he conformado con acompañar a quienes sí saben leer y lo hacen como si comulgaran plácidamente, enfrascados en muda conversación con el libro que reposa en sus piernas, o encorvados sobre la mesa, pluma en mano, para dejar su propia impronta en las hojas; no sin cierta curiosidad he asistido a tales esfuerzos. Valga todo lo cual para decir que sé reconocer el punto, sí, ese ojo diminuto y atento. Y tampoco me resulta extraña la coma, la cual para mí siempre ha tenido aspecto de dedo que llama. ¿Qué palabra es ésa?, le pregunté en cierta ocasión a uno de tales recurvados escribas. Aquél cuya historia me disponía a contaros.

Ninguna, repuso. Es una pausa. Para respirar.

¿No fue bella su descripción?

Permitid que os confíe un secreto que me ha enseñado la vida. Todos podríamos creer, o desearíamos hacerlo, que nuestras existencias son sagas para cuya narración harían falta abundantes palabras. Necedad y orgullo desencaminado: la era de los profetas, de las historias dignas de contarse, ya es agua pasada.

O casi. Pues uno de ellos camina entre nosotros aún. Sus historias exigen un tomo. Sí, aquél por el que me habéis preguntado.

Os agradezco que me hayáis puesto una mano en la frente. Aunque esté helada.

No es la primera vez que preguntáis por tales historias, infiero.

Era muy joven cuando juré no hablarle de él a nadie. No desvelarle a nadie lo que en su compañía había visto, aprendido.

Ahora bien, los juramentos son una cosa. Y todas las cosas son merecedoras de respeto en virtud de ser cosas, de ser y punto, pues dicha existencia no la crean únicamente quienes los pronuncian, sino también nuestro Señor, como yo antaño habría dicho. Los juramentos no deben hacerse ni romperse a la ligera. Y…, nótese que no he dicho «pero»…, esta merced que me hacéis con vuestra presencia, el agua que me traéis, vuestro contacto, aunque os agradecería que no volvierais a poner sobre mí vuestra mano, tan fría, todo ello me impele a responder a vuestras preguntas.

Decidme, ¿quién os ha abierto la puerta?

No importa.

No me pidió juramento alguno, aquel hombre. La iniciativa fue mía.

A mí me hice una promesa y miradme ahora, puro cansancio y arrugas, origen de sonidos encharcados y olor a bacín. Mas no creáis que me mueve el rencor, os lo ruego. El yo que hizo aquella promesa y el yo al que se la hice eran jóvenes ambos, todo inquietud e imprudencia. Mientras que este yo mío con el que habláis ahora ha perdido algo de temeridad, siquiera un ápice, y por consiguiente ya no es la misma persona. La persona que promete y la prometida ya no existen, de ahí que ya no exista tampoco el juramento en cuestión.

Él nunca me pidió discreción. Nunca me pidió nada.

La primera vez que me dijo algo más que Sí o No o Té o Me estás estorbando, en tono de distracción infinita, fue para contarme una historia sobre los cerdos de una isla, un relámpago de extraños colores y un lechón de fuerza antinatural. Se abstrajo en su relato, como si repetir aquella historia le proporcionara algo de calma o alguna revelación. Por la cadencia de sus palabras yo sabía que no era la primera vez que las pronunciaba en voz alta, aunque sí en mucho tiempo.

Su casa era grande, espléndida y fría, aislada en los páramos, y me contó la historia del cerdo en una habitación de la primera planta, un estudio que, pese a llevar semanas a su servicio, hasta ese momento yo aún no había visto. Como si desde mi llegada los pasillos se plegaran sobre sí mismos, engañosos, tras mi espalda y mi cubo. No encendió el fuego tras la rejilla, a pesar de lo cual no tiritaba tampoco, a diferencia de mí. Lo acompañaban en su narración..., inadecuadamente, cabría añadir..., el rasgar de la viola y los plañidos del oboe de los musicastros de abajo, donde sus huéspedes se entregaban a distintos placeres. Era de aquellos peligros de los que él me había librado.

Sois una visita de lo más paciente.

Tenéis la piel tersa y carente de arrugas, mas ¿es antigüedad eso que parece velar vuestros ojos?

Os merecéis una mejor narración de tales menesteres que la mía. Sin embargo, la mía es la única que está disponible. Prosigamos, pues.

Hacía algunos años que mi señor había recalado en la casa, adquirida, según las malas lenguas, por medios ilícitos. Tales habladurías allanaron el terreno a otras, éstas de libertinaje; tantos años después, los mentecatos lenguaraces gustan de lanzar las mismas acusaciones contra Dashwood o la Orden del Segundo Círculo.

Entre mis innumerables faltas no se ha contado nunca la querencia por el desenfreno, y no fue de resultas sino a expensas de tales historias que me desplacé por fin hasta aquel sitio para afirmar que no me importaba trabajar y preguntar si había alguna vacante. Mis padres y mi hermana habían fallecido, y yo, sin nadie que me quisiera en mi aldea natal, me moría de hambre.

Fue él quien me dejó entrar y escuchó mi plegaria. Yo esperaba forjar algún lazo con el resto de la servidumbre, mas no sería así. No había muchos, y no parecían más indiferentes a mis ambigüedades que mis antiguos vecinos. A mi señor, sin embargo, tales cualidades no parecieron importunarlo ni entonces ni nunca.

A mí y a los demás empleados de la casa se nos había encargado prepararnos para celebrar una fiesta. Cuando llegaron los carruajes, no reconocí el rostro de quienes viajaban dentro, pero por los susurros de los criados supe que aquél era sir Tal y aquélla era lady Cual, doña Viuda De, lord Etcétera y demás compañía. Antes de que el reloj marcara las doce, los escándalos que había escuchado se vieron eclipsados con creces por aquéllos, mis superiores. No voy a enumerar los pecados que vi. Os haré saber, sin embargo, que incluso entonces, antes de que mi señor me contara ninguna historia de coraje y tragedia animal, en sus facciones mientras se entregaba sin freno a la carnalidad y la blasfemia de esa velada vi, algo insólito entre los celebrantes, no avidez sino infinita paciencia. Y una pregunta.

¿Cuál? La pregunta que vi era: ¿Será esto lo que significa existir?

Aquí en mi lecho postrer, mientras hablo con vos, pese a todo el cuidado y la paciencia que me dispensáis, vuestra faz me sugiere que ya conocéis algunos aspectos de esta historia.

Estaba cruzando el salón con una bandeja de *possets* cuando un señoritingo insolente quiso agarrarme el pecho y lo que notó hizo que se riera mientras yo le suplicaba que me soltara; una mujer resplandeciente aún con nada más que una tiara se unió a él en sus exploraciones y quienes nos rodeaban se carcajearon de muy buena gana. Mi señor estaba observando; vi el frío distanciamiento de su mirada y me pregunté si no debería someterme a aquellas atenciones no solicitadas, como otros miembros del servicio hacían, yo ya lo había visto, oponiendo mayor o menor resistencia.

Yo era una curiosidad para aquéllos que me manoseaban y me quitaban la ropa, como tan a menudo ha ocurrido, con esa verga atrincherada en su quimérico valle entre los muslos.

En fin. Tropecé y esperé que las copas derramadas sofocaran algún que otro fervor, pero alguien sujetó la bandeja. Mi señor. El cual, apenas un abrir y cerrar de ojos antes, se encontraba en el otro rincón de la cámara.

Parad ya, les dijo, y me ayudó a levantarme.

Los que me habían inmovilizado protestaron y criticaron la calidad de su hospitalidad, primero en tono de broma y luego con más acritud; la dama me tiró del pelo e intentó llevarme con ella.

Yo sólo tenía ojos para mi señor. Soy incapaz de nombrar las emociones que se reflejaban en su semblante. He llegado a creer que lo que vi entonces en aquellos ojos oscuros no era sino el anhelo de la indiferencia. Seguido, procedente de algún recoveco profundo, de la angustia que le producían sus pasiones no deseadas.

Abofeteó a la mujer, que lo imprecó, y nadie dijo nada hasta que él se rio con ahínco, aunque sólo yo le veía melancolía en los ojos, y la mayoría de sus huéspedes, tan aliviados como niños que acaban de recibir el permiso soñado, reanudaron de buen grado su fornicio, gustosos, todos salvo la pareja que había jugueteado conmigo.

Faze cuh too voodray, bramó mi señor mientras partía conmigo. Nos alejamos al son de la histriónica mansedumbre de aquellos temulentos degenerados y me condujo a la estancia de arriba, donde, sin saber muy bien por qué, en apariencia, me habló de los cerdos.

Os ruego que me disculpéis. Pese a toda vuestra amabilidad, ya no lográis disimular la impaciencia. Abordaré el resto de este relato con toda la presteza que me resulte posible, pues pronto tocará a su fin el tiempo que en este valle de lágrimas se me había asignado. A diferencia del vuestro, quizás, algo me impele a pensar, pues lucís el aspecto de quien ha viajado mucho. Me siento como si estuviera hablando con alguien oculto detrás de esos ojos.

Habló conmigo, mi señor, transido de una luctuosa abstracción, y gracias, le dije yo, por haberme salvado, pero él sacudió la cabeza. Le pregunté por qué había acudido en mi auxilio sin mencionar que, pese a lo inconmensurable de mi gratitud, había una doncella, una cocinera y un mozo de cuadra que estaban siendo sujetos a los apetitos de sus invitados abajo, sin que a mí me hubiera parecido que recibían con alborozo tales atenciones, a pesar de lo cual, tales sufrimientos no habían concitado la menor reacción por su parte.

Bromach nos conmina, fue su respuesta, a proteger a aquéllos que lo necesitan.

No lo entendí y no dije nada.

Se quedó conmigo el resto de la noche, hasta que los huéspedes se hubieron marchado. Acordándome de la expresión de quienes él había interrumpido al separarme de ellos, supe que no sería ésa la última vez que los viera.

Era fin de semana cuando le hablé de las figuras que había atisbado entre los setos y los arbustos, vigilando la casa. No me pidió que ahuyentase las fabulaciones de mi cabeza, sino que asintió, pesaroso, y dijo que lo que tuviera que pasar, pasaría.

Estaba entrada la noche cuando me despertó la advertencia de una lechuza. Me levanté de la cama y oí los pasos de unos intrusos, aun así furtivos, no obstante. Levanté la cabeza cuando pasaron por delante de mi dormitorio y vi a la pareja de la fiesta, amén de a dos hombres que los acompañaban y caminaban de puntillas con suma pericia, pisadas subrepticias que deduje motivadas por las monedas del dúo. Me parecía inexplicable que no hubieran sabido encontrar mi cuarto, mas luego se me ocurrió que no era a mí a quien buscaban, que los deleites de mi carne extraña no eran nada en comparación con la venganza que exigía la afrenta que ellos debían de percibir en el hecho de que dicha carne les hubiera sido negada.

Los seguí tan de cerca como pude por los pasadizos umbríos. Me torturaba pensando en cómo podría alertar a mi señor. Sabían cómo llegar a su cámara. Me dispuse a gritar, sin importarme la suerte que pudiera correr, cuando el primero de los hombres puso la mano en el tirador de la puerta. Mi corazón sonaba como los tambores del infierno mientras avanzábamos y, cuando ya me estaba llenando los pulmones de aire, aquella puerta se abrió.

Sin luz, sólo acerté a oír una carrera súbita y brusca. Tres jadeos, uno dos tres. El primer compás de un grito truncado al instante, un corte, un goteo. No podía ver nada. Por ello doy gracias a nuestro señor Jesucristo.

Algo me metió de un tirón en el cuarto. La mano de mi señor, lo supe enseguida. Noté su dedo en los labios y oí un susurro: Silencio, veas lo que veas. Aunque me preparé, cuando golpeó el pedernal y encendió la vela, no pude por menos de soltar un sonido, como el lamento de un alma torturada, al ver todo aquel rojo, las últimas e infinitas miradas de quienes habían ido a buscarlo.

Mi señor me rogó silencio.

Conseguí obedecerlo, hasta que me giré y lo vi a su vez. Imagen ante la que se me escapó otro grito.

En su cuello, un estilete aleteaba con cada nuevo aliento y susurro. Del lugar en el que estaba clavado brotaba sangre como hiciera el agua de las rocas en Masá y Meribá. Al ver lo que yo estaba mirando, tiró de la empuñadura. El manantial se trocó en catarata.

Ya se cerrará, dijo. De nuevo su dedo ensangrentado en mis labios; me rogó silencio, de nuevo.

Y de nuevo, por él, lo guardé.

Ahora tendré que seguir mi camino, me dijo cuando la hemorragia se hubo cortado.

No era una invitación, pero tampoco todo lo contrario. Le dije que lo acompañaría.

Después de esa noche, aquel hombre dejó de ser mi señor. Aunque ignoro qué era él para mí, creo y espero saber lo que podría haber sido yo para él.

Me previno. Me informó de que, a diferencia de mí, él no iba a cambiar con el devenir de las décadas. No le iban a doler las rodillas. La obsidiana de sus cabellos no iba a entreverarse de plata.

Me pasé años aguardando el resultado que era indudable que iba a llegar. Me lo había advertido desde el principio.

No voy a amarte, me dijo. No puedo. Pero tampoco soy indiferente. Hay épocas en las que me siento junto a aquéllos que me importan algo mientras se marchitan y mueren. Y después hay eones durante los que me faltan las fuerzas para hacer algo así. Te aviso, me dijo cuando yo aún estaba en la flor de la vida, de que esta era es de esas últimas. Haber visto tanto, tantos finales, debería insensibilizar la mirada, podrías pensar, y así es. Pero te confesaré un secreto: por debajo de eso, siempre, lo opuesto es cierto también. Cuanto más se contempla, más impacta y zahiere una escena. Por partida doble cuando yo, ciego, me desencadeno, y después soy testigo de lo que he desencadenado. No voy a pedirte que camines conmigo, y si lo haces, ten por seguro que algún día, cuando los años te anclen inevitablemente a la muerte, de la cual, por mucho que me rodee, no siento el menor deseo de presenciar ni un ápice más de lo necesario, te despertarás y yo me habré ido. Esto te digo, como te digo también que yo no caminaría junto a nadie que me hiciera semejante promesa; si no te insto a darme la espalda es porque yo nunca insto a nadie a hacer nada. No te lo echaría en cara si quisieras seguir tu camino; antes bien, celebraría que hubieras abjurado de un abandono seguro. Si es ése el caso, aléjate ahora de mí. Señaló con el dedo.

Ésa es la dirección que deberías seguir. Mi camino es éste. Invirtió la dirección de su dedo.

Ya sabéis cuál fue el que tomé.

Viajamos juntos durante mucho tiempo. Me enseñó muchas cosas.

Nadamos en la abundancia, nos hundimos en la pobreza, gozamos de una estabilidad moderada, de nuevo nos enriquecimos y mendigamos de nuevo. Era violento, mas nunca conmigo, y era gentil. Fuimos profanos y píos.

Podría haber deseado un lugar mejor que éste para ver el fin de mis días, pero necios son los que hacen planes vanidosos y más necios todavía los que amasan su dinero para ejecutar tales planes. No me arrepiento de cómo he vivido. A su lado.

Sin embargo, no habéis venido para escuchar estas historias. Tengo razón, ¿me equivoco?

Gracias otra vez por el agua, por esta compañía para mí tan inesperada.

Años después de que me uniera a él..., y ya hace años de esto..., reuní el valor necesario para preguntarle quién era Bromach. Bromach, del que él me había dicho al principio que lo conminaba a protegerme. Bromach, gracias al que yo me había salvado; Bromach, cuya tolerancia tenía un límite. Bromach, del que no había vuelto a hablar nunca. Se lo pregunté entonces porque, aunque no frisaba la senectud todavía, tampoco era joven e ignoraba cuánto tiempo me quedaba con él.

Mi pregunta le hizo sonreír. Cosa que no ocurría a diario.

Bromach era una deidad, respondió.

¿Una deidad? ¿De qué?

De lo que a mí me apetezca, me dijo. Y su nombre es Bromach y Aspad y Tremelinkid y Bo y es un él, una ella, ambas cosas, ninguna. Son cuatro esquinas, un garabato (ni lo entendí entonces ni entiendo todavía a qué se refería con eso) y legión, un león, una mujer, un camello, un hombre, el dios de la clemencia, de la venganza, de la amargura, el desinterés, el pesar.

A veces, dijo, me invento mis propios dioses para adorarlos. Ésa es la suerte de la parentela divina. Nadie nos adora a nosotros y nadie debería adorar a sus padres, algo que nosotros nunca seremos, pues estamos, o yo lo estoy, demasiado llenos de poder. Puedes echarle la culpa a la carne humana, demasiado débil para mis emisiones. Considera mi vigor excesivo, si quieres, pero lo cierto es que mi misma potencia me convierte en estéril. Sin adoradores ni yunta, yo (él, cito), pues todos aquéllos que se han proclamado de idéntica ralea mentían o erraban y soy yo el que, solo, debo crear mis propias pasiones en esta vida y lo que venga después. Eso incluye dioses a los que obedecer, a veces, durante algún tiempo.

Había pasado en un instante de la alegría al abatimiento, de modo que lo besé.

Cuando desperté (esto fue años después) y él ya no estaba, no me enfadé. Me lo había advertido. Ni siquiera me irritaba que me hubiera dejado sin dinero. En el fondo creo que, de haber tenido algo, me lo habría legado, aunque nunca me hubiera prometido hacer algo así.

Únicamente él, entre todos los que caminan sobre la faz de la tierra, posee una historia digna de plasmarse por escrito. Así lo afirmo, así lo sostengo desde hace ya mucho tiempo. En mi invalidez actual, sin embargo, notando próximo el final, que no me da miedo, me enorgullece la marca que creo ser para éste, el libro del mundo.

La gran, la inmensa mayoría de nosotros, en las historias que nos cuentan los vientos y las montañas y los árboles y las ciudades y el mar y Leviatán y el abismo y él, mi antiguo señor devenido en compañero, del que estamos hablando, somos puntos finales. Somos lo que sucede en esos intersticios infinitesimales que median entre un momento digno de mención y otro. Motas. Millones de nosotros contenidos en una gota negra, una pupila de tinta.

Creo, sin embargo, y espero que no sea la arrogancia del amor lo que me ciegue, pues no digo que lo amara y sé que él a mí nunca me amó, pero creo que, si alguna vez hablara de mí, si quisiera escribir el gran libro de su vida, al llegar a los escasos años que estuve a su lado, durante el aleteo de un instante, lo que se tarda en levantar un dedo, se detendría casi como si quisiera tomar aliento.

Creo que soy una de las pocas personas que gozan del selecto y eterno privilegio de haber sido, para él, una coma.

¿Otro sorbo? Gracias.

Os lo diría, si pudiera, pero no conozco su paradero. Es eso, ¿verdad? ¿Por lo que habéis venido? Lo buscabais a él, ¿me equivoco?

¡Oh! ¿No andáis tras su pista? ¿Habéis tenido éxito o lo tendréis antes que otros que lo buscaban, otros que ni sabían ni saben que ésa era y es su suerte, su deber, su destino? ¿No os van a hacer caso? ¿Os han desobedecido?

¿Y el cerdo?

Después de toda vuestra paciencia, lo cierto es que no habéis venido ni por mi historia ni por la suya, sino por la que él me contó, ¿verdad? La del cerdo. Cielos. ¿Buscáis al cerdo?

Daos prisa, entonces. El Ángel de la Muerte anda cerca.

Y aquí, en las orillas del último mar, mi mirada interior está clara, y detrás de esa calavera, de ese verdugo del Señor aguarda, sí, aguarda algo más frío, más frío y antiguo que eso que acaba con uno y con todo, algo que observa, inmóvil, un abismo inerte y silente, un pozo de oscuridad como el que anida en el corazón de los ojos.

Miradme.

¿Qué os gustaría saber?

Pose de niño

Las grandes ventanas de la consulta de la doctora Shur daban a las sombras del bosque. Junto a ellas estaba, sosteniendo la mirada fascinada de un ciervo, cuando entró Stonier. El animal se asustó con su llegada y se perdió de vista saltando entre los árboles.

Shur se sentó en el sillón que había al lado de su mesa e invitó a Stonier a ocupar la silla de enfrente.

Tenía la misma edad que su madre y lo observaba con una preocupación parecida. Stonier poseía experiencia de sobra para saber cuántas figuras «poco probables», según los clichés, destacaban en el ejército. Atendiendo a ciertas convenciones, sabía que él mismo era una de ellas. Pese a todo, le costaba imaginarse a esta mujer blanca tan risueña y afable, vestida con estampados florales, impartiendo órdenes o poniéndose firme delante de algún superior.

—¿Ya te has reunido con Caldwell? —preguntó por fin la doctora.

—Lo voy a ver hoy. He recibido otro mensaje acerca de lo que sea que es este proyecto. Dice que me quiere por mi experiencia. —Stonier se encogió de hombros—. Que estoy dispuesto a escucharlo, le he dicho yo. A lo mejor sólo quiere distraerme un poquito, aunque no lo tenía yo por alguien al que los demás le importaran un comino. Me ha...

Shur levantó la mano.

—¿Recuerdas lo que te dije? No voy a pedirte que cometas ninguna indiscreción. No quiero conocer los detalles. La última vez que hablamos, me dijiste que eso te hacía sentir incómodo. Eso me sugiere qué lugar ocupa Caldwell en tu cabeza, y el que me has contado que ocupaba en la de tu marido. Sé que no entiendes por qué, pero no pasa nada. Me alegra verte confiar en tu instinto. Detecto orgullo en ti. También eso está bien. Creo que, aunque te sientes obligado a hacer lo que él quiere, intentas resistirte utilizando las técnicas de las que habíamos hablado. Te mueves en un mundo muy dramático y, a menudo, lamentablemente, muy negativo. Por eso es tan importante que aprendas a desenvolverte de forma positiva. Que te concentres en las cosas positivas. Sobre todo, después de tu pérdida.

—Me cuesta —dijo Stonier—. Había muerto. —Shur esperó—. Me estaba esforzando, lo juro. Lo echaba muchísimo de menos, pero me esforzaba. Aunque no sintiera nada. Y de repente..., ¿no estaba muerto? Pero luego..., ¿ahora sí? ¿Después de todo? ¿Cómo debería reaccionar ante eso? Comprenderá que me cueste un poco oírla hablar de cosas positivas.

—Con eso no quiero decir que niegues el dolor. Eso sería, en fin, negación. Todos nuestros seres queridos son una trayectoria. Es un tormento cuando ésta toca a su fin y, por motivos que escapan a nuestra comprensión, tú has tenido que enfrentarte a eso dos veces. Lo lamento. Es más de lo que nadie debería afrontar. Pero tú tienes que hacerlo, y cómo lo hagas importa. —La doctora se reclinó en el sillón—. ¿Les has echado un vistazo a la lista de grupos que te pasé?

—Todavía no.

—No voy a meterte prisa. Sin embargo, insisto en que creo que podrían servirte de ayuda. No todo el mundo ama o amaba a su pareja como tú. Llevaba el símbolo que tú le habías dado. —Al oír eso, Stonier se sobresaltó y se palpó la chaqueta por encima de un bolsillo interior—. Me lo contaste tú.

—No exactamente. Lo que le di fue mucho por saco con sus estúpidos pasatiempos. —Stonier sonrió—. A los cuales me acabé aficionando.

—¿Estás listo para compartir lo que era?

—Nah. Me da vergüenza. Sería como leer un poema de amor en voz alta. La primera vez que echamos una partida juntos a uno de sus juegos, me quitó lo que yo tenía en la mano, le dio un beso y se lo guardó. Y ahora lo he recuperado —susurró Stonier—. Lo tenía en la mano, en el túnel...

—Y ahora lo has recuperado. Esta conexión, ésta es la razón, en mi opinión, por la que tú..., tú en particular, no cualquiera..., te beneficiarías de formar parte de una comunidad. Lo que estás experimentando es una amalgama muy concreta de amor, pérdida y rabia. Puedes sentirte orgulloso. Por muchos motivos. Por ejemplo, sospechas que el doctor Caldwell también ve eso en ti y lo quiere para lo que sea que se propone, a pesar de lo cual tú te resistes. Todo el mundo persigue sus propios fines. No pasa nada. Tener un objetivo está bien. Pero deberías hacer algo positivo con ese amor, y quizá también con tu ira. Por eso te he dado esa lista.

—¿Esa lista? —replicó él, casi gritando—. ¿Voleibol? ¿Escalada?

—¿Qué es lo que te enfada tanto de eso? —preguntó Shur.

—¿Quiere que empiece a pintar? ¿A hacer punto? ¿El puto Proyecto Vida? Ni siquiera sé qué coño es eso. No soy un sensib...

—¿Hay antecedentes de Alzheimer en tu familia? —La pregunta le cerró la boca—. Un método para tranquilizar a las personas con Alzheimer consiste en darles una muñeca y pedirles que cuiden de ella. Puede ser útil.

—Cree que estoy perdiendo la cabeza.

—En absoluto. Las muñecas no funcionan únicamente en los casos más avanzados. Una de las cosas más impactantes que he visto fue una entrevista con un paciente al que no hacía mucho que le habían diagnosticado la enfermedad. Era perfectamente consciente de lo que ocurría. Agarró la muñeca y dijo: «No se equivoque. Sé que no es real. Ignoro por qué me ayuda cuidar de ella, pero así es». Y sonrió.

—¿Adónde quiere ir a parar? —preguntó Stonier.

—Según tú, hacer punto o escalada sería una pérdida de tiempo. Al igual que irse al bosque a gritar, la terapia de renacimiento o, por supuesto, el Proyecto Vida. «Paparruchas». «Estupideces». «Artificios». —La doctora usó los dedos para dibujar las comillas en el aire—. Sólo los más ingenuos podrían beneficiarse de esas actividades. Y crees que, como yo te las estoy sugiriendo, eso significa que te tengo por un ingenuo. Que quizá también yo lo sea. Pero no estoy pidiéndote que te apuntes a ninguna magufada. Lo que digo es que cabe la posibilidad, por remota que sea, de que te sirvan de algo aunque «sepas»... —Se encogió de hombros—. Cómo suenan.

Stonier se pasó la lengua por los labios.

—¿El Proyecto Vida? —preguntó con recelo.

—El Proyecto Vida del doctor Alam —replicó la doctora con fingida grandilocuencia antes de retomar su tono de voz acostumbrado—. Sí. Un centro positivista, sí. Una estupidez, ya lo sé. Comprensible. Adelante, pon los ojos en blanco. ¿Por qué no le das una oportunidad de todas maneras? Con escepticismo y todo.

—Me lo pensaré.

—Ya. Creo que llevas pensándotelo desde la primera vez que lo sugerí.

Stonier dirigió la mirada a las sombras entre las que el ciervo se había perdido de vista y vio que un búho lo observaba ahora desde la penumbra.

Cuanto más estrictos eran los protocolos de seguridad de un laboratorio, más gradas en semicírculo había en las salas de observación, con sus asientos distribuidos alrededor de la ventana de vidrio armado. Sin embargo, todo el mundo tiene que dormir. Además, ¿acaso la unidad no hacía gala de cierta cortesía, no le concedían intimidad suficiente a aquél a causa del cual se encontraban todos allí? ¿Acaso no era eso para lo que servían las altas horas de la madrugada? Para que Unute pudiera sentarse a solas en la última fila del anfiteatro más grande. Tenía la mirada fija en la cámara iluminada de blanco, repleta de bandejas, bisturís y demás parafernalia guardada en armarios cerrados con llave. La camilla estaba en el centro. Y encima, coagulada en remolinos de materia carnosa, como caramelo fundido, una vaina ovoide. De más de un metro de alto. Veteada de protuberancias venosas. Del color de un jabalí.

Cuando Unute, B, volvió la cabeza por fin y miró a través de la ventana de la puerta que daba al pasillo, divisó allí una figura tenue, inmóvil, silueteada por el resplandor de los fluorescentes. Alguien había ido hasta allí para pegar el rostro a la ventana de la sala de observación, sala a la que su pase no concedía acceso, quizá. Alguien con las manos ahuecadas para evitar los reflejos. Alguien adulto, a pesar de su pose de niño.

B y el observador cruzaron la mirada. ¿Habría distinguido el hombre las palabras que B estaba silabeando mientras contemplaba aquel huevo? ¿Habría sabido leer en sus labios, «Sal ya, por favor»?

Llegó una vigilante y B se fijó en la delicadeza con la que apoyaba una mano en el hombro del curioso, que dio un paso atrás y dejó que la luz lo bañara. B lo reconoció. Stonier.

Lo vio alejarse. Consideró la pena, la forma que adoptaba el luto de ese hombre nacido en estos últimos compases de la época filoimperialista que le había tocado vivir, y enterrados bajo semejante ristra de distinciones, los cimientos imperturbables de aquella emoción. El mismo pesar que B había visto en Ulafson. En infinidad de ocasiones.

No levantó la cabeza al abrirse la puerta, ni tampoco cuando Diana caminó de lado entre las filas y se sentó junto a él, dejando una plaza libre entre ambos.

—¿Qué tienes? —preguntó B.

—Poca cosa. —Diana le entregó un dosier—. Ése es el informe sobre Thakka. No había visto nunca a los médicos tan desconcertados. Y recuerda que los he visto operar contigo. Pero tú, por lo menos, cuando te hieren tienes el detalle de regenerarte, aunque sea a una velocidad increíble. Y si alguna vez algo te mata... —Señaló la vaina—. Thakka no se regeneró. Tenía un puto boquete en la cabeza, y aun así volvió para saludar.

—¿Algo del babirusa?

—¿Antes del huevo? No. Era carne picada. Le hicieron un montón de pasadas con un campo de gauss, y el laboratorio entero es una jaula de Faraday. Está limpio. Sin rastreadores.

—De todas formas, jamás dejaría que le pusieran un chip —dijo B—. O eso creo.

No parecía tan seguro.

Diana contempló la vaina.

—¿Cómo es? —preguntó—. ¿Salir de algo así?

—Sólo puedo decirte lo que se siente justo después. En el exterior.

—Debe de requerir mucho esfuerzo. Esos chismes son duros. Naces..., renaces..., luchando.

Diana había visto fotografías de dos de las crisálidas de las que Unute había emergido tras sufrir unos daños lo bastante catastróficos como para aniquilar temporalmente su cuerpo inefable. Una de las imágenes era de color sepia, del objeto solo; en la otra, dos mujeres y un hombre de atuendo damasquinado, de un siglo de antigüedad, posaban rígidos junto a la forma ovoide en el rincón de un jardín. Esa fotografía se había coloreado con suma atención al detalle, a mano. El huevo que Diana tenía ante ella era más oscuro, más de color sangre, que en esa imagen.

—Me cuesta creer que las cosas, que el tiempo... ¿Cuál era la palabra? Que el tiempo resuene.

B le rogó que le explicara a qué se refería con eso.

—Que contigo, tarde o temprano, miles de años más tarde, se repita la misma historia. Como con tu madre. Tu banda. Asentamiento pacífico, invasión, crueldad, desesperación. Narcóticos, éxtasis. Súplica. A algo. Un poder. Una fuente. —Había avidez en la expresión de Diana—. Resplandor, intervención eléctrica, azul. El nacimiento de un arma. Un arma inmortal. Y, después de eso, venganza.

—Diana. Eres la última de una larga cadena de personas sumamente inteligentes que, sin embargo, son capaces de pasar por alto las cosas más obvias. ¿«Tarde o temprano»? No puedes ni imaginarte la de veces que he visto, no sé, lo que se te ocurra. Ardillas expulsadas por otros animales de un árbol propicio. Tejones. Ranas. Visones. Cuántas veces he visto a uno de ellos con la vista vuelta hacia el firmamento, como si estuviera implorando. Cuántas veces he visto un banco de peces expulsado de su charca entre las rocas, devorados, ahuyentados. Cuántas veces he visto a alguno de esos desplazados comer un alga extraña y elevar la mirada hacia el... —Negó con la cabeza—. Cielo. Esperando una descarga. —Se encogió de hombros—. Cuántas veces me han mirado a mí.

—¿Qué? —consiguió murmurar Diana.

—Ciervos. Osos. Iguanas. Termitas. Murciélagos. Chimpancés. Dodos. He visto a un caracol rogar a sus dioses. Contra otros caracoles. A personas, también. Me acuerdo de una joven *erectus* que estaba mascando unas hojas de feo aspecto después de la incursión de otros *erecti*, más fieros. Fui testigo de la misma escena en dos ocasiones con sendas familias neandertales, con seis mil años de diferencia. No por culpa de otros neandertales, por cierto: los *sapiens* siempre han sido más problemáticos. Es un cliché, pero es cierto. Vi a una mujer *floresiensis* intentarlo después de una incursión especialmente brutal. Quizá, si hubiera elegido una droga distinta, podría haber funcionado. En cuyo caso, tal vez se hubiera impuesto su especie. Además, mi madre no fue la única *sapiens* que lo intentó —prosiguió—. Ni te imaginas de cuántos intentos he sido testigo. Este pequeño ciclo del que yo soy fruto es la historia más corriente del mundo.

—¿Hay más como tú?

—No. No te equivocas al suponer que esto fue algo especial. —Inclinó la cabeza en dirección al cristal—. Muchísimas plegarias no han obtenido respuesta. Ésta es la única vez que vi cómo el rayo acudía en respuesta. ¿La combinación exacta de drogas, temperatura, genética y estrés que le dio resultado a mi madre? También se lo dio a la suya.

—¿Qué era aquel rayo azul? —preguntó Diana transcurridos unos instantes.

—Lo ignoro. Y tú lo sabes. Ya he superado todo eso, estoy aquí para que me ayudéis a ser, sin más. Eres tú la que todavía piensa que va a poder desentrañar todos los cómos y los porqués. Te aguarda una decepción. En cualquier caso, ésa fue la única vez que sé que dio resultado, aparte de la mía. La primera, como tragedia. Después, como farsa. —B sonrió—. ¿Sabes?, Karl siempre ha sido mucho más gracioso de lo que la gente se imagina.

—Este cerdo... —murmuró Diana—. Ésta es la farsa. La repetición de tu tragedia original.

—Lo que digo es que ésa es la única vez que he vuelto a verlo. No tendría lógica que el rayo no hubiera caído ya antes. ¿Por qué dar por sentado que yo soy el fruto de la primera vez que dio resultado? Puede que seamos farsas tanto él como yo.

Diana oía sus palabras como si provinieran de un lugar muy lejano. Meneó la cabeza como si quisiera despejarse los oídos, como si su sorpresa hubiera mutado en tapones de agua.

—Enseguida recibirás un informe detallado —dijo B—. Sobre lo que hay ahí dentro. Puede que eso os acerque a vuestro objetivo. Vuestros clones de supersoldados. —Diana no dijo nada—. No me rasgaría las vestiduras. Ya te lo he dicho, me trae sin cuidado. Yo busco lo que busco y vosotros buscáis lo que buscáis. Hacedme todos los análisis que queráis, sed concienzudos. Sacadme lo que podáis e introducidlo en vuestra gente. Cread vuestros asesinos inmortales si podéis. Pero dadme lo que quiero.

—Lo que yo siempre he querido —dijo ella— es comprender.

—La comprensión está sobrevalorada. Mírate. Tan circunspecta.

Ése era el adjetivo que siempre empleaba con ella cuando se enzarzaban en tales discusiones, y a Diana le daba rabia porque no parecía inexacto. Se sentía tímida y cohibida resistiéndose a reaccionar a sus acusaciones sobre supersoldados y clonación. Obedecía los protocolos, no obstante: ni confirmar ni negar nada, ni siquiera delante de él. A lo mejor era capaz de oír los latidos del corazón, pese a haberlo negado. Ochenta mil años de información harían de él un detector de mentiras mucho más eficaz que cualquier polígrafo pseudocientífico.

«Razón por la cual procuramos no contarle mentiras —le había dicho Caldwell—. Para evitar posibles resentimientos».

«Pero el Programa Eutico es CIPB —había replicado ella. CIPB: Confidencial Incluso Para B—. Si no puedo negar su existencia, ¿qué hago?».

«Cuando lo mencione, que lo hará, no digas nada».

«¿Eso lo engañará?».

«Por supuesto que no. Pero al menos no habrás mentido».

«Existe la mentira por omisión».

«Cuéntaselo a algún filósofo —había sido la respuesta de Caldwell—. O a un sacerdote».

—Mientras me ayudéis —dijo ahora B—, me da igual lo que hagáis con vuestros hallazgos. ¿Crees que sois los primeros a los que se les ha ocurrido intentar utilizar lo que sea esto? —Se golpeó el pecho tres veces, con fuerza—. Te aseguro que no sois ni los primeros, ni los segundos, ni los milésimos. Las pastillas que me das..., para hacer un seguimiento de no sé qué fuerza, para reducir no sé qué campos..., no son más que las hierbas y las sales que otros han empleado. ¿Esas bridas de nanofibras de carbono con entrelazamiento cuántico que estáis intentado fabricar? Diana, no pongas esa cara. Tengo acceso a los manifiestos, ¿sabes?, y aunque mis conocimientos de física no estén a la altura de los tuyos, me hacen el apaño. Contáis con mi aprobación. Sé lo que estáis haciendo e incluso os dejaré probarlas conmigo.

Tampoco sois los primeros en hacer progresos en ese sentido. La última mujer que lo consiguió fue una bruja, mil trescientos años atrás. También a ella la ayudé. Le dejé probar sus cuerdas. A mí me llamaba lobo, y a ellas, las ligaduras de Fenrir. Me libré de ellas, aunque reconozco que no fue nada fácil.

¿Qué es lo que quieres, B? Sin poder evitarlo, Diana recordó la primera vez que se lo había preguntado. ¿Morir?

No me estás escuchando, había dicho él. Te crees muy cínica, pero esto no es un cuento de hadas con el que tú puedas ponerte revisionista. No intentes darme una lección, porque ni yo soy el niño que aprendió lo que era el miedo, ni estamos en *Koschéi el Inmortal*. No es una moraleja lo que busco. No quiero morir. Pero sí quiero ser capaz de hacerlo.

La muerte, no como destino, sino como horizonte. No de cerca. No deseaba el final, sino continuar sin finalizar, aunque de otra manera. A la sombra de la definitiva culminación de la vida. ¿Y si era eso lo que anhelaba, no equivalía acaso, aunque él no se lo hubiera dicho con estas mismas palabras, a sugerir que lo que estaba haciendo ahora no era vivir? ¿Cómo debía de ser, existir con la intrascendencia de esa interminabilidad?

Quizá B hubiera visto esa epifanía en ella. Había sonreído ligeramente ante su silencio. Y después, con el encarnizamiento de quien se sabe triunfador, había añadido: «Por otra parte, reconozco que no las tengo todas conmigo sobre si la historia de Koschéi el Inmortal se inspira o no en mi existencia».

De ahí las colaboraciones. El seguimiento de la dispersión cuántica, el análisis existencial más el microscopio de electrones más la evaluación de respuesta al estrés más la detección de ultraondas más la meditación más la biofísica más próxima a una filosofía disidente que a la ciencia convencional. Subvencionado por él con sus intervenciones en el campo, el trabajo de ella consistía en comprender, buscar y sondear su fuente inagotable; el de él, en despojarse de su recalcitrante inmortalidad. En disfrutar de una vida digna de llamarse así.

No quiere morir. Lo que quiere es vivir.

—Lo vi nacer —dijo ahora B, contemplando la vaina—. La primera vez. Yo sólo había muerto un puñado de veces por aquel entonces y siempre eclosionaba justo donde había caído. De pequeño, le hacía daño a mi madre. Recuerdo que la mordía al alimentarme.

—De modo que recuerdas incluso tu primera infancia —dijo Diana—. Lo único que olvidas es el *berserk*.

—No lo olvido. Durante el *riastrid* —replicó él, utilizando el término en gaélico antiguo para «espasmo transformador»—, no estoy lo bastante despierto como para cerciorarme de nada, eso es todo. Pero escucha. A diferencia de la mía, la madre de ese lechón no tuvo la menor oportunidad cuando eclosionó. —B agachó la cabeza—. Me alegra que no me hayas preguntado su nombre, porque nunca le puse ninguno. Miento: le he puesto muchos a lo largo de los años, pero ninguno ha cuajado.

—Si has visto tantos intentos de... de invocación protectora —dijo Diana—, ¿por qué funcionó éste?

B se encogió de hombros.

—Soy consciente —dijo tras hacer una pausa— de que debo de ser un incordio para tus jefes. Ésos a los que tú nunca has visto. En habitaciones llenas de humo. Aunque puede que, hoy en día, ya no estén llenas de humo. En cualquier caso, estoy portándome bien. Tenéis vuestra sangre, tenéis vuestra piel. Pero sé que para ellos sería más fácil si yo no tuviera mis opiniones. Si fuese un animal, pongamos por caso. Cualquiera podría pensar que, de esa manera, lidiar conmigo sería bastante más fácil. Te presionarán para que redirijas tus esfuerzos. Para que desarrolles tus recursos a partir de eso. Ir a la guerra detrás de cerdos inmortales atados en corto. Ahora bien, yo ya he tenido que enfrentarme a eso, al Culto del Colmillo y otros chiflados que lo veneraban, y lo único que puedo decir es: buena suerte. ¿Que por qué dio resultado con éste? ¿Que cómo consiguió renacer? —B contempló el frío resplandor como un vidente su bola de cristal oscura. En sus ojos anidaba una intensidad, un pesar, que Diana no había visto hasta entonces—. También yo me lo he preguntado. Lo ignoro.

»Tiene gracia: nadie sabe qué hacen con esos colmillos. No sirven para excavar. Los "exploradores" decían que los usaban para luchar entre ellos en época de apareamiento. Los nativos se reían de tales afirmaciones, y con razón. La teoría actual es que son para exhibirse. Lo que equivale a decir que no tienes ni idea. Y, mientras tanto, esos colmillos nunca paran de crecer. Tienen que limarlos, roer cosas, rasparlos, durante toda su vida. Imagínate lo que ocurriría de lo contrario.

—¿Por qué no nos habías hablado antes de esta criatura?

—Cuando hablas así, me recuerdas lo joven que eres. Entiendo que este cerdo sea una revelación para ti; para mí también es importante. Pero si no te he hablado de él es porque no estaba en mi pensamiento. Porque hacía tiempo que no lo veía. —B se encogió de hombros—. Es comprensible que establezcas tantas conexiones tan deprisa. «Esto me recuerda a esto otro». Pero es porque poseéis muy pocos recuerdos y están almacenados en unos compartimentos diminutos. ¿Te imaginas cuántas cosas tengo yo en la cabeza? Puede que no se me olvide nada, pero eso no equivale a tenerlo todo a mano o a saber distinguir entre lo que es útil y lo que no. ¿Cómo quieres que sepa cuántas de las cosas que me han ocurrido tienen alguna importancia? Y menos para ti. No te he hablado del cerdo igual que no te he hablado de... —B miró al techo en busca de inspiración—. Un rebaño de gliptodontes que sobrevivió en Borgoña hasta el siglo v a. C. He tenido un montón de némesis, muchas de las cuales... —Usó las manos para hacer como si explotara una nube de humo—. Se desvanecieron un buen día. En pleno combate, incluso, una de ellas. No te he contado que Sargis era una mujer y Shamiram un hombre, en vez de a la inversa. Que ha habido tantos sectarios que me odiaban como aquéllos que me adoraban, seguidores de la vida que intentaban matarme. Que el primer equipo de buceo se inventó hace dieciocho mil años. No te he contado que he visto cobrar vida a objetos inanimados. ¿Sigo?

Diana estaba esforzándose por elaborar una lista con todo lo que B había dicho. Un ser humano dotado de una memoria perfecta no se puede considerar humano. La idea no parecía suya, aunque acababa de ocurrírsele a ella.

—Adelante —la invitó B—. Apúntalo todo. Te aseguro que ésos no eran secretos. No siempre se me ocurren cosas que contarte porque hay tantas cosas que ignoras que no sé por dónde empezar. Así que, sí: hay un babirusa nacido de la cópula de una bestia y un rayo. Como yo.

¿Quién estaría hablando?, se preguntó Diana. ¿B o Unute?

—¿Cómo lo encontraste? Antes de traerlo aquí.

Ése era el interrogante que nadie parecía atreverse a plantearle.

—No fui yo. Me encontró él a mí. Siempre lo hace.

—¿Cómo? ¿Por qué?

—Se lo preguntaré si regresa. Espero no tener que hacerlo. Pero siempre lo hago. Quizá me conteste algún día.

—Has dicho que siempre te encuentra. Eso significa que tú también siempre lo encuentras a él.

No se habría atrevido a jurar que se le habían abierto más los párpados, pero sí que pestañeó muy deprisa. ¿Qué es lo que buscas?, estuvo a punto de decir. Sin embargo, lo vio como un animal presto a huir, asustadizo, por extraño que fuese pensarlo. De modo que se abstuvo de formular su pregunta.

—¿Qué —fue lo que dijo Diana, en cambio, muy despacio— tiene que ver todo esto con Thakka? ¿No es mucha casualidad que este cerdo haya aparecido precisamente cuando sucede esto con Thakka?

—¿Te ha pedido Caldwell que me hagas esa pregunta?

—¿Qué?

—Si tú te preguntas esto, Caldwell también. ¿Y entre los dos habéis decidido que tú eres más persuasiva que él? Bien jugado.

—Unute. —Diana dejó que un temblor sutil le truncase la voz—. Sabemos que nunca vamos a poder persuadirte para que hagas algo en contra de tu voluntad. ¿Que si es evidente que te peleas con Caldwell, a veces, y pareces preferir mi compañía? Pues sí. ¿Que si vamos a hacer como si no nos hubiéramos dado cuenta? Pues no. ¿Significa eso que estamos jugando contigo? De ninguna manera. No somos idiotas. Si lo que pretendes es ponerme la zancadilla, te aseguro que nunca me he sentido más sobre terreno inestable que ahora. Mi trabajo consiste en tratar con un inmortal que posee una fuerza increíble, un heraldo de la muerte que sufre episodios de fuga...

—Vale —la atajó él—. Lo cierto es que la aparición del babirusa siempre me altera. Como ya has podido comprobar. ¿Qué tiene que ver esto con Thakka? ¿Algo, nada? No lo sé. Hace mucho tiempo que no veo nada nuevo, y esto lo es. Thakka había muerto. Luego estaba vivo otra vez. Encontré huellas: el babirusa había estado allí, después de la misión. No es la primera vez que el cerdo me sigue la pista. Pero sí es la primera vez que veo a alguien resucitar después de una de sus visitas.

—Lo que ocurre es que, habitualmente, el que resucita es el cerdo —dijo Diana—. Y tú.

Diana reprodujo una escena ya familiar. Preparativos en el vestuario. El color desgastado de la grabación digital, chasquidos por toda banda sonora. Especialistas colocando su equipo. Thakka y Chapman comprobando sus armas. Stonier ajustando el escáner. Miller y Cohn riéndose de algún chiste escatológico. Grayson haciendo ejercicio en el centro de la habitación; típico de él. Keever examinando el mapa. Ulafson aproximándose a Unute en la esquina inferior izquierda de la pantalla. Ulafson metiendo la mano en el bolsillo de su chaqueta abrochada hasta arriba (para detectar su movimiento había que saber dónde mirar en aquella pantalla atestada), intentando acercarse. Unute manteniéndolo a raya, estirado e inflexible su brazo de pronto. Hasta que la tormenta de balas los arrojó a cada uno a los ensangrentados brazos del otro.

La pantalla inundada primero de blanco, de negro después, al explotar la RKG-3.

Diana recordaba cómo olía la estancia justo después. Recordaba haber caminado envuelta en aquel tufo a quemado y productos químicos, a vinagre y salvia, los restos de las botellas, los amuletos, las baratijas y los nombres de los miembros de la unidad, fallecidos en tan insólitas circunstancias, una colección de metralla compuesta de naderías apotropaicas, recuerdos e insignificancias sagradas, como si aquellos talismanes inferiores pudieran hacer aquello de lo que la artillería pesada era incapaz, como si los adversarios de Unute no hubieran recurrido a ellos tantos miles de veces.

Diana sacudió la cabeza para despejarla de esos recuerdos. Durmió durante tres horas y media. Al despertar, acudió a la oficina de Caldwell. Llamó con los nudillos, esperó, abrió la puerta y encontró a Caldwell hablando para el dictáfono. Algo acerca de los acadios, algo acerca de la escritura cuneiforme. La miró a los ojos mientras terminaba la frase. Tenía los ojos desorbitados y ribeteados de rojo.

—Es de mala educación entrar antes de que te hayan invitado a pasar —le dijo.

—Es de mala educación oír que llaman a la puerta y no decir nada —replicó ella—. ¿Has visto mi email? ¿Lo que dice B?

—Sí.

—En pocas palabras, lo que dice es que conoce todos los secretos del mundo y está dispuesto a revelárnoslos, pero las preguntas que le hagamos tienen que ser las correctas. Lo que significa que tenemos que hacerle todas las preguntas del mundo.

Caldwell abrió su correo de nuevo.

—Gliptodontes —murmuró—. ¿Objetos inanimados?

—Magnetismo, campos de partículas, quizá. Ha repetido hasta la saciedad que nuestra cronología de la ciencia está equivocada. Puede que alguien llegara ahí antes que nosotros.

Diana siguió la mirada nerviosa de Caldwell hasta las estanterías, las carpetas y los archivadores, los volúmenes encuadernados. Una concordancia de tecnología antigua.

—Nada de todo esto significa que tu modelo esté equivocado —dijo, despacio.

Conocía los gráficos de colores en los que él llevaba años trabajando. Gráficos de la distribución de las herramientas a lo largo de la historia, rastreada gracias a la arqueología de última generación y pistas obtenidas de Unute. La viralización memética, de una forma de gobierno a otra, de espadas de pedernal afilado, de ánforas y las monstruosas imágenes impresas en sus tapas de arcilla con sellos modulares rodantes, de artefactos como el mecanismo de Anticitera, de las ruedas, del bronce, del hierro.

Allí adonde vas, le había dicho Caldwell a Unute, la tecnología te sigue. Diana recordaba que Unute había inclinado la cabeza con escaso interés.

—¿Cómo que no? —preguntaba ahora Caldwell—. He dedicado toda mi vida a desarrollar la teoría de que es un heraldo de la innovación, no a que se la va encontrando por el camino. Si se tropieza con las ciencias de esa manera, mucho más allá de lo que sugiere el modelo estándar..., o incluso el modelo estándar secreto..., entonces no está a la vanguardia. Tanto si lo sabe como si no, lo más probable es que ande detrás de algo.

—¿Tiene que ser una cosa o la otra?

Caldwell se dio unos golpecitos en el labio con la punta del dedo.

—Autoorganización —murmuró—. Los objetos inanimados sugieren lo contrario de una deceleración. Complejidad en alza, caos a la baja. Una resistencia heroica frente a la termodinámica. —Movió la cabeza y dijo, ya en voz más alta—: ¿Y sigue sin saber qué pensar de lo ocurrido con Thakka?

—No. Y lo creo. Tengo la impresión de que está esperando que seamos nosotros los que aportemos alguna teoría al respecto.

—El cadáver de Thakka está congelado —dijo Caldwell—. Me gustaría desarrollar un par de ideas que se me han ocurrido. Lo de costumbre: ya hemos dejado que la nueva escuela probara suerte, así que ahora toca volver a la vieja.

—¿Magia goética? ¿El Abramelín? —sugirió con voz neutra Diana.

—Cosas del Shem HaMephorash, creo, y de Le Dragon Rouge también. Aunque sea encomendarse a la suerte.

—Nunca me ha quedado muy claro si preferirías que los antiguos grimorios dieran mejor o peor resultado que las secuencias de campos magnéticos de neutrones con dispersión de nanopartículas.

—Ni a mí —dijo Caldwell—. Sigo preguntándome si no habrá algo que se nos escapa sobre este caso concreto de Thakka. ¿Y si esto no fuese algo que le «pasó» a él, sino algo que le pasó a «él»?

—No hemos encontrado nada que lo haga especial.

—La misma cosa se puede buscar de distintas maneras, ¿no es cierto? Te avisaré si me acompaña la suerte. ¿Y tú qué?

—Hay algo en la forma en que B habla de Babe —empezó Diana. Caldwell arqueó una ceja—. Es un cerdo —continuó— y me niego a tener que llamarlo ba-bi-ru-sa cada vez que nos refiramos a él. No lo había oído nunca hablar de nada como habla de ese animal. He estado investigando sobre..., en fin, sobre los cerdos. Documentándome sobre simbología, corrientes ocultas.

—Interesante —murmuró Caldwell—. Hay mucho donde escarbar. El endemoniado de Gerasa. Comer carne de «cerdo largo», un eufemismo para referirse al canibalismo. —Empezó a contar con los dedos, despacio—. Twrch Trwyth. La querencia de Circe por el *choirosmorfismo.* Se podría denominar mística porcina, supongo. ¿Conoces a William Hope Hodgson? Escribió un ejemplo sobresaliente de esa tradición.

Diana se cercioró de que Caldwell pudiera percibir el escepticismo que se reflejaba en sus facciones.

—Te avisaré con lo que averigüe.

Más golpecitos en la puerta. En esta ocasión, Caldwell se apresuró a decir:

—Adelante.

Entró Stonier, cuya posición de firme no estaba exenta de cierto recelo.

—¿Quería verme otra vez, señor? —preguntó.

—Sí —dijo Caldwell, que, ya dirigiéndose a Diana, añadió—. Como ya te había comentado, me gustaría abrir otra línea de investigación.

—Claro —replicó ella. Algo saltó entre los ojos de ambos—. Mantenme informada.

Diana salió y cerró la puerta.

Caldwell indicó la silla con un ademán.

—Creo que voy a quedarme de pie, señor.

—Como prefieras. —Caldwell juntó las puntas de los dedos—. Gracias por venir. ¿Cómo estás?

—Señor.

¿Cuál era aquella emoción que dejaba traslucir el semblante de Stonier? Ni desagrado, ni desconfianza, ni desdén. Una mezcla de pesadumbre y desasosiego, de desregulación, disciplina y distancia.

—Las pérdidas trágicas no le resultan extrañas a esta unidad —continuó Caldwell, midiendo sus palabras—. Los incidentes de fuego amigo que sufrimos, en particular, tienen algo de extraordinariamente doloroso.

Stonier lo miró a la cara.

—Me gustaría hacerte algunas preguntas sobre Thakka.

—No tengo nada que decir que no conste ya en el informe.

Tan sólo un puñado de técnicos de confianza e investigadores de alto nivel sabían que la versión oficial, la que le habían dado a Stonier, la de que Thakka seguía respirando mientras el escáner defectuoso lo daba por muerto, era una tapadera. Sí,

Stonier había visto la cabeza de su marido aquella segunda vez en el túnel y podría haberse preguntado cómo era posible que hubiese resistido con semejantes heridas, pero había sido un momento de desesperación y quizá pusiera sus recuerdos en tela de juicio.

—Tengo entendido que conociste a Thakka estando aquí, de servicio —dijo Caldwell—. Me consta que la competencia por ingresar en esta unidad es feroz. Y todos sabemos que a Unute..., el cual, no lo olvidemos, ha salvado a muchos de tus camaradas..., no se le puede hacer responsable de sus actos cuando ese estado de exaltación se apodera de él. Has expresado tus reservas acerca de la participación en mi trabajo. Aunque me podría limitar a ordenarte que colaboraras, para mí es importante que lo hagas de forma voluntaria. Quiero hablar contigo porque nadie conocía a Thakka tan bien como tú. Quiero ver si conseguimos encontrar alguna pieza de este rompecabezas que se nos podría haber escapado. Mi objetivo es determinar si existe alguna manera de minimizar el riesgo de tener que..., perdón, ésa no es la expresión indicada..., de decidir trabajar con Unute. Agradecería tu ayuda. Por el bien de todos nosotros.

El silencio se prolongó. Caldwell respiró hondo y descargó las manos sobre la mesa.

—Somos afortunados, como suelo decir, por haber podido embarcarnos en este proyecto. Dichosos, incluso. —Levantó la cabeza y miró a los ojos a Stonier—. Dichosos nosotros.

Stonier se mantuvo impasible.

Caldwell se esforzó por no alterar la expresión mientras, en su fuero interno, se relajaba con una mezcla de alivio y decepción. Señal ofrecida, respuesta no recibida. Verificación. Este intercambio no iba a ser ninguna comunicación con unos elegidos secretos.

—Bueno —continuó Caldwell; había cautela en su voz—. ¿Te interesaría desarrollar esos protocolos?

—Siempre hemos sabido que trabajar codo con codo con Unute no era seguro —replicó Stonier.

Caldwell sabía ya a qué clase de estoicismo popular, a qué versión de «mi país, con razón o sin ella» se iba a ver sometido. Aquello lo sorprendía. Por inescrutable que fuera Stonier (*nomen est omen*), Caldwell habría jurado que el dolor que se vislumbraba en él estaba reñido con semejantes perogrulladas. Esto era, en parte, lo que lo había llevado a preguntarse si lo que veía en Stonier no sería un correligionario de su secta sin nombre, un compañero hierofante de clandestinos saberes. Hasta el punto de arriesgarse a salir de dudas teniendo en cuenta que, aunque resultara no ser cierto (como había ocurrido), el trabajo que Caldwell representaba podría apelar a quien daba la impresión de estar a punto de ponerse a destrozarlo todo llevado por el dolor y la rabia.

Stonier, sin embargo, con la mirada fija en una distancia intermedia, se lanzó a explicar que todos conocían los riesgos, que no había ningún honor más grande que aquél, etcétera. Y Caldwell tuvo que escucharlo todo. Incluso que Thakka había muerto cumpliendo con su deber y otras banalidades por el estilo.

—Como ya he dicho antes —concluyó Stonier—, no puedo añadir nada más. Si me disculpa, señor, me aguarda otra cita.

—¿Con Shur? —dijo Caldwell—. Sabía que, en según qué circunstancias, se impone un ciclo de sesiones obligatorio. Lo que viene a ratificar lo que estaba diciendo: que estamos experimentando esas circunstancias más de lo que nos gustaría. Quizás eso explique que las sesiones ya no se subcontraten a terceros.

Tenía su lógica, pensó Caldwell. Sabía que los oficiales más serios tenían menos probabilidades de tomárselo a broma que los especialistas de sillón. Si uno insistía en que fuese un experto el que abordara traumas como los que inevitablemente acababan sufriendo los miembros de la unidad, lo más recomendable sería hacerlo de forma interna. Cabía la posibilidad de que los soldados tuvieran que describirle a un interlocutor profesional, no ya la violencia en su genérica inmensidad, sino la carnicería exacta y particular de haber visto al hombre junto al que mataban codo con codo, de ochenta mil años de antigüedad e incapaz de morir, sumirse en un estado de fuga y, con un destello en los ojos, embutir la cabeza de un enemigo en el cañón de la torreta de un tanque o sacarle las costillas por la espalda a un camarada. Dejar a un hombre al que todos daban por muerto aunque había sobrevivido en una caverna al otro lado de un portal, murmurando para nadie, implorando ayuda, agonizando de sed y con una herida espantosa.

—Por supuesto —dijo Caldwell. Era una causa perdida—. La ayuda es inestimable, estoy seguro de ello.

La respuesta de Stonier le hizo darse cuenta de que tal vez su tono no hubiera sonado tan comprensivo como él pretendía.

—Lo es —fue lo que dijo Stonier, como un desafío—. Sí que lo es.

Caldwell no se dio por aludido. Su interés se intensificó, sin embargo.

—Me alegra oír eso —replicó, sin saber muy bien si estaba mintiendo, tratando al hombre con condescendencia o diciendo la verdad.

Keever entró mientras Unute observaba al equipo de limpieza, con su indumentaria de protección, anadear por el laboratorio al resplandor de los osciloscopios antes de empezar a restregar a la sombra de la vaina.

—No sabía que tuvieras permiso para estar aquí, Jim —dijo B.

Keever le enseñó la tarjeta que había utilizado, ilustrada con la fotografía de un tal doctor Kim, de la sección 3.

—Siempre hay alguien que te debe un favor.

—Nawa hamkke hae, Kim baksa.

—Jeongmal gamsahabnida —dijo Keever mientras se sentaba.

B señaló la mochila que Keever había dejado en el suelo.

—¿Te vas de viaje?

—Durante un par de días. —Keever titubeó—. Me ha llamado Joanie. ¿La esposa de Miller? No sé si...

—Claro. Me acuerdo de Miller.

—No pensaba que lo hubieras olvidado, es que no sé a quién conoces por su nombre. Me ha llamado Joanie. Está mal. Dice que quiere hablar conmigo, pero preferiría no hacerlo por teléfono. Creo que necesita... desahogarse. Tengo una responsabilidad.

Tras unos instantes de silencio, B preguntó:

—¿Qué has oído? —Inclinó la cabeza hacia la ventana—. Sobre lo que hay ahí dentro.

—Que es un viejo amigo tuyo. Eso es todo. ¿Qué haces aquí, B? Nunca te había visto así.

—No eres el único que tiene una responsabilidad.

—¿Cuál?

—La de ser un rostro conocido.

Se quedaron callados un momento.

—Hace tiempo —prosiguió B, al cabo— que llevo un diario.

—¿Estás ahí, Dios? Soy yo, Berserker.

—No exactamente. Es un registro de mis muertes.

—Macabro de cojones, ¿no?

—Sólo aquéllas después de las cuales eclosiono en otra parte —replicó B, pensativo—. Siempre he pensado que ésas son las que realmente importan.

—Con tu memoria —dijo Keever—. ¿Qué sentido...?

—No se trata de recordar. Los matemáticos recuerdan fórmulas, pero siguen utilizando una pizarra para encontrar soluciones.

—¿Y tú? ¿Has encontrado alguna solución?

—No. Ése es el problema. A veces, al filo del fin, es como si supiera que voy a eclosionar en otro lugar. A veces, casi puedo intuir dónde va a ser. O decidir dónde va a ser, más bien. Pero nunca del todo. A lo mejor he estado haciéndolo mal.

—¿Morir?

—Sí. Y reflexionar sobre ello. He estado fijándome en los detalles de lo que me ha ocurrido, buscando patrones. Pero ¿y si no fuera ése el aspecto más importante? ¿Qué hay de lo que les sucede a todos los demás? Quizás, en vez de llevar una lista de mis muertes, debería haber llevado una lista de todas las que he provocado. Quizá sea ahí donde está la pauta que busco.

Keever no dijo nada.

—Sea lo que sea lo que ocurre conmigo, todo lo que ocurre conmigo, se trata sobre todo de qué sucede cuando entro en fuga —dijo B—. Las muertes. Y sobre todo, sobre todo, las que no son premeditadas. Las que desharía si estuviera en mi mano. Quizás en ellas resida la clave. Puedo pensar en ellas, pero lo cierto es que no me gusta. Debería, supongo. Tú y yo. Nunca hemos hablado realmente de lo que soy.

—Me da igual lo que seas.

—Bien por ti. Pero el mundo no opina lo mismo. Nunca me ha gustado la idea de que era un semidios. Ha sido la teoría más popular y, de ser cierta, las preguntas no serían qué pasa conmigo ni cómo me siento al respecto, sino qué le hago al universo. ¿Traigo el bien o el mal? ¿La vida o, ya sabes, lo que no es vida?

—Nada de todo esto es culpa tuya, hijo —dijo Keever—. Nadie te echa la culpa.

—Todos me echan la culpa —replicó B, con calma—. Ulafson me culpaba. ¿A cuántos camaradas me había visto matar?

—Bueno, pues se equivocaba. Sé que has oído hablar de Shur, que la trajimos cuando tú estabas cazando cerdos. Por eso la hemos contratado. Para evitar que a la gente se le vaya la pinza. Para evitar que se equivoquen contigo.

—¿Y si hubiera venido para evitar que la gente acertara conmigo?

B estaba cansado. De la metafísica del asesinato. De ser dicha metafísica, quizá. Acudió a él un recuerdo, habitaciones borrosas, oscuras, búnkeres secretos, él, inmerso en la gloria plena del riastrid, puños, la pistola, la húmeda tormenta de balas en su carne y desgarrar morder disparar arrancar, atrás, camaradas, atrás, investigadores y compañeros de esta carne inmortal, porque allí estaba él, con una misión, y corta saja aporrea y aquí la oscuridad luminosa persiguiendo el rayo en la periferia de la visión, y en el último momento antes de que la luz lo desfigurara, allí estaba Thakka, cuidado, Thakka, estás acercándote demasiado y...

—Thakka conocía los riesgos —dijo Keever—. Lo siento, pero el fallo fue suyo.

—Stonier me culpa. Yo me culpo.

—B...

Mas el gesto de B había cambiado. Se levantó. Se oían gritos detrás del cristal.

—Salid... de ahí... —dijo, articulando los labios con movimientos exagerados. Agitó las manos pugnando por llamar la atención de las limpiadoras, apuntando a la camilla. El huevo estaba vibrando—. Salid... de ahí.

Una de las mujeres lo vio gesticular, agarró a sus colegas e intentó tirar de ellas mientras B saltaba por encima de las sillas que tenía delante para aterrizar con las manos apoyadas en el suelo junto a la ventana. Golpeó con fuerza el cristal. Una conmoción procedente del pasillo. La puerta de la sala de observación se abrió de súbito y Caldwell y Diana entraron corriendo, invocados por las alarmas. Las limpiadoras corrían hacia la salida del laboratorio.

B, Unute, el berserker, el inmortal, con una mano apoyada en el cristal a la altura de aquella vaina que no paraba de estremecerse, parecía el visitante de un ser querido encarcelado.

—Dios, Jim —murmuró—. Pobre bicho. Esperaba que esta vez fuese distinto, que no se formara el huevo. O que estuviese podrido. Que fuese una mera mortaja. Lo he intentado, de veras que lo he intentado.

La cáscara del huevo se tensó. Una punta. Una protuberancia empujada desde dentro, ahusándose hasta que la membrana se desgarró de repente. Un cuchillo de hueso irrumpió, surgió y traspasó. Un fluido viscoso, lechoso, oxidado se desparramó por toda la camilla y cayó al suelo, donde se mezcló con el agua espumosa.

—Lo he intentado —repitió B con una congoja insoportable—. Sabía que no iba a funcionar. No es la primera vez que lo hago. Todo lo he hecho ya antes, y aun así continúo probando.

Patas rígidas, pezuñas temblorosas que salpican y un cuerpo contorsionado, pesado, que tiembla, patalea y sale humeante, en carne viva. Mirando fijamente. Un cerdo resbaladizo que, con los músculos estilizados, trastabilla y se tambalea, se yergue.

Tenía la piel roja. No, vio Keever, no tenía piel, todavía no, pronto desarrollaría esa última parte de su iteración; sus dos ojos nuevos rodaban en las cuencas sin párpados que los protegieran. Cuatro colmillos, todos ellos afilados, recurvados, blancos y tan largos como un antebrazo, rezumantes de pringue.

El babirusa resolló. Miró a su alrededor.

—Le destrocé la cabeza —dijo B—. No dejé nada. Le puse todo mi empeño.

El enorme cerdo desollado se giró en su dirección.

Se lanzó contra la ventana. Podías oírlo ahora, ahora se oían sus gritos de niño atormentado, un alarido en el que se condensaban eones de ira acumulada.

El babirusa se irguió sobre los cuartos traseros y usó las dos pezuñas delanteras para aporrear el cristal con tanta violencia que el material, diseñado para resistir el asalto de un M16, tembló contra el marco. Embistió con los colmillos contra la barrera, embadurnándola de la materia de su renacimiento, chillando y mirando fijamente a B y chillando y chillando y chillando, desesperado por llegar hasta él.

—Intenté matarlo de una vez por todas. Intenté que se quedara muerto.

diente

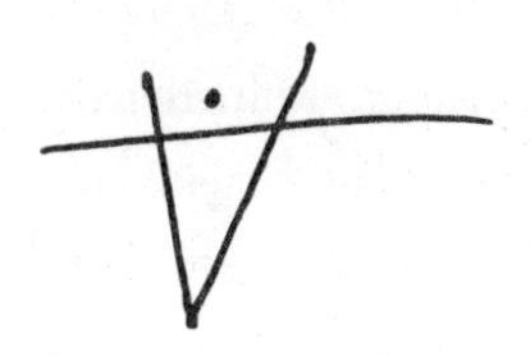

El colmillo de un puerco ciervo no es la mejor de las armas. Aunque tiene la punta afilada, no perfora como los dientes del mako. Penetra, pero no corta bien. Lo que gana en ostentación, esa curva en espiral de la que brota el colmillo, lo pierde en eficacia letal. Todo esto lo sabes. Si quisieras diseñar una herramienta para matar, no sería un cerdo. Lo sabes.

El cerdo te observa sin parpadear. Te vigila y tú estás desnudo al calor y en las profundidades de su melancólica mirada ves la chispa y el resplandor, el azote de aquel rayo azul.

Los músculos del cerdo se preparan, se tensan. Os encontráis en los extremos opuestos de una amplia franja de pedernal gris, entre estrías rocosas. Habéis cruzado un desierto para llegar hasta aquí.

Ya habías estado una vez, hace siglos. Convertiste este lugar en un terreno de pruebas y te dejaste morir de sed. Despiertas de nuevo, rompiendo el huevo hecho de tu propia piel muerta, y te descubres rehidratado.

Si se te encomendase la tarea de fabricar un arma no elegirías una persona, tampoco, ni siquiera aunque estuviese reforzada por el espíritu de la tormenta, como tú: las manos carecen de garras, no hay cola con la que guardar el equilibrio y careces de caparazón, de veneno que escupir. Pero tú eres el arma del mundo, y si éste es capaz de matar con un instrumento tan pobre como tú, ¿por qué no iba a hacerlo con una mole como ésta, con sacacorchos por dientes?

En esta ocasión, el cerdo se ha dejado crecer mucho los colmillos, que ya no se curvan tanto hacia atrás. Se te aparece la imagen del animal aguantando semanas contra un árbol, tirando, forzando la dentadura para rebelarla contra su inclinación natural, para dar forma a lo que ahora parecen bastones rematados en punta.

Levantas las manos. Le enseñas las palmas.

—¡Cerdo! —gritas—. ¡Hermano!

El animal grita a su vez.

—¡Hermano cerdo! Érase una vez un gusano que se llamaba Ira. Se arrastraba por el agua, se alimentaba de tripas de peces y los odiaba. Se embadurnó de sí mismo. Formó una pupa con su saliva, se quedó dormido dentro y, cuando salió, era una libélula resplandeciente que respondía al nombre de Gozo. Se alejó volando.

El cerdo te observa.

Esa historia te la contó un chamán del clan de los Helechos. Gente achaparrada de amplias facciones y cráneo inclinado hacia atrás que te recibió como si no compartieras la fisiología y la fisionomía de quienes se empeñaban en masacrarla. Sus fábulas sobre libélulas, moscas y polillas te tranquilizaban, por eso le cuentas ésta ahora al cerdo que ya te ha encontrado.

El cerdo pisotea el suelo, oyes el restallar de sus pezuñas. Hermanito, piensas, eres una criatura de la ribera, estas piedras calientes tienen que hacerte daño, pero es hora de cortar la conversación, aunque sólo esté en tu mente, porque aquí viene el puerco ciervo, a la carrera, embistiendo, apuntándote con las lanzas de sus colmillos.

Cantas mientras se aproxima. Una endecha.

—¡Lo siento, hermano! La lastimaste al salir. Habría muerto de todas formas. Lo único que hice fue allanarle el camino.

Te haces a un lado en el momento justo y te giras mientras el cerdo resopla de frustración; cuando puede, se detiene torpemente y vuelve hacia ti sus tristes ojillos. Carga de nuevo y el sudor se desliza en regueros por toda tu piel.

Otra vez. Aflojas las riendas de tu atención y elevas la mirada a las aves, buscando siempre el pájaro vigilante, superior, de tus sueños. Escuchas los tambores de las patas del cerdo y ahora, para tu tercera evasión, saltas y dejas que pase por debajo de ti. Sin embargo, frena con una brusquedad perfecta y se queda en el sitio, esperándote con unos dientes tan afilados como los pinchos de un foso de estacas.

—Qué astuto.

Desciendes y en tu muslo penetra uno de esos colmillos expectantes, mira cuánta sangre, nota el desgarro del músculo, da igual las veces que te hayan descuartizado, sigues sin ser indiferente al dolor. Escucha el grito triunfal del cerdo, al límite ya de su fuga, esa transición que tú conoces tan bien, de la cronología a la atemporalidad de la matanza, y si puedes oír en la voz del puerco esa melancolía del vacío que sabes que no podrá saciar ni siquiera el éxito de la violencia, en fin, ya no hay más que puedas hacer para detener este baile.

Y aquí, creciendo dentro de ti a modo de eco, ¿qué es esto sino tu propio contratrance?

Centellas albicelestes en tu visión. Oyes tu propio alarido. Notas el chasquido, el restallar de esos arcos incandescentes y te refugias detrás de tus ojos, miras por ellos como si de un resquicio entre las hojas de los árboles se tratara, y te sumerges hondo, muy hondo, y hace ya días que no experimentabas esta liberación y

lo dejas
salir

del firmamento crepuscular, y cuando regresas, en pie contra la roca, es el ocaso lo que ves y posees tu cuerpo de nuevo, tus ojos para ver la puesta de sol, tu piel para sentir el frescor, y en tu pensamiento, la muerte de la madre del cerdo.

Respira hondo, Unute.

Tu pierna izquierda, mutilada, rota por dos sitios. Sobresale el espolón de un hueso chorreante de sangre. El boquete que presentas en la mejilla izquierda, palpitante, te permite tocar los molares. Golpes en la cabeza, mazazos.

Tu mirada repta sobre el esquisto.

El cerdo hace como si te estuviera observando con los agujeros que le has dejado al sacarle los ojos. Yace inmóvil sobre un lecho de entrañas.

—Duerme, hermanito.

Deja que se te recomponga la pierna.

Cárgate el cadáver a los hombros y camina durante horas por los restos de flora seca que abrazan un túmulo. Arranca ramas de espino. Enciende una hoguera. Levanta el cuerpo inerte del puerco ciervo, ízalo todo lo alto que puedas y arrójalo al fuego.

Al alzar la mirada hacia el vientre rezumante, sin vida, ves tinta. Un sello.

Lo bajas despacio. Examina con atención un círculo, tan grande como la palma de tu mano, del que salen cuatro líneas, dos de las cuales se curvan a los lados. Frótalo; no se borra. Un tatuaje.

Es la primera vez que lo ves en la bestia.

Agarra el colmillo más grande y tira, pártelo, que se astille. Acércalo a la barriga del puerco ciervo, ábrela con esa hoja rota. Recorta el tatuaje de la piel de la criatura y limpia la sangre. Déjalo junto al fuego para que se seque.

Sólo entonces entregas el cerdo a las llamas.

No duermes. Hazle el honor de ver cómo arde.

Al día siguiente, hunde las manos en las cenizas por fin, entre los rescoldos; te quemas, pero tenías un mes cuando tocaste el fuego por primera vez y ni siquiera entonces pestañeaste. Agarra puñados de ceniza y, desde el belfo de un desfiladero, déjalos partir con el viento.

Mírate las manos. Recuerda la sensación del chasquido seco del cuello de la madre del cerdo, la interrupción de sus estridentes vagidos.

A los dos meses, tu hermano ya exhibía colmillos de adulto. A los tres, los usó para defender a su banda. Una serpiente gigantesca había surgido de la ciénaga en la que sus primas y sus hermanas reptaban y se rebozaban, agitando una lengua tan grande como la mano de Unute para inspeccionar el aire caliente mientras los cerdos chillaban. De todo el rebaño, el puerco hijo del rayo fue el único que no sólo no huyó sino que atacó, que le hundió los dientes en el cuello, que forcejeó, pateó y desgarró.

Lo seguiste. Durante años. Siempre en la linde de la sociedad porcina, donde resoplaba, luchaba y gritaba con aquella violencia profética, triturando depredadores, cerdos invasores y a aquéllos de su propia banda que no se alejaban lo suficiente cuando lo envolvía el fulgor. Tu misión, durante todos aquellos años, exclusivamente observar. Lo seguiste desde el principio hasta el final de su primera encarnación.

La primera vez que murió fue porque había calculado mal el impulso y se precipitó desde lo alto de un acantilado a los implacables brazos de la orografía; corriste hasta él, quebrantaste tu promesa de guardar las distancias e intentaste agarrarlo, pero estabas demasiado lejos y lo viste caer, sentiste las palpitaciones del aire y fuiste testigo de la explosión de energía azul al estamparse contra la tierra. Te quedaste contemplando los restos sin saber si aquél era el fin de la historia. Lloraste. Mas con el devenir de las horas viste que los trozos y los pegotes de sus ruinas fluían y se refundían como chorros de sebo derritiéndose a la inversa. Para formar una crisálida. Que te hizo derramar otro tipo de lágrimas.

Cuando salió pateando del huevo y te miró, goteante, con aquellos ojos recién reconfigurados y expresión de sorpresa, lo saludaste. Lo estabas esperando y abriste los brazos.

Pero en la mirada del puerco ciervo sólo había recelo. Se negaba a caminar a tu lado.

Lo seguiste por toda la segunda, la tercera y la cuarta de sus vidas, también, y por gran parte de la quinta, y durante buenas porciones de las once siguientes; sin embargo, incluso después de haberte convencido de que ninguna de las vidas o las muertes de ese cerdo berserker iba a enseñarte nada sobre ti mismo, ni la curiosidad ni la fraternidad lograban alejarse de ti. En años venideros lo buscaste y volviste a encontrarlo, no siempre. Saboreabas el ozono en el aire cada vez que el animal se sumía en uno de sus trances asesinos.

La segunda vez que murió había perseguido a un perro salvaje hasta una quebrada donde lo aguardaban seis manadas, dejadas a un lado sus rencillas internas, y (fuiste testigo) a costa de una fiera despedazada tras otra, tras innumerables dentelladas, consiguieron descuartizar al babirusa encolerizado.

Volvías a estar allí cuando despertó del segundo huevo.

La tercera, un ave inmensa de una especie ya extinta se lo llevó a las alturas y lo dejó caer. La cuarta, los nietos y los bisnietos de sus tías le mezclaron plantas envenenadas con la comida. Después de aquello, cuando se levantó de nuevo (para encontrarte allí), decidió vivir solo. Un incendio forestal acabó con él a la quinta.

—Estabas haciéndole daño —le dijiste la segunda vez que se levantó, y la tercera—. Quizá su vientre no estuviera hecho para el rayo. Estabas destrozándola. No habría sobrevivido. La ayudé.

Recuerdas el cálido peso en tu mano cuando lo sacaste.

—Es la única vez que interferí —le dijiste cuando regresó—. La primera.

Habías dejado el lechón en el suelo. Te retiraste al río y observaste a aquel recién nacido que chillaba con arcos de energía saltando a su alrededor. Su tribu se acercó a la orilla para reclamarlo.

Durante aquellas primeras encarnaciones, ¿cómo habrías podido dejar de seguirlo? ¿Cómo habrías podido dejar de leer a tu hermano en el rayo como hacían con sus símbolos los místicos del valle, pugnando por desentrañar significados ocultos? Y si en su forrajear, resueltamente ordinario, en su rascarse la espalda contra la corteza de los árboles, en sus innumerables días de porcina condición, trivial e implacable, la criatura demostraba ser inmune a tal escrutinio, sería porque debías persistir en tu empeño. Y si en aquellos otros momentos, cuando las energías se acumulaban y se le encrespaba el pelaje, cuando invadían su mirada los arcos azules y la bestia se desataba hasta desmenuzar las rocas, hasta haber derribado los árboles, hasta que todos los animales habían muerto y ella se quedaba resoplando, sin resuello, hasta que por fin volvía en sí, si incluso así perduraba su opacidad obstinada, si se embozaba en la atroz irrelevancia de su propia violencia, ¿qué era lo que sobre ti podías aprender con aquello?

Renunciaste a verlo durante siglos enteros. Épocas que pasaste a solas o con alguna tribu, en alguna ciudad, matando gobernando amando escondiéndote quedándote inmóvil.

Hasta que volvió a poseerte la curiosidad, el interés, y cruzaste océanos, seguiste el rastro de historias que hablaban de pezuñas y carnicerías al abrigo de tormentas imposibles. Encontraste al fin una escalera de raíces disimulada en el suelo y descendiste al corazón de un humedal en el que, por primera vez en muchas encarnaciones, el puerco ciervo se alzó de nuevo ante ti.

Sonreíste y levantaste la mano. Él te miró y, por primera vez, lo hizo con algo parecido al odio.

Cuando se alejó, pese a todos los años que te había llevado encontrarlo, no lo seguiste.

Diecisiete años más tarde lo encontraste de nuevo, te gruñó y te marchaste.

Tres años después hallaste su huevo recién abierto, empapado aún de la viscosa substancia de su resurrección, y aun débil como estaba con su nueva vida retornada, chilló al verte y agitó la cabeza en un intento por sacarte las tripas.

—Se habría muerto de todas formas —dijiste.

Volviste con él tras el auge y la consiguiente caída de otras dos civilizaciones, y en esta ocasión, al entrar en aquellas tierras antiguas que conocías, no podrías haber dicho cómo, tuviste la certeza de que el cerdo, en cualquiera de las reencarnaciones por las que anduviera, sabía que te aproximabas. Entre las ruinas humeantes de una aldea, esta vez (los seres humanos habían regresado ya a ese continente), encontraste al puerco ciervo o el puerco ciervo te encontró a ti y te miró fijamente desde lo alto de una pila hedionda de cadáveres. Gritó. Embistió a la carrera por aquella pendiente grotesca.

Luchó contigo con brío, sin parar de chillar, sin dejarse tranquilizar ni por tu tono ni por tus palabras.

Lo mataste. Cavaste una fosa profunda para sus restos. Te fuiste de allí. Te uniste a la tripulación de un navío alargado que zarpaba con rumbo a las frías tierras del norte. Te forjaste una reputación como cazador de osos y monstruos. Dejaste que los nómadas contaran historias en las que abatías a un dragón. Mataste a una mujer que se hacía llamar emperatriz de los troles. Mataste a su nieto cuando quiso vengarla. Y una parte de ti, como descubrirías más tarde, una parte de ti estaba siempre a la espera. Porque una noche, tarde, cuando la luna teñía de plata el manto de nieve que vestía tu hacienda, distinguiste un temblor en la empalizada y te dirigiste al umbral de tu salón con chimenea y, cuando viste aparecer al babirusa en las antípodas de la cuna que lo había visto nacer, envuelto en unas temperaturas que habrían exterminado a cualquiera de sus hermanos, cuando lo viste hacer caso omiso de los gritos y las lanzas de tus guardias, cuando viste su rabia y vislumbraste la desolación en aquellos ojos negros que relampagueaban al fondo del paisaje nocturno, no experimentaste ninguna sorpresa.

¿Cómo te encuentra?

Siempre que lo matas dispersas su cuerpo en forma de polvo, o lo lastras con hierro antes de sumergirlo en el mar, o lo llevas a la cueva más profunda que puedes y le tiras encima una montaña, o lo dejas caer en algún pozo de lava. Aparte del tiempo que un remolino de ceniza puede tardar en reconfigurarse, ancho es el mundo y vasta es la distancia que el cerdo debe recorrer tras tu pista. Los medios para cruzar un mar son escasos. Le lleva su tiempo.

Quizá termine por darse cuenta de que es cierto que le ahorraste una agonía a su madre y se muestre agradecido. Quizá ya lo sepa y sea otro el motivo por el que te persigue para acabar contigo cada vez que despierta. Te ha visto muchas veces.

Lo has matado deprisa siempre que podías. Despacio cuando no te ha quedado otro remedio. Lo has matado en todos los continentes.

También él te ha matado a ti, hasta en tres ocasiones. La primera, en un valle de la media luna fértil, donde te pisoteó y usó los dientes para abrirte en canal mientras los clientes del mercado se desgañitaban. Quizá, pensaste en aquellos brumosos y sangrientos momentos, ésta sea la definitiva. Cuando despertaste de tu huevo, sin embargo, nada había cambiado. A nada te había acercado aquella muerte, obrada por aquel animal.

Ya sólo resta esperar que sean muchos los años que medien entre encuentro y encuentro.

Hace un siglo y medio de la última vez que te libraste del cadáver del puerco ciervo. Arrojas alto cada puñado y observas el movimiento, las finas líneas de partículas que se disgregan con el aire, como la columna que sostiene el templo cuyo final ha llegado. Hasta que nazca de nuevo, este cerdo puede volar.

En esta ocasión tienes la tira tatuada de la piel de su vientre.

Pasan ciento sesenta y siete años.

Te aproximas a una ciudad de edificios arqueados, semejantes a hornos. Levantas las manos sobre la marcha y dejas caer tu lanza y tu escudo. Las flechas silban a tu alrededor, disparadas desde las torres de guardia que flanquean la puerta, pero éstos son disparos de advertencia y tan alto como te es posible anuncias: vengo desarmado, busco la ayuda de los chamanes.

Agitas una pequeña tira de cuero.

—Vengo con la señal del dios —dices—. Soy el que porta la tinta.

El sol se esconde detrás de una cumbre y, ahora que no está silueteada, puedes ver con más nitidez la ciudad. Distingues el signo que corona la puerta, pintado con sangre. Un círculo. Con dos estilizadas líneas curvas sobresaliendo a los lados.

Dos de los cinco chamanes quieren matarte. Hasta el momento has hablado con ellos en el criollo de comercio del paso, no en su lengua, que es la que utilizan para votar. Por eso se sobresaltan cuando dices, ahora en su idioma: Eso sería un error. Volvería. Y lo único que quiero es preguntar por vuestro dios.

Les muestras la piel tatuada de nuevo, con el signo de la ciudad sobre ella. La contemplan en actitud reverente.

—Enseñadme —dices—. Habladme de esto.

La jefa de los chamanes te conduce al hogar comunal.

—¿Qué eres? —pregunta—. ¿Cómo sabes de nosotros?

—Soy un buscador de conocimientos. He hablado con la Iglesia de los Dientes y ellos me han explicado dónde encontraros.

Escupe.

—Traidores y herejes.

—Lo mismo dicen de vosotros. No me importa quién tenga razón. Compartís el mismo dios. Lo sé. Enseñádmelo todo acerca de él.

—Cuando nos visitó —dice—, lo marcamos en señal de agradecimiento.

—Lo sé. Me sorprende que consintiera. Me he llevado la señal de su cuerpo.

Te mira fijamente.

—Tú eres el hermano del dios-cerdo —dice por fin—. Uno de los hijos del rayo.

Cuando hablas de nuevo es para preguntar, muy despacio:

—¿Uno de?

Está diciendo…, ¿qué dice? Puedes entender lo que dice, ¿verdad? Volverás a concentrarte muy pronto, pugnarás por interpretar sus palabras, por eso te has enfrentado a leones para llegar hasta aquí, porque desde que lo mataste en aquella tierra rocosa has oído historias sobre gigantes, héroes, demonios. Hijos del rayo, de los dioses. Y tú no lo sabes, ¿verdad? No sabes qué quiere el rayo, ni cuán solo te encuentras realmente. Anhelas saberlo.

—Desde que el espíritu de la primera calma se viese perturbado por la vida, los espíritus entran en la carne cuando los requieren asuntos aquí. Montan la carne.

El juego de palabras funciona en muchos idiomas. Hace el ademán de abrir una puerta y proyecta los brazos a modo de miembro viril antes de contonear las caderas en un remedo de coito hiperbólico.

—Sus hijos, los hijos del rayo, son polillas —dice la mujer—. Mariposas —dice—. Los hijos del rayo duermen en sus pupas.

Te sientes como si estuvieras soñando. Como si hubieras masticado alguna hierba para hacerte volar.

Lo recuerdo todo, replicas. Soy mayor que mi hermano cerdo y lo recuerdo todo, dices, así que él también debe de hacerlo.

No, no dices nada, pretendías hacerlo pero no lo has conseguido, únicamente piensas esas palabras.

Yo estuve en una crisálida antes que él, es lo que intentas decir.

¿Cuántos hijos del rayo hay?, te gustaría preguntar.

Mas a ella sólo le interesa el cerdo.

Yo estuve en una crisálida antes que él, y mientras tratas de articular esas palabras, se te ocurre que, aunque no recuerdas el tiempo pasado dentro del huevo, sabes que es un lugar solitario. Te sorprendes y te tapas la boca con las manos porque esa revelación podría hacerte llorar.

Soy un hijo del rayo, no dices, como el cerdo, y los dos somos instrumentos. Únicamente cuando se estropea se le presta atención a una herramienta.

Un dios oculto

Diana conocía la capacidad de B para prestar una atención sobrecogedora, como conocía también lo que podía hacer aquel cuerpo, la inmensa desviación de sus límites en comparación con los de los seres humanos..., o con los de otros seres humanos, como podría expresarlo para sus adentros según cuáles fueran sus sentimientos para con él la jornada en cuestión. Extrapolando y considerando a Babe, esperaba que mantuviera parte de su concentración, el rigor de su rabia, que fuese menos distraído que otros ejemplares de (lo que parecía ser) su especie. Por eso, tras su primer encuentro, Diana dejó correr unas horas antes de volver. Hasta que, incapaz de resistir el ímpetu de su fervor por aprender, adormilada todavía, volvió a la sala de observación, . Allí estaba B todavía, todavía fija su mirada en el puerco ciervo a través del cristal. El animal se encabritaba, saltaba y embestía contra la ventana para alcanzarlo; no sólo no se mostraba más lento que antes, sino que se diría más rebosante de energía que nunca.

—¿Cuándo va a parar? —preguntó Diana—. ¿Va a parar?

—Parará —dijo B—. A la larga. Se desplomará y se quedará dormido. Si yo sigo estando aquí cuando despierte, volverá a la carga.

—¿Cuándo os visteis por última vez?

—Hace doscientos cincuenta años, aproximadamente. Tendría que hacer cálculos para proporcionarte una fecha exacta.

—¿Siempre es así?

—No siempre. Pero durante la mayor parte de los últimos setenta y ocho mil años, sí.

—¿Por qué?

—Por sed de venganza. Por sed de algún tipo. Lo ignoro.

—Tendrás alguna teoría.

—Alguna.

—¿Cuál es la más firme?

—La de que, cada vez que despierta —dijo él en voz baja—, puede presentir mi presencia. Y soy lo único que no ha cambiado, aparte de él. Así que cree que tengo algo que ver con lo que le ha sucedido. Me culpa de su existencia.

Vieron al animal pisotear y deambular en círculos, zangolotear la cabeza, abollar una taquilla de acero.

—Pocos tranquilizantes funcionan con él, pero estoy seguro de que encontraréis alguno —dijo B—. Tus jefes se alegrarán cuando pongas manos a la obra.

Diana se lo quedó mirando.

Sabes cuáles funcionan, ¿verdad?, se guardó para sus adentros. Pero no nos lo vas a contar.

—Te compadeces de él —fue lo que dijo en voz alta.

—¿Ésa es tu tesis?

Pisotón pisotón pisotón berrido berrido mordisco embestida patada. B sacó una tira del bolsillo y se la ofreció.

—Con cuidado, que tiene setenta y cinco mil años de antigüedad.

La dejó en su palma. Un trozo de cuero suave y oscuro.

—Dios —murmuró Diana—. Esto debería ser polvo.

B se encogió de hombros.

—Hay métodos para conservar las cosas.

—Esto..., esto es suyo. —Diana señaló la ventana, el cerdo que no paraba de chillar—. Esta piel era suya. En otra vida.

—¿Ves lo que tiene encima?

Diana buscó la luz. El cuero era de un gris tan oscuro que frisaba el negro. Entornó los párpados y distinguió lo que podría ser una sombra infinitesimal de pigmento o un sutilísimo relieve en la piel. Un círculo. Cuatro marcas.

—¿Alguien le ha hecho un tatuaje?

—Una de las sectas que lo adoraban. Durante algún tiempo, hubo casi tantas de las suyas como de las mías. De hecho, en lo más crudo de la Edad de Hielo, él tuvo más. Su número se redujo después de Carlomagno.

—¿Qué creían?

—Lo habitual. Que era un ángel o un demonio. Un enviado de la muerte o del vacío. Dios. Algo. No se ponían de acuerdo entre ellas. Ésa no es la cuestión. La cuestión es que, que yo sepa, esto... —Señaló el cuero—. Esto señala la última vez que dejó que alguien se le acercara, salvo para matarlo.

—¿Y?

—Y quienquiera que fuese, tuvo algún tipo de relación especial con él, por lo menos temporalmente. ¿Te acuerdas del túnel? ¿De Thakka? El puerco ciervo no llegó por el almacén, como nosotros. Venía del otro lado.

B cerró los ojos con fuerza, como si tuviera migraña.

—¿Estás bien?

—Me siento como si tuviera algo en la punta de la lengua. Como si estuviera intentando hacer memoria, supongo.

—Aquí es donde yo te recuerdo que tu memoria es perfecta.

—Sí, ya lo sé. Pero también eres tú la que no para de repetirme que el mecanismo de los recuerdos es más complejo de lo que se podría pensar. No eres la primera persona que me lo dice, la verdad, pero sí la segunda, quizá, que me ha hecho cambiar de opinión al respecto. Con todo lo que hemos trabajado para recordar a mi madre, hay algo que no te he contado nunca. Creo que ni siquiera me lo he contado a mí mismo, aunque sospecho que lo sabría de todas maneras. ¿Eso es saber? Ya puestos, ¿eso es recordar?

Diana esperó.

—La vi una vez, discutiendo con mi padre. Mi padre humano. En voz baja. Aunque no podía oírlos, vi que ella tenía algo en la mano. Nunca he expresado esto con palabras. Era... —Sin abrir los ojos, B trazó una forma con las manos—. Una diadema. Brillante. Emplumada. Una pequeña corona con forma de ave.

—¿Llegaste a ponértela? —preguntó Diana después de un instante.

—No se parecía a nada que pudiera haber hecho nuestra banda. Y la intensidad con la que la miraba mi padre... Acababa de estar con él, ahuyentando a algunas tribus vecinas. Para que nadie nos atacara. —B inclinó la cabeza en un ademán de diplomático escepticismo—. Habíamos estado en las montañas, oímos un estampido en el cielo y vimos caer un rayo sobre nuestra aldea. Pero no como el que me engendró, sino rojo. Algo nuevo. Volvimos corriendo. No —dijo—, no me la puse. He tenido ochocientos siglos para pensar en ello y creo que mi madre quería dármela a mí. Creo que era un regalo. Creo que era para..., en fin, para arreglarme. Nunca llegué a ponerme la corona porque mi padre se la arrebató y la tiró al pozo.

Sacudió la cabeza, abrió los ojos y la miró.

—¿Por qué no la recuperaste? Podrías haberlo hecho.

—Ella quería salvarme de lo que soy. Él, que me rindiera a ello. La corona era un regalo para ella, y de ella para mí, un regalo de aquel rayo rojo. A mi padre le daba miedo. Creo que no la saqué del suelo porque estaba de acuerdo con él. ¿Cómo me podría salvar de mí mismo? Puede que no me interesara ese regalo. Quizá no quería que nadie me rescatara. Decepcionarlo.

—Una distinción que no supone la menor diferencia, posiblemente —dijo Diana.

—En el túnel —continuó B, al cabo—. Por donde vino el cerdo. Había una escalerilla al final. Una entrada de cuya existencia yo sólo me enteraría más tarde.

—¿Qué? —dijo Diana. Empezó a hablar, se detuvo, comenzó de nuevo—. ¿Por qué me enseñas esto?

Señaló el cuero de cerdo.

—Puede que el tatuaje fuese algo parecido a aquella corona. Protección. Un regalo. Te lo enseño para decirte que siempre ha habido personas interesadas en seguir los pasos del babirusa. En el túnel, detrás de Thakka, había una escalera. Y en lo alto de ella, una trampilla. Así conseguí salir. La habían cerrado. Encontré las huellas de pezuñas allí abajo, con Thakka, pero eso no podía ser todo. Por fuerte y listo que sea ese cerdo, sin pulgares oponibles jamás habría conseguido llegar hasta allí. Así que no descendió por sí solo. El cerdo no es lo único que tiene algo que ver con lo ocurrido con Thakka. Alguien le franqueó el paso y bajó con él. Cuando pasó lo que fuese que le pasó a Thakka.

Había un pasillo muy pequeño en la parte trasera del edificio. Si uno no quería entrar por delante, cruzar lo que antiguamente había sido una sala de exposición de lavadoras y ahora era una espaciosa tienda de segunda mano, tenía a su disposición la puerta de atrás. La puerta por la que Stonier había accedido.

—Hola.

Se quedó en el umbral. Una mujer de su edad, más o menos, se le acercó con una sonrisa. Aún se encontraba en el centro de la habitación cuando ya le había tendido la mano. A su espalda, las paredes encaladas daban una imagen de pulcritud. Había ocho más allí, mirando en rededor y sonriéndole fugazmente antes de seguir rellenándose la taza de café, ojeando papeles, colgando anuncios en la corchera, revisando documentos en el portátil. En el centro de la cámara, una señora mayor distribuía en círculos unas sillas baratas, naranja.

—Lo ideal —dijo la mujer que se aproximaba al verlo fijarse en el proceso de organización— es que sólo haya un círculo en la sala, pero ya empezamos a ser muchos y no cabemos como antes. —Se encogió de hombros—. Ojalá todos los problemas fueran así, supongo. Marlene.

—Jeff.

Se estrecharon la mano.

Los demás asistentes se acercaron. Sus sonrisas hicieron que Stonier cerrase los ojos un momento, angustiado. Eran demasiado sociables.

—Hola, me llamo Edgar.

Una mano. Un tipo grande, con los ojos muy separados. Stonier se la apretó.

—Sam.

Un friki de impresionantes tirabuzones.

—Tree.

—Mike.

—Sean.

Mujer blanca, alta, simpática; hombre reservado, ojos oscuros; señor de acento irlandés.

—Bienvenido.

—Bienvenido.

—Bienvenido.

Apretón apretón apretón de manos.

Patético hatajo de putos enclenques.

Coño, campeón, a ver si entramos un poquito más suave. ¿Qué voz era ésa que sonaba en la cabeza de Stonier, la de Thakka o la suya? Sí.

—¿Vienes a la reunión? —preguntó Marlene—. Estupendo. Has llegado un poco pronto, pero si nos das un segundo...

—No sé. No sé nada de ninguna reunión. Creo que volveré en otro momento.

—Jeff —dijo ella. Su sonrisa podría haber sido de burla, pero no, no lo era.

La rabia que amenazaba con poseerlo se diluyó tan deprisa, contrarrestada por la voz de la mujer, que Stonier se quedó desconcertado un instante.

—... Creo que tengo unas cuantas preguntas.

Era la tercera vez que llegaba a esa sala. La primera que entraba.

—Claro —dijo Marlene—. Por supuesto. Encantada de resolver todas las dudas que pueda.

—Es que... —empezó Stonier. Y ya no se le ocurrió qué añadir.

Marlene se quedó observándolo fijamente, silenciosa e inmóvil. Él se había quedado sin habla. Lo tomó del brazo y tiró de él con delicadeza para llevárselo a un lado.

—A ver si lo adivino —murmuró. Lo miró de arriba abajo—. Te sientes tonto por haber venido. Jamás se te habría ocurrido hacer algo así. Todas esas paparruchas de la autoayuda te dan una rabia tremenda. ¿A que sí?

—Nah, eso no es justo...

Pero dejó que continuara.

—Te lo ha recomendado alguien, ¿verdad? ¿Amigo, terapeuta? ¿Tu ex? ¿Tu madre? —Marlene entornó los párpados—. Y tú ya has llegado a ese punto en el que te sientes en la obligación de probar lo que sea porque no te sientes capaz de salir adelante tú solo, pero, al mismo tiempo, esto te parece una chorrada sectaria, lo de «conectar con tus sentimientos» te la sopla y, de todas formas, lo único que quieres es tomarte un respiro... ¿Cómo voy?

Stonier se encogió de hombros por fin.

—Vale —dijo—. Mira. Ni siquiera sé de qué va esto. No sé a qué os dedicáis. Alguien me mencionó el nombre del doctor Alam, eso es todo.

—¿Que a qué nos dedicamos? Pues no sé, a nada, en realidad. No es que hayamos formado una religión ni nada por el estilo, y tampoco se trata de una estafa piramidal. No vamos a pedirte dinero para pasar a la fase dos. Ni para eso ni para ninguna otra cosa, de hecho, aunque, si pudieras contribuir con algún donativo, evitarías que nuestras reservas de café llegasen a cero. Lo que somos es un grupo de personas que saben..., que han llegado a aprender lo importante que es hacer que la vida no pierda su significado. Y no, distamos de ser los primeros en haber llegado a esa conclusión. Tampoco es tan simple como reza esa canción, *Ac-Cent-Tchu-Ate the Positive*, ¿la conoces? Que no es que tenga nada de malo, lo que pasa es que, por muy positivo que seas, no es conveniente fingir que no se siente el dolor. Todos lo sentimos. La idea de tener que elegir entre una cosa o la otra, ahí reside el problema. Tienes que ser capaz de habitar en ambos espacios. Y lo que pensamos..., lo que pienso yo, debería decir. No me gusta hablar como si esto fuese una mente colmena. —Marlene titubeó y sonrió—. El caso es que creo que estás aquí porque estás enganchado, Jeff. —Levantó las manos—. No te sientas atacado —dijo, como si él se hubiera molestado—. Yo también soy una adicta. Todos lo somos. Todos los que estamos en esta habitación. Y muchos más ahí fuera.

—Sí. He leído vuestro folleto.

—Ya lo sabes, entonces.

—Es mucho más grande que eso.

El que había hablado ahora era un hombre alto y delgado.

Stonier no lo había visto entrar en la sala procedente de las profundidades del edificio. Rubio, de mediana edad, vestido con pantalones chinos y una camisa holgada de color azul, también él le tendió la mano con una sonrisa. Mientras el hombre hablaba, Stonier, preparado para ese tipo de aparición, comprendió que lo que se había estado esperando era una tensa mueca de oreja a oreja, la untuosidad de un vendedor de multipropiedades o los dientes blanco neón de un Tony Robbins de baratillo. Lo que se había encontrado, sin embargo, era, joder, una sonrisa adorable.

—Charles Alam —dijo el hombre. Stonier le estrechó la mano—. Te has leído los libros. —Hizo una mueca cómica—. Lo siento, sé que hay partes un poco... «cursis», ¿verdad? ¿Todavía se utiliza esa palabra? Nunca sé cómo va a quedar el tono hasta que lo veo ya publicado.

—Sí, he leído unas cuantas cosas. Sobre su historia y eso. Usted y su socia fueron los fundadores de esto. Pero es nuevo en Tacoma.

—Relativamente nuevo —dijo Alam—. Empezamos en el este, sí, hace tiempo. Ella siguió su camino unos años después, pero yo sabía que podíamos hacer aún más cosas. Y aquí estamos.

—Aquí están.

—Y tú también, Jeff. En fin, ya sabes lo que decimos. Es nuestra sociedad la que tiene problemas de adicción. Está enganchada a la negatividad. Y no lo digo porque crea que hay que ser más positivos, ni porque pensar en positivo me parezca algo malo. Lo que ocurre, sin embargo, es que últimamente eso ya no tiene mucho sentido. Si te paras a pensar en lo que el pensamiento positivo es realmente, representa un esfuerzo mucho mayor y es mucho menos reconfortante de lo que nos pinta el cliché. Cuesta trabajo. Como debe ser. Porque tenemos que superar una adicción. Nuestra cultura está enganchada a la negatividad, lo que equivale a estar enganchada a la muerte. La cultura de la muerte. Eso es lo que tenemos que superar.

—Me parece mucho pedir —dijo Stonier. Se rio—. O sea, la muerte es inevitable, ¿no? No es algo que se pueda evitar.

Alam entornó los párpados.

—Veo que te ha tocado de cerca. Lo lamento. Todos estamos en la misma situación.

—Entonces, ¿soy un adicto a la muerte?

—No sólo tú. La sociedad al completo.

—¿Qué significa eso? ¿Y qué debo hacer para desengancharme?

Alam se encogió de hombros.

—¿No estás aquí? Pues ése es el primer paso. Quédate y averígualo. La reunión empieza enseguida. —La mirada que le lanzó a Stonier era casi de provocación—. A lo mejor ya te sientes un poquito mejor y todo.

Stonier borró toda expresión de su rostro. Porque, por absurdo que fuese, por desleal que le pareciese, así era.

En la calle Al Moataz, apoyado en un palimpsesto de pósteres superpuestos, rasgados, Unute aguardaba con un *thawb* gris y una gorra de béisbol; bajo el sol implacable, unas pocas personas lo observaron de reojo al pasar por su lado. Por su parte, la mujer que por fin acababa de salir del salón de belleza de la acera de enfrente, arreglado y recién fijado el cabello, retocado, esplendoroso con su nuevo volumen, lo miró directamente entre el tráfico. Su escrutinio se prolongaba; se había quedado boquiabierta. Movió la cabeza.

Murmuró unas palabras en árabe que Unute alcanzó a leerle en los labios.

¿Has venido a decirme adónde tengo que ir?

Unute cruzó sin mirar a los lados, dejando a su espalda una estela de pitidos y estridentes frenazos.

—No.

—Te lo advertí —dijo ella, cambiando al inglés que él había usado—. ¿Lo recuerdas?

—Sólo tenías ocho años.

—Seis, y me cago en el «sólo». Hablaba en serio e insisto. —Proyectó la barbilla hacia él. Si tenía miedo, no lo aparentaba—. Yo no soy mi bisabuelo. A mí no vas a mangonearme.

—Tatarabuelo, y yo no lo mangoneaba. Le hice una sugerencia y él la aceptó. De mil amores.

—Me importa un bledo. —La mujer se alejó. Unute la siguió en silencio mientras ella se encendía un cigarrillo y se abría paso a empujones entre el gentío—. A mí nunca me has hecho ninguna oferta. Y si lo hicieras, te diría que te fueses a tomar por culo.

—Fadila. No estoy discutiendo contigo. Tus decisiones son tuyas. Es lo que te dije cuando eras una niña y pusiste los brazos en jarras, exactamente igual que hace un momento, por cierto, para informarme de que no ibas a dejar que te diera órdenes. ¿Cuál fue mi respuesta?

Fadila se detuvo.

—Que estabas de acuerdo.

—Lo mismo que te he dicho en todas las cartas que te he enviado, en todas las conversaciones por teléfono con tus padres. Pagué para que escaparas cuando empezó la guerra y te dije lo mismo entonces.

Fadila se volvió hacia él.

—Y yo pagué para regresar. —Lo apuntó con el dedo—. Y no sólo con dinero, te lo aseguro. Nos sacaste a mamá y a mí. Gracias. ¿Alguna vez te he pedido algo desde entonces? Ya sabes lo que esta vida hizo con ella...

—Nunca le pedí que lo hiciera. No estás enfadada conmigo, sino con ella. Y con su padre. Y con el suyo. Y el suyo.

—Ya, ¿y quién empezó todo esto? A ver, ¿qué ha pasado ahora? ¿De nuevo otro lugar y has venido para pedirme que me reubique? ¿Dónde esta vez? ¿A qué estercolero en el culo del mundo piensas mandarme?

—No. Nada de eso. Pero, Fadila. —Unute sacudió la cabeza. Sonrió, incluso—. Tienes razón. Fuiste tú la que se coló en Raqqa tras la ocupación del Daesh. Nadie te pidió que lo hicieras.

—Sabía que acabarían cayendo —musitó ella, al cabo.

—Y tenías razón, pero no me digas que aquellos años fueron fáciles. Así que todo eso de «iré adonde me dé la gana» es una falacia. Yo sé por qué has regresado.

—¿Qué haces aquí?

Fadila se movió y una saeta de luz le atravesó el cabello; su aspecto era poderoso, radiante.

—Sé por qué has regresado —repitió Unute—. Tu madre se tuvo que ir sin el libro y, a su muerte, descubriste que se lo habían llevado a un museo. Volviste por él.

—Volví por ella.

—¿Lo tienes?

—Lo quería para ella, no para ti. ¿Por qué lo preguntas, si no ha surgido ningún otro lugar? ¿Para qué lo quieres? ¡Ni siquiera lo necesitas!

—No —replicó él después de una pausa—. Pero lo quería. Los rituales son importantes. Sobre todo para mí. He venido porque quiero que estés preparada.

—Y aquí estás, dándome órdenes...

—Necesitaba saber si lo tenías. Ya te lo he dicho, no ha surgido ningún otro lugar. Pero... están sucediendo otras cosas. Y de una forma u otra, el pasado ha vuelto. En fin, tampoco es que se vaya nunca del todo...

—¿Qué intentas decirme?

—Presiento que los acontecimientos se dirigen hacia algún tipo de conclusión. Sabes que nunca he conservado el libro por capricho. Siempre ha sido para resolver un rompecabezas. Así que necesito saber dónde está, por si necesitara reunir más piezas. Necesito saber que lo tienes. Eso es lo que me ha traído hasta aquí. Sabía que volverías a por él. Pero nunca he logrado averiguar si lo conseguiste.

Se sostuvieron la mirada durante unos instantes. Fadila se movió y su corona solar se apagó.

—Sí —dijo—. Lo conseguí. Lo tengo.

Unute exhaló un suspiro.

—Bien. No lo pierdas de vista. Creo que, no dentro de mucho, dispondré de más información. No lo hagas por mí, si no quieres, hazlo por tu madre, pero guárdalo bien. Por si me hace falta.

—Si lo necesitas, ¿te lo llevarás esta vez? ¿Como se supone que tienes que hacer? Creía que todo el ritual iba de eso. ¿Te lo llevarás al lugar de tu muerte?

Unute no contestó. Ni esperó a que cambiase la expresión de Fadila. Dio media vuelta y se internó en la multitud, en las calles más amplias que conducían al Éufrates. Cruzó y desanduvo todo el camino que lo separaba del pequeño país en el que se encontraba el túnel de la tumba de Thakka.

Caldwell le dio la espalda a la ventana, al ciervo que había regresado, para mirar a la doctora Shur.

—¿Se lo ha tragado? —preguntó. El ciervo se alejó corriendo, ignorado.

Shur cruzó los brazos.

—No es cuestión de tragarse nada —replicó.

—Por favor. No sea remilgada. Cuéntese lo que necesite para levantarse por las mañanas. Me preocupa que usted y yo nos entendamos, eso es todo.

—Vale —dijo Keever—. Veamos...

—Keever —lo interrumpió Shur—. Écheme un cable. Le importa el bienestar de sus hombres. Lo siento si parezco demasiado puntillosa, pero creo que es importante tener muy claro lo que estamos haciendo, además de respetuoso para con el trabajo del otro.

—Claro, doctora. Me parece que lo que Caldwell intenta...

Caldwell aspiró el aire con fuerza.

—Me disculpo. Sé que puedo ser demasiado arisco. No era mi intención.

—A mí me reclutaron, doctor Caldwell —dijo Shur—. Yo no pedí venir aquí. Me lo pidió su gente.

—Y con motivo —terció Keever—. Todos buscamos lo mismo. Stonier es buena persona. Todos queremos que se ponga bien.

—Y no cometa estupideces —matizó Caldwell.

—Eso también —dijo Keever.

—De acuerdo. —Shur se sentó y enlazó las manos—. ¿Entienden mi trabajo? Llevo en el ejército desde que comenzó mi andadura profesional. Los últimos nueve en operaciones especiales. Y lo que eso significa es que, además de tratar la respuesta psicológica de pacientes individuales sometidos a condiciones extremas, también tengo la responsabilidad de velar por la salud mental del colectivo, por así decirlo. La unidad. Me he pasado mucho tiempo demostrando que ambos postulados no son contradictorios. Mi cometido es garantizar que nuestros soldados puedan mantenerse unidos como personas, como miembros de la unidad, y que ésta cuide de ellos por el bien de todos.

—Lo que la ha traído hasta aquí, doctora —dijo Caldwell—, sin menoscabo de su experiencia y en aras de evaluar con franqueza la situación en la que nos encontramos, fue el atentado contra la vida de Unute por parte del ya difunto especialista Jon Ulafson. Creo que todos podemos mostrarnos de acuerdo en que Ulafson debía de estar loco —Shur chasqueó la lengua y movió la cabeza— para pensar que conseguiría lastimar a Unute o causarle siquiera algo más que una pequeña molestia, por muchas supercherías que le metiera a su bomba. Pero el caso es que lo intentó, costándonos tres soldados y 4,7 millones de dólares en daños. Aparte de minar gravemente la moral del equipo. Ninguno de nosotros puede hacer como si no hubiera cambiado desde lo de Ulafson. Incluido, creo que todos los sabemos, el propio Unute. Razón por la cual es tan importante que usted pueda servir de válvula de escape, doctora Shur. Los hombres y las mujeres de esta unidad deben tener la certeza de que le pueden contar lo que sea con confianza absoluta. —Caldwell hizo una pausa e inclinó la cabeza—. Razón también por la cual —prosiguió— una parte de nuestro trabajo consiste en presentar informes en los que se detallan esas confianzas. Así que, ¿podríamos continuar ya, por favor?

—Su sentido de lo... extraordinario de su trabajo es importante para usted, doctor Caldwell —habló por fin Shur—, eso me parece evidente. Espero no desinflarlo diciendo que el carácter único de esta unidad en realidad no se debe a que tengamos que lidiar con fenómenos que el común de la población calificaría de imposibles. No, lamento informarle..., cosa que tampoco haría de no estar completamente segura de que esto no es ninguna novedad para ambos..., de que el ejército también cuenta con unidades de criptozoología y *khesheph*, los marines poseen una unidad patafísica efectiva, las fuerzas aéreas tienen su Cuerpo Especial de Anomalías, sin rival en el mundo. Etcétera. Ésos han sido los escalones de mi trayectoria profesional. Lo que nos hace destacar no es la paraciencia, sino, en primer lugar, el hecho de que trabajemos codo con codo con el sujeto de nuestra investigación. En segundo, el hecho de que éste parezca ser humano. —La doctora apretó los labios—. Y en tercero, que nos mate con regularidad. Aunque suela disculparse después. —Entornó los párpados—. Esa relación única de miedo y camaradería que su gente tiene con Unute propicia un tipo de sobrecarga mental muy particular. Combínese todo eso con la presión de los lazos sociales cuando, inevitablemente, se convierte en el culpable del dolor, las heridas o la muerte incluso de sus camaradas, y lo que obtendremos es que quienes sobreviven lo hagan cargados de culpa y rencor, sentimientos contrarrestados por la obligación de aceptar esta situación. O, dicho de otra manera, un polvorín.

»No me sorprende lo de Ulafson —concluyó Shur—. La única sorpresa estriba en que haya sido el primero, y hasta la fecha el único, en intentar, como él parecía entenderlo, liberar al mundo de la plaga de Unute. Ése es el motivo de que yo esté aquí hoy.

La escueta carta de Ulafson había llegado un día después de su muerte.

He visto morir a demasiadas buenas personas. No hará falta que recite sus nombres. ¿Hasta cuándo vamos a aguantar intentando convencernos de que estamos usando un arma cuando salta a la vista que, si se está utilizando, es sobre todo contra nosotros?

—Todas esas bagatelas —dijo Keever—. Debería haber sabido que no iban a dar resultado.

—Quizá lo sabía —replicó la doctora.

—Por eso me preocupa Stonier.

—Comprensible.

—También yo ardo en deseos de saber qué secretos va divulgando por ahí —terció Caldwell.

—Precisamente por casos como éste se desaconseja tener relaciones sentimentales en el trabajo —murmuró Keever.

—Pero el amor es célebremente ciego —dijo Shur—. Tengo entendido que ésta es la primera vez que pierde una de las mitades de una pareja. Por si cupiera alguna duda, quiero que quede muy claro que media un abismo entre decir que Stonier quería a Thakka y acusarlo de representar ahora una amenaza para sus camaradas, menos aún para Unute.

—Para Unute no representa absolutamente ninguna amenaza —matizó Caldwell.

—Entendido —replicó Shur—. Media un abismo entre decir que podría intentar representar una amenaza para Unute, con el daño y la disrupción consiguientes. Pero eso, evidentemente, no significa que no esté deprimido, o dolido, o lleno de confusión y resentimiento. Si se tratara de un civil, lo pondría en observación. Así las cosas, le he recetado algunos medicamentos y estoy animándolo a encontrar válvulas de escape creativas para su energía. O su miseria. Liberar el trauma de la fascia, estar en el cuerpo. Y buscar terapia de grupo en la ciudad, independiente de mí. Como es lógico, sólo puede ser realmente sincero conmigo, pero creo, y así se lo he dicho, que hacer como si su dolor fuese más cotidiano podría ser la mejor manera, quizá la única, de integrarse en una comunidad más amplia. Una comunidad de personas que hayan perdido algún ser querido. Creo que eso es lo que necesita.

—A eso me refería yo antes —dijo Caldwell—, ni más ni menos. Si no le gusta «se lo ha tragado» para preguntar por esa sugerencia, ¿qué verbo preferiría?

—¿Lo ha dejado en manos de unos chiflados?

—¿En serio, Keever? ¿«Chiflados»? Nunca le haría perder el tiempo, ni a él ni a usted. Su gente me ha pedido que me asegure de que ninguno de sus soldados se convierta en un peligro para sí mismo o para los demás, y eso es lo que estoy haciendo. No sea usted tan estrecho de miras. —Keever no había hecho ninguna mueca despectiva: sus facciones estaban en calma. Y Shur no estaba mirándolo a él, sino a Caldwell—. ¿Ha visto las cifras sobre los beneficios para la salud mental de, pongamos por caso, tener un perro? ¿O un pasatiempo? ¿O pasear entre los árboles?

—Baños de bosque —dijo Caldwell.

—A mí tampoco me gusta ese término, pero los resultados hablan por sí solos.

—Los árboles me gustan, doctora —habló Keever—. ¿Es eso lo que le ha dicho a Stonier, que se vaya a pasear por el bosque?

—No. Las soluciones milagrosas no existen. Stonier está sufriendo y corre el riesgo de hundirse en un pozo del que quizá no consiga salir.

—Un pozo de melancolía, no de dolor —dijo Caldwell. Shur lo miró de soslayo, sin disimular su sorpresa—. Normalmente, sostendría que lo más importante es aceptar la realidad de la muerte. Sin embargo, no hay dos casos iguales. Estamos hablando de alguien que se codea con la muerte a diario. La causa, la presencia, se enfrenta a ella, y ahora ha perdido al hombre que amaba. Todavía era pronto, pero creo que estaba haciendo progresos. Estaba avanzando. Lo que yo empezaba a ver era una tristeza más pura. Lo cual es positivo. Y, de súbito, se produce ese fallo en el equipo y resulta que Thakka no estaba muerto. —Caldwell y Keever evitaron cruzar la mirada—. Es como si todo empezara de nuevo y Stonier vuelve de golpe a la casilla de salida, sólo que peor que nunca. Como si Thakka hubiese vuelto a morir. En su caso, creo que necesita que se le conceda tomarse algún tiempo para, uno: hacer otra cosa, no para olvidar, pero sí para que su cuerpo se mueva, que lo conduzca a algún sitio. Y dos: todo lo contrario, volcarse de pleno en ello, concentrarse en el escándalo de la muerte. Recrearse en su dolor. Me gustaría pedirle que no aceptase la muerte, sino que se concentrara en la vida. Eso lo entristecerá, lo enfurecerá, incluso, porque Thakka ya no tiene vida, pero la tristeza y la ira están bien. Me parece más peligroso quedarse atascado.

»Sería como morir de nuevo —concluyó Caldwell. Keever le lanzó una mirada de advertencia—. Bueno, ¿adónde ha enviado a Stonier?

—Yo no puedo enviarlo a ninguna parte —replicó Shur—. Le he dado opciones. Para ambas categorías, la uno y la dos. Dejarlo a un lado y seguir adelante. Cueste lo que cueste. Probarlo todo, lo que sea. Cuanto haga falta.

—Bueno, ¿y qué le ha recomendado, entonces? —quiso saber Caldwell—. Para la segunda categoría.

—Todo, lo que sea.

—Ya la ha oído —dijo Keever—. Estoy familiarizado con ese tipo de sitios.

Shur frunció los labios.

—Permitan que les cuente una historia. Se ha realizado un estudio. Alguien quería demostrar de una vez por todas quién tenía razón, si Freud, Adler, Lacan, Klein, la terapia psicodinámica, las relaciones de objeto o cualquier otra cosa. Así que observaron la evolución de unos cuantos pacientes después de su tratamiento, perteneciente a uno u otro de estos paradigmas, tanto al principio como al final del proceso. ¿Adivinan quiénes habían mejorado más? ¿Qué paradigma resultó vencedor?

—Continúe —dijo Keever.

Shur sonrió.

—No había ninguna diferencia. Significativa, al menos. Todas son igual de buenas. E igual de malas. Pero. Todos los pacientes evolucionaron más favorablemente que el grupo de control, que no había recibido ninguna terapia.

—¿Lo que significa? —preguntó Keever.

—Lo que significa que hablar es mejor que no decir nada. Y que prácticamente da igual con quién hables. O qué respuesta recibas. Aunque yo nunca llegaría a ese extremo, hace ya tiempo que elaboro listas de grupos que practican todo lo imaginable: meditación, discusiones, doce pasos, intervenciones terapéuticas, renacimiento, abrazos en grupo, lo que sea. Los he investigado todos; son inofensivos. Nada que se pueda considerar tóxico. Lo cual es un juicio de valor, sí, ése es mi trabajo. Así puedo buscar el nombre de los que tengan una puntuación más alta en la escala más relacionada con las necesidades de mi paciente. Ahora bien, Stonier, estando en shock como está, lo que necesita es lo que yo denominaría refuerzo positivo barra vital.

Por eso le he recomendado un puñado de grupitos muy majos que hay en Tacoma. Los primeros de la pila.

Los desafió con la mirada.

—¿Y accedió? —dijo Keever.

—No le resultó fácil. Pero cualquiera de ellos le servirá de ayuda. Si existe el riesgo, y existe, de que se enoje con ustedes, con Unute, con la unidad o con el Gobierno, esta solución debería ser capaz de minimizarlo. En cualquier caso, las pastillas que le he recetado tienen unos cuantos ingredientes activos que van más allá de los inhibidores selectivos de la recaptación de serotonina. A fin de volverlo más susceptible a aceptar cualquier sugerencia. —Los hombres se quedaron pensativos. Shur miró a Keever—. Hablando de las consecuencias del duelo, ¿cómo está Joanie Miller? Usted ha ido a verla.

Keever titubeó.

—Tocada. Aunque presiento que ya se lo imaginaba. Y tomo nota.

—Había oído que las cosas no le iban bien. Ésa es la clase de luto que se puede torcer. Lo que estamos intentando evitar por todos los medios. De ahí que haya abordado a Stonier. Ulafson era anterior a mí, pero, si hubiéramos instaurado antes estas medidas, en fin, ¿quién sabe?

—Bueno —dijo al fin Caldwell—. Buen trabajo, supongo. Seguro que le gustaría hablar con Unute en persona. ¡Él sí que sería un buen objeto de estudio!

—No me gustaría, no —replicó Shur, envuelta en un aura de fría serenidad—. Me interesa el pensamiento humano.

Eso hizo sonreír a Caldwell, que concluyó:

—A veces, todo encaja en su sitio. Eso me pone dickensiano. Me dan ganas de decir: «Dichosos nosotros».

Por un instante, quizá, Shur se lo quedó mirando con una inmo-vilidad que iba más allá de la sorpresa o la incomprensión; sin embargo, con la misma brusquedad, esa impresión se esfumó. Caldwell volvía a estar en su despacho, contemplando a una mujer de mediana edad, cavilosa, que lo observaba sin nada más que diplomática curiosidad.

—¿Eso es de *Cuento de Navidad*? —preguntó ella—. Falta mucho todavía.

Caldwell se rio. Otro chasco. ¿Cuánto hacía que no pronunciaba ese código y lo escuchaba repetido, que no veía aquella fría mirada de gnosis y propósito común?

Pese a todo, no, no pensaba en absoluto que él estuviera solo en la unidad, que él fuese el único que abrigaba una segunda lealtad escondida.

Los secretos engendran y atraen más secretos. Recorre estos pasillos y saluda con la cabeza a tus camaradas cuando te cruces con ellos, que entre esos soldados de esta conspiración discutible en particular habrá, sin duda, topos de alguna rama militante de los templarios, profetas de alguna secta cabalística, asesinos sagrados de alguna razón oculta ajena a la *raison d'état* o a mi país, con razón o sin ella, infiltrados en esta operación oficial tanto para desempeñar su deber como los ritos de su iglesia y las aspiraciones de sus superiores secretos.

Tampoco pensaba Caldwell que esto fuese ningún gran escándalo, ninguna revelación asombrosa. Del mismo modo que en cualquier departamento de mediano tamaño se consideraba inevitable cierto nivel de robo de material de oficina, para los comandantes de la unidad de Unute era de esperar que un número no insignificante de sus subalternos se adhiriesen a motivaciones ocultas de diversa índole. Del mismo modo que la activista avispada de una célula izquierdista que supiera que junto a ella trabajan codo con codo agentes de la policía infiltrados, adversarios que persiguen sus propios objetivos al tiempo que intentan sabotear los de ella, mantendría los ojos bien abiertos y se defendería utilizando las inevitables líneas de guion escritas de antemano de los propios espías, el truco, sin duda, estribaba en perseguir los antedichos objetivos de todas maneras. Si tus octavillas revolucionarias las subvencionaba el FBI, pues, en fin, eso que salías ganando. Ésa, sin duda, debía de ser la filosofía de los superiores oficiales, u oficialmente extraoficiales, al menos, de Caldwell: así, por infestada de topos que estuviese la unidad, sin menoscabo de las debidas diligencias y sin olvidarse de tender todas las trampas que hiciera falta, por el camino disfrutarían de agentes, científicos y asesinos entregados en cuerpo y alma a su causa.

Sospechaba, por tanto, que las invisibles eminencias atrincheradas en pasillos anónimos que controlaban la unidad debían de pensar que, mientras las investigaciones se llevaran a cabo y se ejecutaran las misiones, tendría poco sentido ponerse prematuramente quisquillosos con los infiltrados, cualesquiera que fuesen sus intenciones o credos furtivos. Lo cual no equivalía a decir que esos mismos gerifaltes no quisieran estar preparados para cuando los mentados fines oscuros dejaran de discurrir en paralelo a los suyos.

Eso no significaba, por supuesto, que tuviera que ir pregonando a los cuatro vientos su verdadera alianza. Él, Caldwell, como buen topo, debía excavar túneles para que la unidad los usara, por muy distintos que fueran sus soterrados propósitos. Lanzaba el anzuelo de su código muy rara vez y siempre con cautela, siempre en los límites de la negación admisible. Sobre todo porque, si los acontecimientos se precipitaban como él preveía, no habría de pasar mucho más tiempo antes de que sus auténticos fines y objetivos, precisamente, y los del Gobierno tomaran caminos distintos.

Por la mente de Caldwell desfiló una sucesión de rostros sin vida. Josh Barrientes. Weatherly Knighton. Jon Peters. La sorpresa irrevocable y final de arqueólogos y sacerdotes, vendedores de mapas, de fruslerías, de información, cuando él cerraba las manos sobre su garganta o les clavaba un puñal entre las costillas, velada por la decepción su mirada, crispados sus dedos mientras él les arrebataba aquello que habían pretendido rehusarle. Tallas de Unute más antiguas que la más antigua de las pinturas rupestres. Rollos de poemas en caracteres ya olvidados que desgranaban las aventuras del hijo de la muerte, el avatar de la vetusta quietud. Un lento amasar de información que compartía o le ocultaba a la unidad en una alquímica danza de dones y efugios.

Dichosos nosotros: dichosos nosotros: dichosos nosotros. Ése era el eslogan de su cábala anónima, buscadores de poder. Susúrresele a quienes puedan echar una mano, iniciados en los misterios de lo inmortal. Susúrresele a quienes lo pronuncien primero. Un estúpido par de palabras susceptible de invocar, sin proponérselo, la reacción de una falsa camaradería, aunque ese riesgo nunca se materializaba. Mediante la correcta configuración del contexto, la persona y el tono, aquéllos a los que se les dirigía con su significado secreto eran como aquéllos a los que la policía les grita, «¡Oye, tú!»: sabedores siempre, bien fuese de forma subliminal o consciente, de que el objetivo de esa voz eran ellos antes de dar la respuesta que los definiera correctamente, tanto por elección propia, en el caso de los iniciados, como ajena, en el caso de los que no. Dichosos nosotros: eso era lo que distinguía a su rebaño de los otros rebaños. Lo que diferenciaba a quienes habían dedicado años, como Caldwell, algunos adorando a Unute, si cabía emplearse ese verbo, otros haciendo gala de una actitud más proactiva, pero todos ellos ansiando, anhelando, sondear sus poderes. Y no por ninguno de sus respectivos países (qué concepto tan curioso sobre el que volcar la fidelidad, esas formas de gobierno tan contingentes y efímeras), sino en su propio provecho. Llamémoslos demiurgos, si os place, o, si se salieran con la suya, milagros de segunda, baterías de energía derivada de un poder superior.

Bueno, ¿y dónde está ese poder? Todo le trae sin cuidado: una vez, dos, en un momento de travesura o despecho, escupió al mundo a Unute (y al cerdo) antes de retomar su habitual apatía, una indiferencia tan inmensa que se diría indistinguible de la inexistencia. Dejando al mando a quienes beben de las baterías que cargan a Unute (o a quienes gobiernan a aquéllos que beben). Quién sabe lo que tendría que decir Unute al respecto.

—Doctora Shur —oyó Caldwell que decía Keever—, debo pedirle que haga una copia digital de sus sesiones con Stonier y las suba a una carpeta segura. Le enviaré el enlace. Sólo podremos acceder a ella los presentes en esta habitación. Por responsabilidad. No se puede repetir lo de Ulafson.

Shur torció los labios, pero asintió.

—Hablando de lo cual, tengo una petición. Es cierto, no se puede repetir lo de Ulafson. Por tanto, me gustaría solicitar que los antiguos miembros de la unidad y tal vez incluso los afligidos familiares de aquellos soldados que hayan fallecido en el cumplimiento de su deber para con Unute, y con esto me refiero específicamente a los que han muerto a sus manos, reciban una invitación para participar en sesiones conmigo.

—Doctora —dijo Keever—, sabe que no me corresponde a mí tomar esa decisión.

—Lo sé, sí, pero si usted se muestra a favor, podría convencer a los altos mandos. Creo que esto podría ser importante.

Para sanar. Y, ¿sabe qué?, si lo prefiere, también para recabar información. Si cualquiera de ellos me toma la palabra, lo haré aquí, en mi consulta. El equipo de grabación estará preparado y a su disposición para que lo examinen cuando deseen. —Keever consideró la propuesta—. Fue usted mismo el que me dijo que la muerte no pone fin a nuestra responsabilidad para con ellos y sus familias —añadió Shur.

Eso dejó inmóvil a Keever.

—Veré qué puedo hacer.

Llamaron a la puerta.

—Adelante —dijo Shur.

Entró Diana.

—Te has perdido la reunión —señaló Shur—. Ya casi hemos terminado.

—Estábamos hablando de Stonier —dijo Caldwell.

—Siento llegar tarde —se disculpó Diana—. Me han distraído. De eso quería hablar. De Stonier. Bueno, no exactamente de él, pero... Tenemos que hablar de Thakka y todo eso.

—Tranquila —dijo Caldwell—. La investigación ya está en curso, como bien sabes. De hecho, Diana, quería decirte que he tenido que reconsiderar una de nuestras pistas...

—No me refiero a eso —lo interrumpió Diana—, sino a lo que todo esto está haciéndole a B. Ha desaparecido de nuevo. Se ha ido de caza.

Es de noche en una ciudad rutilante y fría. El distrito financiero. Abajo: un mar de neón y faros que merodean como bestias bioluminiscentes en la zona bentónica. Elevándose cuales negras chimeneas, vertical el paisaje, una torre tras otra.

Acceso desde una azotea. Hay decenas de formas de hacerlo, incluso sin apoyo aéreo. Incluso solo. Cientos de formas de hacerlo si eres lo bastante fuerte como para sostener tu propio peso desde la altura máxima de un rascacielos mientras te descuelgas por una esquina para perforar agujeros en el cristal reforzado.

Unute cruzó sin hacer ruido por el hueco de la escalera. No se detuvo en la entrada de la última planta, vacía salvo por montones de cajas de cartón llenas de poliestireno. Aislante frente a los drones espía.

Armas preparadas. Pistola en mano. Respiró hondo para apaciguar la insólita voracidad de su interior, ávida de asumir el control de su cuerpo.

El piso inferior. Depósito de adminículos del día final: sarín, Kool-Aid de imitación, explosivos. Vaciló frente a la puerta blindada, fijándose en la claridad que la recortaba. Sin embargo, no podría desarmar esas trampas sin alertar de su presencia a sus anfitriones involuntarios, y tenía preguntas. Buscaría las respuestas antes de encargarse de lo que pudiera de esto.

Descendió de nuevo. De puntillas, cruzó la tercera puerta. Sin vigilancia en ese nivel, porque, ¿quién se esperaba una intrusión a esa altura, por encima de tanta seguridad? Detrás de la puerta, un vestíbulo iluminado con LED, oficinas, una puerta marcada con el nombre de la empresa de biotecnología que allí se alojaba: Mochyn Industries. Su logo, un círculo bisecado por el signo de igual.

Forzó la cerradura.

Iluminaba las oficinas, de planta abierta, el parpadeo umbrío de los salvapantallas. Sabía que los servicios de limpieza estarían allí, razón por la cual guardó la pistola y dejó que de sus manos colgase un paño para el polvo, razón por la cual llevaba puesto un mono oscuro, por la que caminaba con los hombros encorvados de quien se ve obligado a trabajar de madrugada, cruzándose con otras figuras igual de cansadas que acarreaban fregonas y baldes. Pasillos que comunicaban con las oficinas de dirección. Donde sabía que la junta estaba reunida.

Una ruta laberíntica, más larga de lo que parecía posible, por interiores de diseño intricado. Así se ocultaba una fortaleza a la vista de todos.

Puertas de doble hoja, sin ventanas, de paneles oscuros. Las envió volando contra los guardianes del santuario. Personas uniformadas de gris que se levantaron de un salto ante la invasión, levantando las armas y profiriendo los gritos de costumbre, mientras Unute, movido por algo parecido a un arrebato de conmiseración, otra rebelión contra la inevitabilidad de los asesinatos que se disponía a cometer, llegaba a decir algo parecido a «Rendíos y no os mataré», palabras insignificantes donde las hubiera, los veía hacer oídos sordos, como sabía que ocurriría, y levantada la pistola, se hacía a un lado de un salto y apretaba el gatillo para hundir una bala directamente en el cañón del rifle de un hombre, en el rostro de otro y en el cuello de una mujer.

Oyó un chillido animal.

Procedentes de las jaulas abiertas de par en par que había en las esquinas de la habitación, sobre él se abalanzaban dos formas oscuras.

Perros. ¿Perros?

Criaturas enormes cuyo perfil semejaba el de unos pastores alemanes distorsionados, de pelaje oscuro y babeantes, pero desde que se extinguieron los huargos no veía unos caninos de semejante tamaño, semejante velocidad. Entre sus dientes, desnudos y relucientes, descollaban unos especialmente grandes. Colmillos de elefante. Estiletes de marfil que sobresalían de la mandíbula inferior; atravesando la piel del hocico se curvaban dos más.

Saltaron. El primero lo golpeó, le mordió el brazo izquierdo con fuerza y Unute gritó con la sorpresa del dolor. Descargó el puño derecho sobre su cabeza. Se lo quedó mirando porque, aunque gañó, no aflojó las mandíbulas y Unute sabía que aquel mazazo habría bastado para decapitar a un toro.

El éxtasis se arremolinó en su interior. Ya hacía tiempo.

Pero debía pensar con claridad, tenía preguntas que hacer, y así, por mucho que le doliera, por mucho que le costara, por antinatural que se le antojara, profirió la sombra coagulada de un rugido de esfuerzo, tensó los músculos y reprimió el trance.

Dos rápidas embestidas en el costado izquierdo; balas que le desgarraron las costillas, la carne. Se tambaleó, pero debía ignorar todo aquello porque el primero de los perros aún seguía estando encima de él, lo que debería haber sido imposible, aún seguía estando consciente y gruñía entre los colmillos apretados y los espumarajos teñidos con la sangre de Unute, que ahora también tenía encima al segundo.

—Ahí —dijo Caldwell. Los ordenanzas colocaron el cuerpo laxo del babirusa encima de la camilla metálica y él los guio por un laberinto de maquinaria hasta otro laboratorio inferior, más profundo, caminando por delante de redomas y tarros llenos de órganos. El equipo maniobró su cargamento hasta un hueco que había detrás de los ordenadores y el generador que Caldwell había encargado instalar, junto a una cámara de borboteante líquido oscuro en el que flotaba una silueta indeterminada.

Aun sin la ayuda de Unute, los técnicos se las habían ingeniado para reunir una amalgama de partículas radiactivas, ketamina y una jaula de amortiguación del aura con la que, tras unos cuantos y descorazonadores intentos fallidos y una combinación de elementos, por fin habían conseguido que el babirusa se quedara inconsciente. La montaña de carne se estremecía y babeaba, tamborileando con las patas en su sueño narcotizado. Forcejeando con sus ligaduras: grilletes derivados de las labores de contención de Unute.

A solas, Caldwell abrió un mapa del mundo. El contorno de los litorales parpadeaba mientras revisaba la historia, el cambio de los perfiles con el paso de los eones, las glaciaciones, las fluctuaciones geológicas. Detrás, un abanico de hilos rojos, un ciclo animal repetido, deducciones de milenios de rutas de aquel puerco ciervo.

Caldwell toqueteó la pantalla. Superpuestas sobre los viajes del cerdo, ahora, aparecían las rutas reconstruidas de los viajes de Unute, la propagación de la tecnología.

Llevo trabajando tanto tiempo, pensó Caldwell. Textos antiguos, himnos heréticos, rastros de perturbación taquiónica, anomalías y excentricidades. Sería absurdo fingir que no ha costado esfuerzo reunir todo esto. Y si eso es para seguirte la pista a ti, Unute, ¿qué haría falta para seguírsela al cerdo?

Deslizó la mirada por las trayectorias enmarañadas.

¿Dónde has estado, cerdito? ¿Qué estabas haciendo? ¿Cómo sabes cómo encontrarlo? ¿Y esto qué es? Tocó un lugar que daba la impresión de ser uno en el que el cerdo se había asentado, se había quedado quieto, durante una larga temporada. ¿Y esto, y esto, y esto? Lugares y épocas en las que el cerdo había caminado durante vidas enteras para alejarse de Unute.

¿Lo sabrá él?, se preguntó. Nos ha dicho que le das caza siempre que vuelves. ¿Sabrá él que hay eras en las que haces todo lo posible por que no se crucen vuestros caminos? ¿Qué es lo que buscas, entonces? Cuando lo evitas a él.

Apoyó la mano en el tembloroso flanco del cerdo.

¿Con qué sueñas?

Caldwell cerró los ojos. Aguzó el oído al máximo, como si las entrañas de la criatura pudieran comunicarse con él, como si los huesos le pudieran revelar sus secretos.

Giró sobre los talones y clavó la mirada en el frío resplandor de la sala, en todas las esquinas, donde las paredes confluían con el suelo restregado, en los umbrales. Estaba solo. Se quedó muy quieto y, por un momento, contuvo la respiración e intentó detectar algún roce, el menor golpecito infinitesimal.

Al cabo, Caldwell meneó la cabeza y soltó el aire acumulado.

Estoy rendido. Me faltan las fuerzas. Estoy alterado.

Lo siento, Diana, pensó. Sé que estás extraordinariamente ansiosa por poder trabajar en esto también, por encontrar una nueva ruta al azul al origen del rayo. Me pido ir de acompañante.

Allí, en el corazón de la base, Caldwell pegó el rostro al cristal curvo del gigantesco cilindro. Escudriñó entre la niebla y el vaho de sus propios alientos, inspeccionó el turbio elemento preservador, aquella sombra más oscura que el resto. Miró a través del cristal como si fuera él el espécimen.

Contempló el cerdo. Como Unute, pensó, está rebosante de vida. Rebosante de vida para ser un heraldo de muerte. Demasiada vida. No se muere: como él, tiene vida de sobra.

Caldwell levantó un cable de la camilla y lo acopló a una toma en la base del tanque.

¿Si te cortan, cerdito, pensó, acaso no sangras?

Activó un aparato de medición que se iluminó de color verde con cifras de corrientes, de paquetes cuánticos, de energías mal entendidas.

¿Y luego, pensó Caldwell, si te cortan, acaso no se detiene la hemorragia? ¿Acaso no vuelves?

Le dio un papirotazo a la brida gris que inmovilizaba aquellas pezuñas.

Una precaución innecesaria en tu estado inconsciente, pensó. Pero, por si acaso. Ligaduras de Fenrir, dice Diana que las llamó Unute. Deberían funcionar con un cerdo como lo harían con un lobo. Es decir, no a la perfección, todavía, pero sí de forma más que aceptable.

De un estante de herramientas desenganchó una sierra radial.

Puedo ser preciso, pensó. Puedo llevarte hasta el borde de..., llamémoslo la muerte, aunque los dos sabemos que es inexacto. Puedo llevarte hasta ese punto y redactar un informe con la presión exacta que he utilizado, con la cantidad exacta de sangre que has perdido, la corriente aplicada, la profundidad de los cortes, la espuma de neutrones y las agitaciones de las formas de onda. No me hace falta despertarte: no veo por qué el dolor debería formar parte de cualquiera que sea este mecanismo. Del que tú eres un engranaje. Espero, por tu bien, que eso no cambie. Puedo llevar un control de los latidos de tu corazón, tu temperatura, tu respiración, tus ondas beta, theta, gamma y lambda. De lo que sucede al filo de ese abismo a la nada y en el instante en que te empujo al vacío, si así lo decido. De las energías que se liberan. Partículas varias veces más pequeñas y escandalosas que las más pequeñas de las danzarinas que hayan detectado en el CERN, todo a través de esto... Dio unas palmaditas en la boca mojada de la criatura. A través de esta totalidad emergente, este cuerpo y más allá. Nuestra conexión con la NASA me alertará de cualquier actividad en las manchas y las erupciones solares, de cualquier oscilación en los cinturones de Van Allen.

Después seguiré controlándote mientras duermes tu letargo pupal y el amasijo de tu ser se reconfigura en la membrana amniótica y veré qué ocurre en el momento en que te abras paso a través de ella para volver a la vida. La indiferencia con la que Unute y tú ponéis la entropía patas arriba es una inspiración, pero también demencial. Hacéis que parezca tan fácil. Ojalá lo fuera.

Caldwell acercó la oreja al cristal oscuro.

Porque, mientras Unute y tú continuáis viviendo, sin más, vuestro vecino aquí presente se niega a no estar sin vida. La frase es horrorosa, lo sé, pero no hablo ningún idioma lo bastante evolucionado como para expresar las paradojas de tu especie o la suya. Tendrás que disculparme, por tanto.

Pchsss, pchsss. El líquido susurra detrás del cristal.

Algunos aspiramos a algo más que la mera fabricación de guerreros inmortales, pensó Caldwell. Algunos —¡Dichosos nosotros!— tenemos objetivos más interesantes, buscamos los secretos reales, los verdaderos poderes, sondear las energías más puras, como las de Unute. ¿Como las tuyas?

Se puso un visor transparente. Volvió a examinar al babirusa resollante. Comprobó la conexión de los cables, la sierra.

Tenéis vida de sobra, pensó Caldwell. Esa vida nunca es más metastática que cuando estáis cerca de la muerte. Y sondear es mi especialidad. Abrió unas puertas unidireccionales, del babirusa a la energía que cargaba aquella columna delicuescente.

Encendió la sierra y acercó la hoja giratoria a la garganta del puerco ciervo. Cuando tocó la piel, aun en las profundidades de su brumoso sopor, el animal pataleó, se revolvió, tembló, gimió.

Kilómetros más allá de la ciudad de los rascacielos. No un bosque, sino una zona rocosa. Medio hundida en el acantilado, en lo alto de una quebrada, una casa de inmenso lujo y belleza, caoba, acero de color peltre, cristales que se tintan con el resplandor del atardecer.

No hay carreteras aquí. En el helipuerto de la cuenca, donde el edificio emergió de la piedra, aguardaba un AugustaWestland AW109 con las aspas combadas e inertes. En las ventanas resplandecía el sepia de las lámparas de interior. Por delante de ellas caminaba el servicio.

En el centro de mando, un hombre que frisaba la mediana edad, alto, musculoso y con la cabeza rapada, escuchaba a su director de seguridad. Al término de la exposición, asintió y le dio las gracias, salió de la habitación y tomó el amplio pasillo que había en lo alto de una escalera curvada. Se cruzó con tres doncellas que inclinaron la cabeza; les devolvió el gesto.

Su dormitorio era una cámara circular en la última planta, al nivel del altiplano el tejado. Sobresalía de la ladera sostenida por pilares anclados en la elevación, de cristal el suelo de la plataforma de su ventana, para que el hombre pudiera estacionarse allí y ver las nubes desde arriba. Notó un aire frío al abrir la puerta; no se encendieron las luces. Supo de inmediato que algo iba mal. Pero antes de que pudiera cerrar la puerta de nuevo y pulsar el botón del pánico, una voz surgió de las sombras.

—No —dijo.

El hombre se quedó inmóvil.

—Pasa —añadió la voz—. Sin hacer ruido.

Una silueta más oscura recortada contra la penumbra.

El hombre vaciló durante un segundo antes de entrar.

—Bien. Y, ahora, cierra la puerta.

Obedeció. Al observar aquella sombra, le pareció ver dos fríos destellos de azul.

—Ha sido una decisión sensata —dijo la voz—. Creo que los dos sabemos que tus posibilidades de seguir respirando dentro de cuatro minutos son bajas, pero no tienden a cero. Y aunque no salgas con vida de ésta, el modo en que vas a morir todavía no está decidido.

En la tenuidad fluctuante, el hombre vio el boquete que había dejado un puño en el vidrio del suelo.

—¿Sabes quién soy? —preguntó el intruso.

El hombre se esforzó por hablar.

—Eres el adversario. El diablo.

Aunque estaba temblando, levantó la barbilla. Quien lo hubiera visto se habría dado cuenta de que intentaba comportarse con valentía.

—No —dijo Unute—. Verás, éste no es sino el enmarañado fruto de una larga concatenación de medias verdades. Como el juego ése, el teléfono escacharrado. Como el logotipo de vuestra empresa. Una monada, por cierto. ¿Cuánto hace que vuestro signo sagrado y él son iguales? ¿Y desde cuándo crees que ese signo tiene ese aspecto? ¿Unos cuantos cientos de años? ¿Miles? Ese sello es el fruto de la pereza. ¿Lo sabías? —Unute hizo dos rápidos barridos con los índices—. Trazar líneas rectas resulta mucho más fácil, así que eso es en lo que se convirtieron. Pero deberían ser curvas. Eso es lo que salía antes del círculo.

—Lo sé —dijo el hombre—. Colmillos.

—Sobre lo de que yo sea malvado... Es vuestro supuesto dios el que me ha pillado ojeriza. Yo nunca he tenido ningún problema con él. Quería ayudarlo. ¿Sabes lo más triste de todo? Que nunca hubo animadversión entre vuestros antecesores y yo. Fueron muy amables conmigo. Aprendí mucho de ellos, incluso cuándo le marcaron la piel. Ellos fueron los últimos que él dejó que se le acercaran. No me ha importado que sigáis con vuestros ritos y rituales. Podéis adorar lo que os plazca. Un mochyn, un cerdo. Hablo galés, sí. Hablo todos los idiomas. ¿Y sabes una cosa? Tampoco me importaría que continuarais con vuestras investigaciones. Después de tantos años de vuestro salto a las altas tecnologías, podría ser útil.

Unute sacó una forma de gran tamaño de la oscuridad. Trazó una parábola, rodó y aterrizó con un golpazo pesado hasta que lo frenaron sus propios colmillos; tenía la mirada vidriosa y la lengua fuera, colgando hasta el borde irregular de su cuello. El dueño de Mochyn Industries contempló la cabeza del perro de presa.

—Dioses y monstruos —dijo Unute—. Alienígenas y avatares. La entropía contra el cambio. La muerte contra la vida. Ideales, ideas y caprichos del destino. Todos tenemos alguna teoría sobre lo que soy. Qué clase de avatar. Sé cuál es vuestra postura. A veces ése era el menor de los males, por lo que a mí respectaba, hacer de diablo. Pero ya hace tiempo que superé esa fase. Ahora me gusta pensar que quizá sea una especie de artefacto plantado por «intelectos vastos, fríos e implacables», en palabras de Wells. Aunque reconozco que vuestro «dios», por lo menos, tenía sentido. Podíais verlo y hacía cosas que nada debería ser capaz de hacer. Ha habido dioses peores que un jabalí. Todas las deidades son una decepción, pero si te van a decepcionar, y es inevitable que ocurra, que te decepcione un cerdo no es la cosa más grave del mundo. Imagínate que te decepcionara la Bondad. O la Verdad. La Luz. ¡La Vida! Hace tiempo, unas personas que me odiaban dijeron que yo era la muerte, y que el dios de la vida estaba de su parte y quería matarme. ¿Por qué cojones iba nadie a pensar que a la vida le importas un puto pimiento?, me habría gustado decirles.

»Esos bichos eran fuertes —dijo Unute. Todavía embozado y envuelto en el frío—. Tus perros. Tuve que derrotarlos para llegar hasta tu junta. Evidentemente. Que te delató. Evidentemente. Pero los perros me hicieron más daño de lo que esperaba, me arrebataron más de lo que esperaba. ¿Sabes cuánto empeño le pusieron tus predecesores al adiestramiento de jabalís como guardianes? Pero los cerdos no son tan dóciles. Pese a todo, me parece impresionante la solución de compromiso a la que ha llegado tu gente. ¿Cómo los llamáis? ¿Perros con colmillos o algo por el estilo?

—Babirusas —habló por fin el hombre.

—Por supuesto. ¿Por qué dejar que el hecho de que sean más perro que cerdo os estropee el homenaje?

Unute dio un paso, entró en la oscuridad menos cerrada de la habitación, y el hombre vio charcos de sombras donde deberían haber estado sus rasgos.

—Nunca pensé que yo fuera el único que conservaba un recuerdo de aquel viejo dios. El tatuaje que le hicieron vuestros fundadores. Habéis estado ocupados con lo que teníais. Clonando, injertando. Fabricando vuestros guerreros. Quizá no sólo perros, ¿eh? ¿Algunos de vuestros sacerdotes y paladines también tienen los dientes muy grandes? ¿El estómago fuerte? De verdad. —Sacudió la cabeza—. Guerreros inmortales, siempre la misma historia. Hay que reconocer que habéis llegado más lejos que el resto. Pero ¿sabes qué? Ni siquiera me importa. No os habéis cruzado en mi camino. No he venido para pediros que empecéis a hacer o dejéis de hacer nada.

»He venido por una sola razón. Quiero que me digáis quién ha venido a por él. Quién estaba con él.

—Eso no es una sola razón —dijo el hombre a la oscuridad. Le temblaba la voz, aunque no demasiado. El desafío siempre era admirable—. Lo que me lleva a preguntar: ¿Cuál es tu razón para esa razón, demonio? ¿Por qué quieres saberlo? ¿Qué es lo que buscas?

Sí, el desafío siempre era admirable, por eso Unute lo admiró durante el momento que se merecía y dejó que esa admiración mitigara la sorpresa que le producía el hecho de que lo hubieran interrumpido.

—Me lleva a preguntarme —lo corrigió Unute—. O me empuja a preguntar. Todo el mundo las confunde. Cuando visité a tus colegas, me había convencido de que quizá tuvierais alguna conexión real con él. De que todavía os podíais acercar a vuestro dios, de que os lo permitía, como hiciera una vez. Pero tus colegas me han confesado que no. Que no ha vuelto a confraternizar con vosotros desde lo del tatuaje. Les di todas las oportunidades del mundo para revisar esa información —dijo, y por la mente del hombre desfilaron las imágenes de los cadáveres de la sala de juntas—. Pero no lo hicieron. Se me da bastante bien saber si alguien está intentando engañarme. Y creo que decían la verdad. Así que no sois vosotros los que habéis estado haciéndole compañía.

»Pero también sé que tu gente sigue conociendo al cerdo y todo lo que tiene que ver con él mejor que nadie en el mundo. Quizá sea mejor así. No hay nada más emocionante que un dios al que le gusta guardar las distancias, ¿verdad? Un dios oculto. Para que la fe se convierta en apuesta. Sin embargo, para las personas como vosotros quizás esté en la sombra, pero no demasiado. Lo habéis seguido más de cerca que nadie. A él y a todos los que lo investigan a él. De modo que tengo una pregunta. Esto es lo que va a decidir si continúas respirando o no. Y si es que no, lo que va a decidir cómo mueres. Así que medita bien tu respuesta.

Unute dio otro paso, y ahora el hombre se apartó de la cabeza del perro muerto, intimidado por la rabia y el cansancio que se mezclaban en el rostro mutilado de Unute, en proceso de curación todavía.

—Te lo volveré a preguntar —dijo Unute—. Por última vez. ¿Quién ha estado acompañando a vuestro dios?

La historia de la consorte

Mi padre era pastor. Mi madre, primero pastora y después esposa de un pastor. Mis hermanos, por orden de nacimiento, fueron pastor, pastor, salteador de caminos, mortinato y majadero. Mis hermanas, dos hilanderas, muerta, novicia y yo, la pequeña, estaba destinada a ser pastora también.

Tenía diecisiete años y todavía no me había casado cuando los soldados llegaron a nuestra aldea. Mataron a mi padre, a mi madre y a dos de mis hermanas. Antes de despacharla, forzaron a mi madre, y lo mismo hicieron con mi padre, aunque al contar esa parte de mi historia, años más tarde, una abadesa me pidió que la omitiera. Los soldados vistieron al menor de mis hermanos, el memo, con los hábitos del cura (también habían asesinado al cura), se rieron y ordenaron a los vecinos de la aldea que todavía no habían huido ni muerto que también se rieran de él, de sus balbuceos. Él sonreía a pesar de los sollozos de nuestros vecinos porque el mayor de nuestros hermanos era uno de aquellos soldados, se había ido hacía meses y ahora había vuelto y le cantaba las canciones de nuestra niñez. Yo ya había visto a mi hermano soldado conducir a sus camaradas a los sembrados de nuestros padres y lo había visto mirar mientras los mataban, por lo que no me sorprendió que se quedara de brazos cruzados cuando uno de sus nuevos compañeros colgó al pobre memo de un árbol, por el cuello, y tiró de la cuerda para levantarlo y, gritando y diciendo estar siendo testigos de un milagro, como si estuviera volando en vez de pataleando en el aire, nos ordenó bailar, dar volteretas y cantar a coro con él.

Yo me tumbé en la cuneta y derramé mis lágrimas sin hacer ruido.

Las estrellas se habían escondido esa noche. Lo que me despertó fue una mano en los labios.

Un hombre. Forcejeé, pero me inmovilizó. Vi sus facciones al resplandor de las fogatas de los soldados. El hombre susurró que me dejaría hablar para que le contara lo que allí había acontecido. Retiró la mano cuando la respiración se me hubo amansado.

Una vez concluido mi informe, asintió con la cabeza y, tras llevarse un dedo a los labios, se irguió en medio del sembrado y se encaminó hacia el fuego. ¿Quién va?, oí que exclamaba un soldado. Era la voz de mi hermano.

Mi otro hermano, el muerto, el ahorcado, miraba a las llamas como si también él estuviera pendiente de aquella llegada.

El hombre con el que habría de casarme se encontró con el traidor de mi hermano al filo del campo. Mi hermano levantó el mosquete. El hombre levantó las manos. Oí el disparo y vi manar la sangre de la palma que la bala esférica había perforado.

Así aminorada, la capturó con la otra mano y se la guardó en el bolsillo.

Se oyó un chasquido estridente, como el restallar de la tormenta, cuando le arrebató el arma a mi hermano y la lanzó lejos; los demás soldados dispararon contra ambos y sus proyectiles hicieron bailar a mi hermano, una jiga tan grotesca como la de nuestro pobre majadero en su último ascenso. El hombre que me había despertado separó el brazo de mi hermano del hombro y lo blandió trazando una parábola rezumante, con tanta fuerza que la cabeza del fratricida se separó de los hombros y fue a parar a la linde del bosque que se alzaba a su espalda.

Los demás soldados se lo quedaron mirando fijamente, petrificados. Empezaron a chillar. De las manos y los ojos del recién llegado brotaban relámpagos. Fui testigo de la manifestación de su fuerza.

Aunque, a pesar de mi juventud, ya había presenciado muchas cosas horribles, ignoraba que el cuerpo humano se pudiera desmontar como mi futuro marido estaba desmontando a aquellos soldados.

Cuando él hubo acabado y yo me sentí capaz de imprimir movimiento a mis piernas, me puse de pie. No le dije entonces (no se lo dije nunca) que había asesinado a uno de mis hermanos para vengar la muerte de otro.

Me pidió que me acercara, por señas. Nos alejamos de ese lugar.

No sé en qué año nos casamos en Brno, pero tuvo que ser después de la primera y antes de la segunda batalla de Breitenfeld. Hacía años que viajábamos juntos y compartíamos el mismo lecho. No me avergonzaba de este pecado porque no me cabía la menor duda de que me amaba, a juzgar tanto por el fervor de sus declaraciones como por lo apasionado de nuestras uniones, y porque en nuestro peregrinar por las ruinas de Europa había visto tales cotas de degeneración que había llegado a maldecir al Dios que las consentía y consideraba Sus mandamientos los desvaríos de un orate. Eso hacía sonreír a mi compañero de cama.

De ahí que me sorprendiera cuando me dijo, Cásate conmigo, y en una iglesia, añadió, Pues no importa lo que crea el sacerdote que nos enlace; si el Dios al que consagramos nuestro amor existe y es tan caprichoso como aseguras, propongo que lo desafiemos con la insinceridad de nuestra declaración de fidelidad a Él, cosa que sabrá aunque su ministro nada sospeche.

No me gusta recordar aquella ceremonia. Ni él ni yo parpadeamos ni nos reímos cuando llegó el hasta que la muerte os separe.

Qué apellido debería adoptar, le pregunté, y él me dijo que, puesto que no tenía nombre de familia, debería elegir el que a mí me placiera. Ésa es la razón de que desde entonces haya sido, para mí misma al menos, la señora Immerfrau, la eterna consorte, pues había visto suficiente (estacas desclavadas de sus vísceras, balas desenterradas de su cuello) como para saber que mi marido no iba a morir.

Todas las mañanas me despertaba con el susurro de que yo había imbuido de intención sus jornadas, que ahora sabía que yo era lo que siempre le había faltado.

Mientras el mundo se tambaleaba, castigado por la guerra, nosotros encontrábamos consuelo el uno en el otro. Ayudamos a algunos, ignoramos a otros y tomamos lo que necesitábamos por el camino; a los perpetradores de violencia, mi marido les infligía tormentos de su propia cosecha. Me hizo entender los indicios que auguraban la proximidad del espíritu de la tempestad antes de que lo poseyera, momento en el que yo debía dejarlo a solas, aislarme de él hasta que la sed de sangre lo abandonara, hasta que respirase hondo y se quedara contemplando los destrozos que había causado. Momento en el que yo reaparecería, lo tomaría de la mano y lo purificaría.

¿Cómo llegaste a ser?, le preguntaba.

Con una canción llegué al mundo, era su respuesta.

¿Cómo es que vives aún?

La muerte no se lleva a los suyos. Siempre ha estado pendiente de mí. En ocasiones, me dijo por fin, en el albor de mi vida, la veía vigilarme desde las sombras en la mirada de bestias y humanos, allende el tragaluz de sus ojos.

¿Qué eres?

Una herramienta, decía. El final.

Quizá la impartas, pero no eres la muerte, ni su heraldo, insistía yo, digas lo que digas y sin importar lo que te hayan hecho creer. Yo he visto a la muerte y sé que no es sino inabarcable quietud. En tanto tú, amor mío, eres todo movimiento y clamor, aun en el silencio.

Aquello lo dejó pensativo.

En las ruinas de una ciudad de Silesia se me ocurrió señalar que lo único que me faltaba para sentirme realizada en la vida era un hijo. Una vez se lo dije, y sólo una, pues aunque hacía tiempo que sabía que era el terror encarnado para los demás, aquélla fue una de las tres únicas veces en las que me tocó a mí sentirme aterrada. No llegó a ponerme las manos encima, pero su respuesta, formulada con una voz que me heló la sangre en las venas, fue que no pensaba someterse ni someterme a mí a la creación de futuros despojos. Lo que haría a partir de entonces, por consiguiente, durante mis días fértiles, sería salir de mi cuerpo y derramarse encima de mí.

A pesar de esa ausencia y del apocalipsis de la guerra, aun a sabiendas de que esto me hará parecer un monstruo, yo era feliz. Y él también, o así me lo dijo.

Estábamos en Amberes cuando nos enteramos de la Paz de Münster. Me alegré por los habitantes de Europa, pero vi que mi marido se sumía en una repentina tristeza.

Es el momento más nítido de toda mi larga vida. Lo vi cambiar todo para él, en él, en lo que duraba un suspiro.

No glorificaba la tragedia, por lo que sabía que no era el fin de la guerra lo que así lo afligía. Le supliqué que me explicase de qué se trataba.

Tengo que irme, fue su respuesta. Nuestro tiempo juntos ha terminado.

No daba crédito a mis oídos. Cierto es que yo ya había alcanzado el ecuador de mis años, mientras que a él el mismísimo tiempo le profesaba un miedo tal que no osaba rozarlo, pero, aun así, todas las mañanas me despertaba arropada por su tierna mirada, y si mentía al hablarme de lo dichoso que era, aquella mentira se prolongaba desde hacía ya décadas sin que me lo imaginara siquiera.

Tengo que irme, insistió.

Razoné con él. Lo adulé. Me enfadé. Lo seduje. Imploré.

Tengo que irme, me dijo.

No volveremos a vernos.

Se fue.

Me pasé tres años llorando.

Trabajé de panadera once años, durante los cuales me inmunicé al hecho de que debía comenzar cada nuevo día sin la caricia de su mirada en la piel. Me esforzaba por no dedicarle el menor pensamiento.

Llevaba ocho años como residente en el sur de Madrid cuando llegó a mis oídos la noticia de ciertos rebeldes.

Mi despecho contra Dios no era ya tan intenso, no por haberme reconciliado con una fuerza tan perversa como para permitir tanto sufrimiento, sino por lo creciente de mi indiferencia. Al no ser inmortal, sin embargo, me reservaba mi opinión sobre tales asuntos y, como correspondía, iba a misa. La misma falta de interés me suscitan los preceptos de la Iglesia y aquéllos que se oponen a Roma. De mis años de vagabundeo, empero, conservaba mi fascinación por el arte de la guerra y las veleidosas alianzas de facciones, y con la intención de desentrañar el significado de esas turbulencias había leído sobre los jansenistas, los *ranters* y otras figuras por el estilo. Alguien como yo, que tan caprichosamente se había mezclado (y había suscitado el interés de, también, o ése había sido siempre mi temor, al menos) con un sinnúmero de entusiastas y fervientes devotos, herejes y canónicos por igual, no podía por menos de saber reconocer los signos y la jerga de tales corrientes. Puesto que en mi papel de novia de la Parca se me había sometido a todo tipo de fantasías, falacias y exageraciones, pues de chismosos y correveidiles está el mundo lleno, y había tenido ocasión de maravillarme ante los mucho más grandiosos tapices de falsedades que se urdían en torno a mi antigua pareja, llevo la duda en las venas. Sin embargo, ni siquiera yo lograba reprimir cierta aprensión y no pocos malos presentimientos al oír hablar de aquellos gnósticos nuevos. Adoradores secretos de los hijos espurios de poderes paganos, de aquéllos que libran una interminable guerra secreta, consagrados en un bando al principio del orden, de la alteración en el otro. Y a aspectos más siniestros también. Al cambio constante, a cualquier precio. Incluso, por contradictorio que pueda parecer, a una pasividad absoluta y pueril, un silencio helado que subyace bajo la actividad y el ruido del mundo. Éste era el año de la Rebelión de Venner contra el rey reinstaurado de Inglaterra, de ahí que conociera la existencia de los denominados quintomonarquistas. A mis oídos había llegado el rumor de un cisma en el seno de los antinomianos de esa corriente, una diáspora de herejes entre herejes que se extendía por todo el continente. Entre ellos se contaban, aseguraban algunos, quienes conspiraban contra la Corona y otros que recibían órdenes de palacio.

Siguiendo el blasfemo planteamiento de que los salvados, por su misma condición de salvados, no tenían por qué respetar los diez mandamientos, los llamados unutarios añadieron la doctrina de que un nuevo Jesucristo caminaba entre nosotros. Que sólo él estaba exento de las limitaciones que constreñían a los seres inferiores. Que, por tanto, podía cometer actos bestiales en el cumplimiento de su sagrada misión, la cual consistía, mediante la impartición de muerte (mediante mecanismos ocultos tras un velo de secretismo), en poner en fuga a la muerte misma para que todos pudieran vivir eternamente, como él, algún día. Lo seguirían, decían, y lucharían por él y contra sus rivales sin eximir a aquéllos con los que recientemente habían compartido el pan. Pues otros, antiguos miembros de su sociedad principal, adoraban a mesías de imitación y juraban fidelidad a arcontes de la vida eterna, enemigos declarados, los tildaban, de los unutarios y el hijo del rayo. Etcétera, etcétera.

Estas creencias me llamaron la atención, por supuesto. Tales almas descarriadas no eran los primeros de los que había oído que, poseedores como eran de un conocimiento parcial (cuando no de meros atisbos) sobre la existencia de mi marido, gustaban de añadir versículos enmendados, proverbios y jaculatorias para calificar el batiburrillo resultante de fe. Sí que eran, no obstante, los primeros en relacionarme con su salvador o bestia soñada.

La primera vez le abrí la puerta a un joven que me rogó que le contara cuanto sabía de las ideas y venidas del inmortal para que su señor, el hijo de la vida, pudiera aniquilarlo; hablaba en inglés, lengua que yo desconocía aún por aquel entonces. Únicamente su uso del nombre de mi marido y los rumores que había reunido me ayudaron a descifrar la naturaleza de su intervención.

Ignoro cómo me había encontrado. Consternada, fingí no entender ni siquiera lo poco que había entendido y le cerré la puerta en las narices.

A su otrora camarada en la fe y ahora oponente fanático, el cual me visitó un mes más tarde, un holandés rechoncho de mirada enloquecida, no logré disuadirlo con tanta facilidad. Me empujó y entró en la cocina. No exento de ira me dijo, chapurreando español, que mi deber era para con el inminente reino de Dios en la tierra, por lo cual debía revelarle el paradero del elegido para que él pudiera ir a buscarlo, jurarle lealtad y avisarle de que sus adversarios estaban cada vez más cerca.

Me abstuve de informarle de que ya llevaba más de diez años sin tener noticias de mi marido, desde aquel día en que el amor se desvaneció de sus ojos. Lo que hice, en cambio, fue pedirle que abandonara mi casa y no regresara. Agarré un cuchillo de deshuesar y lo blandí contra él. Se fue, mas no sin antes decirme, Volveré, debes ayudarnos. Lo necesitamos.

De tal modo, cuando unos golpes en la puerta me despertaron dos días más tarde, no hubo sorpresa. Bajé y la abrí de par en par, lista para repetirle que me dejase tranquila, pero no fue él quien me encontré en la calle iluminada por la luna.

Había tres hombres en mi puerta. Y el del centro, que asía a los otros dos a los lados, tan invariable como el día en que se fue de mi lado, era mi esposo.

La aparición me llevó a trastabillar y pronunciar su nombre con un grito ahogado. Sus acompañantes se desplomaron de bruces en el interior de mi casa. Vi entonces que no habían estado de pie, sino sostenidos únicamente por su mano. Vi también que se trataba de mis anteriores visitas. Y vi que los dos habían muerto.

Mi marido cerró la puerta y echó el pestillo. Se agachó para dar la vuelta a aquellos cuerpos que había matado... con, me pareció, una delicadeza asombrosa para tratarse de él. Recuperada ya el habla, le dije que no era bien recibido. Mantuve la voz fría, y también el gesto, y me enorgullezco de ello. Mas él no me hizo caso.

Le pregunté qué pretendía asesinando a aquellos desventurados sin dos dedos de frente.

Lo que me dijo (éstas fueron sus primeras palabras aquella noche, y no me miró al pronunciarlas) fue que ya se había hartado de tolerar o proteger a peregrinos no solicitados, ni a favor ni en contra de él. Que eran personas como aquéllas, paladines que se autoproclamaban asesinos de la muerte, consagrados a su destrucción, y en no menor medida sus aspirantes a adoradores, quienes amenazaban la ecuanimidad de sus años interminables. En otra ocasión habría dejado que se encargaran el uno del otro, pero ya no. Eran un incordio, dijo, más incluso que el cerdo y su iglesia..., palabras cuyo posible significado aún se me escapa.

Si vienen a verme buscando a su dios, dijo, en mí o en el adversario que se imaginan que soy, les concederé su deseo.

Aunque no como ellos se esperan.

Nunca te había visto tan cruel, dije. Mentira, pero continué. Salvo cuando cometiste tu última crueldad conmigo.

Me miró entonces.

No es agradable recordar esto.

Le dije a mi marido que debía marcharse para no volver nunca, como él me había asegurado que haría. Le pedí que se llevara la prueba de sus crímenes y que, si le quedaba un ápice de alma o decencia, me concediese ahora la soledad a la que me había relegado.

Cuando habló, la voz le había cambiado, poseída ahora del frío y la fragilidad que cabría esperar en una espada sumergida en un lago helado. Fea, me llamó, y vieja, y me acusó de no ser sino una embustera que, si estaba sola, era porque nadie más que él habría querido conformarse conmigo.

No son aquéllos ni días ni noches en los que a mí me guste regodearme. Podría recitar todo cuanto me dijo en esos meses de nuestra segunda vida juntos, el panel central del tríptico de nuestro matrimonio. No lo haré, sin embargo. Sus palabras me cubrieron de vergüenza entonces y continúan haciéndolo ahora.

No me levantaba la mano. No me seguía de un cuarto a otro. Más fuerte que el temor de que lo que decía sobre mí fuese cierto, más incluso que la vergüenza que me provocaban sus palabras, es la vergüenza de no haberme marchado. Cierto es que aquella casita era todo cuanto tenía, pero no habría sido la primera vez que me quedaba sin nada, ni la última, y no me da miedo. No sólo no me alejé de ese techo, sino que me quedé también en la cama, reclamada ahora por él. No sólo no anticipaba con temor su contacto renovado, sino que lo ansiaba, lo buscaba, le preguntaba si no me quería aún, si no iba a tratarme como antes hacía. Y me tocaba, sí. Pero, mientras lo hacía, me lanzaba los mismos dardos que durante el día, me susurraba que nadie salvo él se rebajaría a hacer lo mismo que él.

No me dejaba encerrada en la casa cuando, todas las mañanas, se iba con los primeros rayos de sol. Únicamente musitaba cualquiera de sus nuevas crueldades, me abandonaba y me dejaba allí sola, sin saber por qué no me iba. A su regreso, a menudo cargado con el cadáver de otro de sus enemigos o acólitos no deseados, de los que se deshacía en mis hornos, criticaba su estupidez y los maldecía, primero a ellos, más tarde a mí.

Prefiero no saber exactamente cuántos meses se prolongó aquella situación. Reconozco que fui cómplice en un gran número de asesinatos. Que no se mitigaron sus invectivas contra mí, de quien antaño con tanto cariño había hablado. Y reconozco también, aunque desearía poder decir lo contrario, que no fue ningún embrujo lo que me mantuvo a su lado, sino que una parte de mí codiciaba tan aberrantes humillaciones, aquel elixir que en el fondo era veneno.

Cada vez se presentaba con menos cadáveres. Una a una, las células de creyentes de la ciudad encontraron lo que buscaban, su Immanuel o adversario. Hasta que, tras erradicar la plaga tanto de quienes lo adoraban como de los que abogaban por su martirio, dio por concluida la empresa.

En esta ocasión, cuando se marchó, lo hizo sin avisar previamente.

Me mudé a Inglaterra.

Lo que me decía, y con razón, era que ya no estaba a salvo en España, que debía interponer un mar entre el escenario de los crímenes de mi marido y yo. Con el tiempo he llegado a creer que también decidí marchar al lugar de partida de la mayoría de los que le seguían la pista: una isla en la que algunos sabían más que yo sobre él.

No los busqué nunca. Al menos de eso puedo preciarme.

En Inglaterra encontré un motivo de mayor desdoro todavía, el cual, a fuer de sincera, habré de exponer a continuación: un buen hombre al que conocí y, sin entender yo por qué, cayó prendado de mí.

Dejé que se casara conmigo como si yo ya no estuviera casada. Descargué mi despecho con él. Le dije que no valía nada, repetí las mismas palabras crueles que a mí me habían dicho, que, salvo por lástima, nadie querría tener relación alguna con él. Veía el dolor que tales invectivas causaban, con qué se imbricaban; y veía amor, asimismo, como un gato que jugara con dos ovillos de lana a la vez. Ojalá no hubiera elegido lastimarlo tanto como lo hice, y ojalá no se hubiera mostrado él tan dócil, como había hecho yo antes, con quien a mí me había castigado antes de abandonarme.

Fue la muerte lo que liberó a mi segundo marido, tras veinte años de soportarme, y celebro que se desembarazara de mí, o de la que era yo entonces, al menos.

Han transcurrido tres años desde entonces, tres años en los que he sido esposa, bígama y viuda. Por mucho que me encorvaran los años, nunca creí haber visto por última vez al primero de mis esposos, ni a aquéllos que le seguían la pista.

Hace un año me enteré de que había dos viajeros que estaban de paso en mi aldea. Los rumores llegan a oídos incluso de quienes, como yo, deciden vivir lejos de la ciudad y cuyo acento es extraño, cuyos vecinos gustan de evitarla, de llamarla bruja, cosa que es mentira, y perversa, cosa que ya no puedo negar.

Merced a los susurros de los niños que se acercan tanto como se atreven e ignoran que los estoy escuchando, a los balbuceos de quienes buscan los ungüentos que sólo yo sé elaborar, descubrí que uno de ellos era alto y llevaba máscara y capucha, se cubría con mantos, caminaba con paso rígido y no podía o no quería hablar. El otro era un hombre de bastos cabellos que hablaba como si viniera de muy lejos, contaban. Cuando éste se enteró de que los aldeanos creían que era la peste lo que había desfigurado y dejado mudo a su acompañante, se plantó en el centro de la aldea el último día de su visita y abrazó al otro por debajo de los mantos para que todos lo vieran, para demostrar que no lo rodeaba ninguna miasma.

Habló de sanación, me contó la mujer de un granjero, como si yo fuese a responderla, a pronunciar palabra siquiera. Me dijo que él y el encapuchado recorrían el mundo buscando sanar, propagar el amor de Dios, traer vida, desterrar al diablo y la muerte. Aseveraciones por el estilo he oído por boca de hombres y mujeres mil, mas ésta repetía aquellas promesas manidas como si les confiriese un valor inconmensurable.

Dos estaciones después de aquello, una mañana de otoño, bajé para poner agua al fuego y allí estaba mi marido, sentado al lado de la chimenea, esperándome con la mirada fija en las ascuas.

No me sobresalté. No se me cayó el agua. Solté el cubo y me senté junto a él, en la que había sido la silla de mi otro marido.

El primero no había cambiado, por supuesto, desde Madrid, aunque había más melancolía en su rostro. Mi corazón se amansó tras un repullo inicial. Supe entonces que me había pasado más de veinte años viviendo sumida en la expectación.

Tengo entendido, me dijo, que ha venido alguien. Un hombre enmascarado. Otro que camina con él. Me buscan y no me desean ningún bien, sospecho. Tampoco a ti, mi antigua consorte. Deberías, si vuelven, mantenerte alejada de ellos.

Se desgranó una hora en la que ni él ni yo despegamos los labios.

Ya me he despedido de tantas personas, añadió él, al cabo. Cuando pienso que se ha acabado el dolor, éste regresa; pienso que se ha acabado otra vez, y otra vez vuelve. Pienso que matar no me importa y sí que me importa, y mucho. A veces digo que soy incapaz de amar, que nunca he amado, y a veces digo que amo con demasiada facilidad, todo el tiempo; a veces creo estar diciendo lo mismo de dos maneras distintas. ¿No sería amor, dijo, proteger a tu amada del dolor de tu propio dolor?

¿Y cómo harías eso?, le pregunté.

Quizá, respondió, haciendo que dejara de amarme. Convirtiéndome en alguien imposible de amar.

¿Acaso, repliqué, transcurrido un instante, debería darte las gracias?

Tardó un rato en hablar de nuevo, y cuando lo hizo, el frío de su voz carente de emoción no era como el del invierno, sino tan firme como un largo otoño.

Lamento haberte causado dolor, dijo.

Lo mandé al infierno y lo maldije por cobarde.

Cuando hube terminado, me preguntó, ¿Qué querían? El enmascarado y su compañero. ¿Hablaste con ellos?

Le deseé llagas y pústulas, deseé que se le secara la verga.

Cuando hube terminado, insistió, ¿De qué hablaban?

Le conté que no lo sabía, que los vecinos de la aldea no me dirigían la palabra por culpa del aura que me envolvía, por la impronta que él había dejado en mí, como el hedor que se desprende de una letrina.

Tienes razón, dijo, soy ponzoña. Lamento haberte hecho daño. No te acerques a ningún viajero.

Mi marido se levantó, dispuesto a marcharse, y volví a maldecirlo, aunque, en lo más recóndito de mi corazón, me compadecía de él. En lo más recóndito de mi corazón, deseaba que se quedara. A gritos, le ordené que se fuera. Dejé que se fuera.

Está acabándose el año.

Ayer, cuando se ponía el sol, oí un golpe en la puerta. La parte de mí que me gustaría exorcizar esperaba que fuese mi marido de nuevo. Mas no era él, ni tampoco un hombre de bastos cabellos, ni otro silencioso, extraño y embozado en una mortaja, como sospechaba. Lo esperaba, quizás, a pesar de, o debido a, las intenciones que albergaban. Se trataba, en cualquier caso, de una figura menuda con el pelo gris y unas facciones que ahora se me escurren en la memoria.

Me miró a los ojos. Estuviste casada una vez, dijo. Y no me refiero al que murió, aquél con el que, según tus vecinos, fuiste tan mala.

Repliqué que sabía a quién aludía, sí, y que hablaría de él por respeto a mi difunto esposo, el que había fallecido, el que se habría merecido algo mejor.

¿Dónde están tus amigos?, pregunté. ¿El enmascarado y el otro?

No somos amigos, repuso. Todavía no. Me dedico a seguirlos. Así busco a tu primer marido, como hacen ellos. Compartimos la misma misión, aunque ellos lo ignoren. Encontrar la fuente del sufrimiento.

Estaba envuelta en una gran calma, aquella visita. Me apaciguaba el corazón escuchar sus palabras.

El hombre que vino es un niño, me dijo, aunque él no lo sepa. Deposita su fe en su compañero para encontrar al que debe ser encontrado y hacer lo que debe hacerse con él. Con ello. Aunque no sirva de nada. Cuando ese compañero haya desaparecido, y no antes, acudiré a él y le revelaré que el poder que posee es suyo, no de las baratijas que brotan cuando se desborda. Y a ti: he venido para hablarte de curación, dijo. Del fin del dolor.

Me habría gustado mostrarme entonces cruel, como bien sabía que podía serlo, mas no fui capaz.

Háblame de tu dolor, me dijo, y sus palabras hicieron que se me cortara el aliento, que se reavivara en mí una esperanza que no tenía derecho a vivir.

Allí me quedé, por tanto, en el vano de mi puerta, hablando con alguien que no conocía. Alguien con quien resultaba muy fácil hablar.

¿Sabes, me preguntó, dónde está el jabalí que persigue al que seguiste tú un día?

Lo mencionó una vez, repliqué. Eso es todo.

¿Qué puedes contarme de tu marido, entonces? De tu primer marido.

¿Qué quieres saber? ¿Y por qué?

Porque todos lo buscamos, me dijo. Porque nos gustaría que el sufrimiento acabara.

Accedí a contárselo todo.

En este corazón hurga un gusano que ama a mi esposo inmortal, que lo habrá de amar siempre, pero contemplar aquellas facciones extrañas me imbuyó de una calma que trajo algún tipo de cambio consigo. Mientras confesaba mi más hondo dolor, sentí que me liberaba de la vergüenza y la pesadumbre que se agriaban dentro de mí.

Es la muerte, me dijo.

Y yo sabía que era verdad. Aunque una parte de mí todavía lo quiera, lo que ama de él es la muerte y el odio, odio como el que yo siento por ese amor mío, sumado al deseo de desembarazarme de él. Por eso hablé largo y tendido. Por eso haré todo cuanto esté en mi mano por asistir a quienes aspiran a derrocar su reinado.

Unidades de odio

Shur estaba sentada con las manos sobre el regazo. Miraba a Stonier, que se encontraba frente a ella.

—Bueno, tienes mejor aspecto —le dijo la doctora, sonriendo un poco.

—Sí —respondió Stonier.

Tenía el aspecto de un hombre presa de la incertidumbre. El aspecto de un hombre que se avergonzaba de su alegría. Cruzó los brazos y los bíceps le tensaron la camiseta.

—Va bien —añadió—. He intentado algunas de las cosas que me sugirió. Fui a varios sitios. La verdad es que me parecía una estupidez.

—Lo sé. No pasa nada. Me alegro de que lo intentaras, a pesar de parecerte una estupidez. Eso lo hace más digno de admiración, incluso.

—Sí, fui a unos cuantos sitios y acabé... —Le tocó sonreír a él. Negó con la cabeza—. Es una tontería.

—Seamos tontos juntos.

—Es una chorrada de terapia positiva pseudorreligiosa en grupo, como pensaba que sería. —Puso cara de fastidio—. Es una estupidez. Incluso cuando estoy allí, me parece una estupidez.

«Ahora quiero que os volváis hacia la persona que tenéis al lado y le digáis que está viva».

Fingió vomitar.

—Pero lo estás —dijo ella—. Vivo.

—Sí, cierto. —Una sombra le cruzó el rostro—. Y él no.

—No.

—Y eso me pone tan triste como siempre. Pero supongo que, si le soy sincero, me siento más... animado. Más motivado. Aunque es una puta mierda que él no siga vivo, creía que nunca volvería a sentirme así.

—Háblame de las sesiones —dijo Shur—. ¿Qué hacen? ¿Qué pasa?

Guardó silencio un momento.

—He estado pensando en las otras personas que están en mi situación. Que han perdido a alguien. Que han perdido a alguien por su culpa, me refiero. —Sacudió la cabeza—. En qué pensarían de esto.

Parecía desconcertado, como si intentara recordar algo.

—Háblame de las sesiones.

—Cuesta decirlo.

—¿Quieres decir que te cuesta explicarlo?

—No, quiero decir que acabo de empezar y me han dicho que hay otras cosas después, pero, ya sabe, entramos y hablamos, como una sesión en grupo, y después el jefecillo, Alam, habla y escuchamos... Pero, en realidad, no recuerdo más detalles.

Ella frunció el ceño.

—¿Que no recuerdas...? —empezó a decir, pero se interrumpió. Lo intentó de nuevo—. Puede que lo importante no sean los detalles —dijo con cautela.

—Sí, puede. Sí, eso es lo que he estado pensando. Quizá lo importante sea la compañía. Hablo mucho sobre él, eso sí lo sé.

Cuando me toca. Eso sí que lo recuerdo. Y sobre estar vivo.

Shur entrelazó las manos y meditó al respecto.

—Parece que has encontrado un entorno en el que no se te pide que pases página. Ni que estés menos destrozado, ni que no lo eches de menos. Pero, a través de esa tristeza, quizá puedas alcanzar otro estado.

—No es felicidad, pero es vida. Me siento vivo. No me había dado cuenta de que llevaba tiempo sin sentirme así. Vivo. La vida es mucho. Lo es todo.

—Tú lo has dicho.

—Incluso las cosas que... —Stonier negó con la cabeza—. Que me habrían dejado hecho polvo no hace mucho. Ahora es un poco distinto.

—¿Me puedes poner un ejemplo?

—El símbolo.

—¿Su símbolo? —Shur tardó un momento en recordarlo—. ¿El que te llevaste cuando lo encontraste la segunda vez? ¿Qué pasa con él?

—Lo... lo he perdido —respondió, levantando las manos.

—Ay, Jeff, lo siento mucho. ¿Cómo fue?

—No lo sé. Cuando me dijeron que estaba muerto, la primera vez, me enteré de que él lo llevaba en el bolsillo, y eso dolía, pero era bueno, a su manera, saber que estaba allí. Que llevaba consigo un pedazo de mí. Pero cuando descubrí que lo habían..., que no estaba muerto... —Mantuvo una expresión neutra—. Fui a verlo y me di cuenta enseguida de que no iba a durar. Él lo tenía en la mano. —Parpadeó—. Le di la mano. Desde entonces, ya sabe, siempre lo he llevado... lo llevaba... en el bolsillo. Y, entonces, hace un par de días, estaba hurgando en él y... —Se encogió de hombros, lentamente—. Ya no estaba. —Tragó saliva—. Lo que quiero pensar es que alguien lo robó. Ya sabe, como esas veces que no encuentras algo en tu casa y te sientes tan estúpido que empiezas a decirte que te han robado y que el ladrón se ha llevado justo eso porque es imposible que hayas sido tan tonto como para perderlo.

—Conozco la sensación.

—Pues eso. Pero tengo que aceptar la responsabilidad. No sé cómo ni por qué, pero se me cayó, joder. Y sé lo que está pensando, doc.

—¿Qué estoy pensando?

—Está pensando: «Ah, sí, lo tiró inconscientemente. Está resentido, se está saboteando o lo que sea».

—¿Es eso lo que estoy pensando?

—Sí. Hace un tiempo le habría dicho que se metiera esas ideas por donde le cupieran. Ahora... No lo sé. —Negó con la cabeza—. Y, mire, no me alegro de haberlo perdido. Estoy destrozado. Echo de menos ese recuerdo. Y me siento como un capullo. Pero, verá, sé que quería a Thakka. Sé que lo echo de menos. Y quizá... Coño, no sé cómo lo perdí, pero quizá, quién sabe, quizá tenga usted razón, quizá me libré de ese objeto inconscientemente.

—Para que quede claro, yo no he dicho tal cosa.

—Sí, pero, mire, doc. A eso es a lo que voy. Lo que digo es que lo perdí y... estoy bien, en serio. —Sonaba asombrado—. Estoy bien. Puede que me librara de él a mis espaldas o puede que tuviera un agujero en el bolsillo. Puede que lo encuentre. Pero, aunque no lo haga... El tema es que estoy bien. Ojalá no lo hubiera perdido, pero estoy bien y estoy vivo. Algo está funcionando. Y no quiero guardármelo para mí.

»No dejo de pensar en Ulafson —dijo, y Shur abrió mucho los ojos—. Sé que fue antes de que usted llegara, pero sabe lo que pasó. Todavía tengo algunos números de teléfono. Familiares de personas de la unidad que no sobrevivieron. A lo mejor lo que me está funcionando a mí... podría servirles a ellos.

Pasó volando bajo, como empujado por la nube turbulenta, como si lo persiguiera un rayo: un helicóptero negro. La tormenta era lo bastante ruidosa como para atrapar y sofocar su exhalación de *staccato*. Aun así, para los del interior, el ruido subía y bajaba de intensidad en frenazos estocásticos sin relación alguna con el giro de los rotores, más parecido a un fallo repetido en la naturaleza de las ondas sonoras en sí que a bajar la rueda del volumen. Ya les habían informado sobre ese efecto. Se trataba del amortiguador acústico experimental del eje. Una tecnología derivada de la investigación sobre Unute. Un no sé qué del no sé qué del no sé qué del campo de no sé qué: Keever no le había prestado demasiada atención. Un primer prototipo de tecnología de invisibilidad, eso era lo único con lo que se había quedado. Con unos cuantos ajustes más, en unos años podrían pasárselo a las alas «secretas» de DARPA, bastante menos secretas que la unidad, desde donde se filtraría su existencia a los contactos, siempre fiables, de *The New York Times*, info ops para intimidar a los enemigos de la nación y captar futuros soldados.

Entre otras cosas, Keever siempre había sabido que estaba en un equipo de testeo de productos.

Vio que el suelo se movía bajo ellos, un negro más oscuro contra el negro de fondo.

«Normalmente no prestamos mucha atención a este tipo de grupitos —les había dicho el oficial de Africom que los había puesto al día—. Son, sobre todo, estudiantes con demasiado tiempo libre. Pero estos tipos han estado estableciendo unos cuantos contactos que no nos gustan. Y, con el dinero que están sacando de algunos gobiernos enemigos, nos (os) va a resultar más sencillo cortar por lo sano ahora. Nos cuentan que han estado iniciando acercamientos a algunos grupos yihadistas del Golfo, y eso no lo podemos permitir».

Por tanto, represalias preventivas, pensó Keever.

Unute esperaba ante la puerta rugiente de la aeronave, asomándose a la garganta de la noche. Había llegado a la base de la unidad después de varios días sin establecer ningún contacto; otro viaje de caza, había dicho sin extenderse más. Aquí estaba, otra vez de vuelta.

Alineados a su alrededor, en posición, estaban Delgado, Tranh, Stonier, Beech y otros, informados y listos para salir. Keever reconocía los rituales previos a un lanzamiento. Tranh se metía un buen montón de chicles en la boca; «no quiero morir con mal aliento», había dicho en una ocasión. Beech besaba el san Cristóbal que llevaba al cuello, Delgado repetía en silencio las palabras de una canción de heavy metal. Stonier, muy quieto, muy tranquilo. Muy tranquilo.

No dejes de vigilarlo, se dijo Keever. ¿Vas a estallar, Stonier?

«¿Estás bien, hijo? —le había preguntado en voz baja al final de la reunión, de pie en el centro de la sala, tomándose su tiempo con la mochila hasta que, mira por dónde, sólo quedaban ellos dos—. ¿Estás preparado para la misión?», añadió, mirándolo a los ojos.

«Estoy bien, señor».

«Tomarse un tiempo de descanso no es ninguna deshonra».

«Lo sé, señor».

Keever estaba acostumbrado a maldecir en silencio lo mucho que sus soldados se resistían a reconocer que tenían un problema. Estaba dispuesto a ordenar a Stonier que se tomara ese descanso. Pero sabía cómo distinguir una bravata, y se sorprendió al ver en los ojos de Stonier algo muy similar a la calma.

«Señor —le había dicho, muy tranquilo—. Se lo prometo. Estoy bien».

Bueno, pues nada, entonces.

Cuando caminaban hacia el helicóptero, B se había retrasado un poco para susurrarle a Keever:

«¿Cómo está Joanie Miller? ¿Todavía la ves?».

Keever había abierto mucho los ojos, sorprendido durante un momento.

«Ya no responde a mis llamadas», le dijo.

«Creía que era ella la que te llamaba».

«Al principio. Ahora no me atiende al teléfono».

«Puede que sea buena señal —dijo B al fin—. Puede que esté pasando página».

«Supongo que es posible».

«¿Qué le estabas diciendo hace un momento a Stonier?».

Mierda. Keever ni siquiera se había dado cuenta de que los observaran.

«Justo lo que cabría imaginar».

«Escuché una de sus sesiones. Con Shur. —Keever no había respondido, sino que siguió andando, como si ya supiera que Unute conocía la existencia de las grabaciones—. Estaba muy mal».

Keever no estaba acostumbrado a ver, aunque fuera brevemente, una pizca de tristeza en el rostro de B.

Me alegro de que hayas venido, había pensado. No estaba seguro de si te unirías a nosotros. Creía que seguirías cazando por ahí para no tener que estar a solas contigo. Puede que, por ahora, esto te sirva del mismo modo.

Y allí estaban. Acercándose tanto a lo alto del muro del complejo que casi podrían haber alargado la mano para tocarlo al pasar volando sobre él, de camino al cuartel general oculto del Frente Thomas Sankara.

—¿Listo? —gritó Keever al oído de B.

—¿Por qué crees que se molestan en mentir? —dijo B—. No eres idiota, Jim. Sabes que los sankaristas y los lumumbistas no trabajan con los salafistas. Los altos mandos saben que tú lo sabes. Y saben que vas a obedecer sus órdenes sin necesidad de que se inventen a algún coco islamosocialista. Y saben que los ayudaré si ellos me ayudan. Entonces, ¿por qué? Es como si creyeran que tienen que mentir, que eso es menos indigno que pedirte simplemente que mates a algunos rojos porque ellos lo dicen. —Negó con la cabeza—. No tiene sentido.

—Mi país, con razón o... —empezó a decir Keever.

Pero B saltó del helicóptero antes de que pudiera terminar la frase, y Keever dejó escapar un taco y lo siguió hasta un patio que ya se llenaba de gritos, cordita y los primeros reflejos del frío brillo cobalto.

Keever se mantuvo agachado, disparando ráfagas controladas, enviando a los enemigos, rojos y chorreantes, contra las paredes de hormigón, y disparando a los perros a la cara, procurando mantenerse siempre cerca, pero no demasiado, de B, que estaba, sí, en ese estado.

Éxtasis crepitante blanco azulado. Una fuerza arrolladora que se abalanzaba sobre el enemigo y sobre todo lo que tuviera cerca. Sus gruñidos eran más parecidos a un movimiento de tierra que a saliva en una garganta. Sus puñetazos atravesaban los cuerpos que se interponían en su camino y, al retirarlos, creaban arcoíris de sangre y relámpagos ante las miradas de horror de los que era lo último que veían.

Keever localizó a Delgado, Beech y Halberstam haciendo su trabajo, lo que era bueno, aquello iba bien, ninguna baja hasta el momento, manteniendo el impulso, y vio a Austen, Bullmer y Stonier comportándose con la misma profesionalidad, y volvió a mirar a B, ni se te ocurra perderlo de vista, pero, por una vez, se tomó un momento para observar lo que pasaba detrás de Unute. Vio que Stonier, con el arma en alto, aseguraba las habitaciones tras la embestida de Unute, y su expresión era casi beatífica.

Avanzaron hacia la cámara central, en la que, según sus informantes, estaba el jefe de la célula, listo para su eliminación, junto con, sí, claro, ahora que lo mencionas, el objeto que también debían recoger, ya que pasaban por allí, la caja, no la abras, una caja oxidada y atascada por el tiempo, con un mecanismo de cierre varios milenios más antiguo de lo que debería ser posible, a cargo de la que sólo podía estar Unute y nadie más que Unute, al que se le había ordenado, o pedido, si se prefiere, que se la llevara con él.

Diana buscó a B y lo encontró en la sala de observación, tarde. Olía a fuego y sangre, llevaba la ropa desgarrada y sucia, y tenía la piel abrasada. Observó aquel cuerpo de grandes músculos expandiéndose y contrayéndose con aliento pesado y baba sobre la mesa de acero mientras el equipo de investigación le cortaba con delicadeza la piel dura y grababa a cámara lenta y alta definición cómo se recomponían las fibras. Después medían la onda del ECG. Pinchaban aquellos espléndidos colmillos y los perforaban para extraerles parte del núcleo.

—Bienvenido —dijo Diana.

—¿Qué le habéis hecho? —preguntó B, señalando al cerdo.

Las marcas en la piel del animal, cerca del cuello, eran huellas queloides todavía visibles de lo que habían sido tajadas mucho más largas y profundas.

—No he sido yo. Ni siquiera sé quién ha sido el último en trabajar con él. Todo el mundo quiere un trozo de Babe. Muy amable por su parte curarse entre sesiones, para que todos podamos turnarnos.

—Nada me ha odiado nunca tanto como ese cerdo —le dijo B.

—¿Seguro? ¿Ni siquiera el jefe de Mochyn Industries? —Diana se dio cuenta de que la miraba con admiración—. El difunto jefe, mejor dicho. El precio de sus acciones se está desplomando. Por si su muerte no fuera suficiente, esos archivos que has filtrado los han hundido del todo. Seguramente no durarán más de un par de semanas. Espero que hayas conseguido lo que querías.

—No tanto como esperaba. Pensaba que habían convencido al cerdo para que los dejara volver a adorarlo. Que habían estado acompañando al babirusa. Lo negaron. El jefe reconoció que habían oído que alguien lo hacía, pero no sabía quién. Lo creí. ¿Cómo lo has sabido?

—No costaba suponer que habías sido tú. Y, la verdad, siempre me estás recordando lo larga que ha sido tu vida. ¿De verdad puedes decir que en ochocientos siglos nunca has cabreado a nadie ni a nada tanto como a esa criatura?

—Seguro que sí. Pero, por ejemplo, fíjate en el tío de Mochyn: ¿durante cuánto tiempo me odió? ¿Treinta y cinco años? ¿Cuarenta y cinco? Mientras que ese animal ha tenido casi tanto tiempo para odiarme como yo para ser odiado.

—Vale, lo pillo. Pues vamos a calcularlo. ¿Cuál es la unidad del odio?

—¿Cómo?

—¿Cuál es la cosa más odiada universalmente del mundo? —preguntó Diana, encantada, como siempre que decía algo que despertaba el interés de B—. ¿Los pederastas? ¿Hitler?

—Hitler no, por desgracia. —Los dos guardaron silencio un momento—. Los mosquitos.

—Vale. Muy buena idea: son pequeños, así que perfectos como unidades. Bueno, digamos que el odio hacia un miembro de la familia de los Culicidae mide un, no sé, un culícido. ¡Un culio! Lo que significa que, si odias algo tanto como odias a diez mosquitos, tu odio es de diez culios. Un decaculio. Eso sería, por ejemplo, pisar una mierda. Ahora bien, diría que a la Iglesia Bautista de Westboro la odio unos... —Se encogió de hombros—. Unos siete u ocho kiloculios.

—¿Te estás divirtiendo?

—Sí. Digamos que cabreas a alguien lo suficiente como para que te odie tanto como yo odio a los de Westboro, y te pasas diez años en su vida. Y piensa en ti todos los días. Eso es... más de veintinueve megaculios. —B cruzó los brazos—. Así que Babe, aquí presente, digamos que te odia así. Ocho kiloculios al día. Pero lleva odiándote casi toda su vida. Y eso sería... ¿Cuánto? ¿Unos setenta y cinco mil años?

—Un poco más, pero sigue.

Diana sacó el móvil y abrió la calculadora.

—Eso es... —Contó ceros y frunció el ceño—. Me estoy perdiendo con los prefijos griegos. Creo que es más de doscientos dieciocho gigaculios.

Silbó por lo bajo.

Él miró de nuevo al babirusa inconsciente. Ya no sonreía.

—Y yo no lo odio en absoluto —dijo.

—¿Has tenido suerte? Sacándole información útil a la secta de Babe, me refiero. A los que lo adoran. No nos interponemos en tu camino porque no somos idiotas, pero hacemos lo que podemos por seguirte el rastro.

—Como has dicho —contestó él al cabo de un minuto—, el cerdo lleva mucho tiempo vivo. Es posible que esas sectas sean las únicas que de verdad creen que es una deidad y, aunque tengan que venerarlo de lejos, le siguen la pista a todo el que esté interesado en él, y a veces tienen hasta alguna idea del porqué. Así que, sí, el papa, como quien dice, me dio una lista de hilos de los que tirar, de personas que quizá hayan estado preguntando por él. Demasiados hilos, de hecho. Cuesta seguirlos todos.

—¿Has informado a Caldwell y a Keever? Podrían ayudarte.

—Puede que lo haga —respondió al cabo de un momento—. Cuando haya investigado un poco. Tenemos que averiguar algo más sobre quién podría haber estado con él. En el túnel, con Thakka.

¿Qué nos estás ocultando?, pensó ella. ¿Y por qué?

—En fin, he oído que la misión ha ido bien —dijo en voz alta.

B se encogió de hombros.

—He traído lo que quería Caldwell. Él tenía razón, lo guardaban dentro de una caja fuerte.

—Lo he oído. Bien hecho. —Extendió una mano—. He venido para llevárselo.

B se sacó del bolsillo interior el metal picado, del tamaño y la forma de una pitillera, cubierto de una costra de óxido.

—Siempre dispuesto a echar una mano... o lo que haga falta. —Diana dio un respingo. El rostro de B era inescrutable—. Estoy seguro de que tienes listados en alguna parte de tu despacho. —Ladeó la cabeza—. Teorías sobre mí, clasificadas de algún modo. O sobre lo que está detrás de mi creación. Lo que me creó. Puede que no llevemos tanto tiempo trabajando juntos, pero sé lo lista que eres. No mezclarías corazonadas con análisis. Sé que no crees en ello, pero seguro que «dios(es)» está en la lista, junto con un signo de interrogación. Los putos dioses. —Negó con la cabeza—. He conocido a muchas personas que se hacían llamar así. La mayoría mienten más que hablan.

—¿La mayoría?

—Bueno, unos cuantos se lo creían.

—¿Te lo creíste tú alguna vez?

Él la miró.

—Una vez —dijo, vacilante—. Puede que una vez y media. —Se miró las manos—. Total, ¿qué hay después de «dios(es)» con su signo de interrogación? ¿«Inteligencia alienígena», signo de interrogación? ¿«Viaje en el tiempo, barra, dimensiones paralelas», signo de interrogación? ¿Pone también «Propósito», signo de interrogación? ¿«Herramienta, barra, arma, barra, mensaje, barra, advertencia», signo de interrogación, signo de exclamación?

—Te equivocas —dijo Diana tras esperar un instante—. Combino los signos de interrogación con los de exclamación en exclarrogativos. Son más eficientes.

—Una vez, alguien me dejó un mensaje escrito con mi propia sangre. Era la única tinta que tenía a mano. Siempre he creído que era importante, pero no pude leerlo. Lo habían emborronado. No pretendo insultarte. Eres buena en lo que haces. Me has ayudado. Más que nadie en mucho tiempo. Sólo quiero que comprendas que no hay nada, ninguna teoría que se te ocurra sobre esto —dijo, tocándose el pecho—, que no me haya planteado ya yo.

Diana frunció el ceño.

—¿Qué me dices de tus berserks? Quería preguntarte si habías visto las fotos de la muerte por los mil cortes en el ensayo de Georges Bataille. ¿Sobre el «éxtasis del dolor»? Siempre me recuerda a tus descripciones de lo que te sucede. —Él frunció el ceño—. Hablas de la inmortalidad mucho más que de tu furia,

¿lo sabías? De tus riastrids. Imagino que sacaste la palabra del *Táin Bó Cúailnge.*

—Conocí a Cú Chulainn. Era un gilipollas.

—Thomas Kinsella tradujo riastrid como «espasmo transformador» —dijo Diana—. ¿Qué es lo que se transforma? Puede que no seas sólo tú. ¿Y si la razón de que seas aún más fuerte, lo que te empuja a ese estado, es que eres un elemento conductor, de modo que no sólo cambias tú, sino que cambias el mundo que te rodea? ¿Y si el tiempo y el espacio son diferentes cuando te vuelves berserk, B? ¿Y si eres una llave? ¿De una puerta?

Que da a un vasto espacio. Contuvo el aliento.

B la miró en silencio durante un rato. Después le soltó el metal plano en la mano y se alejó.

Diana dejó escapar el aire, despacio, y descendió.

Aquí, en las zonas sin ventanas del complejo de la unidad, los pasillos estaban diseñados por arquitectos de visión sin igual para lograr que siempre diera la impresión de ir por el camino equivocado. Hasta Diana, que conocía bien la ruta y el trabajo que se desarrollaba allí, tenía que superar la sensación de alergia que le producía. Puertas marcadas con «No pasar» y, bajo ellas, en una fuente mucho más pequeña, «ZPPU». Escaleras de acero que descendían a túneles, una zona hundida con luces fluorescentes con una sutil reducción de intensidad.

Diana encontró a Caldwell.

—He visto en los registros que has estado trabajando con Babe —le dijo—. Solo. ¿De qué va eso?

—Es una idea. Quería probar algo.

—Las marcas todavía no han desaparecido del todo: has estado maltratándolo. ¿Qué has...?

—Experimentos —la interrumpió Caldwell—. Es propiedad gubernamental. Yo soy un empleado gubernamental. Tengo el mismo derecho que tú.

Caminaron.

—Estaba pensando en lo que me dijiste —comentó ella—. He estado prestando atención, y estabas en lo cierto: cada vez que menciona a los dioses, su repulsión resulta palpable.

Caldwell arqueó las cejas.

—Sigue.

—Por el modo en que insiste en negar la idea, diría que quizá sea prueba de que, lo sepa él o no, eso es justo lo que cree ser. Y su disgusto también me parece decepción. Puede que los dioses lo decepcionen por no existir.

—O puede que por existir —repuso Caldwell—. ¿Alguna vez te preguntas si sabe lo que hay aquí abajo, Diana? En su pase pone «Acceso a todas las áreas».

ZPPU: Zona Prohibida Para Unute. Un tramo de pasillo más estrecho que negaba (o eso pretendía) su clasificación AAA. Dejaron atrás salas en las que, tras cristales del grosor de una mano, trabajaban los técnicos. Hileras de servidores y monitores, cilindros transparentes con conservantes y flores de carne con la forma incorrecta.

—No creo que le interese —dijo Caldwell—. De haberle interesado, habría ido a buscarlo, habría encontrado esto y, simplemente, habría entrado.

—Venga ya —dijo Diana—, esas puertas están preparadas para resistir un estallido nuclear a cien metros y están hechas de materiales experimentales que... —Caldwell la miró de reojo, sin decir nada, y ella suspiró y asintió—. Sí. Habría entrado. Tarde o temprano.

Dejaron atrás unos cilindros relucientes. En un viaje a Londres, Diana había hecho una visita guiada al Museo Grant de Zoología. En aquel momento, desde cierta perspectiva, le había parecido demasiado bueno para ser cierto, ya que todo lo que contenía era real. Había un escenario que quizá pecaba de poco sutil, todo lleno de esqueletos larguiruchos y taxidermia peluda contra un fondo perfecto de paneles de madera oscura, con hileras y más hileras de tarros viejos con cónclaves de topos preservados, anguilas enrolladas, mutaciones nonatas apretadas contra el cristal con el patetismo único de quien ha sido guardado en conserva. Era uno de esos tarros lo que le había venido a la memoria al ver aquellos contenedores de mayor tamaño, aunque éstos eran de tamaño uniforme y diseño moderno, además de cristalinos y reforzados con los líquidos incoloros del interior, en vez de con el amarillo orín de los conservantes viejos, aunque no todos los especímenes de su interior estaban completamente muertos. Al menos, no del mismo modo que aquellos antiguos cadáveres de animales que se resistían a la podredumbre en Londres.

Las curvas de pirueta mortal de fetos animales en algunos de aquellos contenedores resultaban inconfundibles.

—Lo que no quiere decir que no tenga ni idea —dijo Caldwell.

Ella desvió la mirada de las estrías de embriones y volvió a concentrarse en él.

—¿Crees que lo sabe y, sencillamente, no se molesta en bajar?

—No es que lo crea. Es que no sé con certeza que no sea así. Siempre ha demostrado indiferencia ante los detalles concretos de nuestras investigaciones. Como si no le importaran.

—Más de una vez me ha dicho: «Fabricad a vuestros supersoldados, si podéis». —Diana se encogió de hombros—. Me preguntó si creía que éramos los primeros en intentarlo. Se estaba burlando de mí.

Caldwell frunció los labios.

—Me pregunto si alguno de aquellos primeros intentos tuvo éxito —dijo al fin. Siguieron caminando—. Bueno, sabemos que él sabe algo.

—No lo sabemos. Pero deberíamos pecar de precavidos y dar por hecho que así es. Aunque siempre nos haya parecido indiferente.

Como si él supiera lo que sabe, pensó Diana. Como si supiera lo que le importa y lo que quiere. Había que ser muy crío para creer algo así de uno mismo: ¿qué es crecer sino darte cuenta de que no te entiendes? Y él nunca había sido un niño de verdad. ¿Cómo vas a ser un niño cuando empiezas a caminar en cuestión de días, a luchar en cuestión de semanas, a matar en cuestión de meses? ¿Cómo vas a ser un niño si no se te olvida nada? B habla mucho, y puede que incluso se crea que se conoce, pensó Diana, pero tengo la fe suficiente en su humanidad como para pensar que eso es una chorrada. Por eso me cae bien y por eso es peligroso. Por eso y, ya sabes, todo lo demás. Y sí que me cae bien y haré lo que pueda por él, pero no a cualquier precio y no (lo siento, B) a costa de este conocimiento.

Contuvo el aliento de nuevo.

De la fuente, pensó. Es una parte de ti que se interpone en el camino, B. Seguiré intentándolo, por supuesto, pero es tu subconsciente o tu inconsciente o tu sombra o llámalo como quieras, pero eres tú el que se interpone, y seguiremos adelante, te daré las pastillas, te plantearé las preguntas, y seguiremos intentando averiguar qué te hace ser como eres, tienes que ser un conducto, conectas con algo siempre que brillas, siempre que matas, pero, a diferencia de ti, B, yo no cuento con miles de años, a diferencia de ti, para mí el tiempo es esencial y necesitamos ponernos en marcha porque quiero saber, quiero ver, quiero comprender. Y aferrarme a ello.

Deja escapar de nuevo el aliento: su exhalación acompaña a sus pasos, al ritmo del corazón, que se acelera.

Y lo siento, B, pero no eres idiota y eres tan poco altruista como yo, los dos estamos en esto por lo que queremos, lo dijiste tú mismo, y es más sencillo usar al otro B, a Babe, como forma de entrar, porque los cerdos no tienen subconsciente (¿lo tienen?) y no obstaculizan su propio camino, y la simplicidad tiene sus ventajas, y si hago las operaciones correctas, si pulso los botones correctos, por así decirlo, si le pongo las manos encima a su mente, a su corazón y a su alma, y llego al otro lado, a donde está el rayo, no a un dios, si eso no te gusta, pero con lo que puede hacer, lo llames como lo llames, ambos sabemos lo que está en juego, la fuente de todo, del poder, de ti, si puedo adentrarme por el sendero de carne que sea, tocar yo misma ese lugar, dejar que te toque, de vuelta por...

Se dio cuenta de que Caldwell la miraba con los párpados entornados. Diana aflojó las manos y lo miró.

—Si tú, si nosotros le damos lo que quiere, esa mortalidad que cree ansiar, supongo que lo demás no le importa —dijo Caldwell—. Estoy seguro de que se hace una idea de lo que estamos haciendo con sus muestras. No creo que lo sorprenda. Lo has dicho tú misma.

—Debe de saber que tenemos restos.

—Lo sabe. Una vez le enseñé una mano.

—¿Que hiciste qué?

—No me mires así, Diana. Tú tampoco eres de las que siguen a rajatabla el protocolo. Después del tema del museo, esa extracción de hace un tiempo, le enseñé la mano que habíamos recuperado. Tampoco creo que sea la primera vez que ve sus antiguas partes.

Sí, de hecho, B le había dicho a Diana que había llegado a perder trozos de sí mismo. Que, quizás, alguna vez, había entrado en uno de esos periodos de breve cese que ella a veces llamaba «pequeñas muertes», que se había transformado en crisálida y brotado de la cáscara de su vieja materia, perfecto de nuevo, en medio de la sopa de albumen revivificador, y había tenido que apartar los restos del cadáver que había dejado atrás.

Aun así. Qué extraño debía de ser sostener tu mano derecha en la mano derecha.

—Dijo algo sobre eso... Hizo un chiste... cuando me dio esto —dijo.

Le pasó a Caldwell la caja metálica. Él la miró con atención.

—¿Algún comentario sobre si esto era distinto? —preguntó Caldwell—. ¿De los que había recogido antes?

—No.

—Bien.

—Es la supuesta verruga, ¿no? ¿Ésa sobre la que cambiaste de idea y al final decidiste que sí la querías? ¿Me lo podrías explicar?

—Lo haré —respondió él, y una expresión difícil de descifrar le cruzó el rostro—. Cuando esté seguro. Nos hemos hecho ilusiones demasiadas veces.

—Caldwell, sea lo que sea lo que tienes en mente, tu trabajo consiste en compartirlo conmigo.

—Ah, ¿sí? —dijo apaciblemente—. Ponerte santurrona no te pega. Tú espera tu momento, que yo esperaré el mío.

Empezó a mover a uno y otro lado la rueda rígida por el óxido de la caja, haciendo rechinar sus engranajes ocultos, implacables a pesar de la edad, hasta detenerse ante una última ventana de cristal. En el laboratorio del otro lado, atendido por más especialistas, un último cilindro. Dos metros y medio de alto, lleno de líquido en ebullición, esta vez de un marrón oscuro, como té fuerte. Costaba distinguir algo en el interior.

—Si es cierto que sospecha lo que hacemos —dijo al fin Diana—, nos hace un favor al mantenerse alejado. Sería una descortesía que viera esto.

En el centro del líquido agitado había una forma más oscura todavía.

Diana mascullló. Caldwell levantó la vista.

—¿Cómo dices? —preguntó.

—La vida lo es todo —repitió ella.

—Ojalá se lo comentaras a nuestro amigo de ahí dentro. ¿Qué quieres decir con eso?

—No quiero decir nada. Es lo que Stonier le dijo a Shur. Y justo eso es lo que estaba pensando sobre el contenido de ese tubo. La vida lo es todo. De formas distintas, todos buscamos lo mismo. Hasta Unute. Si crees que no hay vida sin muerte o, al menos, sin su posibilidad. Y viene de alguna parte, Caldwell, la muerte y también la vida.

Y, ya sea a través de él o no, pensó Diana, ése es el camino que seguiré.

Caldwell la miró con curiosidad, todavía entretenido con la caja. Estudió su ansia.

—Donde vive el rayo —dijo él.

Y dejó escapar un siseo abrupto de triunfo cuando la tapa de la caja se giró. Le puso la mano encima, como para mantenerla cerrada, y esperó.

—¿Qué es? —preguntó Diana—. Si no es una verruga. ¿Más para la colección?

—Cada vez que nos enteramos de la existencia de una de estas cosas, ya sabes cómo es. El dueño se pone en plan «es la reliquia más importante de la historia del planeta», «el corazón y el alma del mundo», etcétera, etcétera. Estoy tan curtido como el que más contra las afirmaciones hiperbólicas.

—Aun así, vacilas.

Él asintió.

—Sí. Es por la forma en que la gente susurraba sobre éste... Según la historia, había una cueva. Donde se libró una larga guerra. Llena hasta arriba de sangre y carne. Mil cabezas de Unute putrefactas, diez mil dedos de manos y pies, un lago de sus entrañas, acres de piel.

—Dios mío. Eso lo he oído antes.

—Y todo eso se desechó para encontrar esta pieza. Es lo que cuenta la historia.

Se sacó unas pinzas largas del bolsillo, abrió el contenedor y metió dentro las pinzas. Extrajo una escama pálida.

Una astilla, no mayor de una uña. Una protuberancia afilada de carne blanca seca.

En Búfalo, Nueva York, sonó un timbre.

—¡Madre mía! Vale, vale, ¡que ya voy!

Una mujer abrió la puerta. Estaba cansada, era blanca, estaba demacrada y tenía una cicatriz en el rabillo de uno de los ojos. Olía a humo y a café. Tenía el pelo recogido en una coleta tirante.

—Por Dios bendito, ¿qué quiere?

Se protegió con la mano los ojos de la luz de la mañana para mirar a la figura del porche.

—Siento molestarla, señora. Y siento si esto le resulta difícil, pero me gustaría hablar con usted de Daniel. —La mujer se quedó inmóvil—. Es usted la señora Clemens. He venido para hablar sobre su marido.

—No puedo contarle nada —le dijo Sally Clemens, muy seria—. Está muerto. Lo que imagino que ya sabe.

—Soy yo más bien el que quiere contarle algo.

—¿El qué? ¿Es del ejército?

—No sé si le servirá de algo, señora, pero sé muy bien cómo se siente. ¿Puedo entrar?

Diana conocía todas las reglas intrincadas y complejas sobre lo que podía y no podía sacar del despacho para trabajar en casa. En general, las obedecía, aunque siempre había cierto margen; se esperaba cierto grado de transgresión, según Caldwell y ella habían acordado. Era parte de su entendimiento mutuo. Los poderes sin rostro por encima de ella y de sus colegas preferían pecar de paranoicos, y ella procuraba desviarlos con cautela hacia un término medio más sensato, sin pasarse demasiado. Se tomaba la seguridad en serio, claro: no por respeto a la obsesión absurda de los militares por considerarlo todo alto secreto por defecto, todo el rato deseando pegar advertencias en las circulares más banales, siempre gritando que viene el lobo, sino por el bien de su investigación y su integridad. Si un ladrón probaba suerte en su dúplex del centro, no iba a encontrar papeleo comprometedor y, si intentaba acceder a su ordenador sin la contraseña, se destruirían tanto el aparato como su contenido.

Llevaba semanas achacando a esa precaución profesional la sensación constante de que la vigilaban. Era algo razonable, se repetía, dado que era posible que así fuera.

Entonces, ¿cómo distinguir entre los distintos grados de esa sensación? ¿Qué debía hacer cuando, después de llegar a casa tarde aquella noche y dejar las llaves sobre la mesa, se detuvo a servirse una copa de Sancerre y, de repente, se quedó muy quieta? Se sentía más observada que nunca.

Siguió inmóvil. Esperó, pero la sensación no desapareció. Los crujidos y dilataciones de la madera de la escalera, los movimientos insignificantes de la casa con el viento, que le parecían cada vez más el aliento de un observador que intentaba no hacer ruido.

Diana levantó la cabeza. Miró a su alrededor, los cuadros oscuros y tenues, la madera teñida y los viejos carteles de cine.

No despreciaba ideas tales como el instinto o las corazonadas. Al fin y al cabo, trabajaba en campos arcanos, con motores para medirlos y ajustarlos. ¿Sería más extraño que cuando Fleming descubrió que el zumo de moho mataba bacterias o que el hecho de que la observación empujara las partículas hacia un lado u otro, darse cuenta de que juguetear con la realidad a nivel femtoscópico había conducido a una fuga en las estructuras de sus propias sinapsis? ¿Acaso no era posible que su intuición ahora le ofreciera un vistazo real a lo desconocido?

La sensación no menguó ni aumentó. Otro cambio brusco y ya no le cupo duda de que había visto algo moverse.

Diana fue a buscar su portátil y lo abrió, se conectó a las cámaras y los micrófonos que lo vigilaban todo y escuchó su casa. Ninguno de ellos había captado una entrada no autorizada.

Sin hacer ruido, entró en el dormitorio. Sacó de su armario la «escoba», un detector de micrófonos ocultos, para examinarlo todo de nuevo y de cerca. Habitación por habitación, Diana barrió con detenimiento todas las superficies. No salió nada.

Entonces, se quedó paralizada de nuevo al oír un sonido casi imperceptible.

Salió al pasillo, buscó con la mano el bolso que tenía colgado entre los abrigos, cargado con la pistolita que ocultaba dentro del forro.

Movimiento, de nuevo, por el borde de la habitación. Bajo, pegado al suelo. Algo rápido que correteaba. El corazón le latía con fuerza. ¿Sería un ratón? ¿De verdad se había convertido en una nueva versión de ser humano, de modo que los bordes de su realidad se ondulaban y emborronaban formando una relación más inestable con la potencialidad multiversal por culpa de sus experimentos con la física..., lo que le había concedido la capacidad de saber que la estaba observando un ratón?

Notó un deje de pánico en su risa.

¡Ahí, otra vez! Algo que corría como una hoja llevada por el viento, como un insecto, algo que ahora seguía por el pasillo, no, no era movimiento animal, ni siquiera de insecto, sino unas sacudidas de marioneta a lo largo de la moqueta oscura, demasiado veloz para distinguirlo, sólo registraba sus consecuencias, y apartó una silla y, con el estruendo, corrió, tropezó, fue a agarrarlo, y, con una aceleración repentina, fuera lo que fuera aquella pequeña presencia malévola, aceleró a su vez, y el bulto de la moqueta se agitó y marcó una línea a través de ella y ahora el bulto retrocedía hacia ella al cambiar de dirección la criatura invisible y revoloteó como una astilla en una tormenta directa hacia ella, así que Diana se detuvo, trastabilló y cayó hacia la cocina sacando la mano izquierda para frenarse y levantando la derecha para protegerse, y algo pasó silbando por el aire, y ella dejó escapar un grito ahogado y tocó algo que se movía duro y rápido, y cerró los ojos y sintió un arañazo abrasador en la cara.

Rodó y se enderezó para adoptar la posición de guardia de jiu-jitsu. Recorrió con la mirada la habitación, iluminada por una lámpara.

Ahora no se movía nada.

Diana se quedó quieta un buen rato, tal y como le habían enseñado. Se levantó y sacó el móvil del bolso.

—¿B? Sé que no suelo llamarte, lo siento. No lo haría si no fuera importante. Ha pasado algo y no sé lo que es, ni tampoco si tiene algo que ver con todo lo demás que está pasando, pero creo que deberías venir. También voy a informar al respecto, pero... Pero primero quiero hablarlo contigo.

Notó movimiento en el rostro. Levantó a toda prisa la mano izquierda, tocó humedad y, al mirarse, tenía sangre en los dedos. Un arañazo largo, que empezaba a picarle y a gotear.

—He tenido visita —le dijo a B.

hermano

Si entraras en un trance numérico y contaras hacia atrás a lo largo de cada paso de tu implacable vida, podrías llevar la cuenta de todas las montañas heladas por las que has caminado.

La primera es fácil de recordar. Todavía eras un niño, aunque con el cuerpo de un hombre, antes de tu primera muerte, y llevabas tu arma en alto. ¿Aquí, padre?, habías dicho. Esta gente está muy lejos de nuestro valle, ¿cómo van a ser una amenaza?

No están cerca, no, había dicho él, pero nos conocen y quieren lo que tenemos. No estaremos a salvo hasta que…

Así que entraste y derribaste los muros de aquel palacio helado, y en ese punto es en el que se enrasa tu memoria, porque fue entonces cuando el espasmo, el berserk, se apoderó de ti durante un tiempo. Cuando regresaron las texturas, estabas encima de otra montaña sobre la cima de esa montaña, una cumbre más pequeña formada por cadáveres, roja, huesuda y resbaladiza, y nada respiraba ya en la ciudad oculta, salvo tú y tus compañeros. Que te miraban como solían mirarte siempre.

Ahora te envuelves en tus pieles en otras alturas heladas muy distintas. No eres indiferente al frío. Es incluso posible que los dedos se te queden flojos y los dientes te castañeteen como la cola de una serpiente. Por supuesto que no te va a matar, por supuesto que tu piel moribunda se renovará con nuevas corrientes de sangre, pero ¿por qué sufrir sabañones si no es necesario? Y puede que haya viajeros, incluso a esta altitud, y prefieres evitar la sospecha de brujería y el desenvainar de espadas que podría provocar un hombre desnudo en la escarcha.

Mira. ¿Hay luces más adelante?

Dejaste atrás tu caballo muerto, así que aceleras poniendo un pie delante del otro entre los muros de piedra vertical.

¡Os veo!, gritas. Veo vuestras antorchas. ¿Amigos o enemigos? He venido a buscar al hijo de los dioses.

El viento se traga tu voz. La luz titilante se acerca.

¡Amigos o enemigos!, gritas. No estoy de humor para luchar.

Nadie responde.

El desfiladero se ensancha y un remolino de nieve dibuja tus contornos, y la luna observa, gibosa y envuelta en bruma detrás de la nieve, pero lo bastante brillante como para esbozar esta caldera de piedra negra. La luz más cálida de las antorchas. Seis hombres, tres con hachuelas, tres con flechas encocadas en los arcos y apuntándote. Envueltos en pieles por encima de los bucles y filigranas de armadura.

Levantas las manos.

¡No busco problemas!, gritas para hacerte oír por encima del ruido de la ventisca. Estoy buscando a la deidad.

Nadie baja el arma.

¿Así es como dais la bienvenida a los desconocidos?, les gritas. En las ciudades de las llanuras me contaron que la gente de las montañas era honorable, cordial y hospitalaria. ¿Se equivocaban?

No somos de aquí, responde el líder. Hemos venido por ti. Sabemos quién eres.

Suspiras. Ladeas la cabeza y, sí, oyes pasos detrás de ti, cerrando la emboscada.

Dejadme pasar, dices, y suenas tan cansado como lo estás. Dejadme pasar y seguiré mi camino.

Llevamos mucho tiempo persiguiéndote, dice el hombre.

Da una orden en un idioma de muy lejos y los arqueros tiran de las cuerdas.

Estaba presente cuando nació vuestra iglesia, les dices. Lo más triste de todo esto es que ni siquiera sabéis por qué estáis a punto de morir. Lo sé, sé que creéis estar aquí para honrar a vuestro dios, Dukkra, que os ha encargado buscar y destruir al Shaitán de las siete islas: yo.

Está demasiado oscuro para ver ojos o rostros, pero su quietud se torna inquieta.

Dices: No sabéis dónde están las siete islas ni por qué soy su demonio. Y no sabéis que Dukkra no es un juez celestial con montura de elefante, como pensáis.

Un hombre dispara y te acierta en el muslo. Esperas. Nadie más se mueve. Das otro paso, con un dolor nuevo.

¡Vuestros sacerdotes añadieron ese jinete hace más de setecientos años y seis grandes cismas religiosos!, gritas. Antes de eso, Dukkra era el elefante.

Otra flecha. Ésta no acierta, sino que roza la roca.

Dukkra fue un elefante durante mil años, les dices. Al principio, era un mamut. En vuestros primeros iconos, ese mamut tiene la trompa especialmente pequeña. Eso se debe a que, en su origen, no era un mamut.

Una flecha, por detrás esta vez, que te pasa rozando el cuello. Siseas.

Antes de eso era un cerdo, añades.

Ahora estás cerca del grupo que espera y los de las hachuelas las enarbolan, aunque no parecen listos para luchar.

Era un cerdo, dices, y lo que no sabéis, idiotas, es que vuestra orden sagrada es una escisión de una escisión de una escisión de cien escisiones del grupo original, que no eran más que observadores de un cerdo. Porqueros nerviosos. Y esta guerra vuestra que dura ya varias épocas y la de los otros de la misma genealogía, contra el Diablo que Camina Sobre la Tierra, yo, es el confuso resultado de algunas de las observaciones de esos porqueros. Concretamente, que al cerdo que vigilaban no le gusto mucho. Eso es todo. Vuestra lucha contra el fin del mundo no significa nada de nada.

Saben que van a morir, pero, y hay que reconocerles ese mérito, se siguen acercando.

Estoy cansado, les dices, esta vez en un idioma muerto tiempo atrás, de ser el apocalipsis que habéis elegido.

Y oyes el susurro de otra flecha y te mueves más deprisa de lo que puede moverse cualquier hombre o mujer, y la flecha se rompe contra la roca y tu hoja acaba en el vientre del líder de estos soldados y, antes de que asimile su estupor, cuando no es más que una chispa en el rabillo del ojo, en ese momento casi cómico de espera, un momento que has visto ya tantas veces, tiras de la espada hacia arriba, cortas y la sacas, y acabas con él en una catarata de sangre, y esquivas un hacha y, con la mano libre y dedos rígidos, aplastas la garganta del que la blande, que también cae y da comienzo al inútil intento de seguir respirando, y te vuelves hacia un pobre muchacho que está esparciendo las flechas por todas partes mientras le susurra plegarias al jinete del elefante de cuya existencia acabas de desengañarlo, lo siento, joven, piensas, ojalá fuera de otra manera...

Aunque no lo matas. Por una vez, no eres tú.

Al dar un paso adelante, oyes el silbido de más flechas detrás de ti y el muchacho acaba cubierto de ellas, con los ojos muy abiertos mientras trastabilla en su forma final de pez espinoso. Y, al dar tú otro paso, sus camaradas también se tambalean, convertidos de súbito en fetiches de clavos, ensartados por todas partes. Y caen.

De las rocas emergen otras figuras, siluetas de arqueros que no te apuntan a ti, aunque tienen los arcos preparados.

He venido a buscar a la deidad, les dices al fin.

Sí, responde una voz masculina. Te hemos oído decírselo a los bandidos.

No eran bandidos, replicas. Eran caballeros sagrados. Pero se equivocaban.

Fueran quienes fueran, éste no era su sitio. Ni tampoco el tuyo, aunque por tu forma de atacarlos... has demostrado ser digno de una audiencia.

Desciende y se acerca lo bastante como para distinguirle el gesto de fascinación profesional en el rostro ajado.

Pocos son dignos, dice, pero tú... Ven con nosotros.

Cuando no puedes morir, te conviertes en taxónomo. Al llegar al cuarto o quinto siglo de vida, cada suceso que ocurre cerca de ti te recuerda a otro y a otro y a otro. Llegados a este punto, todas las personas que conoces te recuerdan a alguien, toda la comida te trae una o muchas a la memoria y todas las historias que oyes son variaciones de otras. Las organizas mentalmente y te mueves por el mundo uniendo las similares, acumulando experiencias en conjuntos distintivos, comparando los tamaños de las pilas. Pueden ocurrir cosas poco comunes, pero nunca hay nada nuevo.

No es extraño escuchar historias sobre semidioses. Hubo lugares y días en los que cualquier persona que talara un árbol más deprisa de lo normal en la aldea recibía esa denominación. Pocos de esos relatos ameritaban una investigación.

Pero está el cerdo.

Incluso a incontables millas y siglos de distancia, durante mucho tiempo ha sido el puerco ciervo. De cuya concepción fuiste testigo, con aquel orgasmo cegador del cielo. El agón de tu hermanastro porcino contra ti es una fuente de tristeza. Pero los hermanos se pelean, ¿no? Por muy malquistados que estéis, así son las familias. Este animal tiene que ser de tu misma sangre. El hijo de la tormenta, la respuesta a los lamentos y plegarias de la cerda. El hijo y el regalo de un dios, como tu madre decía de ti.

Así que existen tales hijos. Lo que refuta tu certeza de estar solo.

Y por eso has regresado a tu memoria, para repasar todas esas historias que oíste en tiempos. Por el cerdo. Las pocas que siguen siendo merecedoras de curiosidad. Si es cierto, como lo es, que varios siglos investigando esa historia del hijo guerrero de tal dios y ese himno de esa monarca inmortal que es la hija de tal ser supremo, etcétera, no dieron ningún fruto, ya que no eran más que propaganda cotidiana de culturas en las que unos pocos dominan a muchos, también es cierto que existen, sí, un puñado de testimonios que no resulta tan sencillo descartar. Rocas rotas con marcas de nudillos. Un señor y su supuesto hijo y su supuesto nieto que comparten nombre y un rostro tan similar que su parroquiana más vieja te confesó que nunca creyó que fueran personas distintas, sino una sola que no moría. Señales y prodigios.

Y si te has sentido decepcionado cientos de veces, te ciñes a tu decisión de dedicar unos cuantos milenios seguidos a tus investigaciones. No sabrías decir si se trata de tesón, esperanza o qué.

Hace mucho tiempo que no seguías la pista de una obra poética completa tan abundante y tenaz como la del semidiós señor de estas montañas. Y mientras caminas ahora junto a estos guerreros silenciosos, repitiéndote todas las advertencias para no albergar esperanzas, para evitar que se te rompa el corazón, hace años que ese corazón despiadado no te late tan deprisa al pensar en una familia.

Una mañana despejada, entre tres picos, levantas la vista para observar un castillo de piedra esculpido en el pedernal. Cruzas con tu escolta un puente estrecho. Esperas con ellos mientras los ballesteros se recolocan en las almenas al ver que os acercáis y los soldados gritan una secuencia de contraseñas para que las grandes puertas se abran.

Un patio en el que crecen árboles que no deberían medrar a esta altitud, en el que sopla un aire mucho más cálido que el de fuera. Los del interior, vestidos de brillantes colores, acuden a observarte. Permanecen con la espalda recta y orgullosa, y te miran con curiosidad.

Un pasadizo lleva al interior de la montaña. Los soldados te permiten ir delante. Un pasillo iluminado no por antorchas, sino por una luz que no titila y brota de huecos en la piedra. Una puerta de madera extraña, con mil himnos grabados en ella. Lees las imágenes: el Hijo de Dios cruzando el agua; el Hijo de Dios venciendo a los monstruos de la montaña; el Hijo de Dios fabricando su trono; el Hijo de Dios alimentando a las doncellas; el Hijo de Dios domando la luna.

¡Espera!, te grita alguien desde atrás, pero abres la puerta y entras en una cámara bien iluminada y cubierta de tapices dorados, azules y rojos, y unos guardias de reluciente armadura forman en falange con veloz pericia para colocarse entre el trono elevado y tú, y avanzan hacia ti con las puntas de las lanzas apuntándote al cuello,

mientras tú clavas la vista en los ojos del hombre del asiento. Es alto y duro. Luce una corona intrincada. Ojos azules, ojos tan azules como los tuyos.

¡Bajad las armas!, grita en un idioma de las montañas. Los guardias obedecen poco a poco.

El hombre se levanta. Le ves el porte, lo poderoso que es, lo perfectos que son sus rasgos, lo mucho que le brillan los ojos rodeados por el kohl oscuro que los adorna. Baja del trono.

Le ves un brillo, un destello, una chispa de un relámpago en los ojos azules y, por primera vez en siglos, ahogas un grito.

Sonríe. Extiende las manos.

Oí que venías, dice. Supe de tu llegada gracias al vuelo de los pájaros, pero no lo creí. Ya me han decepcionado antes. Así que me lo guardé para mí y envié a mis mejores oficiales a informarse y vigilar el sendero, y recé a mi padre en busca de guía y paciencia, y para comprender su plan, y en su silencio percibí una emoción que no había sentido durante mucho tiempo.

Él deja atrás a sus guardias y camina hacia ti. Sabes que, en este momento, te odian por perturbar su existencia, por inculcarle tanto entusiasmo a su señor. Levantas los brazos con las palmas hacia fuera para demostrarles la inocencia de tus intenciones, pero él, su rey, abre los suyos de par en par y te grita: ¡Nómada! Has venido, el vuelo de los pájaros no me engañaba.

El hombre te agarra y te abraza mientras sus soldados os miran. Aprieta contra el reluciente hilo de su túnica tus pieles caladas y mugrientas y tu piel helada y sucia. Grita, muy alto: ¡Hermano!

Os abrazáis durante horas, llorando y aullando, primero tú después él después tú después él, y vuelve a gritar «hermano».

Nunca lo creí posible, dices.

Ha pasado mucho tiempo, dice él.

Cuando el Hijo de Dios les dice a sus guardaespaldas que os dejen solos, vacilan. Tiene que ordenárselo por segunda vez. A solas contigo, te dice: Cuéntame tu vida.

Nací en un valle, de mi madre y el rayo, le dices. Él asiente. Ése fue el comienzo, dices. Aprendí a matar, dices. Aprendí la danza de la muerte, cuando mis ojos se vuelven brillantes y debo despedazar lo que está entero, dices, y en su sonrisa ves entendimiento y tristeza.

Os traen comida y bebida. Le hablas al Hijo de Dios de las civilizaciones que has visto. Todos esos años parecen no ser nada. No tardas tanto en contarlos.

Te he estado buscando, le dices.

Igual que yo, responde el Hijo de Dios. Llevo mucho tiempo esperando a un hermano. Nací de mi madre y el rayo en una llanura muy lejos de aquí. Aprendí a matar. Aprendí también el sueño despierto de la violencia. ¿No tienes hogar?

Todo el mundo es mi hogar. ¿Siempre te quedas en el mismo sitio?, preguntas.

Desde hace años. Navegué hasta el país verde, fui al lugar de los volcanes. Vine aquí. Hay personas en el valle de abajo. Saben que las protegeré si lo necesitan. Me traen tributos. Puedes dejar de vagar por el mundo, hermano. Si lo deseas.

Lo deseo, respondes, y al decirlo sabes que es cierto.

El semidiós de la montaña dice: Gobernemos juntos.

Tu habitación está llena de cojines. Una ventana da a una pendiente más suave de la ladera. El calor del patio del castillo sube a través de unos grandes túneles verticales abiertos en el suelo, bajo los cuales trabajan los esclavos en unas cámaras en las que atienden hogueras de basura, lana y carbón.

Caravanas de viajeros de las tribus del valle llevan cereales y verduras, carne salada y cerveza. Los hijos e hijas de las familias nobles de esta casa de los cielos se turnan para yacer contigo.

Intercambias historias con el Hijo de Dios.

¿Alguna vez has estado con el pueblo del humedal, más allá de las colinas del norte?, preguntas. ¿Los que fabrican figuritas con piel de cocodrilo?

No, responde.

Le cuentas que viviste entre la gente de frente huidiza hasta que los últimos murieron durante el hielo.

Pasé varios siglos con el pueblo del águila. ¿Los conoces?, pregunta él.

No, dices.

Tienen plumas en vez de pelo. Y, cuando hay luna llena, pueden volar.

No respondes a su afirmación.

¿Has encontrado a otros?, le preguntas al fin.

Te mira largo y tendido. Sólo a ti, dice.

A mí tampoco me has encontrado. Te he encontrado yo a ti.

Él inclina la cabeza. Alguien tenía que quedarse quieto, dice. Está espléndido con el tocado que nunca se quita de la cabeza, con sus cuernos, huesos y dientes. Lo que he estado haciendo es recopilar, dice. He reunido historias de dioses y poderes.

Yo también tengo cientos, dices. Tú eras la mejor. Al decirlo, sonríes.

Y tú eras la mejor de las que yo escuché, dice él.

Después de la mía, ¿cuál era la siguiente?, preguntas.

Se lo piensa un buen rato.

Vayn, dice, La Iglesia de Vayn.

Y ahora das un respingo porque es un nombre que no conoces y creías conocer el nombre de todos los dioses creados por los humanos.

¿Qué es eso?

No lo sé, dice. No descubrí demasiado. Está muy lejos de aquí. Envié mensajeros y espías. Es un secreto. Por eso me interesaba. Porque la mayoría de las historias son de personas que se autoproclaman, pero esto pareció llegarme por accidente. Ojos brillantes. La criatura de la Vida misma. Y, cuando envié gente a seguirle el rastro, los canales no se abrían, se cerraban. Como si se dieran cuenta de que se había filtrado el secreto y estuvieran teniendo cuidado.

No dices nada.

Pero tú eras la mejor historia. Con diferencia. Cuando leí los antiguos poemas. Que tu carne se cura. El trance. Las chispas y el brillo azul de tus ojos. Entonces supe cómo deben de verme los demás.

Durante la cuarta semana, te dice: Algunas gentes del río se retrasan con su tributo. Anoche enviaron a un escalador que pidió otro mes de gracia. Tengo que ir a castigarlos.

¿Merece la pena castigarlos?, dices. ¿Si sólo necesitan más tiempo?

Tenemos espías, hermano, dice. Están mintiendo. Sus graneros están casi repletos. Están intentando venderlo, esconder las ganancias y después culpar a una plaga.

Ah, dices.

Llegáis al anochecer, a la cabeza de trescientos hombres.

La jefa dice: Hijo de Dios, nos honras. Entonces tu hermano se vuelve hacia un sonido que tú no oyes y se queda mirando la ventana superior de un edificio, y por ella sale volando una flecha, y él se inclina a un lado para esquivarla y la flecha se clava en el pecho de uno de los hombres que os acompañan, que la contempla con la estupidez de los moribundos y se va cayendo de lado, despacio, y más flechas caen y más hombres caen con ellas, así que allá vas otra vez, así que, sí, levantas el arma y miras a tu alrededor, un poco cansado, en busca de un objetivo.

Y ves al semidiós de la montaña, tu hermanastro. Que se sujeta la cara.

Entonces corre, baja las manos y levanta su scramasax, y destroza con él las costillas de la mujer, y ruge y gruñe mientras lo domina una abstracción, y ves el chisporroteo azul, la espuma y el brillo de sus ojos.

Y tú no entras en ese estado de fuga, sólo luchas, bloqueas, golpeas, pateas y matas para mantenerte alejado del combate. Sigues al Hijo de Dios que se abre paso entre aullidos y lo observas.

Hasta que muchos aldeanos no son más que cadáveres humeantes y el resto huye, gritando que le llevarán toda la comida, suplicando clemencia, y los guerreros de la montaña miran sobrecogidos a su líder de ojos brillantes, y tu hermano de la montaña respira ya más despacio y empieza a atenuarse la luz bajo su ceño.

Su mirada da con la tuya y sonríe. En el antebrazo derecho, la sangre que mana de un largo tajo de cuchillo de sílex se suma a la sangre de los que ha matado. Por lo demás, está ileso. Saqueáis los graneros y volvéis a casa.

A la mañana siguiente, te descubres mirándole el corte del antebrazo durante el desayuno compartido. La carne a cada lado del corte está roja, hinchada y supura.

Te ve mirarlo. No baja el brazo para esconderlo, como esperabas, ni tampoco se lo tapa con la mano ni con el mantel. Se lo mira y lo levanta.

Sí, dice. Está tomándose su tiempo.

Así consigue retrasar unas horas el momento en el que te digas lo que ya sabes.

Esa noche, cuando acudes a su lado para beber vino, se te cae el alma a los pies al ver que se ha vendado el corte, que está oscuro con hierbas curativas y lodo. Sabes que estabas esperando equivocarte y que ahora esa esperanza ha quedado frustrada.

De nuevo, te ve mirar. De nuevo, esperas ver una señal de alarma en sus ojos, un reto. De nuevo, no hay nada. Sólo sonríe y te dice: Les he pedido a mis médicos que se ocupen del corte para así facilitar la curación divina.

Esa noche la pasas despierto, contemplando la oscuridad.

Cuando os encontráis al alba, el brazo sigue hinchado y hace una mueca cuando se lo tocas.

Dices: Siempre llevas puesto ese tocado. ¿Puedo verlo?

Él mira a su alrededor para asegurarse de que no os observan. Dice: Me lo dio mi padre y no me gusta que los mortales me vean sin él. Pero se lo quita de la cabeza y te lo ofrece, y lo tomas, le das la vuelta y lo sopesas. Y encuentras los bolsillitos de los laterales, a la altura de las orejas, cuya existencia ya habías supuesto. Tiras de su abertura y él asiente para animarte a buscar el secreto, y tú olisqueas el polvo del interior y te llega su olor astringente.

¿Qué es?, preguntas.

Salitre, dice, de la mierda de los murciélagos. Un poco de carbón de piña. Una pizca de azufre. Bayas secas molidas de un fruto muy concreto, dice, para el azul. Eso le da el color.

Cuando presiona las bolsitas, los canales de los dientes curvos liberan el polvo cerca del rabillo de los ojos. Las puntas de los canales son de pedernal y sirven también para las chispas.

Hago que me salgan de los ojos la mirada azul, la saliva y el brillo del trance de la muerte, dice. En honor a mi padre.

Sonríe.

Y tú le devuelves la sonrisa. En él no hay actitud defensiva, ni apela a la complicidad, ni insinúa revelación alguna. Es una mirada desguarnecida, ingenua, confiada, alegre, fraternal.

Esto es lo que él cree que significa ser hijo de un dios: mascaradas y trucos. Imita las historias que ha oído, las historias sobre ti.

Ni siquiera eres capaz de odiarlo. Ni siquiera eres capaz de odiarlo por mentirte porque no ha mentido, pobre guerrero, pobre campeón idiota que confunde las historias con la vida.

Así que no lo castigas. Esperas a que te dé la espalda. Cuando lo matas, lo haces deprisa, para que nunca lo sepa.

Su rostro, cuando vuelves hacia ti su cabeza después de arrancársela, todavía sonríe.

Pasas la noche con el cuerpo sin cabeza y la cabeza sin cuerpo del que no es tu hermanastro. Te pasas la cabeza de una mano a la otra y le dices que sientes que haya terminado así. Cuando el sol se asoma por encima de las montañas tienes las mejillas húmedas y los bordes de todo son afilados como cuchillos y recuerdas que así es como las lágrimas hacen funcionar la luz.

Sales al pasillo. Dejas atrás a los guardias moviéndote tan deprisa que ni siquiera te siguen, y su expresión dice, al ver los restos sangrientos que llevas entre las manos, no debo de estar viendo lo que veo, debo de estar equivocado, no lo he comprendido, es un error. Subes a la plataforma de la sala del trono acompañado al fin por un coro creciente de avisos y gritos de ¡A las armas! y Guardias, ¿qué ha hecho? Cuando te enfrentas a la multitud de suplicantes, los soldados tienen las lanzas en alto y todos los cortesanos, visires y oficiales te miran con horror, y tú levantas en alto la cabeza y alzas la voz.

Pueblo de la montaña, vuestro rey no era una semilla del cielo.

Lanzas la cabeza contra una pared, donde deja una mancha y una salpicadura de sangre, rebota y pasa volando por encima de la muchedumbre para después rodar en su irregular itinerario hasta el centro de la sala, con los ojos hacia arriba y abiertos, y en la boca todavía la huella de la sonrisa ahora torcida por tu maltrato.

El guardia más valiente da un paso adelante y levanta su lanza. Tú te destapas el pecho y le haces un gesto para animarlo.

Su puntería es buena y su brazo, fuerte, y tienes que dar un paso atrás cuando la lanza se te clava por debajo de la coraza, se hunde dentro y se desliza hacia un lado de la columna. Sigues en pie y te giras en círculo para observar la sala, y la lanza se mueve y vibra contigo.

Era un gran guerrero, dices, y señalas de nuevo la cabeza. Era un gobernante justo. No era un mal hombre. Lo honraremos porque no era un mentiroso. Creo que él se creía su historia. Se equivocaba, eso es todo, y eso no es ningún pecado.

Traedme a vuestros cuatro mejores artesanos del valle. Que construyan su estatua para colocarla en el centro del patio. Seguirá en pie cuando esta fortaleza caiga. Seguirá en pie cuando la montaña mengüe y cuando los hijos de los hijos de los hijos de los hijos de los hijos hasta la vigésima generación excaven en lo que será un valle, la descubran y digan: Éste debió de ser el rey del lugar, debió de ser un gran rey, quizás el hijo de un dios. Pueden recordarlo como lo que él creía ser. Ése será nuestro regalo.

Yo no necesito estatuas, dices.

Saltas. Saltas sin más desde el borde de la plataforma. Extiendes los brazos y las piernas con el vientre hacia abajo, como las ardillas voladoras de los bosques lejanos, con el asta de la lanza dentro de ti y apuntando hacia el suelo, y caes con tal fuerza que, con el peso de tu cuerpo, la lanza sube hasta terminar de atravesarte y, cuando aterrizas sobre las puntas de los dedos y de los pies, agachado en posición de alerta, la lanza apunta al techo.

Todos los presentes permanecen inmóviles y aterrados cuando te levantas. Caminas hacia el hombre que te clavó la lanza. Su valentía te agrada: no huye.

Te llevas la mano a la espalda y sacas del todo la lanza. Se la ofreces.

Tómala, dices. Úsala contra los enemigos de este castillo. Sírveme. Te entregaste a un hijo sagrado. Ése soy yo.

El hombre acepta su arma y se arrodilla. Todos se arrodillan.

Una vez al mes, los lugareños suben al castillo. Cada pocos meses, tus oficiales descienden para sentar las reglas. Algunas semanas recibes visitantes que han oído las historias, que se han esforzado por encontrarte, para pedirte que cures a sus enfermos o que los bendigas con suerte o riqueza, o que luches en sus guerras.

No, respondes.

La mayoría se marcha maldiciendo a los cielos. Algunos discuten, suplican, exigen. A ésos los matas.

Descansarás, es lo que te dices. Comerás todo lo que puedas. Tu silueta no cambia. Bebes el licor más fuerte durante varios días seguidos y te emborrachas, pero nunca tanto como te gustaría. Bailas hasta que todas las personas con las que bailas se han derrumbado, agotadas, suplicantes. A veces eres clemente y les permites dormir. A veces las levantas a rastras y sigues bailando con ellas hasta que mueren entre tus brazos.

Transcurren las generaciones. Esperas a los guerreros sagrados que intentarán exorcizarte de la montaña, pero no llega ninguno. En una ocasión, las gentes del castillo se alzan contra ti. Son los hijos de los nietos de los que estaban aquí cuando llegaste, y quizá crean que las historias que contaban sobre ti sus mayores eran mitos. Ejecutas a sus cabecillas de variadas maneras.

La líder de estos insurgentes es una joven cocinera. Ordenas que la lleven ante ti para juzgarla. La miras e intentas averiguar qué le hiciste a quién de su familia, analizar la naturaleza de su deseo de venganza. Pero no la habías visto nunca y su linaje es nulo.

¿Por qué?, le preguntas.

Porque que se vayan a la mierda todos los dioses, dice. Te mira a los ojos.

Le dices a tu corte que la quemarás viva en la base de la montaña.

Desciendes con ella, cortas sus ataduras y le dices que puede irse. Ella te mira y no permitirá que veas su alivio, y eso hace que te guste aún más.

Ten miedo, te dice, y camina hacia el río.

Pasan cincuenta y tres años. Esperas su regreso durante todo ese tiempo, pero no vuelve.

La noche más oscura en varias décadas. Oyes buitres. Estás tumbado en tu dormitorio, entre cuerpos despatarrados, ronquidos, odres de vino y manchas de comida. Eres el único que sigue despierto.

Oyes unos pasos quedos. Por un momento crees que es un cortesano con zapatos de suela de lana, pero el ritmo no es el correcto.

La puerta se abre poco a poco. Contemplas la oscuridad y la silueta pesada que hay tras ella.

Da un paso adelante, abre del todo la puerta con el hocico, camina despacio hasta detenerse en el umbral y te devuelve la mirada.

Susurras una bienvenida. El cerdo te ha encontrado por primera vez en varios siglos.

Allí sigues tumbado, con tu costra de esperma, flujos, licor, azúcar y sal. Te asomas a sus ojos negros, diminutos y relucientes a través de la penumbra. Permanece como un espíritu doméstico, como algo que pretende comprender, como un recuerdo.

Hola, cerdo, susurras.

Me has encontrado, cerdo.

Ha pasado mucho tiempo.

Hay muchos guardias. Hay millas y más millas de sendero helado montañoso. En tu cabeza, ves el recorrido del babirusa. Se despierta en su huevo, en una costa extraña, en años remotos. Empieza su caza, trotando por ciudades, aprendiendo las habilidades del sigilo y la paciencia, ajenas a su forma, colándose en barcos, nadando, atravesando bosques, destrozando a los depredadores que lo atacan. La soledad de este cerdo podría hacerte llorar. Si no fuera por esa misión interminable, por esa búsqueda del otro inmortal, ¿qué haría? Después sube por la pizarra del camino, tap tap tap, arrancándole ecos al tajo con las pezuñas, decidido como ningún animal debería o tendría que estarlo, procurando silenciar sus gruñidos, sumergiéndose en los ríos para minimizar su olor salvaje, haciéndose invisible de pura audacia, perfeccionando una orgullosa actitud porcina sin ocultarse que deja a los expertos pensando que están viendo cosas, que están alucinando la presencia de un cerdo en salones donde no los hay, que ha cruzado el mundo para estar aquí. Para mirarte.

¿Cuántas vidas de cerdo hace desde la última vez que lo viste así? ¿Tranquilo, sin gruñir, sin arañar el suelo, sin abrir las mandíbulas de modo que la baba se estire y cierre en su eterna campaña de violencia contra ti? Mirando, sin más.

Acércate.

Levantas la cabeza y tu propio movimiento te sorprende. Pero ahí estás, con él, y aquí está, y esto es lo que estás haciendo.

Presentas el cuello al cerdo que te odia con todo el odio de una fe.

Desgárralo, susurras.

Has llegado muy lejos, susurras, has trabajado mucho, estoy cansado. Descansaré un rato. Envíame a mi huevo. ¿Vamos juntos?

El cerdo te mira durante un buen rato.

Vuelve la cabeza y tú, con el cuello todavía estirado y anhelante, ves que el puerco ciervo observa cada rincón del cuarto, lo observa todo y a todos, y, al fin, vuelve su lenta mirada hacia ti.

Y lo que ves en los ojos del cerdo es algo que no habías visto antes en ellos. Desdén.

Da media vuelta y se aleja.

Cerdo, dices. Oye, cerdo.

El cerdo se aleja trotando en silencio por el pasillo y se marcha.

¡Oye!, gritas. Los cuerpos que te rodean se mueven con pereza cuando alzas la voz. ¡Cerdo!, gritas. Desgárramelo.

No se vuelve.

¡Oye!, gritas. ¿Qué pasa ahora? ¿Qué pasa si no lo haces? ¡No puedes dejarme así!

Pero el cerdo ya se ha ido.

No sabía leer, tu predecesor, pero comprendía la importancia de la escritura y hay una biblioteca en una de las alas más altas y, dentro de ella, un baúl lleno de pergaminos que ordenaba a sus eruditos que le recitaran. Lees fábulas, sueños e invocaciones, acertijos sobre las deidades y sus familias.

No todos son sobre ti.

La gente del castillo no entrará, no cuando has advertido al respecto con tu expresión, pero claman en la entrada mientras desenrollas los documentos y lees detenidamente estas lenguas muertas y vivas.

¡Rey!, gritan. ¿Por qué nos abandonas?, gritan.

No dices nada. Despliegas una lista de supuestos dioses y poderes más allá de dioses, semidioses y demonios. La furia del abismo silencioso cuando llegó el mundo, saltando de cuerpo en cuerpo durante su lucha. Los arcontes de finales y principios, de muerte y de vida. Encuentras tu nombre escrito entre los primeros; el de Vayn entre los segundos. Uno de los pergaminos suplica a su lector que se compadezca de ti, el solitario hijo del vacío, de entrañas secas y ojos tristes. Un pergamino te cuenta que Vayn, la hija de la Vida, abre las orejas de los muertos y les vuelve a llenar de aire los pulmones, y despierta el barro frío y la materia inerte del mundo, de modo que pueda bailar y olfatear a sus enemigos. La escritura de un antiguo rollo canta sobre su adversario, la criatura más vieja que haya existido, la quietud misma, a la que la muerte tan sólo puede imitar.

Al otro lado de la puerta, los guardias se arrancan la armadura y se cortan el pecho para demostrar su lealtad. ¡No!, grita un visir. Si quiere abandonarnos, antes tendrá que luchar contra mí. Máteme, pero no se deshaga de nosotros.

Despliegas mapas de iglesias ocultas.

¡Éste es su hijo!, grita alguien, y levantas la vista y miras por la ventana al oírlo, y otra persona grita, ¡Y éste!, y sostenidos en alto sobre la muchedumbre ves a dos bebés, a tres, que se agitan dentro de las telas que los envuelven. Es muy probable que sus madres y tú hayáis fornicado. Pero, como bien sabes ya, como bien te ha demostrado una sucesión de tristes cuerpecitos fríos e inmóviles, en tu esencia hay algo adverso a cualquier vientre. Vuelves a centrarte en los tratados.

En el fondo de la caja, un fragmento de pergamino. Lo acercas a la luz.

Son pictogramas muy antiguos. Recuerdas esta escritura, que desapareció tan deprisa como llegó. Figuras de palitos haciendo cabriolas, sellos intrincados y amenazadores, una lengua sibilante de un pueblo que hablaba en susurros.

El Himno de Vayn, lees. Las canciones de la criatura inmortal del rayo de la vida.

Esto es todo lo que me llevaré, le dices a la civilización que abandonas. El castillo, la comida, el vasallaje, las armas… Todo lo demás es vuestro.

¡Déjenos adorarle!, grita alguien.

Vuestro dios todavía os observa, dices. Su estatua está en el patio. ¿Tendréis la desfachatez de no agradecerle su amparo?

Cuando sales de la fortaleza y te pones en camino por primera vez en mucho tiempo, y, por última vez, bajas el sendero escarpado y rocoso, sólo los niños te ven marchar. El resto del pueblo de la montaña se da la mano en círculo alrededor de la desgastada figura de piedra y rostro adusto. Queman carne en honor a la estatua del primer Hijo de Dios, lanzan flores a la fogata, y el hombre que amenazaba con luchar contra ti, sabiendo que lo matarías si lo hiciera, dirige los cánticos y lamentos que ya adoptan los ritmos de un ritual. Cantan al que mataste antes de que ellos nacieran y suplican su protección.

Conservado en miel

Keever se despertó con el traqueteo del móvil contra la mesita de noche. Se incorporó. Todavía estaba oscuro. Parpadeó. Número oculto. Se lo acercó a la oreja.

—Keever.

—Sí. —Una voz cauta de mujer—. ¿Con quién hablo?

—¿Con quién hablo yo?

—Vale, sí. Soy la teniente Carstairs de la policía de San Antonio. Señor, ¿conoce a Joanie Miller?

—¿Qué ha pasado? —preguntó, poniéndose en pie.

—Lo llamo porque es usted el último mensaje que aparece en su móvil. De hace unos días —dijo la voz.

—¿Dónde está?

—Lo siento, señor. Ha habido un accidente. Se salió de la carretera en Fall Edge Road, al norte del parque nacional.

—¿Está bien?

Por supuesto que no.

—No, me temo que no.

—Está muerta —dijo él.

Un momento.

—Lo siento, señor, sí, está muerta. Heridas graves en la cabeza y el cuello. No había nadie más en la carretera y su coche se perdió de vista, así que han tardado un par de días en... Lo siento mucho. ¿Qué relación tenía con ella?

—Éramos amigos. Trabajaba con su marido.

—¿Se refiere a Kaz Miller?

—Sí. Servía bajo mi mando.

Eso lo cambió todo. La mujer empezó a hablarle con más respeto.

—Ya veo, señor. Estamos hablando de Kaz Miller, que hace poco...

—Sí.

—Y... Señor, si me permite la pregunta..., ¿cómo estaba la señora Miller...?

Él guardó silencio un momento.

—No demasiado bien, como se puede imaginar. ¿Por qué?

—Es que tenía mucho alcohol en sangre. Siento tener que contárselo.

Tranquila, sólo estás cumpliendo con tu deber.

Keever se dio cuenta de que no estaba hablando en voz alta. Oyó que la mujer decía algo más, pero ya no la escuchaba. Mientras ella le hablaba al oído, él separaba las lamas de su estor y miraba al cielo. En fin, dijo, aunque no en voz alta, se percató de nuevo. Nunca se sabe lo que alguien va a hacer, ni cómo va a reaccionar. La tristeza nos vuelve locos, ¿no? Locos.

Qué emocionado estaba cuando encontraron un ojo, pensó Caldwell. Cuando empecé, lo único que teníamos era una pierna y media. Unos cuantos fragmentos de vísceras, con la consistencia de la cecina. Un puñado de astillas de hueso.

De nuevo colocó junto al cilindro al cerdo dormido. De nuevo conectó drenajes y cables.

Después de recopilar unas cuantas reliquias feas, tan pobres como cualquiera de las reunidas por el Vaticano, ¿un ojo? Claro que parecía una pasa cuando lo encontramos, pero lo supe. Si lo hacía bien, volvería a hincharse. Y aquí estamos ahora. Con nuestra nueva pieza.

Toda esta línea de investigación procedía de la fuente menos probable: Caldwell estaba viendo una película.

Fue poco después de unirse a la unidad. Una noche llegó a casa exhausto y encendió el televisor. Por aquel entonces todavía veía o leía de vez en cuando cosas que no tenían nada que ver con su trabajo. La paradoja era, suponía, que ahora no se desconcentraría de ese modo, pero el hacerlo había sido lo que lo había guiado hasta este campo de investigación tan productivo.

Había puesto una película que ya llevaba un poco empezada, al parecer dirigida por Polanski, mira por dónde. Le había sorprendido ligeramente que la estuvieran echando.

Caldwell estaba comiendo y prestando atención a medias, a lo sumo, hasta esa escena. El personaje de Polanski tumbado en la cama, borracho, hablando con Isabelle Adjani.

«Si me cortan un brazo —decía— digo: "Yo y mi brazo". Me quitan el estómago, los riñones, si fuera posible, y yo digo: "Yo y mis intestinos". —Caldwell recordaba cómo seguía Polanski—. Y ahora, si me cortan la cabeza, ¿qué diría? ¿Yo y mi cabeza? ¿O mi cabeza y mi cuerpo? ¿Qué derecho tiene mi cabeza a llamarse "yo"?».

En aquel momento, Caldwell se había sentado muy derecho. Pensando en esa pierna y media. Los restos de Unute, que él había heredado. ¿Qué derecho tiene tal o cual pedazo a llamarse como tal? ¿Qué parte de Unute era ontológicamente Unute?

Y, por tanto, tras pincharla y despertarla apropiadamente, ¿podría dejar de estar muerta?

Ese enfoque no había tardado en volverse prioritario: investigar todas las historias de todos los fragmentos de todos los pedazos de Unute que se habían encurtido, soltado, enterrado, venerado.

Nunca estarás terminado, pensó refiriéndose y dirigiéndose a la figura del cilindro. Siempre podemos pegar más piezas para lograr un mayor parecido con la forma que te ha desechado. Pero estás más completo (completado) que muchos de los humanos de nacimiento o más de lo que jamás pensé que lo estarías. ¿Qué hará falta? ¿Qué debo hacer para poder saludarte? ¿Con qué clase de corriente, energía o campo de vibraciones necesito atravesarte para que despiertes?

No cuento con que Unute te apruebe, pensó dirigiéndose a la figura del cristal. Pero.

Cada reliquia encontrada desde aquella revelación había llegado hasta él con gran sigilo y ceremonia. Guantes puestos con la debida reverencia para sacar de su contenedor las sobras orgánicas en cuestión. Acompañado de la lectura de cualquier documento que detallara sus emanaciones y procedencia.

En el año 1372 de Nuestro Señor, a Simón de León, de Sevilla, se le encargó la tarea de proteger esto, el meñique arrancado de aquél al que los hermanos de esta orden llaman el santo oculto.

Yo, Fátima Al-Khouri, juro que soy la portadora del lóbulo de la oreja del soldado sin nombre que protegió al profeta Mahoma, la paz sea con él, a quien Alá bendijo o maldijo con la vida eterna; los juristas no se ponen de acuerdo al respecto.

Han pasado sesenta inviernos. El extranjero vino, luchó contra un oso. Le arrancó el pene. Al hombre. Éste es (otro creció donde estaba). Lo he conservado en miel.

Algunos, dichosos nosotros, queremos los poderes de las energías de Unute. Y el mismo Unute no es una fuente fiable para acceder a él. Pero, como por generosidad, va dejando tras de sí un rastro de sus propios desechos. Y eso constituye una oportunidad.

Ochenta mil años. Debe de haber cecina y astillas suficientes de Unute como para construir una torre humana entera de carne seca. Esa idea, como siempre, le traía a Caldwell a la mente la imagen de un gigante torpe y desharrapado aplastando las ruinas del mundo.

No lo necesitaba, pensó. No necesito tanto.

Ahora, la imagen que se le aparecía era el recuerdo de los resultados reales de sus búsquedas. Un montículo del tamaño de un hombre compuesto por pedazos y mondaduras, apretados y hundidos, añadidos a los montones de entrañas recogidos por la unidad, huesos más antiguos que el arte más antiguo de la cueva más profunda, todo pegado, cosido lentamente, suturado, sellado con calor y epoxi orgánico para formar una basta imitación de su configuración original.

Incluso el último grito (jaja) en biotecnología tenía sus límites en lo que respecta a rebobinar el envejecimiento de esos tejidos. Pero había materia gris en el cráneo: los restos endurecidos del pensamiento. Un homúnculo adecuado.

Si no tuviéramos tres manos de sobra, todas izquierdas, había pensado Caldwell. Si tuviéramos un ojo para cada cuenca, en vez de cuatro orejas. Pero era el momento de probar.

Canalizar la corriente a través de aquel fresco elixir hipercargado. Verter la sangre cosechada en venas meticulosamente reconstituidas. Llevar todo el conjunto a un estado cuántico catalítico sonsacando incomposibles interacciones onda-partícula, según los misterios arcanos de la unutología.

Y no había pasado nada de nada.

El líquido había hervido, las luces de su interior se habían movido como los espíritus de los peces, arremolinándose en vórtices complejos, nada más que movimiento browniano y dinámica de fluidos. Y eso fue todo. Tanto esa vez como todas las posteriores.

La muerte no quiere a Unute, pensó Caldwell. Pero, al margen de lo que hayamos hecho, la vida tampoco parece querer sus restos. Sin duda, puede que el cerdo tenga algo más que compartir, o al menos parecía una apuesta razonable, aunque nada hasta el momento. ¿Lo tienes, Babe? ¿Si vuelvo a intentarlo? ¿Si vuelvo a pincharte? ¿Si vuelvo a llevarte hasta el límite? ¿Y si esta vez lo sobrepaso? ¿Y después recupero tu vida rápidamente para poder extraer un poquito para nuestro proyecto?

¿Qué me dices? ¿Un último intento? ¿Y después el plan B?

—¿Diana? —la llamó en voz baja B desde la entrada de la casa de la mujer.

La cegadora luz de las farolas lo iluminaba por detrás. Leyó «No echar publicidad, gracias» cerca de la ranura del buzón. Bajó la vista hacia el felpudo para limpiarse los zapatos; ¡Bienvenido!, ponía, y el dibujo de un cachorro moviendo el rabo. De la madera junto a la puerta sobresalía un clavo del que, quizás, antaño colgara un mezuzá o un atrapasueños.

—¿Diana?

—Está abierto —respondió ella desde dentro. Él empujó con cuidado la puerta—. Entra.

Estaba sentada en el suelo del salón. Tenía el portátil abierto sobre la mesa de centro y lo observaba a la fría luz de la pantalla. A un lado había una taza de café; al otro, una pistola pequeña.

—Diana.

—Estoy bien —dijo, y le dio unas palmaditas al aire como si deseara tranquilizar a B, como si estuviera inquieto—. Estoy bien.

—¿Qué ha pasado?

Le hizo un gesto para que se sentara en el sofá y pudiera ver la pantalla por encima de su hombro. Pero, primero, él se agachó, alargó una mano y le levantó con delicadeza la cara. Ella entrecerró los ojos y se lo permitió. Él la miró con atención, se fijó en sus rasgos. El aliento reposado de B le rozaba la piel y le cortó el suyo.

—¿No te ha hecho daño? —preguntó él—. ¿Lo que sea que fuera eso?

—No.

B frunció el ceño y le pasó el pulgar por la marca de la cara.

—¿Y esto?

—No me ha hecho daño, pero..., bueno, me ha tocado. Me ha arañado. Me ha asustado.

—Cuéntame.

—Siéntate. Mira, quizá puedas contarme tú a mí.

Se sentó. Ella señaló la pantalla del portátil.

—¿Alguna vez has visto un fantasma? —le preguntó.

—¿Te ha atacado un fantasma?

—No he dicho eso. No lo sé. ¿Lo has visto alguna vez? ¿Un fantasma?

—¿Sin contar cuando me miro al espejo? —Al ver que fruncía el ceño, dijo—: Un fantasma es algo que no se marcha cuando muere.

Ladeó la cabeza.

—Vale —respondió Diana—. Así que eres un semidiós, un arma alienígena, una mutación genética, una fuerza del silencio, un caos, y, ahora, un fantasma. ¿Algo más? Uno de estos días vas a tener que decidirte.

—No, qué va. No me importa vivir con las contradicciones.

—Entonces, ¿has visto alguno?

—¿No crees que, de ser así, ya habría surgido el tema a estas alturas?

—Lo dijiste tú mismo, B: te han pasado muchas cosas. Y no es lo mismo recordarlo que vivirlo. No siempre sabes lo que merece la pena mencionar. Fuiste tú el que me lo dijo.

—Cierto. Vale. ¿Que si alguna vez he visto el espíritu de alguien muerto? En ochenta mil años no he visto nada parecido, como tampoco he visto a un plesiosaurio en el lago Ness ni en el lago Okanagan. Pero si te refieres a si he visto algo que no sea capaz de explicar, sí, muchas veces.

—Algo insólito —dijo ella.

Señaló la pantalla con la cabeza. En ella se veía una imagen gris verdoso del interior de su casa, a través de una cámara de baja luminosidad. Pulsó un botón y, al avanzar rápido, le pasaron por delante mareas de pixelado, sombras y el movimiento infinitesimal de un pasillo. Dejó que volviera a la velocidad normal y, un segundo después, el eidolón en persona cruzó el pasillo.

—Espera —dijo Diana.

Observaron.

Un correteo. Una perturbación casi imperceptible en la alfombra. Una sombra entre las sombras de la pared.

—Ahí —dijo, y pulsó el botón de pausa para mostrar una serie de fotogramas. Todos de ese mismo pasillo y en ese periodo de tiempo. Imágenes aumentadas de ese pedazo de oscuridad. Amorfo—. Lo he repasado cientos de veces —dijo señalando un remolino negro—. No consigo nada. Fuera lo que fuera, era demasiado rápido.

B se levantó y se metió en el pasillo. Agachado junto a las láminas y las fotografías de la infancia, se arrastró bajo una escultura de Benín, pegó la cara al suelo y palpó con la punta de los dedos, como si fueran antenas. Olisqueó. Negó con la cabeza.

—¿Qué sentiste cuando te tocó? —preguntó al regresar—. Y ¿cómo sabes que se ha ido?

—No lo sé, pero... —Frunció el ceño—. No creo que siga aquí. Fue como si el aire se vaciara. Y, en cuanto a lo que sentí... —Se señaló la cara—. Parecía una uña. Y tiene que estar relacionado con lo que está pasando.

B levantó la vista para mirar al techo.

—Reconocimiento de patrones. Se lo debéis prácticamente todo.

—¿«Debéis»? —repuso ella—. ¿Los humanos, en general? Y en segunda persona, ¿porque te excluyes de ese grupo?

—Claro. Ya lo sabes. Lo que te estoy diciendo es que los monos llegaron a expresarse gracias al reconocimiento de patrones. Y también es lo que os lleva a la paranoia y a la psicosis.

—¿Y?

—Y lo entiendo. El babirusa vuelve a por mí. Y la persona que lo acompaña, sea quien sea, sigue ahí fuera. Y está Ulafson. Y Thakka... Y, ahora, este infiltrado invisible. Parece que todo debería formar parte del mismo momento.

—Sin olvidarnos de ti. Tenemos que computarte también. Incluso en el mejor de los casos, eres un factor impredecible, pero estos últimos días, teniendo en cuenta tu comportamiento... Le estás dando vueltas a algo, B. Algo te obsesiona.

Al cabo de un momento, él respondió:

—Vale, añade eso. Entiendo que parezca relacionado, pero esa clase de certeza no te hace ningún bien, Diana. Tenemos que ser objetivos. Algo ha entrado en la casa. Te ha tocado. Durante un momento repleto de misterios, sí, pero, si decidimos con antelación que todo está conectado, no vamos a investigar, sino a contarnos una historia.

—Me estás diciendo que crees que es una coincidencia. Que son hechos sin relación entre sí.

—No. Te estoy diciendo que no deberíamos «creer» que sabemos lo que es esto, y menos aún que esté relacionado, necesariamente. Si buscas patrones, los encontrarás.

—Ajá —repuso Diana, y le dio un trago al café—. Entiendo.

Se quedaron mirando los rincones oscuros de la habitación.

Al final, ella dijo:

—No te crees nada de lo que has dicho, ¿verdad?

—Ni por un segundo.

—Estás tan seguro como yo de que todas estas cosas forman parte de algo mayor, ¿no?

—Al cien por cien.

—Entrad, entrad.

La puerta del fondo del pasillo dejaba entrar una cuña de luz solar. Al otro lado esperaba un grupo de figuras iluminadas por detrás, vacilantes.

—¡Entrad! Soy Marlene. Me alegro muchísimo de veros.

Se acercó a toda prisa y abrió la puerta del todo a los recién llegados: tres hombres y una mujer encorvados dentro de sus abrigos.

—Pasad todos —dijo Marlene.

Agarró a un hombre musculoso de pelo oscuro rapado que abrió mucho los ojos de la sorpresa cuando la mujer lo abrazó.

—Tú debes de ser Himchan —le dijo, y lo urgió a entrar. Después se hizo con la mujer blanca de aspecto duro y una cicatriz junto al ojo izquierdo—. Sally, ¿no? —Marlene también la abrazó a ella—. Y tú eres Jonny —añadió digiriéndose al hombre alto mayor que sus dos acompañantes, con canas en el pelo negro.

Él le devolvió el abrazo.

—Encantado de conocerte —masculló.

—Igualmente, querido, igualmente. Jeff me ha hablado mucho de ti.

Jeff Stonier salió de detrás de los recién llegados y abrazó a Marlene. Después cerró la puerta y les indicó por señas a sus compañeros que se sentaran en las sillas colocadas en círculo, junto a una cafetera llena a rebosar y una bandeja de galletas. Cuando se sentó, los demás hicieron lo mismo.

—Bueno —dijo Marlene—, aquí estamos. Me alegro mucho de conoceros. Vamos a empezar. Os agradezco de verdad la visita. Sé que algunos venís de muy lejos y sé que Jeff os ha contado un poco, pero seguro que os preguntáis qué narices podemos hacer por vosotros. —Stonier asintió amablemente en dirección a los recién llegados—. Sally —dijo Marlene, y la mujer de rostro duro la miró a los ojos—. Si te parece bien, empezaremos contigo. Las damas primero. Jeff te dijo que nos contaría algunas cosillas sobre ti. —Sally asintió—. Y quiero darte las gracias por confiar en nosotros lo suficiente como para venir hasta aquí. Bien. Tu marido, Don, trabajaba con... el marido de Jeff, ¿verdad? ¿En el sector privado? —Sally asintió—. Sé que tú también lo perdiste. También en un accidente.

—Sí, claro —dijo Sally—. Un accidente.

—Sal —intervino Himchan en voz baja. No levantó la vista, pero le dio la mano.

—Himchan —dijo Marlene, volviéndose hacia él—. Trabajabas con los dos, ¿no?

—No vi sus accidentes. Ese día no estaba de servicio.

—No, pero conocías bien a Don. Y por eso dejaste de trabajar allí. Después de lo que sucedió. Demasiados recuerdos.

Él guardó silencio un momento antes de responder.

—Más o menos —dijo—. Es un negocio peligroso, y no me harté sólo por Don y Kaz. Es que... —Señaló con la cabeza a Stonier—. También pasó lo de Arman, y lo de Ulafson, y...

—Lo entiendo.

—Lo dudo —repuso Himchan.

—Y también lo de Bree, ¿no, Himchan? —preguntó el último hombre, y todos se volvieron hacia él.

—Sí —dijo Marlene con amabilidad—. Tu Bree. Es algo terrible perder a un hijo, Jonny. Sé de lo que hablo, de verdad. —Jonny la miró a los ojos—. Siento que la perdieras, Jonny. De corazón. Bueno, Jeff lleva viniendo aquí unas cuantas semanas. Nos contó que se iba a poner en contacto con vosotros. Me dijo que entendía por lo que habéis estado pasando y que creía que podrías beneficiaros de esto, como él. Y me parece que, si estáis aquí, es porque os habrá contado lo suficiente como para despertar vuestro interés.

»Bien —añadió, dando una palmada—, todos habéis perdido a alguien. Los detalles no son asunto mío, por supuesto. —Hizo un gesto lento, como si se cerrara los labios con llave. Se inclinó hacia delante—. Sé que estáis enfadados con la muerte. Y, la verdad, yo también. Y diría que, en parte, estáis aquí por lo que os ha contado Jeff, ¿verdad? Que no os equivocáis al sentiros así. Que la vida lo es todo, ¿verdad? Aquí nadie os va a decir que aprendáis a aceptar. O a pasar página. Aquí nadie os va a decir que tenéis que seguir adelante. Aquí os decimos que tenéis razón. ¡Que la muerte es un asco!

»No estoy aquí para hablar sobre el círculo de la vida, el yin y el yang y esas cosas —dijo tras esbozar una sonrisa triste y acomodarse en la silla—. La muerte es lo peor del mundo. Es lo peor del universo. ¿No sería mejor si pudiéramos acabar con ella? ¡Queremos recuperar a los nuestros! ¿Verdad? ¡Claro! Y si no podemos... —Vaciló un par de segundos—. Si no podemos, al menos podemos luchar contra la muerte. Pero ¿y si pudiéramos hacer ambas cosas? —Jonny, Sally y Himchan se miran—. Sé que queréis saber qué hacemos aquí.

Se levantó, se dirigió a una puerta interior y la abrió. Daba a una despensa oscura. Entró, y los tres recién llegados fruncieron el ceño al oírla resollar y resoplar y mover cosas de sitio. Al final reapareció arrastrando algo tras ella.

—Allá vamos —jadeó.

Una enorme base de madera sobre unas ruedas diminutas. Encima se balanceaba una silueta vagamente humana, una figura de gomaespuma de alta densidad sobre una base de muelles. Tiró de ella para colocarla en el centro de la habitación y les puso el freno a las ruedas para que se parara de repente. El torso negro sin brazos ni piernas se meció adelante, vibrando.

—Está claro que la muerte es mi enemigo —dijo Marlene—. Seguro que también el vuestro.

La gomaespuma se curvaba en la parte de arriba formando una cabeza tosca. Un blanco para practicar boxeo y kickboxing. Donde debería estar la cara, habían pintado un cráneo en la base oscura, algo a medio camino entre un grabado de Posada y el rictus malévolo de un dibujo animado.

Marlene regresó al interior de la despensa y salió con cuatro bates de béisbol de aluminio. Los sostuvo en alto.

—Adelante, vamos a enseñarle a la muerte lo que pensamos de ella.

Los recién llegados miraron los bates y después al maniquí. Uno a uno, volvieron el rostro hacia Stonier. Jonny se levantó, despacio.

—¿Es una puta broma? —le dijo a Stonier—. ¿Para esto me has traído? Vete a la mierda.

—Espera, espera —repuso Stonier, que se levantó con las manos en alto—. Marlene, pueden saltarse estas etapas. Están preparados, ¡están preparados! —Ella vaciló; la sonrisa se le había quedado helada—. ¿Puedes ir a buscar a Alam, por favor? —le dijo Stonier; ella asintió, incómoda, y se dirigió a la puerta—. Dile que mis amigos van directamente a la fase final. Están preparados, lo prometo. —Ella asintió y no volvió la vista atrás—. Jonny, escucha. Sally. Todos. Por favor. Dadme diez minutos. Tenéis que conocer a Alam. Hay más. Hay más.

Caldwell dejó que lo bañara la luz de los últimos rayos de sol de la tarde.

Se terminó su café y se sentó frente al portátil. Reprodujo en silencio el vídeo de su última y desagradable tarea. Pulsó botones para frenar y acelerar los estallidos de sangre y el remolino de líquido oscuro en el tanque. Los temblores finales del cerdo. Al final, el primer espasmo de carne y sangre crepitante al regresar.

Más nada, más inmovilidad en las entrañas del tanque.

El Caldwell de carne y hueso observaba al Caldwell pequeño de la pantalla comprobar en el laboratorio las lecturas del cadáver del cerdo conectado, del tanque y de los tubos que conectaban a ambos. No se registraba ningún vórtice de energía inversa, ningún retorno de entropía, ningún destello de vida ex nihilo.

—Joder —masculló Caldwell—. Mierda. Albergaba esperanzas.

No sabía dónde estaba la vida que necesitaba, pero no la había encontrado allí, ni siquiera con la transgresión completa de la muerte que había supuesto matar al cerdo. No podía insuflarle energía a aquella criatura de retales, ni siquiera cuando volvía del vacío.

«Vale —pensó—. Pues al Plan B».

Sacó la caja metálica y la abrió. Miró la diminuta protuberancia de carne dura y puntiaguda del interior.

—¿Qué hago contigo? —susurró—. ¿Dónde encajas?

Caldwell abrió los archivos de imagen de los estudios microscópicos del resto.

—¿Cómo vas a ayudarme? ¿Qué haces? ¿Qué eres?

La dermatología se alejaba bastante de su campo, pero, tras años de rastrear datos de los distintos fragmentos sabía bastante sobre las estructuras celulares de la mayor parte de las regiones de la epidermis, incluso de las destrozadas por el paso del tiempo. Sabía el aspecto que tenía la queratina. Reconocía el pelo muy apelmazado. Aquella protuberancia formaba parte de todo ello, pero, a la vez, era demasiado abstracta y vaga para reconocerla. Aun así, lo desconcertaba lo distintiva que era en su dureza y triangularidad.

«¿Importa? —pensó—. ¿Pasa algo si te meto donde sea? ¿Acaso todas las historias que encuentro son sandeces? ¿De verdad alguna vez formaste parte de él?

»Te convertiré en su tercer ojo. Justo en el centro de la frente. Como el ricito de una niña. ¿Eres bueno u horrendo? Ha llegado el momento de averiguarlo.

»¿Qué me juego si me equivoco?

»¿Y si lo he estado enfocando mal? —se preguntó—. Puede que lo esencial no sea la cantidad de vida, sino cómo sales de la muerte. Cómo te abres camino para salir de la no vida. Puede que sólo necesite el equipo adecuado».

Diana dejó el móvil en la mesa de B.

—¿Te sientes poco segura en tu casa? —le había preguntado él.

—No —había respondido ella, aunque no sin vacilar.

«Poco segura» no era la forma correcta de expresarlo, pero en ese momento se había dado cuenta de que algo sí que sentía. Se sentía vigilada. A pesar de que ambos habían registrado la casa de nuevo, de que habían pasado por cada habitación sin encontrar ni rastro de lo que había estado allí dentro.

Se habían marchado a la de él.

No era la primera vez que Diana estaba allí. Los muebles lujosos y los tonos oscuros del arte (cuadros originales, carteles como los que tenía ella, de películas clásicas y álbumes) le recordaron su preferencia por cierto tipo de silla de oficina. ¿Por qué no iba a ocurrir lo mismo con su casa? ¿Por qué iba a ser un caparazón, una cueva moderna? ¿Por qué no podía ser encantadora?

B se acercó al estéreo y sacó un disco tras otro de su funda para examinarlos.

—Si no te importa —le dijo Diana—, voy a grabar esto —añadió, señalando el móvil.

—Adelante.

—Por experiencia, sé que es mejor no confiar sólo en la memoria. Aunque para ti no sea un problema.

—No, pero, por otro lado, ya sabes que recordarlo todo no es tan estupendo como parece.

Sopló todos los surcos del disco elegido y lo colocó en el plato, y ella no pudo evitar sonreír con el chasquido y el chisporroteo, inimitables, al bajar la aguja.

—No te tenía por un *hipster* —le dijo a B—. «El vinilo tiene un sonido más cálido, ¿no te parece?».

Él guardó silencio durante el solo de piano de «Splanky». Cuando los demás instrumentos se deslizaron en el interior de la melodía, la miró y, fingiendo la misma seriedad, dijo:

—«Con Basie, lo más importante son las notas que no toca».

Diana se rio.

—Eres gracioso, para ser un lúgubre inmortal.

—La verdad es que es cierto. Lo del vinilo. Pero a mí me interesa menos la calidad del sonido, por real que sea, que la lentitud. El ritual. El uso de las manos. No odio la tecnología. Si tuviera tan poco tiempo como vosotros, también me centraría en el flujo de trabajo y la conveniencia. Pero la esencia de lo conveniente es erradicar el viaje hasta el *telos*. Teniendo en cuenta mi situación, ¿qué sentido tiene eso? Quieres acumular todos los *teloi* que puedas...

—¿Estás diciendo que los álbumes de jazz son teloi?

—Supongo. Y las buenas comidas y los zapatos bonitos y los libros. Cualquier cosa. Tienes un número de años finito para hacerte con ellos. Pero, cuando llego al final de uno, lo único que me queda es ir a por otro. Así que mejor disfrutar del camino. Si te estuviera grabando a ti, quizá me entretendría un poco con los extremos de la cinta.

—¿Me estás diciendo que tienes una grabadora de carrete antigua por alguna parte?

—Claro. —Señaló el desván con la cabeza—. Siempre me ha gustado jugar con las bobinas. —Esbozó una sonrisa triste—. «¡Bobiiina!». ¿Te gusta Beckett? A él le gustaba oírme pronunciar esa palabra. La metió en una obra.

—¿Me estás diciendo que escribió *La última cinta de Krapp* por ti?

—No, sólo esa línea. Aunque le gustó cómo la interpreté.

—¿Actuaste? —preguntó Diana—. ¿Para Beckett?

—Sí. Sólo había veinte personas de público, fue en el cuarto de atrás de un pub de County Clare. Estamos hablando de 1975, y él tenía la misma edad que Krapp. Me contó que temía que alguien tan, y cito, joven como yo no fuera capaz de interpretar ese papel, ni siquiera con el maquillaje, pero opinaba que lo había hecho incluso mejor que Magee. Me dijo: «Ya basta de forzar la angustia. Me he creído que te daba igual ser viejo. Ha sido perfecto».

Se encogió de hombros.

—A veces, sobre todo recientemente, a pesar de lo que me has contado, me da la sensación de que estás listo para morir —dijo Diana.

—No —respondió él, tomándose su tiempo—. Creo que no. Creo que no lo creo. Pero me siento... mal.

—¿Mal?

—Por Thakka. —Parecía fascinado con sus propias palabras—. Y por Ulafson. Por todos ellos. Cabría esperar que alguien responsable de tantas muertes como yo no pudiera sentirse mal por ninguna de ellas. Pero nunca se sabe. Nunca se sabe cuáles te van a afectar ni por qué. —Se sentó frente a ella—. Bueno, vamos a hablar de lo que estaba en tu casa.

Al cabo de un momento, Diana dijo:

—Sabes lo que era, ¿verdad?

—No, pero me recuerda a algo que he visto antes. Estoy pensando en las ocasiones en las que me he encontrado con ciertas cosas. Infiltrados. Espías. Que se movían demasiado deprisa, o de una forma extraña, como has descrito. Como en el vídeo. Demasiado veloces para ser animales, y distintos, en cualquier caso.

—¿Microdrones?

—Mucho antes de los drones. Y más rápidos que cualquier dron.

—Pues cuéntame —dijo Diana tras unos instantes.

—Ya os he dicho que tenéis que quitaros de la cabeza la idea de que la tecnología empezó en 1950. —Enfocó la mirada a medio camino de sus recuerdos—. Fue muchos años antes de la última edad del hielo. Me atacó una bandada de piedras dirigidas por domadores de sílex. —Levantó una mano—. No preguntes, fue hace mucho tiempo y todo lo que antes fuera el ducado de Bosheen ahora no es más que polvo. Y hubo una vez, unos dieciséis o diecisiete mil años antes... —Frunció los labios—. En lo que ahora es el sur de Macedonia. Una mujer me advirtió que me perseguían lo que ella llamaba lobos. Pero, cuando llegaron, estaban hechos de madera muerta y metal. Eran rápidos. Los destruí. Los lancé al mar. Y te podría hablar de otras veces.

—¡Hazlo!

—Sólo quiero decir que ha habido veces (presencias) que me han recordado a lo que sea que es esto.

No lo apresures. No hay prisa por llegar al *telos*, Diana. Deja que recorra el camino. Sin embargo, al cabo de dos o tres minutos de no escuchar más que a Basie y su orquesta, no pudo aguantarse más.

—Entonces, ¿en qué estás pensando? —susurró.

—No sé por qué, porque las circunstancias eran muy distintas a éstas, se trate de lo que se trate —dijo, señalando la pantalla—. Pero no puedo dejar de pensar en algo que me pasó hace tiempo. Es mucho más reciente que lo que te he contado antes. Sólo hace doscientos años. Por la razón que sea, la grabación de lo que estaba en tu casa me lo ha recordado.

—¿El qué? —preguntó Diana.

—Estaba en un barco, en el mar.

Caldwell se paseaba de una habitación a otra de su piso. Movía el cuerpo, largo y esbelto, con desasosiego, con un entusiasmo tan grande que casi parecía dolor. Dos veces se tumbó, una en la cama, otra en el sofá, y cerró los ojos. «Tienes que dormir —se regañó, y se tumbó con la fría luz de las farolas cruzándole el pecho—. No vas a servir para nada si estás agotado». Respiró hondo, impaciente con su propio cansancio y con su incapacidad para dormir. Se levantó, se fue a la cocina, encendió la lamparita de la mesa, sacó su cuaderno, lo guardó de nuevo, meneó la cabeza y se restregó los ojos.

«Tengo que volver», pensó. Y después: «No estás pensando con claridad. Concéntrate».

Caldwell abrió de nuevo el cuaderno y se sentó a mirar una hoja en blanco. Acercó el bolígrafo y escribió la fecha y una palabra en letras mayúsculas en lo alto de la página.

Éxito

El bolígrafo se quedó flotando sobre el papel.

«Demasiado pronto para estar seguros —escribió al fin—. La carúncula cambió los flujos de energía. El sujeto sigue inactivo, pero las lecturas concuerdan con un cambio en (hipótesis) las polaridades de las branas (?); posible anomalía quiral/aumento quíntuple. ¡¿Cambio diminuto / discernible en la masa?! ¡Energías! ¿¿¿Nuevo estado??? ≠ previo ≠ no vida».

Caldwell se quedó paralizado y dejó las manos en la mesa, poco a poco. Parpadeó y volvió la cabeza.

Intentó recuperar mentalmente la sensación que acababa de recorrerle el cuerpo. La sensación de que algo había cruzado correteando la habitación. Frunció el ceño. Alargó el brazo muy despacio y apagó la lámpara.

«No soy un agente de campo —pensó—. Pero sé moverme».

Se agachó, en silencio, y se dirigió a las escaleras. Volvió a quedarse paralizado.

En el umbral había una figura envuelta en ropa negra.

Caldwell mantuvo el rostro inexpresivo. No se le aceleró el corazón. Se metió la mano derecha en el bolsillo y dio un paso adelante, y la figura retrocedió y Caldwell aceleró, se irguió, sacó su navaja, la llevó adelante y arriba, pero, antes de que tocara nada, el aire silbó y algo le golpeó con fuerza en el pecho.

Ah.

Estaba tirado de espaldas.

Ah, había salido volando hacia atrás y estaba allí tirado. Se había quedado sin aire. Le costaba respirar. Agitó la navaja a un lado y a otro, frente a él, usó las piernas para arrastrarse y retroceder hasta dar con la espalda en la pared e intentó levantarse.

Otra ráfaga de aire y una picadura, como de avispón. El brazo derecho de Caldwell se quedó entumecido. Soltó el cuchillo. Otro impacto, y esta vez sintió un dolor enorme, y se le desgarró la camisa y después la carne del brazo izquierdo, y gritó una palabra furiosa, incomprensible incluso para él, mientras agitaba el brazo izquierdo ensangrentado como si lo atacaran moscas, y aquella cosa cortante que le caía encima lo golpeó una y otra vez. Tajos profundos. Golpeaba, sajaba, escarbaba, y Caldwell sintió que la humedad se le extendía por la ropa y la piel. Se le deslizó la espalda por la pared; las piernas no le respondían. Temblaban.

Una y otra vez, un silbido tras otro, dos cortes giratorios más en la cara, mejilla arriba y mejilla abajo.

Después, silencio, salvo por el débil sonido de su propio desangramiento y goteo.

La negrura le brotaba de la periferia visual y avanzaba, oscureciendo la oscuridad de la casa.

—Hola, Caldwell.

Era una voz de hombre.

El aire ante Caldwell vibraba, y distorsiones susurrantes le cruzaban la vista. Se esforzó por hablar.

—¿Qué es eso? —jadeó con voz débil—. ¿Qué me ha golpeado? ¿Quién coño eres?

«¿Con qué me has cortado?», intentó decir. O «¿Qué estás haciendo?». O «¿Quién eres?», de nuevo. Pero brotó una gota de sangre y sintió que se le deslizaba por el labio y le bajaba por la barbilla, y cerró la boca.

Alguien caminaba hacia él. Costaba distinguirlo. Caldwell tenía frío. Alguien se arrodilló lentamente a su lado y lo miró con atención a los ojos, sin lástima. ¿Era asco lo que distinguía en aquellos ojos?

—¿Sabes por qué estoy aquí? —dijo la voz.

Caldwell miró ahora hacia dentro, en su interior, hacia donde comenzaba un último sueño.

—Ese pobre animal —dijo el hombre—. Reconozco que me sorprende que me importe, pero le he tomado cariño. No he pasado mucho tiempo con él, aunque hemos caminado juntos. Bueno, más bien detrás de él. Así lo prefería él. No tenía que mirar, sólo sentir mis vibraciones. Me condujo adonde yo necesitaba ir para averiguar al fin lo que necesitaba saber. Creía que ése sería el final de nuestra relación, y supongo que lo fue. Qué forma de marcharse. Aunque fuera temporalmente. No eres buena persona, Caldwell.

»Esto es lo que sucede cuando eliges este camino —dijo el hombre. Caldwell no lograba distinguir sus rasgos. Ni nada. Oía la voz a través de un rugir en los oídos—. Decidiste entregar tu vida a esta organización y ¿sabes lo que es? Es una fuerza que busca la muerte. La muerte de todo. El final más puro y frío, la entropía. Tu misión no tiene nada majestuoso, por más que te lo hayas repetido. No eres más que un funcionario de la burocracia de la muerte.

Caldwell pensó «No tienes ni idea» e intentó decirlo, pero no pudo. «¡Estaba tan cerca!», pensó con tristeza. Tantos años subiendo puestos en la unidad, y también otros puestos, los pasos que llevaban a la iluminación, iniciándose en los distintos estratos de la secta secreta, tan cerca, tan cerca. Ah.

—¿Por qué iba a perder el tiempo contigo? —preguntó la figura—. No eres nada. ¿Lo sabías, Caldwell? Eres un diminuto y mezquino agente de la muerte y de lo negativo. Quiero ser productivo. Quiero centrarme en la gran muerte y sólo en ella. Por el bien de la vida. La única razón por la que te estoy hablando son las energías que salen de tu laboratorio. El progreso accidental que has hecho. Lo que has descubierto. Lo he visto todo. Con mis otros ojos. El hecho de que vas a ayudarme con eso. A centrarme. A ayudarme a canalizar. Sé que tienes la reliquia. Y la misión es lo único que merece la pena. Lo único en todo el mundo.

«No tienes ni idea», pensó de nuevo Caldwell, vagamente, y apretó los músculos del estómago, tensó los músculos del cuello para alzar la mirada hacia los ojos que lo observaban desde arriba.

—Un problema —consiguió susurrar al fin, a través de saliva y sangre—. Porque no... no tendrás... la oportunidad... de usarme...

«Échale una mirada de las tuyas a este cabrón, Caldwell —pensó mientras caía la oscuridad—. Oblígate a reírte de él. Que eso sea lo último que hagas».

La historia del polizón

Oí que Hugh Currie le decía a John Brond que iba a esconderse en el *Oban* y le pedí que me llevara con él.

«Calla, Peter —me dijo—. Todavía eres un renacuajo».

Le respondí:

«Me voy a colar a bordo me ayudes o no, así que ayúdame, ya puestos».

A John y a Hugh los conocía de los muelles, donde mendigábamos peniques a los marineros. Yo había llegado a Greenock con mi madre y mi padre hacía ya casi dos años, pero mi madre se fue la tercera noche allí y la tisis se llevó a mi padre, y desde entonces la vieja dueña de la pensión me dejaba dormir en la cocina porque el pastor le había dicho que era su deber cristiano y todas las semanas, cuando la visitaba, lo oía decir «¿Cómo está el chico?», a lo que ella respondía «Tolerablemente bien», aunque ¿qué iba a saber ella? No me daba comida ni nada, salvo la más fría de las atenciones.

Estábamos al lado de la panadería cuando Hugh le contó a John su plan y supe enseguida que era lo que quería yo también. La verdad es que lo único que hacía falta para ponerme en movimiento era la posibilidad de una vida en otro sitio en el que hubiera comida para que dejara de aullarme el estómago.

Hugh tenía doce años, tres más que yo, y le gustaba burlarse de mí por ser un chiquillo, pero cuando le dije que yo también sería polizón, era tanto mi fervor que John dijo «¡Yo también!» y, aunque a Hugh no le gustaba, John era el mejor de los tres, así que no le quedó más remedio que fingir que era un plan estupendo.

Pues bien, los chicos (y, por lo que sé, también las chicas) anuncian decenas de planes todos los días y la mayoría no son más que castillos en el aire. Pero la madre de Hugh no era buena con él y John hablaba a veces con los ojos muy abiertos sobre los animales salvajes de Canadá, y cuando nos comprometimos al empeño creo que todos los decíamos en serio. Por eso me sorprendió cuando, dos noches después, entre los crujidos de las cuerdas y los tristes sonidos del puerto, sólo Hugh y yo nos encontramos a la sombra del barco de casco de hierro y tres mástiles. Esperamos, pero Hugh no tardó en susurrar: «Será mejor que lo intentemos otra noche. John no está».

Pero le dije: «Yo no me espero».

Puede que Hugh lo tomara como un reto. Cuando me metí en el barco escalando por las cuerdas, con la bolsa repleta de provisiones hurtadas y botellas de cerveza llenas de agua, Hugh trepó detrás de mí, con cara de pasmo.

Descendimos por intrincados senderos de madera en los que vi escotillas, rollos de cuerda, recovecos detrás de escaleras, barriles, entrecubiertas y las cuadernas del barco. Mil espacios en los que esconderse. ¡Si aquello iba a ser lo más fácil del mundo! Así que bajamos por todas las escaleras que encontramos.

Entre el cargamento, en el corazón de un laberinto de cajas, al aroma del coque en la oscuridad apretujada y chirriante de la bodega, Hugh y yo nos cobijamos bajo una lona rígida. Prestamos atención a los ruidos del barco y nos comimos la primera de nuestras irrisorias raciones.

«Tenemos que esperar a que zarpe el barco —susurró—, después salimos y nos encomendamos a la clemencia del capitán. Nos pondrán a trabajar, nos darán de comer y seremos marineros».

Ninguno de los dos durmió. Mantuvimos la boca cerrada mirando la oscuridad con los ojos muy abiertos, rodeados de un tatuaje de pasos y de las rudas voces de los hombres dando instrucciones. Nos preparamos para salir, pero lo primero que llegó a nuestros oídos fueron los arañazos de los baúles cercanos al moverse y de los hombres que se acercaban levantando y apartando cosas mientras se gritaban los unos a los otros.

«¡Ni un carajo!».

«¡Nada!».

«Hi-aaa. Nada».

Veía los ojos de Hugh. Movió los labios sin emitir sonido: «Están buscando polizones».

No sabía que fueran a hacerlo tan pronto. Muchos años después, me pregunté si Hugh sí lo sabría. Si, en el fondo, deseaba que lo encontraran.

Retrocedimos hacia el hueco entre los toneles y oí que un hombre gritaba: «¡Chitón, venid aquí!» y un repentino movimiento de sacos y trozos de madera, y una luz fuerte cuando alguien apartó la lona.

El hombre bajó la vista y soltó un taco. Me di cuenta de que miraba a Hugh. Yo todavía estaba medio cubierto y entre las sombras. Comprendí que no me veía. Agarró a Hugh por la oreja y tiró de él mientras berreaba: «Pretendes costarnos dinero y provisiones, ¿no, muchacho?».

Hugh aulló que lo sentía. El hombre le dio un bofetón en la cara y le salió un chorro de sangre de la nariz.

«Te voy a dar para el pelo antes de enviarte a casa», rugió el marinero, y se llevó a Hugh, y Hugh, desesperado, lo miraba a él y me miraba a mí, pero no dijo nada.

No dijo ni palabra cuando el hombre se lo llevó de allí y oí el terrible castigo que le infligió al pobre Hugh, que gemía con cada golpe.

Creía que Hugh gritaría mi nombre y que el bruto regresaría para tratarme del mismo modo, y que a mí también me llevarían a rastras a cubierta y me devolverían a la orilla, dolorido con mis nuevos moretones.

Pero no vino nadie.

No sé si el silencio de Hugh sobre mi presencia se debió al miedo o a la lealtad, ni si estaba tan resentido por mi parte de culpa en haberse visto envuelto en esa situación que se mordió la lengua sabiendo que el castigo que recibiría al descubrirme aumentaría cuanto más tiempo transcurriera. Nunca he sabido si compadecer, darle las gracias o maldecir a mi antiguo amigo.

Mucho tiempo después, noté que el barco se movía y balanceaba.

Oía agua por todas partes, pero el terror a que me descubrieran era mayor que el provocado por saber que estaba por debajo de las olas. Mandé mi valor a la mierda y retrocedí aún más hacia la oscuridad, junto a madera rota, barrotes de hierro, eslabones de cadenas, cajas con sus tapas, pepitas de carbón, sacos, hules, astillas y trapos. Estuve a punto de llorar cuando me pareció tocar la piel de un monstruo, aunque aquellas fibras pegajosas no eran más que estopa. Tiré de ella, la eché a un lado y me hice otro huequito en lo más profundo de la bodega más baja.

Y allí me quedé.

El viaje del *Oban* me llevó a climas cuyo frío sentía intensamente, a pesar de envolverme lo mejor que podía. Aunque estaba en el fondo del barco, algo de iluminación me llegaba, lo bastante tenue como para ser más un sueño de luz que la luz en sí. En una ocasión, no sé cuántas horas de viaje llevábamos, se abrió una escotilla de arriba y estuve a punto de morir de miedo. Pero lo único que entró fue más luz gris y el ruido de los hombres, que volvieron a cerrarla y me dejaron solo.

Roí mi pan y bebí algo de agua. Encontré un saco y palpé carbón dentro. Encontré un trapo y respondí a la llamada de la naturaleza para después tapar con el carbón lo que había dejado.

Me daba miedo la oscuridad, por supuesto. Por supuesto que la poblé de diablos y de los espíritus marítimos más maliciosos. Sí, cada gruñido del barco se convertía en el de un leviatán. No fue el valor lo que me mantuvo inmóvil, ni, mucho después, lo que me hizo salir al fin, tras muchas horas en la oscuridad más oscura, para explorar los límites de mi nuevo universo. Porque valor no tenía ninguno. Sencillamente, me daba más miedo que me capturasen los mortales de arriba que las pesadillas sobrenaturales.

En mi nido con olor a brea, al final me sumí en un estupor adormecido. Distinguía los bordes de cajas, gradaciones en las sombras. Lo único que podía hacer era esperar.

Creo que tuve que permanecer así, prácticamente inmóvil, durante al menos un día y medio, antes de que un nuevo sonido me devolviera de golpe al miedo. El ruido de un arañazo largo y lento.

Me tapé la boca con las manos.

El sonido no bajaba flotando, como había ocurrido con el estrépito de la apertura de la escotilla o los gritos de los marineros. Estaba cerca y seguía acercándose.

Frenó, se detuvo. Empezó de nuevo.

Contuve el aliento. Intenté creer que lo que había oído era una cuerda rebotando despacio contra una caja al inclinarse el barco, pero el ritmo no era el del viento, ni el de las olas, ni el del azar. Había una intención tras él. Una rata, ¿entonces? Pero no era furtivo, sino demasiado deliberado, no lo bastante abrupto como para tratarse de otro polizón, por ruidoso que fuere. Y seguía acercándose, y temí que me estallara el corazón.

Cuando se detuvo de nuevo, agarré la lona con la que me tapaba, tiré de ella y asomé un poco la cabeza. Me quedé mirando la boca de lobo con olor a boca de lobo, y los bordes grises de las cajas, los sacos y las pasarelas que daban bandazos entre las sombras. El ruido regresó.

Vi algo. Algo que era una suma de fragmentos varios, y entonces se convirtió en lo que ahora parecía haber sido siempre: una figura alta y envuelta en ropa, y se movía.

Avanzaba furtivamente entre las cajas, despacio, en silencio, alargando los brazos.

Yo me quedé muy quieto. No respiraba. La criatura levantó dos brazos largos e irregulares, cubiertos por una túnica, e hizo un movimiento extraño y silencioso. Después bajó una mano y tocó lo que la rodeaba con la delicadeza de una enfermera. Oí un ruido como el de un clavo en la madera.

Y la criatura volvió su oscura cabeza y miró hacia mí. Grité sin emitir sonido alguno. Me hice un ovillo lo más pequeño posible. Oí que la criatura se acercaba, el tamborileo, aquella caricia tan curiosa. Iba hacia mí, se agarraba para no caer con los movimientos del barco y caminaba en dirección a mi escondite haciendo un ruido que parecía el de madera sobre madera.

Cerré los ojos. Lloré de miedo. Recé lo mejor que sabía.

Y no pasó nada. El ruido cesó.

Como cabe esperar, tardé largo rato en volver a moverme.

Por fin lo hice: no vi nada. Me levanté y salí a la pasarela. Nada se movió.

De haber sido mayor, quizá me hubiera preguntado si había sido un sueño. Al ser un niño, sabía que no. Pero por profundo que sea el miedo, no puede durar para siempre.

Así que, más tarde, me moví, comí y bebí de nuevo. Me alivié de nuevo. Oí pasos arriba. Apilé carbón para lanzarlo, para defenderme de no sabía bien qué.

Dos veces más, me quedé paralizado, creyendo oír de nuevo aquel arañazo más lejos, lo bastante como para no estar seguro en ninguna de las dos ocasiones.

No debieron de transcurrir muchos días hasta quedarme con tan sólo una botella de agua y media barra de pan tan rancio que era como masticar polvo.

A pesar del horror que me producía la forma oscura que había visto, el miedo a la tripulación, a los extremos de sus cuerdas y a su furia masculina, apenas ocupaba menos espacio en mi alma. De lo contrario, habría aporreado la escotilla y suplicado que me liberaran. No fue el miedo a mi compañero invisible, sino el hambre y la sed, lo que me llevó de puntillas hasta la escalera.

Pensaba esperar a la noche para salir a hurtadillas y buscar la cocina, pero, al rodear el peldaño con el brazo, presa de un terror creciente, dio la casualidad de que un marinero pisó la tabla que tenía sobre la cabeza y le rugió algo a un camarada cercano al que no veía, y yo, conmocionado, reviví la paliza recibida por Hugh y me eché a llorar. Regresé de puntillas, arrastrando los pies, a mi pequeño recoveco, tiré del hule para cubrirme y sollocé de hambre y miedo hasta quedarme dormido.

No obstante, cuando desperté, muchas horas después, olía a comida.

Abrí mucho los ojos. Aparté un poco la lona. Allí, en el suelo chirriante de la pasarela, entre las cajas de cargamento, había una jarra de loza llena de agua y un plato con carne hervida, pan y patatas.

Nada podría haberme parecido más delicioso.

Pero ¿quién lo había hecho? Pensé en la mermelada y los trocitos de queso con los que se atrapa a los ratones. Esperé. Forcé la vista para escudriñar la oscuridad. Cuando, al cabo de largos segundos, no logré distinguir nada, fui a por el plato mientras me relamía los labios.

Oí de nuevo el tamborileo y me quedé paralizado.

Puede que mi padre hubiera bajado del Cielo para cuidar de mí porque había sido un buen chico, pensé, pero era un polizón, así que sabía que no era un buen chico.

Vi movimiento. Las líneas mismas de la bodega parecían ir a por mí. Aquella figura tenue y angular. Un brazo que descendía. Buscando.

Comprendí al fin que el movimiento no era de depredador, sino de ánimo. De invitación. Señalaba el plato.

Huelga decir que me quedé estupefacto. Empecé a comer. La criatura asintió.

Después de la carne, me comí el pan. Después del pan, las patatas. El observador observaba. Yo dividía mi atención entre él y el plato. Cuando terminé, mi observador asintió de nuevo. Levantó los brazos y ladeó la cabeza, y se deslizó, tieso y torpe, a uno y otro lado, sacudiendo el vientre. Abrí la boca, alarmado. A lo que más se asemejaba era a uno de los títeres que había visto actuar en la plaza, y entonces comprendí que estaba bailando. Para divertirme. Divertirme no me divirtió mucho, pero sí que sentí que era un gesto amable y me hizo sonreír.

La criatura se puso las manos a un lado de lo que le hacía las veces de cabeza, como una almohada. Me decía que descansara.

Regresé a mi cueva. Dejé que cayera de nuevo la cortina y me acomodé en la estopa espinosa, enrollándome en ella para calentarme, aunque estaba mucho más calentito que antes gracias a la comida que llevaba dentro. Lo último que oí antes de dormirme fue la gentil fragilidad de aquella criatura dura al subir la escalera.

Cuando desperté, tanto el plato como la jarra habían desaparecido, y yo estaba solo.

Así fue durante días. No volví a sentir los calambres de la inanición antes de que apareciera el sustento. Aunque no veía a mi benefactor secreto cada vez que me ayudaba de tal forma. En ocasiones, a pesar de escudriñar la oscuridad, no distinguía movimiento y los ángulos del barco no se transformaban en su silueta rectangular. Aun así, sonreía en todas direcciones para darle las gracias al empezar y terminar mi comida. Otras veces veía que la criatura envuelta en ropajes me saludaba con la mano mientras me observaba desde la oscuridad. Yo le devolvía el saludo y le susurraba mi agradecimiento. En una ocasión, encontré una manta basta junto al plato y la jarra. En efecto, la bodega estaba cada día más fría. Después llegaron unos calcetines gruesos que me quedaban demasiado grandes. Una camisa de hombre.

Me acostumbré a los débiles sonidos del otro morador de la bodega. Ya no me sobresaltaba si oía su extraño deambular.

Un día, mientras comía una dura galleta de barco a los posos de la luz que se filtraba de arriba, distinguí los contornos de espantapájaros de mi auxiliador. Así que hablé.

«¿Qué eres?».

La figura pareció ladear la cabeza.

«No eres un demonio, ¿verdad? —dije—. No me ayudarías si lo fueras. ¿Acaso eres un ángel?».

Aunque se sacudía y estiraba con movimientos bruscos, más parecidos a los de un árbol al viento que a los gestos de una persona o animal, percibí, o eso me dije, curiosidad. Reflexión.

Yo sabía que la criatura no podía hablar. No esperaba que se acercara con aquella elegancia tan desgarbada. El ser que me protegía alargó algo envuelto en un trapo y lo movió sobre una caja que había a mi lado, y oí un débil chirrido. Un ruido de cortes. Siguió un buen rato. Cuando por fin terminó, bajó su extremidad y vi que, con un dedo afilado y oculto, había grabado letras irregulares en la madera.

Esperó. Así que entorné los párpados para examinarlas.

«Ah —dije—. Ya veo. Gracias por ayudarme. ¿Por qué estás aquí?».

De nuevo, alargó la mano y arañó de nuevo, esta vez durante más tiempo, para alargar su misiva. Dio un paso atrás. Me incliné de nuevo sobre las palabras.

«Ah —dije—. ¿Qué harás ahora?».

De nuevo garabateó y miré lo escrito.

«¿Por qué me ayudas?».

Escribió. Hice como si lo leyera.

No quería decepcionarlo ni desanimarlo de su discurso, así que asentía al mirar los símbolos que no tenían sentido alguno para mí y le di las gracias, y el ser pareció satisfecho.

A partir de entonces, cuando acudía con la comida que me llevaba para mantenerme con vida, a veces se tomaba un momento para arañar más palabras en la madera. Siempre que lo hacía, yo procuraba examinarlas con mucho teatro y responder con gestos de cabeza y reflexión fingida.

En una ocasión, me sentía más solo de lo habitual.

Susurré a la oscuridad:

«¿Me cuentas una historia?».

Y allí estaba la criatura, con sus movimientos espasmódicos. Aquel contorno abultado bajo la vieja sábana se extendió de nuevo, todavía oculto bajo la tela, y escribió de nuevo un buen rato, y yo me quedé dormido con el ruido de sus arañazos.

Así seguimos durante muchas comidas. A veces estaba tumbado, oyendo en la escalera el débil taconeo de mi compañero al subir, y le deseaba en silencio éxito en sus misiones secretas, fueran las que fueren. Sabía que una de ellas era encontrarme provisiones. Lo oía subir y lo oía bajar de nuevo.

Hasta que no oí lo segundo. Hasta que un día o una noche no oí los ruidos ni vi ante mí las provisiones. Y el hambre comenzó a crecer de nuevo.

Me debilité. Tenía sed. La garganta se me quedó seca y me dolía. Susurraba. Mis súplicas se perdían entre las telarañas. Por fin me levanté con mis últimas fuerzas y vagué por las pasarelas hundidas escuchando los pasos de arriba y estirando el cuello mientras escudriñaba como podía.

«¿Estás ahí?», susurré.

«¿Dónde estás?», dije.

«Tengo hambre, ¿no vas a ayudarme?».

«¿Dónde estás?».

«Ayúdame, por favor».

Todavía recuerdo que, mientras deambulaba suplicando comida, temeroso y muerto de hambre, también estaba preocupado por la presencia que me había salvado.

«¿Dónde estás?», susurré todo lo alto que pude a las velas apagadas y los cachivaches de aquella bodega bamboleante.

Me tumbé de nuevo y mi hambre creció y el frío creció, y no sabía en qué parte de los océanos del mundo nos encontrábamos. Fuera lo que fuese aquel espíritu, fantasma o trasgo horrendo que había acudido a cuidarme, al parecer lo habían ahuyentado. Me moriría si no lograba ejecutar mi plan original para encontrar comida. Y, ahora, al miedo a la tripulación se le sumaba la tristeza por mi salvador perdido.

Cuando estaba muy débil descubrí que la muerte por sed no sería sosegada. Así que levanté la cabeza, me oí llorar y la cabeza me daba vueltas, y, al cabo de un tiempo, oí una escotilla, parpadeé para aclararme la vista y vi que se acercaba una figura, y los ojos me dolían con su brillo, y la llamé, eufórico, pero el ruido se me murió en la garganta, porque había una luz que bajaba desde las entrecubiertas y no era mi bamboleante benefactor el que bajaba hacia mí, sino un hombre con un farol. Un hombre con barba. El marinero que había atrapado y castigado a Hugh.

«¡Ahí estás!», berreó.

Yo ya no estaba acostumbrado a semejante volumen.

Me agarró por el brazo, me sacudió, y yo me quedé colgando como un muñeco de trapo. Mi placidez lo enfureció. Me golpeó y me pitaron los oídos.

«¡Todas las puñeteras noches! —gritó—. ¡Comida y bebida! —Me golpeó de nuevo—. ¿Qué más has robado, bribón? Eres astuto, eso hay que reconocerlo. Ahora voy a darte tu merecido».

Otro golpe. El hombre se cernía sobre mí. Cerré los ojos.

Oí un galope tenue y veloz. El hombre me soltó. Tras eso, una exhalación apresurada y cortante. Un gemido, cajas al caer.

Miré de nuevo. El hombre estaba despatarrado entre madera astillada y trozos de carbón. La figura oscura y tapada se erguía sobre él. Así, cubierta por una sábana, era un fantasma mugriento.

Alzó los brazos y los dejó caer en la espalda de mi agresor para volver a golpearlo, y el hombre gritó. Lo levantó del suelo, y el marinero jadeó, intentando respirar, y la figura lo agarró de la garganta con sus dígitos amortajados.

Se hizo el silencio. La figura envuelta en sombras empezó a dar toquecitos con la pierna en el suelo.

Oí mi propia voz.

«¡Ahí estás!», es lo que dije.

Mi amigo dio otro toquecito con el pie para llamar tanto la atención del hombre como la mía, y señaló una de las cajas. Los dos miramos, y el ser se inclinó y lo oí arañar la madera. Escribió con su dígito asomando a través de la tela en la madera del lateral de la caja. El marinero lo leyó. Levantó la vista, aterrado. La figura amortajada dio un paso hacia él y señaló las palabras, y el hombre se encogió, levantó las manos y exclamó:

«¡Lo haré, lo haré, te lo suplico, lo haré!».

Se puso en pie como pudo, se llevó las manos a la cara ensangrentada, trastabilló camino de la escalera y la subió. Oí el portazo de la escotilla, y mi salvador y yo volvimos a quedarnos solos en la bodega.

Se puso a garabatear a toda prisa en una zona libre de la madera. Me incliné y las miré. Asentí. No se movió. Como siempre que no se movía, de no haber sabido de su presencia, lo habría tomado por parte de las entrañas del barco.

«Gracias», susurré.

No sé cuánto tiempo había transcurrido cuando volví a oír que se abría la escotilla. Sin embargo, esta vez, los pasos que descendían eran lentos y deliberados. Quienquiera que hubiese bajado caminaba entre los contornos irregulares del cargamento.

Vi aparecer una figura a través de una raja en el hule. Se trataba de un hombre alto, de hombres anchos y barba bien arreglada, vestido de negro. Clavó la mirada en las sombras. Dos, tres pasos más y me vería. Contuve el aliento. Me esforcé por oír el correteo de mi benefactor, pero sólo oía al recién llegado, de modo que el miedo volvió a apoderarse de mí. Porque se acercaba.

Pero al pasar junto a lo que parecían escombros y cachivaches varios, esa concatenación de objetos se movió. Era mi compañero. A pesar de la negrura de los envoltorios que le cubrían la cara, en aquel movimiento desmañado creo que distinguí sorpresa, miedo, decisión. Alzó lo que le hacía las veces de mano y lo agarró. Apretó.

El hombre soltó el aire entre dientes y lo que lo agarraba lo hizo con más fuerza y pareció sujetarse para observarlo bien. Y juraría que pareció vacilar. No amedrentado, sino indeciso. Y el hombre rugió, rugió de verdad, como una bestia, y sus manos se convirtieron en zarpas y parecía a punto de desgarrar con ellas a lo que lo agarraba, cuando mi compañero resolvió las dudas que lo aquejaran, lo sujetó más fuerte y la bodega se llenó de repente de una luz azul y fría que rodeaba a mi amigo de palo, y de la boca abierta del hombre brotó un sonido horrendo, y una ráfaga que parecía viento lo levantó del suelo y allí se quedó colgado, en el aire, con el cuerpo arrugándose como si lo apretujaran, y de sus labios salió una ráfaga cegadora de la misma luz, como si una luna le saliera de dentro.

Me picaban los ojos. Parpadeé para aclararlos. Él se retorcía en el aire, con las extremidades de la criatura encima, a pesar de que no parecía sostenerlo. Aun así, el brillo seguía brotando de él, le salía por las orejas, los ojos y la nariz, ahora, como si su atacante se lo metiera dentro. La piel se le ondulaba como el mar.

El hombre se arrugó y se enrolló, y en su rostro se dibujaba la agonía, y su cuerpo ahora pareció inflarse, como si fuera a estallar, y se dio la vuelta en el aire. La figura que lo sostenía volvió su supuesta cabeza hacia mí. Creo que con aire triunfal.

Y, al hacerlo, el hombre abrió los ojos, cerró la boca, apretó la mandíbula, las manos y el cuerpo, y saltó al suelo. Se irguió. Desvainó las manos tan deprisa que se libró de las de mi salvador. Levantó rápidamente la izquierda y agarró a la figura por la garganta.

«No sé lo que eres —susurró el hombre—. No sé qué es lo que acabas de hacer. Ni cómo lo has hecho. Hace mucho tiempo que no siento nada semejante».

Estrelló la mano derecha en el pecho amortajado y lanzó a la criatura de espaldas, que se desplomó con un ruido tremebundo.

El hombre dijo:

«Pero no ha funcionado, ¿verdad? —Se le acercó—. Te diré algo más. —Levantó a su presa, que se movía débilmente. Ahora parecía un montón de basura envuelta en tela. Agitaba los brazos. El hombre la sacudió—. Algo como tú —dijo el hombre—. Algo tan extraño como tú debe de tener una historia, no me cabe duda. —La agarró—. Me da igual. Hay historias de sobra.

El hombre le arrancó la tela.

No tengo palabras para expresar lo que vi por vez primera con claridad en aquella penumbra. No era más que un revoltijo. Su cabeza era una semiesfera de madera unida a manojos de palos. Donde debiera encontrarse el pecho, había un extremo roto de escalera. Un brazo era un palo de escoba, y cuerda enrollada y tela de saco el otro, con dedos de tuercas, ramitas y pinchos. Una pila de basura con forma de hombre, que temblaba en manos de la persona a la que había intentado derribar sin éxito.

«Mírate —dijo el hombre, tan tranquilo como siempre—. Sí, habrá una historia sobre ti».

A pesar de su falta de rasgos, no sé por qué estoy convencido, pero lo estoy, de que la criatura me miraba con desamparo, suplicante.

El hombre golpeó su cara sin cara. El hombre le arrancó el brazo que agitaba en el aire. Mi amigo de retazos trastabilló.

«Me pregunto de quién será esa historia —dijo el hombre, que siguió arrancando materia y tirándola al suelo. La criatura se estremecía. Él la destrozaba miembro a miembro—. Pero no demasiado».

Lo que quedaba del ser de basura intentó huir a rastras. El hombre se colocó a horcajadas sobre él y molió su enredo a golpes, para después separar las manos envueltas en nubes de escombros.

«Me daba cuenta de que algo le había ocurrido a Maxwell aquí abajo —dijo—. Me imagino lo que harías para convencerlo de que no volviera. Intentó ocultármelo, pero le doy más miedo yo que tú —. Siguió desgarrándolo—. No sé de dónde vienes, ni qué crees que tengo que ver contigo, ni qué mal les hice a tu amo o ama, si es que existen, ni cuándo lo hice, ni qué deseas. Ni tampoco qué me ha hecho tu extraño contacto justo ahora. Es cierto que sentir eso ha supuesto una novedad, que estaba tan lleno de vida que dolía. Pero ya no me interesa escuchar todas las historias del mundo».

Estrelló contra el suelo el laberinto improvisado formado con los fragmentos de la criatura, y la madera que le hacía de cabeza salió volando de él y aterrizó entre las sombras de la bodega.

Después del estrépito de su aterrizaje invisible, se hizo el silencio.

«Quizá tú sepas lo que era», me dijo al fin el hombre.

Después de lanzar a un rincón lo que quedaba del ser que me había salvado, se volvió y se fue derecho hacia donde yo me escondía, levantó la sábana y me miró.

«Quizá tú conozcas su historia», dijo.

«Yo no sé nada», conseguí responder.

«Esa clase de criatura, una cosa que no debería caminar, un artefacto semejante... Hace mucho tiempo que no veo ninguna —dijo él—. No las he visto a menudo y ha pasado largo tiempo desde la última, pero las he visto. ¿Por qué lloras, niño?».

«Me vas a matar —respondí, medio ahogado—. Y has matado a mi amigo».

Tras el silencio más largo hasta el momento, se alejó, de vuelta a la escalera.

«Ven —es lo que dijo, sin mirar atrás—. Tráete parte de tu amigo, para recordarlo, si lo deseas».

Me limpié los mocos con la manga y me levanté.

Fue paciente. Tuvo que pasarse varios minutos escuchándome hurgar en la penumbra para recoger sus restos, mientras le prometía entre susurros que nunca lo olvidaría. Quizá tuviera que emplear toda su fuerza de voluntad para no reírse de mi aspecto cuando me acerqué, un crío apestoso, harapiento y manchado de lágrimas, arrastrando los pies mientras se aferraba a un fardo de tiras de madera astillada como si fuera un bebé. Dio media vuelta y subió a la luz sin molestarse en mirarme, confiando en que lo seguiría, cosa que hice.

No es éste el lugar para hablar sobre los días que siguieron. Sobre mi cobijo en el anexo secreto al camarote principal, donde el hombre pasaba la travesía sin que el atemorizado y resentido capitán le prestara atención, alimentado por Maxwell (que ya no me daba miedo), quien ahora, además, debía traerme comida (sin mirarme a los ojos) y remendar ropa de hombre para que se adaptara a mi pequeña figura. Sobre los días largos y fríos, y las horas de silencio en aquella celda diminuta, donde me acercaba de puntillas al ojo de buey para mirar el cielo salpicado de gaviotas y las hambrientas fauces del mar. No hay historia alguna, en realidad. Aunque a partir de aquel momento estuvimos juntos, ni antes ni después he pasado tanto tiempo sin hablar ni que me hablen. A veces (y ésta era la única atención que me prestaba), el hombre me observaba acariciar las reliquias de mi malogrado benefactor.

Sí, ciertos días, de acuerdo con crípticas exigencias, asomaba la cabeza por la puerta oculta de nuestro cobijo y le mascullaba algo al capitán o a Maxwell, pero nunca llegué a saber qué asuntos trataba con ellos. Ni me corregía, ni me tocaba, ni le importaba, ni me entretenía, ni parecía fijarse en mí, en general.

Cuando llegamos al otro extremo del mundo, me condujo por la rampa de desembarco. El frío era tan intenso que temblaba a pesar de mi ropa de abrigo improvisada. Avancé con paso vacilante por la roca más allá del embarcadero, mientras los estibadores me observaban con curiosidad.

«Toma —me dijo el hombre, y me dio un sobre—. No lo abras ahora. Te deseo buena suerte. Siento lo de tu amigo».

Me dio la espalda y se alejó, y allí estaba yo, un nuevo y aterrado canadiense. Que dijo en voz alta, viendo que las palabras se rizaban como el humo en el aire extranjero:

«Nunca volveré a cruzar las aguas».

El sobre contenía el dinero suficiente para mantenerme durante un par de meses.

Los años que siguieron constituyen sus propias historias. Los primeros meses de frío. El miedo, los trabajos de aprendiz, las luchas y los amores, los viajes, los pecados de los que no hablaré jamás, los éxitos de mis distintos empeños, los fracasos, el éxito de nuevo, el matrimonio y el posterior abandono, cuyo responsable varía según la versión de la, sí, historia que se escuche. Pero nada de eso es lo que he venido a contar.

Porque aquí estoy, un zapatero en una ciudad mediana. Pocos zapateros conocen mejor que yo lo miserable que es la vida sin zapatos. Y aquí estoy, un hombre con una historia que contar, contándola por primera vez. Y el custodio de otra historia, una historia secreta, que desconozco.

Transcurrieron más de dos docenas de años de mi llegada a este país en crecimiento antes de contar con la seguridad suficiente como para prestarle atención a la escritura. Y lo cierto es que creo que lo retrasé todo lo que pude por miedo a lo que podría revelárseme cuando las letras me contaran sus secretos.

Cuando por fin la profesora me aseguró que había hecho por mí todo lo que estaba en su mano, no pude seguir retrasándolo. Así que, cuando abandonó mi humilde choza, respiré hondo con aliento tembloroso y saqué toda la madera que había llevado conmigo desde mi regreso a tierra firme. Madera que todavía conservo. Las tablas que saqué de la bodega de aquel barco con tanto cariño, de las que cuidé con esmero para evitar que el hombre las viera. Esperaba entonces, como espero ahora, que las tomara por los extraños restos de mi amigo, por los escombros de su cuerpo, y no, como en realidad eran, por las tablillas de la caja en la que mi amigo me había grabado sus mensajes.

Me temblaban los dedos al desenvolverlas por primera vez en más de veinte años.

Las extendí y las encajé lo mejor que supe, borde con borde, reconstruyendo la superficie de madera de la vieja caja. Faltaba mucho. No había encontrado todas las palabras. Sin embargo, fui capaz de ordenar sobre mi mesa respuestas parciales a mis preguntas y a mi súplica, y una advertencia, aunque no para mí, sino para Maxwell. Por primera vez, recorrí con los dedos las ranuras desteñidas, saltando los huecos astillados, respirando a través de esos espacios, pronunciando en voz alta los restos de los mensajes.

no soy yo ningún demonio *del mundo* *vida y vivo*

para salvar el mundo persigo la Muerte para acabar con ella

no sé si siempre seguro Sentiré la presencia del enemigo, el final de la energía es el miasma del miedo para mi nueva alma mis creadores y nosotros seguimos el rastro pero no siento nada en este barco así que quizá nos mintieron buscaré otra vez.

niño me duele verte llorar

Hace mucho tiempo, los hijos de la hija de la Vida salieron de caza. Con ellos viajaba la materia quieta que ella despertó y ellos despertaron de su eterno descanso para encontrarse con este clamor incesante

con pensamiento y objetivo y la misión de ser sabuesos para oler a la Muerte

Este último estaba en otro segmento, en letras más grandes:

Vete y no vuelvas a bajar no digas nada deja en paz al chico desobedece y acabaré contigo y te echaré al fuego

Pobre diablo. Me dijo que no era un diablo y me lo creí. Pero amenazó a Maxwell con muerte y fuego, y es bien sabido que el viejo Tentador es un mentiroso, así que no podría afirmarlo. Quizá sólo diera a entender que era de procedencia diabólica para protegerme.

Me contó una historia.

Buscaba a la muerte, sabía que podría olerla en aquel barco, que la percibiría, pero no lo hacía, y pensaba que su viaje era en balde, y entonces me encontró a mí y un nuevo propósito, y salió a cazar a su presa, para asegurarse, en cada rincón mientras yo lloraba, y no la encontró y me salvó, y entonces la muerte fue a por él y ni siquiera con toda su vida fue capaz de derrotarla.

No estoy aquí para contar nada de esto. No estoy aquí para hablar sobre mi creciente tristeza en años posteriores, que se apoderó de mí al pensar en si haber permanecido escondido mientras lloraba, porque seguro que lloraba, recuerdo haber llorado, significaba que era un cebo, una última trampa, pero no para el objetivo que esperaba el cazador. Él había llegado más tarde. Si mi hambre y mi miedo habrían sido un precio aceptable para una misión mayor.

En cualquier caso, yo hice y mantengo una promesa, y él es a quien se la hice.

Pobre criatura, en cualquier caso, fuera lo que fuere, por haber tenido que enfrentarse a aquel hombre silencioso.

A través del cristal

—**Keever —dijo Diana por el móvil—, acabo de recibir un mensaje.** —Todavía estaba parpadeando, apenas despierta, mirando el texto que había recibido del número oculto de la unidad: «SRC por codificador urgente»—. ¿Qué está pasando?

—Señora, no soy su puñetero enlace...

—¡Keever, por favor!

—Caldwell ha desaparecido.

—¿Qué? ¿Qué quieres decir con...?

—Señora, escuche. No responde por ninguno de los canales. Lo hemos comprobado y vino anoche, lo tenemos grabado entrando tarde. Se marchó media hora después. Pero no llegó a casa.

—No lo entiendo.

—Yo tampoco, señora. Tengo que irme. Venga aquí, quieren pasar lista.

—Pero, Keever, nada de esto tiene sentido, ¿qué...?

—Señora, se lo he dicho a B y se lo digo a usted: venga. Tengo trabajo.

Colgó.

«¿Sabes lo que ha estado pasando conmigo, Jim? —pensó. Miró el móvil. Miró de nuevo a su alrededor, con cautela—. ¿Sabes lo de mi espía invisible? Si todo está relacionado, ¿qué tiene eso que ver con lo que está pasando, con Caldwell? ¿Debería contarte lo que me ha pasado? Si no lo hago, ¿qué daño estoy haciendo? Si lo hago, ¿qué secretos y protocolos estoy incumpliendo?».

Llamó a Unute, pero no respondió.

«Sabía que era un pacto fáustico, este trabajo —pensó—. Habría pagado lo que fuera por tener acceso a los cimientos sobre los que se creó Unute. Pero odio los juegos. ¿Quién sabe qué sobre quién y por qué? No logro seguirle el ritmo. Y ojalá pudiera decidir que no me importa lo que está pasando ahora mismo».

Pero ¿cómo no iba a importarle? Aunque tampoco es que pudiera hacer nada en aquel momento ni por Caldwell ni por nadie.

Diana se quedó paralizada.

«¿O sí?», pensó.

—Cuéntame —dijo B mientras recorría los pasillos.

Las mujeres y los hombres de la unidad que lo rodeaban no huyeron, pero sí que se alejaron rápidamente en todas direcciones. B tenía los puños apretados.

—No sabemos mucho —respondió Keever con rostro serio—. Podría haber pasado desapercibido por completo. Esto es lo que sabemos: nadie consigue ponerse en contacto con él. Los chavales de servicio dejaron entrar a Caldwell. Dicen que parecía tener prisa. Que estaba un poco distraído, ha dicho uno de ellos. «Hablaba demasiado alto y parecía un poco perdido». ¿Eso te encaja con él?

—En absoluto. ¿Y qué?

—Y nada —dijo Keever—. Salvo que esos guardias llevan meses trabajando con él, y no ha costado mucho sacarles que no habían seguido el protocolo. No registraron a fondo el maletero ni miraron los bajos del coche con un espejo.

—¿Cuándo fue la última vez que alguien comprobó el tuyo? —preguntó B—. ¿O la última vez que alguien hizo un escáner de iris, ya puestos? ¿Cuándo fue la última vez que rellenaste el informe de situación diario?

—Hace mucho tiempo —respondió Keever—. Entendido. Tanto tú como yo sabemos que no es justo, pero tanto tú como yo sabemos cómo funciona esto: todos tomamos atajos y a nadie le importa hasta que algo sale mal. Y, en ese caso, aunque lo sucedido no tenga nada que ver con esos atajos, si eres el último mono, estás jodido.

—¿Hasta qué punto están jodidos?

—Muy jodidos.

—¿Por qué se te ocurrió preguntarles por el comportamiento de Caldwell? —preguntó B.

—Se lo preguntamos al ver que Caldwell no aparecía ni respondía al teléfono. Como te he dicho, cuando algo va mal, lo repasas. Ésta es la secuencia. Llegó aquí anoche, tarde, a las tres y cuarenta y siete. Tenemos grabado su Lincoln saliendo veintisiete minutos después. Pero lo que no tenemos es una imagen de él en las cámaras del exterior de su casa. Y no encontramos el vehículo. Nadie sabe dónde está. Enviamos un equipo a su piso.

—¿Y?

—Y no está allí. Pero echa un vistazo a lo que sí había.

Sostuvo en alto una serie de fotografías chillonas.

B las observó.

—¿De quién es la sangre? —preguntó.

—De Caldwell.

—Hay mucha.

—Sí.

—Entonces, ¿se marcha de aquí, deja su coche en alguna parte, camina hasta su casa y se cuela de algún modo? Y aquí... —dice B, señalando las imágenes—. ¿Se encuentra con un comité de bienvenida?

—Puede. No hay ni rastro de nadie más entrando antes que él ni saliendo después.

—He estado ocupado —dice B—. ¿En qué estaba trabajando Caldwell?

—A juzgar por su huella digital, más o menos en lo de siempre. Salvo que, en los últimos días, tenía al cerdo... —Hizo una pausa—. No se grabó bien, al principio no tenía mucho sentido, pero estaba trabajando con el cerdo.

B se volvió hacia él.

—¿Qué le estaba haciendo?

—La verdad es que no estoy seguro. Em... Tuvo que ayudarme un técnico, pero parece que lo estaba matando.

—¿Qué?

—Sí. Lo hizo una vez, como mínimo.

B agarró el papel y lo leyó.

—Así que le hace esto al cerdo y, después, desaparece sin más...

Guardó silencio.

—¿Qué? —preguntó Keever.

Pero B había acelerado el paso, mucho. Keever soltó un taco y lo siguió.

B pasó corriendo junto a los sorprendidos guardias y torció al llegar al cruce de pasillos, sin prestar atención a los ascensores, para estrellar su tarjeta de identificación en las puertas de la escalera y bajarla a saltos, aumentando la ventaja que le sacaba a Keever cada vez que sus botas tocaban el suelo.

—¡Coño, B! —le gritó Keever, y lo siguió hasta los niveles inferiores, perdiéndolo a medio camino. Los soldados tenían las armas medio levantadas, alarmados—. ¡Joder, no me apuntéis con eso! —gritó—. Seguidme —añadió, gesticulando.

Encontraron a B mirando la ventana del laboratorio principal. Keever se le acercó.

—Oye, B, tengo una edad. La próxima vez deberías darme ventaja, chaval. ¿Qué te preocupa?

—Mira.

Keever miró al interior del laboratorio. Atado al acero estaba el icor encostrado del huevo regenerativo del babirusa.

—Estoy sorprendido —dijo en voz baja B—. Y siempre me sorprendo cuando me sorprendo.

—¿Qué? ¿No esperabas ver el capullo? Ya te he dicho que Caldwell lo había matado.

—No esperaba que estuviera aquí.

—¿Cómo?

—Creía que de eso iba la cosa: le hace algo al cerdo y alguien se lo hace a él. Creía que, si él no estaba, el cerdo tampoco. Que lo habrían robado.

—¿Por qué? ¿Para qué?

—Investigación —respondió B—. Todo está conectado, Keever. El cerdo es el elemento nuevo. La variable. Tiene que estar relacionado.

—Si el cerdo hubiera desaparecido, nos habríamos enterado, B. Lleva encima más dispositivos de seguimiento que los misiles.

—Sí, porque esa tecnología jamás se equivoca, ¿verdad? Y nadie nunca averigua cómo engañarla.

—Bien visto —dijo Keever—. Pero mira, ahí está, justo ahí. Dormido.

—No está dormido —dijo B en silencio, observando el leve palpitar de la membrana—. No sé qué estará pasando ahí, ni lo que el cerdo estará haciendo, ni lo que he hecho yo todas las veces que me ha ocurrido, pero no es dormir.

Entró. A través del cristal, Keever y su escolta lo observaron rodear en sentido antihorario el huevo del cerdo, con la mano izquierda sobre él, palpando la temblorosa reconfiguración que se producía dentro. Mediante ese ritual, B, Unute, entraba en un trance sutil, muy distinto al que acompañaba a sus mayores actos de violencia.

Unute salió. Uno de los guardias empezó a seguirlo, pero Keever le ordenó por señas que se quedara atrás.

—Dale espacio, soldado —dijo en voz baja—. Nos llamará si nos necesita.

Unute inició un registro metódico de los edificios.

Entró en las zonas restringidas y avanzó sin cortesía ni vacilación entre otros equipos inmersos en sus investigaciones. No dudaba de su experiencia, de cómo rastreaban la huella digital y física de Caldwell. Ya fuera por perseverancia, aburrimiento, metacuriosidad o mera contumacia, en algunas ocasiones, a lo largo de los siglos, B había investigado sobre temas que no le atraían por naturaleza (entre sus diecisiete doctorados, los había de contabilidad, ordenación del territorio y ciencia de los alimentos), pero había otros campos en los que sólo había adquirido unos conocimientos básicos. Uno de ellos era la informática, aunque nunca había dudado de su utilidad. En ese terreno, estaba más que dispuesto a permitir que los detectives internos de la unidad tomaran el mando.

—Vamos, hermano cerdo —susurró.

Entró en todos los lugares en los que había visto alguna vez a Caldwell. Examinó paredes, bordes, oscuridades y el interior de todos los cajones y armarios de cada despacho. Abrió la taquilla del hombre. Se sentó en su silla preferida de la cafetería. Observó a los técnicos que iluminaban con luz negra la grava de la planta sótano del garaje en el que había estado el coche de Caldwell.

Una mujer con traje NBQ le dijo:

—Hemos encontrado unos cuantos cabellos rubios y fibras de vaqueros. Todavía no hay ninguna coincidencia de ADN. ¿Ha averiguado algo?

—No. El truco consiste en saber distinguir la intuición real de la falsa. Empiezo a sentirme frustrado.

—¿Porque no consigue que su... intuición le diga nada, señor?

—Lo contrario: porque no deja de sonar como una campana por todas partes. Allá donde entro, ahí está.

—Si la encuentra en todas partes, quizá no importe adónde vaya —dijo ella.

Él lo meditó.

—Deje que pruebe algo. Sígame la corriente. —Se agachó poco a poco hasta apoyar las manos en el suelo, como si fuera a saltar—. He estado pensando en que no dejo de averiguar cosas y de encontrarlas. Pero quizá tenga usted razón. Quizás algo me haya estado encontrando a mí. Quizá me estén siguiendo.

De repente, bajó la cabeza de lado y pegó la cara, de modo que el ojo derecho quedó a ras del suelo. Movió la cabeza rápidamente. Pasaron varios segundos.

—¿Jefa? —susurró uno de los técnicos a la mujer—. ¿Qué quiere que ha...?

La mujer chasqueó los dedos dos veces y se llevó uno de ellos a los labios. Unute extendió un brazo y metió los dedos entre la grava para rebuscar entre los guijarros. Cuando recogió la mano, sostenía algo entre el índice y el corazón.

—¿Qué eres? —le dijo B.

Después se incorporó y miró lo que había encontrado, y todos los soldados, investigadores y técnicos entornaron los párpados y se inclinaron también para observarlo.

Un fragmento diminuto, ennegrecido y plastificado de madera fina o cartón. Una pieza de puzle.

—Hay que informar a Keever —dijo B sin dirigirse a nadie en concreto y a todos en general—. Y a Diana.

Los jóvenes soldados en la puerta del despacho de Caldwell saludaron al ver que se acercaba Diana.

—Señora —dijo uno de ellos, y levantó una mano—. Lo siento, señora, pero hay una investigación. Keever dice...

Diana levantó su identificación, cruzada por una triple A aparatosa.

—Sé lo que ha dicho Keever. Sé que hay una investigación. ¿Por qué cree que estoy aquí? ¿Es usted consciente de que el doctor Caldwell es el colega con el que tenía más contacto? Sé mejor que nadie en qué trabajaba. Así que apártese.

El hombre vaciló. Cuando obedeció, Diana meditó que, en realidad, técnicamente, no estaba mintiendo. Sí que era una de las personas con las que tenía más contacto. No era necesario que el soldado supiera que no tenía ni idea de a qué se dedicaba Caldwell en los últimos tiempos, ni de dónde estaba, ni de cómo averiguarlo.

Observó el despacho abarrotado, los maltrechos libros encuadernados en cuero, el gran globo terráqueo de madera, las baratijas antiguas que parecían diseñadas tanto para proclamar la personalidad de su dueño como para ser funcionales. «A todos nos gusta aparentar», pensó. Examinó la grapadora, la lámpara, la calculadora, el bolígrafo, los papeles del escritorio de Caldwell. Abrió el portátil y frunció el ceño cuando le pidió contraseña.

«¿A que se trata de algún chiste fanfarrón en escritura cuneiforme? —pensó—. Un juego de palabras que funciona en siete lenguas, cinco de ellas muertas».

Diana vaciló al recordar los protocolos que destruirían su propio disco duro si alguien intentaba entrar demasiadas veces.

Escribió: «1234567. Contraseña. Contraseña123».

Nada. «Merecía la pena intentarlo», pensó, y cerró la tapa. Recogió dos tiras de papel de la papelera y entrecerró los ojos para descifrar la letra.

«"¿habitación interior?" —leyó—. "¿Vida?"».

«¿Por qué está todo el mundo hablando de vida?», pensó.

Le vibró el móvil. Leyó el mensaje. Abrió mucho los ojos.

Salió corriendo de la habitación y regresó a toda prisa por los pasillos, en dirección a la parte delantera del complejo de la unidad, y se internó en los pasillos más iluminados. Llamó al fin a la puerta de Shur, abrió y entró sin esperar a la respuesta.

—¿Qué coño...? —dijo alguien.

En el sofá había una joven de uniforme, que se había quedado mirándola.

Shur se levantó.

—¡Pero qué haces! —le gritó a Diana.

Diana no la miró a ella, sino a su paciente.

—Salga, es una orden —le dijo.

La mujer no parecía muy dispuesta y miró a Shur, vacilante. Como ésta no decía nada, sino que se limitaba a mirar a Diana, la mujer se levantó, salió y cerró la puerta.

—¿Cómo te atreves? —dijo Shur.

—Ahórratelo —respondió Diana, y sostuvo en alto el móvil para que Shur leyera el mensaje. A la doctora se le pusieron los ojos como platos.

—No lo entiendo.

—Una pieza de puzle —dijo Diana—. B... Unute ha encontrado una pieza de puzle.

—¿De qué estás hablando? Quién sabe cuánta basura hay en el garaje. ¿Y qué tiene eso que ver conmigo?

—De hecho, apenas hay. Basura, me refiero. Lo barren (en ambos sentidos de la palabra) cada par de días. Y llevo bastante tiempo trabajando con Caldwell y, aunque puede que no lo sepa todo sobre él, te prometo que los puzles no son uno de sus vicios. Sin embargo, he escuchado las grabaciones y sé que Stonier te contó que había perdido un símbolo. Puedes lanzarme todas las miradas airadas que quieras, pero sabes que teníamos acceso.

—¿Y?

—Dijo que era algo que había usado para terminar uno de los juegos de Thakka, ¿recuerdas? A Stonier le van los videojuegos. Pero Thakka hacía puzles. Thakka se guardó la última pieza del primer puzle que Stonier terminó con él. De recuerdo. —De nuevo, Shur puso cara de sorpresa—. Esto tiene que ser de Thakka. Y, después, de Stonier.

—¿Qué me estás diciendo? ¿Que Stonier estuvo en el coche de Caldwell? ¿Y se le cayó?

—Puede.

—Pero me dijo que lo había perdido hacía tiempo. Y si barren el garaje tan a menudo como dices...

Diana frunció el ceño.

—No sé. Stonier no tenía ningún motivo oficial para tratar directamente con Caldwell. Y menos para estar en su coche. O debajo de él. De hecho, sabes que procuraba evitar a Caldwell.

Y no sé si estarás en la cadena de comunicaciones oficial, pero seguro que sabes que Caldwell ha desaparecido. —No esperó a la respuesta de Shur—. Por más agujeros que tenga la historia, esto es una pista. Así que quizá tengamos que averiguar todo lo posible sobre Stonier, y deprisa.

—¿Qué quieres saber? Ya has escuchado las grabaciones. No hay mucho más que decir...

—Encontré algunas notas en el despacho de Caldwell. ¿Cómo dirigiste a Stonier hacia el Proyecto Vida?

—¿Otra vez con esto? Ya os lo dije, lo dirigí a todas partes.

—Pero ¿por qué a ésa en concreto?

Shur se encogió de hombros.

—Estaba en la lista que me proporcionó la unidad cuando llegué aquí. Pedí a administración que me consiguiera una lista con todas las organizaciones relevantes de la ciudad.

—¿Y no la revisaste?

Shur apretó los labios.

—Pues claro que sí. Es un grupo más de autoayuda, los hay a patadas.

Diana levantó la mano y dijo:

—Dame todo lo que tengas sobre él.

Shur asintió.

—Te lo mando por mail.

—Creo que no sería buena idea —repuso Diana—. Vamos a limitarnos al formato físico. —Shur, de nuevo, puso los ojos como platos—. ¿Podrías escribirlo? Digamos que con el papel me llevo mejor.

En su estudio, rastreó conexiones, diseccionó genealogías a partir de los datos de Shur, y leyó minuciosamente la glosa de la página web del Proyecto Vida y las historias breves que encontró sobre las escisiones dentro de la autoayuda que habían conducido al nacimiento y desarrollo del proyecto. Reseñas y críticas.

Entre las innumerables opiniones positivas, unas cuantas de una estrella.

«Creía haber encontrado lo que buscaba pero bueno poneos cómodos que os cuento».

«Tela. Tela marinera».

Estas voces locuaces y discrepantes ponían a parir a la organización que habían abandonado, aunque no porque se dedicaran a los sacrificios humanos, a la ciencia del miedo o a la filosofía del terror, sino porque el coordinador de su filial no había prestado atención a su solicitud de cambiar de marca de café o la hora de una reunión. Leyó referencias de dos estrellas a lo que una mujer calificó de «un rollo kumbayá medio fumado muy desagradable». Pero la mayoría, incluso los que se burlaban de sí mismos por ello, enfatizaban el consuelo que habían encontrado en aquel rechazo a la muerte tan entusiasta.

Diana entró con su usuario en el motor de búsqueda de la unidad, que, aparte de la pesca superficial de siempre, rastreaba una proporción cada vez mayor de la deep web, un archivo colosal de páginas borradas que pasaba por encima de casi todas las protecciones por contraseña y cruzaba los resultados con los de distintas agencias gubernamentales seguras, cuya existencia se procuraba negar plausiblemente.

«Proyecto Vida —escribió—. Historia. Ideas. Críticas. Alam. Stonier».

Tomó notas a mano, cubriendo de garabatos una hoja tras otra. Sacó capturas de pantalla de las búsquedas más relevantes mientras la luz del otro lado de las ventanas aumentaba y menguaba, primero despacio, después deprisa. Encendió la lámpara de su escritorio y rodeó en rojo ciertas palabras de ciertos documentos.

El Proyecto Vida había nacido del Proyecto Alegría, que, a su vez, era una evolución del Proyecto ¡Estás bien!, que había surgido de una fusión de refugiados de Ilumina Tu Vida y el Grupo Sí. Hacía ocho años, el Proyecto Vida había caído en manos de Alam y de alguien llamado S. Plomer, sobre los que había pocos detalles disponibles, y cada vez menos. Diana hizo búsquedas a partir de aquel nombre desconocido. Los dos habían sido veteranos de muchas organizaciones y habían pasado por ellas siempre juntos durante su larga peregrinación. Sin embargo, un año después de su ascenso conjunto, todas las referencias a Plomer desaparecían de los folletos de Proyecto Vida. Y, de hecho y aún más destacable, de internet.

Después de eso, el Proyecto Vida, ahora bajo el liderazgo de Alam, había ido dando botes por todos los Estados Unidos. «Abriendo sedes», era como se describía el proceso, sin informar de que, con cada sede nueva que se abría, se cerraba la anterior. Alam y su cohorte (menos S. Plomer, estuviera donde estuviera) viajaban cada pocos años o incluso meses de un lugar a otro, organizaban sus talleres y seguían adelante. Hasta instalarse en Tacoma, de hecho, hacía unas cuantas semanas. Curiosamente, entre el descubrimiento de Unute sobre la breve vuelta a la vida de Thakka y el regreso de Unute tras su desaparición.

Diana se echó hacia atrás en el asiento y contempló la oscuridad. Entornó los párpados.

«¿Qué estabas investigando, Caldwell? —pensó—. ¿A Plomer? ¿Era ésa la vida que buscabas? ¿Qué encontraste? ¿Cómo lo ocultaste? ¿Qué se me está escapando?».

Borró el historial de búsqueda. Como si eso sirviera de algo ante alguien preparado para la caza, con la ayuda adecuada. Sobre todo allí, con aquellos ordenadores centrales y aquellos servidores tan potentes. La idea de ese fisgoneo, el imaginarse a sus curiosos colegas observándolo todo dentro de aquellas paredes, fueran cuales fueran sus objetivos y sus intenciones, la detuvo en seco y la obligó a reflexionar.

«Tengo que ir un paso por delante —pensó. Cerró el despacho con llave—. Tengo que averiguar lo que sabías sobre todo esto y cualquier otra cosa, Caldwell. Y no sé si seré capaz de entrar en tus archivos».

Los soldados del departamento de IA se pusieron firmes y la saludaron.

—¿Señora? —preguntó una mujer.

Diana sonrió como si estuviera aturullada. Respondió saludando con torpeza. Sí, la civil patosa era objeto de escarnio entre algunos de los miembros de la base, pero también sabes cómo usarlo para despertar simpatía. Despliégalo para emitir vibraciones que digan «por favor, cuidad de mí».

—Agradecería algo de ayuda —respondes.

—¿Qué necesita, señora?

—Bueno, he estado colaborando con el doctor Caldwell. Seguro que habrán oído que... no lo encontramos.

—Sí, señora.

—Evidentemente, todos esperamos que regrese pronto, pero tengo que seguir con este proyecto, es muy urgente, y no lo tengo aquí para decirme por dónde iba. Si les doy las palabras clave, les agradecería que me contaran si hay alguna coincidencia en sus búsquedas más recientes.

Diana procuró poner sobre la mesa su identificación, en la que dejaba bien claro «ACCESO A TODAS LAS ÁREAS».

—Sí, señora —respondió la soldado tras un instante de vacilación.

Diana le pasó el papel en el que había escrito las palabras *Alam, Plomer y Proyecto Vida.*

La soldado tecleó a toda prisa en una terminal. Su máquina resopló un momento y escupió unos papeles, que procedió a entregar a Diana. Tras ojearlos, no vio nada a primera vista que no hubiera descubierto ya. Daba incluso la impresión de que Caldwell había prestado menos atención que ella a aquella línea de investigación. Al menos, en la red de la unidad.

—¿Quiere que le pase también las búsquedas del sargento Keever sobre estos temas, señora? —preguntó la mujer.

Diana se quedó paralizada. Sólo un instante. Siguió hojeando los papeles.

—¿Jim? ¿Caldwell también lo tenía a él con esto?

—Su nombre fue el único que apareció al meter estos términos. Me he tomado la libertad. —La mujer le entregó un único papel—. Éste es su registro.

Diana miró el encabezamiento. Keever había buscado aquellos mismos términos hacía varias semanas.

—Por fin te encuentro —dijo Keever al acercarse a B, que de nuevo estaba en la puerta del laboratorio del babirusa—. Has vuelto al principio, debería haberlo sabido. ¿Estás bien?

B se encogió de hombros.

—No me importa no comprenderlo todo, Jim. Nunca me ha importado. Pero no me gusta cuando no comprendo unos planes que me incluyen a mí, y menos cuando creo que, de hecho, soy el objetivo de esos planes.

—Venga ya, ¿qué van a hacerte?

—Es el principio lo que no me gusta.

—¿Está ayudándote nuestro amigo de ahí? —preguntó Keever, señalando el huevo del cerdo por la ventana—. Ya no tardará mucho, ¿no? —B negó con la cabeza—. No están encontrando ninguna coincidencia con el pelo que recogieron.

—¿Estás bien? Pareces preocupado.

—Claro que lo estoy.

—¿Bien o preocupado?

—Ambas cosas.

B asintió.

—¿Qué opinas de esto? —le preguntó a Keever, enseñándole la pieza de puzle.

Keever la miró.

—No tengo ni idea —respondió, y se encogió de hombros.

Tenía menos de un par de centímetros por cada lado. Por detrás era de cartón oscuro, duro y brillante. En el otro lado se veía la línea de un árbol. Un grupo de hojas que acababan en los bordes del corte, el espacio vacío. Marrón, una rama.

—Creo que es el borde de una manzana —dijo B.

Keever asintió y le dio un toquecito con la uña.

—Está recubierto de algo.

Lo agarró.

—No lo sé —dijo B—. ¿Esmalte de uñas transparente? ¿Acrílico? ¿Para protegerlo? Para endurecerlo.

—¿Debería entender lo que estoy buscando? —preguntó Keever. Le dio varias vueltas a la pieza y después se la devolvió.

—¿Cómo... te hace sentir?

—¿Qué? —preguntó Keever, fijándose en la expresión vacilante de B. Después miró de nuevo el objeto—. No sé a qué te refieres.

—Yo tampoco, la verdad. Es una sensación rara, aunque no mala. Lo que me sorprende, no sé. Yo tampoco sé a qué me refiero. —Recuperó la pieza, apretó los labios y se la metió en el bolsillo. Mantuvo allí dentro la mano, agarrándola y dándole vueltas y más vueltas entre los dedos—. Ojalá supiera lo que este cerdo ha visto y hecho. Con quién ha estado.

Justo entonces empezaron a sonar las alarmas.

Las bocinas gemían por todos los pasillos del centro. Las luces rojas parpadeaban al ritmo de las sirenas. Por todas partes se oían personas corriendo, puertas cerrándose y la percusión de los cargadores al encajar en los fusiles.

Keever ya tenía la radio en la oreja y una pistola en la mano. Un pelotón armado acudió a la carrera.

—¡¡Cierre de emergencia!! —anunciaba una voz por los pasillos—. ¡Código nueve! ¡Cierre de emergencia!

—¿Jim? —dijo B.

—¿Cómo dices? —gritaba Keever—. ¿Un qué? Soldado, repite...

Se oyó un estrépito. Otro, cercano, sólo a dos o tres esquinas de allí, y llegaron corriendo más soldados con Kevlar, y B se unió a ellos, seguido de Keever, que le gritaba «¡Espera!», otra persecución en vano, ya, y llegaron a unas puertas reforzadas que daban a otra ala y, detrás de ellas, detrás del cristal, un tramo de pasillo vacío y, a lo lejos, cerca del final y más allá de todos los sonidos y las luces de las alarmas, los destellos y los golpes de martillo neumático de las balas. El cuerpo de un hombre salió volando de un pasillo lateral lejano y aterrizó con tal fuerza que era imposible que hubiera sobrevivido. Aparecieron otros dos soldados que se retiraban con precaución, sin parar de disparar.

Algo tan veloz que ni siquiera B fue capaz de verlo agarró abruptamente a uno de ellos y lo lanzó contra el otro, de modo que ambos cayeron formando un feo ovillo en el suelo. Por la esquina que daba a aquel santuario, al otro lado del cristal, vieron una nueva figura.

Un hombre desnudo. Algo desnudo con forma de hombre. Algo desnudo. Lo que fuera.

Lo que avanzaba hacia ellos tenía la silueta de un hombre con la piel de una mezcolanza de tonos: verdes, gris ceniza, la oscuridad de la muerte y la congelación, el blanco de la carne de pez en formaldehído. Todo ello recorrido de alambres. Los brazos con coágulos y bultos, como con linfa además de fuerza, jirones de piel colgando de los huesos, y músculos rígidos y amazacotados. Goteaba con cada paso. Levantó los brazos, y tanto la mano derecha como la izquierda eran manos izquierdas. Caminaba deprisa, balanceándose, inseguro, furioso. Volvió la cabeza y miró de frente a través de las ventanas triples; sus ojos ardían con un frío azul que B conocía muy bien.

Aquella criatura que echó a correr hacia él rugiendo como un toro atormentado estaba cosida, arruinada, quemada, helada, curtida como el cuero y podrida como un hongo, pero B distinguía los rasgos subyacentes de su rostro, y eran los de él.

Y no se sorprendió.

vida

Cuando no mueres, puedes elegir la constancia o el capricho. Supone una diferencia esencial a corto plazo y casi ninguna a largo.

Durante tu camino, permanece atento al silencio frío ante y detrás de todo. Al salir de la montaña, buscas a esta Vayn. ¡Otra criatura del rayo! Los himnos dicen que Vayn fabrica muñecos y los muertos se mueven.

Pasas a través de unas bonitas flores azules y de la música de un halcón, y piensas, seré un ladrón de caballos, seré un médico, seré un minero de estaño, haré pan, follaré, seré infame. Eludiré al enemigo y encontraré a Vayn, la hija del rayo y de la Vida.

Estás en un risco.

Haré lo que desee. De nuevo, ese pensamiento peligroso que trae consigo, como siempre hace, la pregunta: ¿Y qué será?

Por el camino, hablas en tu cabeza con los que has matado y con los que te han matado a ti, que es un número infinitamente menor. Les cuentas lo que has visto en tus viajes.

Mientras caminas por tierras vacías, a veces ruges para acompañarte. Sueñas con tu madre. Te pone la mano en el centro del pecho y dice: Hijo, ¿por qué gritas?

Un buitre está encorvado junto al fuego. Lo miras a los ojos, pero sólo ves un destello de consciencia aviar, no el portal al vacío que, por razones que se te ocultan, temes ver. Así que le das los buenos días. Estás invitado a compartir mi desayuno, si quieres, le dices, pero no tengo nada.

Cuando era joven, le dices, antes de morir por primera vez, mi madre le pidió a mi padre, a mi padre del cielo, un regalo para ayudarme. Cuando llegué al pueblo vi que sostenía algo como tú. Un pájaro. No era un pájaro, en realidad, sino una coronita hecha de plumas. Estaba preocupada por lo que mi padre humano me había obligado a hacer y creo que aquel casco de plumas era para permitirme descansar. No sé cómo. Ella y mi padre humano discutieron. De haber lucido lo que sostenía en las manos habría parecido el dios de los pavos reales. Quizá hubiera encontrado alivio. Quizá hubiera podido morir.

Paras. Es la primera vez que se te ocurre esa idea como posible liberación.

Ellos no me ven, mis padres. Mi padre le golpea la mano a mi madre y el regalo cae al hoyo. No sé por qué finjo no haberlo visto. Por qué no bajé trepando por aquel agujero en el suelo. O por qué no salté, aunque me rompiera las piernas al hacerlo, y esperé hasta que se curaran para subir de nuevo con las plumas entre los dientes.

El buitre estira el cuello.

No he regresado por allí para excavar a través de los miles de años de tierra acumulada para ver si lo encuentro. No estoy seguro de lo que ella, mi madre, consideraba un descanso. Ahora quiero encontrar a Vayn. A otra criatura como yo. Creo que es lo que quiero.

He visto una esfinge. He visto roca que camina. He visto las columnas de Iram. Pero nunca he visto a una persona que sepa lo que quiere.

El buitre abre y cierra el pico en su lengua de chasquidos.

No tengo nada, dices. Vuelves del revés tu bolsa y la pones boca abajo, y el buitre observa el polvo caer de ella y ladea la cabeza.

Eres un invitado muy exigente, dices, aunque sonríes.

Sacas el cuchillo de su funda. Te levantas la falda. Te llevas la hoja a la parte superior del muslo. El buitre espera. Pasas el metal de lado y la sangre roja brota al instante. No es que no sientas dolor, ni que el dolor no te importe, sino que estás muy muy acostumbrado a sentirlo. Aprietas los dientes y empujas más fuerte para introducir la hoja a través de piel grasa músculo, mientras sigue corriendo la sangre. Cortas un trozo de carne de varios centímetros de largo y medio palmo de ancho. Lo pelas, lo sostienes, chorreante, y el buitre deja escapar un graznido. Cortas un extremo diminuto y le lanzas el resto al pájaro.

Lo atrapa en el pico y se lo traga entero.

De nada, le dices. Sostienes el trocito que te has quedado. Lo envuelves. La zona desollada de la pierna te palpita. Te metes la carne en la boca, masticas y tragas. De nuevo, ese sabor. Ya te has comido antes. No sirve de nada.

El buitre se aleja volando.

Antes de iniciar la búsqueda de Vayn, la hija de la otra fuerza, la que crea plantas a partir del barro, te desvías hacia una ciudad portuaria famosa por sus capiteles, puentes, máquinas y barcos cenceños traídos desde Kumari Kandam por los sacerdotes mercaderes antes de que ese continente desapareciera, y montas un negocio de adivinación en el Barrio de los Extranjeros, donde engañas a los crédulos y reúnes unos ahorros considerables, y un día la persona de confianza del visir acudió a preguntar cuándo moriría su hermano y te impresiona su belleza y le dices que has estado viviendo una mentira y no posees habilidades proféticas y te dice que te propondrá un acertijo para decidir si te entrega o no a la guardia, y conoces la respuesta al acertijo, es Un huevo, y te recompensa pasando la noche contigo y os pasáis diez años juntos, y le confiesas que eres inmortal, para lo que te clavas un estilete en el ojo que te sale por la parte de atrás del cráneo y sale corriendo y grita que no quiere volver a verte, y cuatro días después vuelve y te pide que le cuentes la historia de tu vida y le cuentas algunos fragmentos, y dice que todavía te quiere y seguís juntos otros cinco años, y entonces te dice que sólo le falta una cosa, y aunque sabes que no puede terminar bien te sorprendes tonteando con la misma idea, y los dos contratáis a una esposa madre y tu amante yacerá con ella, pero la noche dispuesta tú también yaces con ella mientras tu amante os acaricia a los dos y el vientre de la esposa madre crece y mantienes la esperanza pero cuando el bebé nace está muerto y del color de la ceniza y la esposa madre también enferma y muere y tu amante y tú lo lamentáis durante el tiempo prescrito y vivís juntos en vuestra torre junto al mar hasta que tu amante alcanza una edad avanzada y te dice que has sido lo mejor que le ha pasado en la vida y tú le dices lo mismo, lo que no es cierto aunque le tienes cariño y le dices que nunca le olvidarás, lo que sí es cierto y entonces se muere y le entierras y después regalas todas tus posesiones y ladrillo a ladrillo derribas el minarete que construisteis juntos mientras la gente del pueblo dice que el vuestro era el amor que nunca muere y después te alejas dejando atrás los escombros y después decides que ya basta de procrastinar y sacas el pergamino con el himno, el de Vayn, y aceptas que de verdad ha llegado el momento de ponerse en marcha.

Te matan cuatro veces mientras sigues el rastro de Vayn. Cada una de ellas, al clavársete los dientes en el cuello o el hacha bajo las costillas, o al llevársete el fuego, te preparas y te dices que debes seguir prestando atención en todo momento. Sin embargo, cuando despiertas dentro del mantillo cálido como la sangre, viendo la luz a través de la envoltura del huevo, cuando lo rompes y sales de él como un bulto mucoso para llenarte de aire los pulmones nuevos, no estás seguro de si los sonidos tenues, las sensaciones, las mareas de afecto que todavía te zarandean son los recuerdos de lo que llegaba hasta ti desde el exterior del capullo que volvía a tejerse, los sueños de un inmortal entre un cuerpo y otro o retrospecciones imaginarias nacidas al abrir aquellos ojos nuevos.

En cualquier caso, sigues adelante. Unos cuantos cientos de años más.

Ni anuncias tus intenciones ni las ocultas. Sabes lo deprisa que se propagan los rumores. Nunca te sorprende llegar a un convento de rutilantes sillares o a un bazar sórdido o lo que sea, y que una mujer sabia del lugar, el pregonero del pueblo o un infomante te susurre, Estás buscando la Iglesia de Vayn.

Lo que sigue son unos doce rastros falsos por cada pista útil.

Con el tiempo suficiente, y la experiencia y la tenacidad que ese tiempo aporta, casi todo es posible. En una isla remota, al final de un rastro de historias, das con el descendiente de la cocinera que te amenazó en la montaña. Tu tátara, no sé cuántas veces más, tatarabuela era una mujer valiente, le dices.

Lo sé, responde. He oído las historias. Sé lo que eres.

Pues ayúdame a saber más, le dices. Ven a trabajar conmigo. Que se vayan a la mierda todos los dioses, dice. ¿La honramos juntos?

Enseñas a la mujer a leer y le cuentas todo lo que sabes. Os separáis durante meses y os reunís de nuevo, una y otra vez, y te cuenta lo que ha descubierto y tú le cuentas lo que tienes, y, juntos, seguís adelante.

He encontrado una pista, dice. Te lleva a través de un bosque húmedo. He seguido el rastro de un cerdo, dice, y eso hace que te detengas, pero ella sigue. Ha llegado hasta aquí, dice, es lo que cuentan.

Te guardas para ti la punzada de celos que te atraviesa, y la mujer y tú lucháis contra una tribu de simios que hablan como personas. Ella deja atrás a los muertos, cojeando, te llama. Señala.

Un cráter más grande, un declive escarpado que se vuelve más seco y yermo dentro, y cuyo centro muerto es un agujero en el suelo.

Esto es Obukula, dice. Es la entrada a la tierra hueca. Es donde vive la criatura de la Vida, del rayo.

Ella baja a rastras contigo por los derrubios.

Es peligroso, dices. Ésta no es tu búsqueda.

¿Acaso no encontramos juntos al Hacha Viviente? Ella canta una canción de guerra. ¿Acaso no comimos las bayas de los condenados?

De acuerdo, dices. Ven.

Bajáis hasta el borde de piedra y os apretujáis en la oscuridad. Enciendes fuego para prender una antorcha.

Esto es lo que me describió el borracho de la taberna, susurra. Creo que recuerdo por dónde ir. Saca de su bolsa una bobina de cordel. Ata un extremo a una estalagmita. La va desenrollando conforme avanza.

A la luz de la antorcha, las sombras que corretean por las vastas cámaras ocultas te arrancan gritos ahogados incluso a ti. En las esquinas hay patrones que no parecen obra del arte aleatorio del tiempo.

La mujer se detiene, cierra los ojos, y sabes que está repasando las habitaciones del palacio de su memoria, redescubriendo toda la información que ha oído. Seguís adelante. Un buen rato.

Hasta que se mete a rastras por un agujero en la piedra y tú te retuerces como puedes para seguirla y su antorcha se apaga y sales a la oscuridad absoluta y por la reverberación entiendes que se trata de un espacio abovedado. En sus profundidades, vislumbras figuras. Humanas y otras.

Oyes una conmoción de susurros.

Unute, dice tu compañera, no tengas miedo.

Unos brazos te agarran.

Pivotas con las caderas y atacas, pero quien te ha sujetado ya no está. Trastabillas.

Para, está diciendo la mujer que te ha guiado hasta aquí, Unute, para, no tengas miedo. Mi tatatatarabuela se equivocaba, quiero ayudarte…

Te yergues y notas algo que te tira, y comprendes que lo que has sentido hace un momento era que alguien te pasaba cadenas por los brazos y la cintura.

Unute, te tienen miedo, grita ella. Insistieron. Es sólo para tranquilizarlos. Te prometí que te llevaría hasta Vayn y lo he hecho. ¡Es aquí! Esto es para ti. Quédate quieto, sólo quieren saber que no eres una amenaza. ¡Debéis estar juntos! Dos hijos de dos dioses. Equilibrio…

Hay ajetreo a tu alrededor y forcejeas con el metal y los fuegos se encienden alrededor de la enorme cámara y ves que tu compañera repite sus súplicas y sus palabras de consuelo y a su alrededor hay una congregación ataviada con túnicas oscuras y máscaras de arcilla sin rasgos y más allá al borde de la oscuridad se balancean unos artefactos temblorosos que se mueven como nada debiera hacerlo.

Vida que no vive, agitándose como animales nerviosos. Figuras de madera, de piedra, de bronce y cosas semejantes. Huesos, pizarra y cristal. Se retuercen y se bambolean.

Haces un esfuerzo por girarte y ves que tus cadenas se alargan varios metros sobre la piedra irregular hasta llegar a una plataforma junto a un portal más al fondo. No hay una muchedumbre reteniéndote, sólo una figura que sujeta el metal e impide que te muevas. La contemplas un momento. Su máscara inexpresiva.

Te preparas para tomar impulso, para romper los eslabones. Una luz los atraviesa. Una descarga de energía te abrasa. Te hace corcovear. Te hace gritar.

¡Para!, grita la mujer que ha venido contigo. ¿Qué estás haciendo? Ha venido a buscarte, ¡deja que hable!

Pero te pierdes sus palabras por culpa del dolor lacerante de esa corriente. Caes, te sacudes en el suelo y los talones te bailan y tamborilean.

¡Para!, la oyes gritar a lo lejos.

Después sólo queda espacio para el dolor.

¿Quién sabe cuánto tiempo tardaste en despertar? No recuerdas las horas en las que estuviste inconsciente, igual que no recuerdas tus horas de berserk, igual que no recuerdas las veces en las que estás muerto, temporalmente.

Ves unos bordes plateados espectrales al despertar. Levantas la vista. Distingues un agujero en el techo de roca más arriba, para la luz de la luna.

Te han arrastrado a otra cámara más pequeña, pero bastante grande. Han colocado tus cadenas unas encima de otras, dobladas en pisos y más pisos formando una pila imponente sobre cada extremidad, y después clavadas en la pared de piedra. Es una red de barras de metal y cadenas y alambres más finos que se extiende, conectada como una telaraña, por las paredes, y que abarca toda la cámara. Más allá de la columna de luz lunar, una figura larguirucha observa. Es otro armazón de alambres, un enredo de fragmentos en la más burda de las formas con cabeza, brazos y piernas.

Nos hemos estado preparando para ti, oyes decir a alguien. Desde hace mucho tiempo.

Fuera de tu alcance, los miembros de máscara de arcilla de la Iglesia observan. Algunos son escribas, con pergaminos e instrumentos de escritura.

Uno de los miembros se coloca justo detrás de ti. Sientes la energía que emana de él.

Forcejeas con las cadenas.

Después de tanto tiempo, dice tu interlocutor, ¿quieres irte otra vez? Has encontrado lo que buscabas. Nos has encontrado, igual que al cerdo.

Es una voz de mujer.

Me probó, pobrecito, qué conmoción. Siguió el rastro, cuando entró me di cuenta de que creía que te iba a encontrar a ti. Imagina su placer y su sorpresa. No me odia. Descansó un poco y después se marchó. ¿Te lo has encontrado desde entonces? No puedes saberlo, claro. No sabes cuánto tiempo llevo esperando.

Te quedas quieto.

Por fin dices, ¿Eres Vayn?

Quieres no estar solo, dice ella. Quieres que haya otro u otros.

Después de todo este tiempo, ¿crees que eres la primera persona que afirma ser hija del rayo?, dices.

No. Pero soy la primera a la que crees.

Ni siquiera sabes si la oyes con los oídos. No eres capaz de explicar cómo es su voz.

Pero la verdadera pregunta, dice, es ¿por qué? ¿Qué crees que te va a aportar la compañía?

No dices nada. No tienes respuesta a su pregunta.

Te avergüenzas, dice. Crees que suena ridículo, ¿verdad? Así es. Quieres una familia. Dos preguntas, Unute. ¿Por qué la quieres? ¿Y por qué crees que yo, la hija del rayo nacida de la Vida, querría ser tu familia?

Tú, susurra haciendo que te vibren los huesos, eres... mi... adversario.

¡Espera! Oyes la voz de la que te ha llevado hasta allí, sale de detrás de una de las máscaras. Me prometiste... ¿Qué me dices de las cosas despiertas? No lo percibieron, no es veneno para ellas, ni ellas para él, y me dijiste que sería...

Silencio, dice Vayn. Todavía estamos aprendiendo.

Levanta el brazo al decirlo y toca la pared con la mano, y te das cuenta de lo que hará cuando las puntas de los dedos alcanzan una veta de metal, y abres la boca para gritar cuando envía desde alguna parte de su interior otra descarga de energía, sí, rayos que brotan de ella, se transmiten por el metal y se introducen dentro de ti, y arqueas la espalda tan deprisa y tan fuerte que sientes y oyes el chasquido al romperse, y oyes los vítores que ese feo crujido arranca entre los presentes, y entonces vuelves a perder la consciencia.

Y de vuelta otra vez. Directo a otra descarga, e inconsciente de nuevo

De nuevo, arrastrándote, para que la energía regrese y te derribe

otra vez, y de vuelta, y otra

vez. Y silencio. La habitación se ha quedado vacía salvo por ti. Resuellas y respiras, y te lames el sudor y la sangre del labio superior, y esperas. Están en alguna parte, durmiendo.

Sea lo que sea que tienen estas ligaduras no puedes romperlas, no puedes. Y te percatas de que te volverás a despertar tantas veces como deseen, a derrumbarte, eclosionar, derrumbarte, eclosionar, caerte para alzarte para caer para alzar para caer para alzar para caer. Y si la vida de su líder es tan interminable como la tuya, y por qué no iba a ser así, y si es fiel a esta misión, que por qué no iba a serlo, te matará, morirás con dolor una y otra vez durante el resto de la eternidad.

Y al pensarlo incluso tú dejas escapar un miserable gemido de miedo.

Más tarde oyes que se acerca alguien. Levantas la cabeza.

Una figura con túnica y máscara está a solas contigo, en la única entrada a la cámara. Tiras de nuevo del metal.

No funcionará, dice.

Es tu antigua compañera.

Recorre la superficie irregular de la cueva, rodeando los salientes. No se quita la máscara.

Lo sé, dice. Te sientes débil. Son esas ataduras. Es el rayo. Ésa es la paradoja, vida que debilita.

Su voz rezuma tristeza.

Lo siento, dice. Me han enseñado cosas. Me han contado la verdad. No saben que estoy aquí ahora. Me han dicho que no venga. Me han dicho que, sepas o no lo que eres, eres lo que eres, y es una tragedia en cualquier caso, y hablar contigo no servirá de nada.

¿Qué me están haciendo?, dices.

Te están llenando de vida. Para acabar contigo, al final. Tu existencia no puede permitirse.

¿Para acabar conmigo? ¿Cómo? ¿Cómo se mata con vida?

Ella no responde.

¿Cómo es posible?, dices. ¿Qué te han contado?

Como no responde, dices ¿Qué soy, entonces? Tu voz te horroriza. ¿Qué soy?

Ella susurra, Eres la Muerte. Y ha llegado el momento de que acabe tu reinado.

Por fin, dices, te lo dije cuando te conocí.

Sí, dice ella. Pero no sabía que era cierto.

Te dije que era cierto, dices.

Sí, dice ella.

¿Y qué quieren de mí tus nuevos compañeros? dices. ¿Qué quieren de la muerte?

No se acerca a ti. No se quita la máscara.

Quieren saberlo todo, dice. Todo sobre ti. Y cómo apagarte. He venido a decírtelo, susurra, por si no sabes que eres malvado. Por si eres como siempre me has parecido. Para que puedas acabarlo, ahora.

¿Qué?

Acabar contigo. Será lo mejor.

¿Es que no has oído nada de lo que te he contado...?, dices.

Sé lo que me has contado, dice en voz baja y urgente. Pero ha llegado el momento de dejar ir tus poderes. Ha llegado el momento, por el bien del mundo, de morir. De morir deprisa y en silencio. Por tu bien y por el bien del mundo. Porque...

Pero no puede decir qué es lo que teme.

No puedes más que reírte. Desesperada, te susurra que te calles.

¡No puedo apagarlo!, gritas. ¡Aunque quisiera! Que quiero. Te lo dije.

Me lo dijiste, solloza. Pero no sabía que fuese verdad.

Cuando consigues reprimir las risas afligidas, dices, Pues bien. Es. Verdad.

En tal caso, lo siento, consigue decir ella. Espero por tu bien que seas la muerte. Que seas perverso. Porque entonces, al menos, tendrá sentido, habrá justicia en todo esto, al fin. E incluso si lo eres, lo siento, lo siento de verdad.

Se gira. La oyes llorar. Se aleja. No vas a llamarla.

Y horas después la Iglesia vuelve, una veintena de personas o más, ataviadas con túnicas. Ahora no las acompaña ninguna estatua bamboleante.

No dirás nada mientras una de ellas, esa líder con el lenguaje corporal que, sí, la recuerdas, Vayn, a la que ahora reconoces, se acerca de nuevo a la pared, y respiras hondo y aprietas los dientes, y los escribas se preparan para tomar notas de nuevo, para realizar sus observaciones, y Vayn dice, ¿Estáis preparados?

Los escribas asienten. Su líder toca de nuevo el metal y te detiene el corazón y te mata.

Y otra vez regresas a tu mente, despiertas a la consciencia a medio pensamiento, y ese pensamiento es, Otra vez, al salir, no sabes cuánto tiempo después, deslizándote, chapoteando fuera del saco como un pequeño escuálido de su bolsa, delante de un grupo de esos cabrones con túnica, en un lecho de metal preparado para ti, ante cuyo contacto oyes tu propio grito de desesperación y a través del que recibes un estallido instantáneo de energía, y despiertas de nuevo, desnudo y cubierto de la baba seca de tu renacimiento, de nuevo encadenado, en este lugar de tormento. Vigilado.

Más chorros y salpicaduras de energía a través de las ataduras, y en los agónicos segundos antes de que te sumerjan en la oscuridad, percibes diferencias en su naturaleza, a veces la energía es más fuerte, a veces más aguda, a veces más difusa, te hace daño, te atonta o te destroza, o incluso, un par de veces, te llena con segundos de fuerza nueva, repentina e inesperada, mientras experimentan con las energías, aunque rápidamente la siguen otras descargas que simplemente debilitan.

Nadie te alimenta. El hambre no te va a matar.

Los escribas registran los rayos y tus reacciones cuando fluyen. Escupes y maldices.

Los torturadores son peores que los tratantes de esclavos, gritas. Peores que los gusanos.

¿Crees que esto nos proporciona placer?, grita alguien. Es ella. No todo el mundo es tan básico como tú, Muerte. A veces la única forma de aprender es a través del dolor. Ojalá hubiera otra. Incluso para ti.

Da una orden. Cinco adoradores se te acercan. Uno sostiene un gancho de hierro; otro, un tridente. Dos sostienen cuchillos; uno, un martillo. Gruñes y sacudes las cadenas. Por el peso que te retiene, por estar encadenado al sitio, por haber quedado exhausto tras todas sus atenciones, te sientes tan débil que no eres capaz de rechazarlos cuando, esta vez, inician un ataque coreografiado y usan sus armas para hacerte pedazos.

Lo último que oyes, esta vez, es a su líder gritarles a los escribas, Anotad de dónde brota la sangre, anotad cómo empieza a formar costra… y entonces desapareces.

para caerte del huevo de nuevo en el metal, para aullar y que te sometan de nuevo, para despertar de nuevo, para enfrentarte de nuevo a la Iglesia, armada ahora con sus nuevas herramientas, hojas de tijera, una lima, tenazas, brea hirviendo, siempre ese azul ardiente, así que les gritas entre carcajadas miserables que adelante, y lo hacen, y cuando una espada pesada te atraviesa la tráquea no oyes

nada y una misericordia fuera del tiempo durante poco tiempo

y, Hola de nuevo, dice la canalizadora.

Un pozo de serpientes venenosas. El garrote. Fuego. Rayos. Ahogamiento. Rezas a tu madre. Te arrancas la lengua de un mordisco. Regresas del huevo. Metal fundido. Sí estás acostumbrado al dolor pero tanto tan deprisa tantas veces tan a menudo tan abrumador cada vez cuesta más y más y más y más y más soportarlo, la corriente te mantiene vivo, te mata y vuelves, flechas y rayos, los escribas toman notas y la canalizadora, Vayn, la hija del rayo en persona les dice que tienen que estar acercándose.

Cada vez tarda más, oyes a través de la sangre, tarda más en regresar, cada vez, estamos aprendiendo, seguid, hachuelas hormigas agua hirviendo, muerto y vivo de nuevo, y planeas y planeas y planeas a lo largo de los años, de años así, fijándote en la configuración de la sala diez mil veces. Una vez, cuando te despiertas y estás a medio salir de tu huevo consigues lanzarte y aterrizar con el cuello sobre un pincho lo bastante duro como para arrancarte la cabeza y regresar a la calma del estado sin tiempo y sin memoria entre nacimientos de huevo

hasta que eclosionas de nuevo, y la líder te dice, Muy listo, pero ¿qué has conseguido con eso? Nos has ayudado.

Ves que han allanado el pico que usaste la última vez.

Ahora sabemos que eso tampoco sirve, dice Vayn. El suicidio. Es todo investigación. Es todo investigación para nosotros.

Asfixiado desmembrado apuñalado aplastado corriente agua

fuego, el mundo acabará el sol se volverá gordo y rojo y aguafuegopuñaladapiedraestranguladotierraaños y años y cada segundo que estás vivo les gritas en silencio a tu madre y a tus dos padres y a todos los muertos para que acaben con esto, para que te arrebaten del momento y del momento y del momento de tu muerte, que te permitan morir de verdad, Dejad que maten a la Muerte, piensas, dolorido, deseando que no regrese el huevo, que no crezca aquí en el mantillo de tu dolor

y

te

despiertas de nuevo,

y sales del huevo

y

estás

solo.

A cuatro patas resuellas, toses los restos del líquido pegajoso de los pulmones. Estiras los dedos y tocas... arena.

Levantas la vista.

Y ves un cielo despejado en el que un sol blanco derrama luz y calor, y cierras los ojos para protegerte de la agonía que produce la luz tras varias vidas de oscuridad, pero no hay ninguna porque éstos no son ojos aclimatados a la penumbra, sino ojos nuevos.

El líquido se te seca en la piel.

Te encuentras entre dunas. Has salido de la cueva. Nadie te hace daño.

Gritas alto y fuerte, y es de alegría.

Corres durante mucho tiempo por el simple placer de encontrarte sin cadenas. Disfrutas de esta otra sed producida por la desecación del desierto, tan distinta de la provocada por tus carceleros. En estos lugares hay formas de encontrar agua y, cuando estás listo, bebes.

Por fin, en un hueco, al abrigo de la noche oscura, reflexionas.

No vas a molestarte en contar las veces que has regresado, pero fueron muchas. El saco del que has emergido siempre se ha formado a partir de la materia de tus restos. No lo entiendes y es algo que no habías experimentado antes, esta nueva energía que tu misma angustia debe de haber forjado en el proceso, expulsándote de aquel lugar de tormento y asesinato, para sembrar tu semilla y hacerla crecer en otro sitio completamente distinto.

¿A qué distancia de tu última muerte? ¿Cuánto tiempo después?

¿Cómo lo has hecho?

¿Puedes volver a hacerlo?

¿Cómo puedes volver a hacerlo? ¿Cómo repites algo que no sabes qué es?

Vayn quería que murieras y no has muerto. Pero ha sucedido algo. Debes responder a esas preguntas. ¿Qué ha sucedido?

Y de repente comprendes que Vayn y la gente de Vayn cuentan con varias vidas de investigación que quizá te ayuden a responderlas.

Debes buscar algo que matar, algo que desollar para quedarte con su piel, y debes encender un fuego para quemar un palo con brea en la punta para escribir lo que importa sobre este momento. En un texto antiguo del que tú eres el último escriba, dibujarás las marcas de Tormento, de Tierra Antigua. Del Mes de las Polillas, diacríticos para indicar su inicio. De Nuevo en un Desierto.

Pero lo recuerdas todo, ¿recuerdas? ¿No? Llevas milenios diciéndolo. Entonces, ¿por qué debes escribir esto? Pero es lo que tienes que hacer.

Encuentras un oasis. Recuperas fuerzas. Partes. Tras muchas semanas de arrastrar los pies, con la piel ampollándose y curándose en un ciclo interminable, llegas a una ciudad y descubres que estás a un océano y medio continente del agujero de la Iglesia oculta. De Vayn.

Quien, se te ocurre, te ha visto morir y no regresar. Quien seguramente crea que su experimento ha terminado. Con éxito.

Quien no espera que regreses.

Robas una fortuna. Compras un barco. Contratas a una tripulación. Navegas. Atracas. Luchas. Sigues adelante por lugares implacables. Luchas de nuevo y escapas y compras un caballo y lo montas y lo cambias por otro y sigues montando. Matas a muchas personas y animales y están a punto de acabar contigo una vez.

Muchos años después de cruzar el océano, te encuentras de nuevo al borde del cráter.

Esperas un buen rato. A que esa parte de ti declare, como sabes que hará, que no necesitas hacerlo, que no necesitas ver si queda algo de la secta de abajo, que, si aquí hay otra criatura divina, bajo el suelo, te odia, y no necesitas saberlo. Una vez que esa parte de ti ha dicho lo que tenía que decir, le respondes que te han estudiado y que tienes preguntas. Preguntas sobre lo que eres. Y sobre cómo moriste. Y fuiste a otro lugar. Y que así sabrías lo que piensan sobre eso. Y que, en cualquier caso, a decir verdad, llevas demasiado tiempo intentando averiguar si eres el único de tu clase y no renunciarás ahora a ese conocimiento.

Y, sí, te permites, no sin cierto sentido brutal del humor, ciertas ilusiones, porque, aunque muchos te han herido, nadie lo ha hecho tanto, ni con tanto éxito ni durante tantísimo tiempo. Nadie te ha hecho gritar. Y, aunque algo le debes a Vayn y a sus seguidores, ya que con su crueldad y su tenacidad incansable te han enseñado algo nuevo sobre ti, te han liberado de las limitaciones del lugar de la muerte, de tu naturaleza, de tu cuerpo, ha sido un conocimiento por el que has pagado un precio terrible. Y que les debas ese conocimiento no significa que no desees pagárselo con la misma moneda.

¡Mirad!

¡Lo conseguimos!

Te imaginas de nuevo sus voces al ver que los fragmentos que dejaron de ti, años atrás, no regresaron arrastrándose como babosas y caracoles de vuelta a su pupa columnada, no escupieron fibras ni se interconectaron y prepararon para recibirte de nuevo.

¡Mirad, hemos acabado con el ciclo!

¡Mirad, lo hemos conseguido!

¡Mirad, hemos matado a la muerte!

Comprendes en ese momento que tú también habías creído que quizá lograran hacerte mortal con tanta muerte, acumulando tus cadáveres, unos encima de otros. Cuando soñabas con el final de ese dolor, siempre suponía acabar del todo. No se te había ocurrido nunca aquel ir a otro lugar, aquel viaje a través de la muerte.

¿Qué pensaron después, cuando vieron que la muerte seguía existiendo en el mundo? ¿Qué creyeron haber hecho? ¿Os preocupasteis?, piensas como si gritaras a los que te imaginas celebrándolo. ¿Os ha inquietado toda la muerte que ha tenido lugar desde que creísteis ser testigos de la mía? Matasteis a la muerte, ¿no es así? Entonces, ¿de qué va todo esto? ¿No habéis oído las fábulas? ¿No conocéis la moraleja? ¿No sabéis que los que intentan matar a la muerte nunca acaban bien?

Te yergues a la luz de la luna y caminas hacia el agujero.

Primer silencio

La casa estaba detrás de unos arbustos, al fondo de la calle. Diana subió la escalera de madera. Gatera. Silla maltrecha en el porche. Tocó al timbre y oyó el eco dentro.

Al cabo de un minuto, una mujer abrió la puerta y sonrió con una incertidumbre trémula y educada. Rondaba los sesenta y tantos años, era rolliza y blanca, y le brillaba la piel. Sobre la blusa lucía un delantal blanco churretoso con cuatro palabras impresas en él: «¡MI COCINA, MIS REGLAS!».

—¿Hola? —dijo, y se limpió la harina de las manos en el delantal.

—Siento molestarla —repuso Diana—. Estoy buscando a la señora Bennett.

—Soy Aggy Bennett, ¿qué desea?

—Señora Bennett, me llamo Diana Smith. Tengo que hablar con usted de un asunto urgente.

—De acuerdo. Parece serio —respondió ella con un parpadeo nervioso.

Diana respiró hondo.

—¿Le suena de algo el Proyecto Vida, señora Bennett?

Observó con atención a la mujer, pero no vio nada.

—No. ¿Qué es?

—Es una organización de Tacoma.

—Ay, Dios mío, llevo años sin ir a Tacoma. Y no me interesa comprar nada, así que, gracias, pero...

Con una sonrisa incómoda, la mujer empezó a cerrar la puerta.

—Espere —la detuvo Diana.

—Gracias, pero no me interesa.

—¿Le interesa a Plomer? —preguntó Diana.

La puerta no terminó de cerrarse. Diana se quedó inmóvil.

La señora abrió de nuevo y se llevó las manos a las caderas. Levantó la vista con una expresión muy distinta. No era ni agresiva ni hostil, sino suspicaz, implacable y valiente. Cruzó los brazos. Cuando habló de nuevo, lo hizo con voz fría.

—¿Quién es usted? ¿Cómo me ha encontrado?

—Es..., bueno, un asunto de vida o muerte. Tengo que hacerle unas preguntas.

La mujer dio un paso atrás, abrió la puerta e inclinó la cabeza. Diana entró al vestíbulo, que estaba cubierto por una gruesa moqueta. Las paredes eran de color beis rosado, y había cuadros y láminas de color pastel en las paredes. La puerta se cerró a su espalda.

—Deje que le explique de qué va todo esto... —dijo Diana, y algo se estrelló con fuerza contra ella por detrás, dejándola con la cara pegada a la pared. Se quedó sin aliento tras una patada experta en los riñones. Derribó dos marcos al caer, y el cristal se rajó. De rodillas, Diana los miró mientras intentaba respirar. La fotografía de un río. La acuarela de un ciervo que contemplaba la puesta de sol.

La mujer se volvió, la levantó por las solapas y la lanzó a un lado con una facilidad excesiva, después volvió a empujarla contra la pared, cruzó el antebrazo derecho sobre el cuello de Diana y dejó caer todo su peso sobre él.

Diana intentó hablar. Con la mano libre, la mujer le registró los bolsillos. Sacó la identificación de Diana y su Glock, y lanzó la pistola a la otra punta del pasillo.

Por debajo de su miedo, Diana era consciente también de su asombro, de que la mano que la sostenía era demasiado fuerte. De la desobediencia de la física de la habitación.

—No me sorprende que estés aquí —dijo la mujer—. Llevo años esperando. Pero lo que no logro entender es por qué iba nadie a llamar a mi puerta en vez de limitarse a intentar matarme. Así que te voy a dar la oportunidad de contarme quién eres, qué es esto y, si no me gusta, no le vas a volver a contar a nadie nada más. ¿Te ha enviado Alam?

Mantuvo la mano derecha en el abrigo de Diana, retiró la izquierda con un movimiento veloz y los dedos rígidos como el metal, listos para aplastar una tráquea.

Diana se agitó.

—¿Qué? —resolló—. No no no. No soy del Proyecto Vida, quiero saber más sobre ellos...

—¿Cómo me has encontrado?

—Mira la identificación —jadeó Diana—. Es gubernamental. Trabajo para un... departamento secreto.

—¿Cómo me has encontrado? Última oportunidad.

—¡Por las reseñas! —exclamó Diana. La mujer no se movió—. Dejaste una reseña... —Diana tragó saliva—. Sé que Plomer y Alam estuvieron juntos muchos años, y que se hicieron juntos con el Proyecto. —Levantó las manos—. Unos cuantos meses después, Plomer desaparece y no se vuelve a saber de ella. Entonces, dos semanas después de su marcha, aparece un comentario en la página de reseñas de Google del Proyecto Vida. Es distinta de las otras. —La mujer afloja un poco el brazo. Diana respira hondo—. En primer lugar, es una de las pocas críticas que borran, unos días después.

—Entonces, ¿cómo la viste?

—Archivos —dice Diana, gesticulando—. Hay formas de hacerlo, si cuentas con los recursos adecuados. Ese mensaje... sólo decía: «Os están mintiendo. A todos. Os están convirtiendo en...».

—«Os están convirtiendo en monstruos». Sí. ¿Cómo me has encontrado?

—El comentario era anónimo, pero saqué la IP. Sí, sé que fue hace años y que pasó por Tor, pero, de nuevo, recursos. Te lo he dicho. ¡Soy un hombre de negro! —Parecía estar sin aliento, y eso no le gustaba—. Son cosas del Gobierno. Así que hice un barrido por las búsquedas en Tor de la misma IP. Mucho sobre sectas paganas, arcontes y civilizaciones antiguas, Mesopotamia, Sumeria, alquimia y encarnación, avatares de dioses.

Esperó, pero la mujer seguía sujetándola.

—¿Tan raro es eso? —preguntó—. Se puede ver la misma combinación en cualquier foro sobre D&D.

—Tienes razón. Resulta que hay bastante gente interesada en ese tipo de cosas. Pero no tantas interesadas en la magia antigua que también investiguen sobre la biología de los equidnas y los ornitorrincos, y sean grandes admiradoras de Solange Knowles y Millie Jackson, y que hablen alemán, polaco y farsi, y a las que les guste mucho la repostería. Plomer es una de ellas.

La mujer aflojó de nuevo el brazo.

—Aun así —dijo—. Nadie es único, por mucho que nos guste pensarlo.

—No —dijo Diana mientras se restregaba el cuello—. Aun así, todavía quedaban unas cuantas. Pero el caso es que pude encontrar las búsquedas antiguas de las demás, retrocediendo varios años, mientras que sólo había una persona interesada en todo eso que pareciera haber surgido de repente justo después de que Plomer abandonara el Proyecto Vida. Y no era porque hubiera tenido una serie de súbitas epifanías, sino porque no existía antes de eso. Sí, aparecía en distintos registros, pero sé reconocer la retrocontinuidad cuando la veo. Plomer desaparece y, doce días después, la señora Agatha Bennett (y su pasado) aparece y empieza a buscar online las mismas cosas que Plomer. Y estoy aquí porque necesito urgentemente información sobre algunas de las cosas que ha estado buscando. Ahora mismo.

Por fin, la mujer dijo:

—Será mejor que entres. —Se apartó—. La cocina está por aquí.

Diana se sacudió la ropa.

—Entonces, ¿esto es real? —preguntó, señalando lo que la rodeaba—. Pensaba que a lo mejor tenías un delantal manchado de harina junto a la puerta, como disfraz.

—Ya has visto mi historial de búsqueda. Me relajo con la repostería. Por suerte para ti.

La criatura agrietada y encorvada del otro lado de la ventana corría hacia ella a grandes zancadas, haciendo muecas. Lo miraba con un solo ojo. Corría con un movimiento tan increíble como lamentable, más deprisa que cualquier humano a toda velocidad, unos andares ondulantes de vitalidad, agonía, energía y herida, trotando saltando trastabillando corriendo cayendo galopando sobre los nudillos y arrastrándose sin análisis posible. Pero

no había tiempo para seguir analizándola porque había llegado al cristal.

B la miró a su único ojo. Observador y observado. Dorian Gray y su retrato. Un extraño encuentro. Con su quimera hecha de sobras infinitas. Ay, B, pensó.

Tú, pensó mientras el ser echaba hacia atrás el puño izquierdo derecho, su masa conglomerada de puño, en un fárrago de brazo, en un revoltijo cosido de hombro.

B, Unute, observó a aquel remedo de sí mismo cubrirse del lodo acuoso de su supuesta sangre al manar de una lluvia de disparos que convirtieron aquel cuerpo multitudinario en un jardín de flores negras rezumantes. Una bala perdida dio contra la ventana y le dibujó una telaraña de grietas. Lo que separaba a Keever y B de la zona interior del complejo de la unidad que el ser pisoteaba era un compuesto de varias capas de cristal, acrílico y policarbonato, con un nivel de seguridad mucho mayor de diez, capaz de soportar fuego directo de mortero.

La criatura se echó hacia atrás, tensó el cuello y se estrelló contra la ventana con la cabeza por delante. Unute vio que en el centro de la frente le brillaba una mota diminuta de carne pálida y dura.

Al golpearla, sonó como un desprendimiento de rocas. El cristal se volvió de color blanco en el punto de impacto.

Más balas acertaron desde atrás en la criatura, mientras ésta se recuperaba. Retrocedió y embistió de nuevo con la cabeza. Apareció una grieta. La remachó con el cráneo y las líneas empezaron a extenderse.

El Unute amalgamado siguió trabajando con la ventana, sin dejar de mirar a su yo unitario.

—¿Me vas a ayudar? —preguntó Diana.

La mujer apagó el horno y colgó el delantal en una puerta. Se sentó a la mesa y le hizo un gesto a Diana para que se sentara frente a ella. A Diana le llegaba el olor a canela y especias.

—Depende. De muchas cosas.

Diana se sentó.

—¿Cómo quieres que te llame? ¿Plomer?

La mujer se encogió de hombros.

—Sigue con Bennett. O, mejor, no me llames nada. Di lo que tengas que decir, escucha lo que tenga que decir yo, y después damos esto por concluido.

Diana entrelazó los dedos.

—Tengo un colega —dijo al fin—. Ha desaparecido. Ha desaparecido y estamos intentando encontrarlo. Y creo que tiene algo que ver con el Proyecto Vida. ¿Qué me puedes contar de ellos? ¿Por qué te fuiste?

—Vamos a darle la vuelta. ¿Qué sabes tú de él?

—Grupo de autoayuda. Positividad. Vivir tu vida de la mejor manera posible...

—¿Qué sabes de sus verdaderas intenciones?

Diana vaciló.

—Creo que... que odian la muerte. Creo que tienen algo que ver con la desaparición de mi colega. Creo que sus líderes podrían tener algún tipo de técnicas para, no sé, hipnotizar o algo así a las personas con las que trabajan. —Frunció el ceño—. Creo que consiguen que la gente haga cosas que no haría por su cuenta. —Vaciló de nuevo—. Creo que sabes mucho más que yo de esto.

—Se suponía que el Proyecto Vida iba sobre la vida real. Algunos de nosotros, los cinco líderes, conocemos (conocíamos) técnicas que podrían haberse usado para cambiar toda la relación que tenemos con la vida. Para que fuera lo más larga, fructífera, creativa y emocionante posible. Y lo que significa eso (no digo que sea todo lo que significa, pero sí una parte, es una de las partes de un programa para maximizar la vida) es oponerse a la muerte. —Cruzó los brazos—. No éramos estúpidos; los seres humanos tienen que morir —dijo, aunque no parecía tan segura—. Pero, aun así, eso no significa que haya que darse prisa por hacerlo, ¿no? Y, tardemos lo que tardemos en cruzar ese puente, y lo crucemos como lo crucemos, hay muertes y muertes, ¿verdad? La muerte es un horizonte, sí, pero la naturaleza de nuestro viaje hasta ella y más allá depende de muchas cosas, ¿no?

—Sí, claro... —dijo Diana al cabo de un instante. Frunció el ceño.

—Veo que estás pensando: «¿Qué es esta mierda?».

—No, es que no lo entiendo. Si es lo que pensabas, ¿por qué te fuiste? Porque ésa es también la línea que siguen ellos, ¿no?

—Por Alam. —Cerró los ojos un momento. Los abrió de nuevo y miró con atención a Diana—. Ay, Alam. El trabajo... No hay un trabajo más honorable. Todavía estoy segura de ello. Pero la pregunta es: ¿cómo lo haces? Si parte del trabajo es oponerse a la muerte, ¿qué significa eso en el día a día? ¿Qué haces para «oponerte a la muerte»?

»Podría decirse que debes vivir una vida lo más rica posible, durante todo el tiempo que puedas. Podría ser una forma de luchar contra la muerte, ¿no? Quiero decir que todos vamos a fracasar al final, supuestamente, pero ¿qué tiene de malo fracasar mejor? Sin embargo, ¿y si lo que decides es que tienes que luchar contra la muerte, literalmente? ¿Qué significaría eso? ¿Qué técnicas podrías usar? Y lo que es más importante: si decides que la lucha es tan esencial, ¿significa eso que todo lo demás es secundario? ¿Que vas a mentir, engañar, controlar y, sí, matar, si tienes que hacerlo? —Negó con la cabeza—. Alam es su único nombre. Cambia de nombre como otro cambia de calcetines. ¿Te imaginas lo que es —añadió, más despacio— que, después de años trabajando con alguien que de verdad creías que era una buena persona, que todavía sabes que es una buena persona, con objetivos loables, que es lo que hace que todo esto sea mucho peor..., te imaginas lo que es darte cuenta de que está tan comprometido con su versión del proyecto que creías compartir con él que es capaz de hacer cualquier cosa? ¿De que es capaz de hacer algo malo? ¿Algo que sabe que es malvado? ¿De que es tu enemigo?

—El fin nunca justifica los medios —dijo Diana.

—Bah, chorradas. Claro que los justifica. Si supiera, si estuviera absolutamente segura de que sus métodos iban a funcionar, no me habría ido. Pero no es así. Creo que no pueden funcionar. Y una cosa es ser el mal necesario y otra muy distinta cuando no es necesario, o es necesario pero no suficiente, y entonces es sólo el mal. Y eso no me vale. Ni siquiera en este caso.

Guardaron silencio un momento.

—¿Qué clase de relación con la muerte es ésa? ¿Qué está haciendo Alam? —preguntó al fin Diana.

—¿Qué sabes de Unute? —preguntó la mujer en un tono tranquilo e inexpresivo.

Con el entusiasmo de un borracho, la criatura metió los dedos en el agujero que había abierto en el cristal y empezó a tirar, y la ventana cedió, sin romperse, sin pelarse, con estruendo y un aleteo pesado, como el de una piel tendida a secar, cuando el sellador de resina se curvó y se abrió como una cortina, como labios de piel colgante o un mar, y cayó en bloque y de repente. Y a través del portal escapó el álbum de recortes y recuerdos de B.

Un coro de ruido, los gritos de órdenes a y de los militares tanto detrás de B como detrás de la criatura a la que se enfrentaba. Voces gritando su nombre.

¿Os referís a mí?, pensó. Ahora somos dos.

La alarma seguía berreando. Entre la cacofonía y el estridente resplandor de las luces fluorescentes, y entre los agentes y soldados que corrían a sus puestos, era como si B estuviera solo en la oscuridad silenciosa. Contemplando el agua agitada. La obsidiana rota.

Una lluvia horizontal de acero les atravesó la carne.

Estaban solos, B y antiB, el único y el múltiple.

¿Soy yo tu horizonte?, pensó B. ¿Eres tú el mío?

¿Quién dio el primer paso? ¿B o el collage de restos de B? Él fue a por la criatura y/o la criatura a por él en un elegante y brutal paso a dos, y lanzaron un puñetazo y sus nudillos se encontraron, un beso de puños lo bastante fuerte como para resquebrajar el sonido.

B se movía deprisa y, aunque sus partes parecían apenas contenidas por costuras queloides y puntadas de espantapájaros, también lo hacía su yo fracturado, una lucha de dos ejércitos con el mismo rostro.

Algunos de los soldados cayeron de rodillas, y no se podía negar su valentía, reprimieron el terror y dispararon, y las lenguas de dragón lamieron al hijo y al otro hijo del rayo, y los hirieron. B vio que el hombre de retales se lanzaba a por esos batallones, así que lo intentó sujetar y gritó a los agentes que retrocedieran. Su contrapartida también gritó, y su voz estaba llena de tierra y de grava, y hablaba un revoltijo de jergas muertas mucho antes de que los continentes cambiaran, y lo que dijo fue:

—Aquí estoy otra vez.

—¡Hijo! —oyó B.

Hola, Keever.

Pero el otro él se movía demasiado deprisa y B reconocía el tirón que le subía por dentro, desenroscándose, llenándole los ojos de azul y los oídos de estática, poniéndole el vello de punta y llenándole los músculos de rayos, y la mente y el alma del fervor de un profeta.

—¡Retroceded! —gritó en el último momento que pudo—. ¡Alejaos de mí, dadme espacio!

Porque, cuando llegaba, el riastrid, el espasmo del trance, el estupor de la sangre, sus pensamientos se esfumaban y el júbilo de la lucha se apoderaba de él...

—¿Unute? —repitió Diana.

—Vale, veo que conoces el nombre.

Diana suspiró.

—Lo cierto es que pensaba que quizá la gente del Proyecto Vida... supiera algo sobre el tema.

—Sobre él.

—Sobre él.

—Es el hijo de la muerte, que es la quietud bajo todo lo que existe. Es el primer y único hijo del Enemigo. —Diana oyó perfectamente la e mayúscula—. El mesías del nihil. El hijo de la entropía. El nombre de lo que le dio la vida es lo Inerte. —Diana contuvo el aliento—. Y después estamos los que somos a la vida lo que él es a la muerte. —Se le notaba el orgullo—. ¿Conoces la Biblia? Eclesiastés 8:8: «Nadie tiene poder sobre el espíritu, para retenerlo, ni tiene tampoco poder sobre la hora de la muerte. En esa guerra, las armas no sirven de nada». Algo así. No es cierto. Existe alguien con poder sobre la muerte. Y también tiene armas.

»Hubo un tiempo en el que las fuerzas fundamentales caminaban sobre la tierra. Llámalas como quieras, pero no me hagas perder el tiempo fingiendo no saber de lo que estoy hablando. Has venido hasta aquí, recuérdalo. Caminaban entre nosotros. La hija del rayo estaba en el mundo, y tanta vida brotaba de ella, tanta de la energía de su progenitor, que hacía que lo inerte bailara.

—¿La hija del rayo? —preguntó Diana—. ¿La vida?

—Vayn. —¡Cómo podía resonar un nombre en boca de sus fieles! A Diana, la palabra le puso el vello de punta—. La primera hija. Conocía a su enemigo: la Muerte y la Nada, el vacío del que había escapado al abrir los ojos. Caminó sola durante mucho tiempo. Cuenta la historia que, cuando la vida empezó en la Tierra, fue porque ella agitó con el dedo un estanque rocoso. —Bennett/Plomer se encogió de hombros, pero esa diligencia debida no empañó el ardor de su mirada—. No sé hasta qué punto se supone que es algo literal, pero escupía vida igual que un horno escupe chispas. Igual que Unute escupe muerte. Y no sólo me refiero a nosotros y al resto del cieno del estanque rocoso: si tocaba a los no vivos de la forma correcta, también podía hacerlos caminar. Y no sólo por gusto. Siempre ha sido una guerra, desde el instante en que tomó su primer aliento. Con una criatura así, la idea era que, a diferencia de nosotros, que estábamos vivos en nuestra forma original, ellos, al menos por un momento, habían estado tan cerca de la falta de vida de la que habían sido liberados que serían capaces de oler ese mismo estado. Y, con tanta vida en ellos, serían tóxicos para él. De ese modo sabrían cuándo se acercaba el enemigo y serían armas contra él. Ése era el plan. Hace mucho tiempo.

Y B se despierta dándose la vuelta, viendo de nuevo, de nuevo de pie en el pasillo, chorreando sangre y el icor más oscuro del otro él. Un *staccato* de imágenes le pasa por la cabeza y no sabe si se ha arrancado la cara o si ha sido el otro, ni si eso supone alguna diferencia.

Las sirenas le hacen daño en los oídos.

¿Por qué están todos tan callados? ¿Quién le gritó «tranquilo, tranquilo»? ¿Y por qué a él?

¿Dónde estaba su oponente?

Vio un reguero de cieno en el suelo, olió el hedor químico a sangre vieja que salía de aquel lugar húmedo, y cada vez que se desviaba de una línea rectísima había un soldado muerto o gritando y roto, y después seguía el rastro.

—¡Ha salido! —gritó alguien.

Y B supo entonces que dentro de él había impulsos más fuertes que la curiosidad, esa misma ternura alérgica íntima que había sentido al mirarse a sus propios y miserables ojos. Porque Keever yacía boca arriba, agitando las manos, mientras los sanitarios se ocupaban del agujero de su pecho por el que habían entrado unos dedos. Miró fijamente a B y movió los labios para formar su nombre.

—Jim. ¿Qué te ha hecho?

B se arrodilló y le puso una mano en el hombro.

—Hijo...

—No hables —le dijo B, que miraba el agujero rezumante—. Deja que esta gente...

—Cállate —susurró Keever—. Sé cómo estoy.

Al cabo de un momento, B asintió.

—Vale, vale. Lo siento mucho, Jim.

—Estos analgésicos son la hostia. —Keever dejó escapar un chasquido con los labios y tragó saliva—. Escúchame. Siento todo esto. No quería que te enteraras de lo de esa cosa. Y menos así.

—No pasa nada, Jim —dijo B al cabo de un momento—. Les dije a Diana y a Caldwell que podían hacer lo que quisieran. Sé que Caldwell ha estado reuniendo restos, y no me habría costado averiguar para qué de haber querido hacerlo. Creía que no podría despertarlo. Supongo que ha resuelto ese problema...

—No —susurró Keever. B pegó la oreja a su boca—. No lo han hecho. Ése es el tema. No sé qué lo ha despertado, pero no hemos sido nosotros. Y eso no es todo.

—Jim, déjalo, no pasa nada...

—Joder, ¿quieres escucharme? —Keever tosió y a B se le manchó de sangre la oreja—. El... Franken-B, es cosa de los jefazos. Idea de Caldwell. No del Proyecto Vida. Eso fui... yo. Las historias... Fui yo el que se lo sugirió a Shur, hijo. —B lo miró y entornó los párpados—. Antes de Stonier, antes de lo que le pasó a Thakka, incluso. Había oído historias. Alam... Había oído que podía hacer cosas. Traer a la gente de vuelta. En realidad no me lo creía, pero pensé que, si había algo de cierto, podíamos usarlo... Matas a mucha gente, hijo. —Esbozó una sonrisa triste—. Sé que no siempre pretendes hacerlo y nunca te he culpado, pero si pudiéramos traer de vuelta a los correctos...

—Jim, ¿qué estás diciendo?

—Lo que dicen... —susurró Keever— que Alam puede hacer... Y ahora esto... Todo encaja... Pero ¿por qué iba a querer...?

B acercó más la oreja. Los labios de Keever no se movieron.

Y B se enderezó, escupió una maldición y miró el cuerpo de Jim Keever paralizado en esa inmovilidad única de la muerte. El horno de su corazón al apagarse. Los ojos mirando a la nada con la misma intensidad que miraba cualquier cosa en vida.

—Mierda —dijo B.

Todos lo observaban. Todos los soldados, técnicos, sanitarios, científicos y ordenanzas presentes lo miraban con asombro y horror.

—Ciérrele los ojos —dijo.

La joven sanitaria acarició con delicadeza el rostro de Keever, y su mirada desapareció.

—¿Ahora qué? —preguntó la joven.

—Voy a castigar al responsable de esto —dijo B—. Eso es lo que va a pasar. Encontraré a esa cosa.

—¿Al responsable de esto? —repitió ella.

Se volvió hacia la sanitaria, que no dijo nada más. Vio que su expresión pasaba del miedo a una calma prudente. Miró de nuevo a Keever, con el que había tenido una relación tan estrecha. Que estaba a su lado cuando llegó el rayo. Levantó de nuevo la vista. Vio que la gente de Keever lo miraba a él con asombro y resentimiento. Tristeza iracunda.

—¿Jim? —susurró B—. Jim.

Sostuvo la mano sobre el agujero del pecho de Keever. Encajaba.

—¿Cuál de los dos? —preguntó por fin a la sanitaria—. ¿Cuál de mis dos yos ha sido?

No respondió. Ay, Jim, pensó B.

Sintió que algo se tensaba en su interior. Pero esta vez no era donde tenía el corazón, sino más abajo. En el bolsillo. Metió la mano dentro. Cerró los dedos en torno a la pieza del puzle.

—¿Cómo sabes todo esto? —se oyó preguntar Diana.

—Alam... despertó —respondió la mujer, inclinando la cabeza—. Se recordó. O recordó lo bastante como para empezar.

—¿Qué? ¿Sin más?

—Sin más. Hace años. Me contó historias, lo que recordaba. —Se encogió de hombros—. Después pasamos varios años investigando. Vayn tuvo que irse, al final. Hace muuucho tiempo. Pero, cuando lo hizo, dejó atrás a sus hijos, a sus hijos de sangre y a los despertados, sus otros hijos, para mantener viva la fe y terminar la misión. Para ganar la guerra —dijo, casi susurrando—. Para traer su reino. Unute es el hijo del primer silencio, y lo que siembra a su paso es el reino de los muertos, que es todo a lo que ella se oponía. Y a lo que Alam y yo nos oponemos, también.

—¿Cómo lo recordó?

—No lo sé. Nunca lo supe.

Una sombra le recorrió el rostro.

—Entonces, como decía, ¿por qué dejaste el Proyecto Vida? —preguntó Diana al cabo de un momento.

—Ya te lo he dicho. No es que cambiara de idea o se me olvidara lo importante. Ni tampoco que perdiera mi lealtad. Yo era su... —Vaciló—. Alam no siempre sabía la verdad.

—Conseguí averiguar cuándo se inventó Agatha Bennett —dijo Diana—. Sólo ha existido desde que os separasteis, después de robarle el nombre a una cría nacida más o menos cuando tú, que había muerto de pequeña. Pero ¿Alam? Existe desde que nació. He visto su certificado de nacimiento.

—Seguro que sí. Y habrás visto fotos de su padre o de su abuelo, y te habrás fijado en que el parecido familiar es más que notable.

La mujer miró a Diana, inexpresiva.

—Dios mío —susurró ella—. ¿Cuántos años tiene? Otro inmortal.

—No. No. Por más que lo desee, no es inmortal. Ha vivido mucho tiempo, sí, pero no hacía más que vagar por ahí. Cabría pensar que, después de seguir con vida mientras todos los que te rodean mueren, acabarías por darte cuenta de que pasa algo, ¿no? —Negó con la cabeza—. No necesariamente. No todo el mundo. No si vives envuelto en una especie de bruma durante no sé ni cuántos años. Tampoco él sabía cuántos. Sólo cambiaba de nombre cuando no quedaba más remedio. De un Alam a otro. Yo llevaba unos años con él y todo iba bien. Bastante bien. Lo único que sabía era que se trataba de un tío un poco impreciso. En el fondo, debía de estar esperando a que yo envejeciera y muriera para seguir adelante. —Cerró los ojos—. Pero algo lo despertó.

No digas nada, pensó Diana. No digas nada para rellenar este silencio. Esta mujer quiere hablar.

—Antes había otros como él —añadió la mujer—. Una Iglesia de Vayn, discípulos, y un puñado de los hijos de carne y hueso de Vayn. Pero, uno a uno (al cabo de mucho tiempo, en algunos casos), murieron. Algunos a manos de Unute. Habían estado cazando con los otros hijos de Vayn, las piedras y demás, pero, fuera lo que fuera que su madre esperaba de ellos, los despertados no podían hacerlo. No podían terminarlo. Así que también murieron, algunos al encontrarse con él. Los hijos de Vayn tuvieron hijos, aunque sólo algunos de ellos sabían lo de su abuela y la misión, y esos hijos tuvieron hijos, y las generaciones pasaron, y quizá tengan una pizca de Vayn y vivan demasiados años, pero cada vez es más débil, y aunque algunos de los hijos también pueden despertar a los que no se pueden despertar, no les resulta sencillo y no son tan fuertes, y aunque sepan hacerlo también fallan, y cada vez están más débiles, y, al final, al último descendiente de Vayn se le olvida quién es y se limita a deambular. Cambia de nombre cada vez que transcurre una vida. Hasta que se casa con alguien a quien le encanta la repostería y Millie Jackson, y juntos llevan una vida tranquila, a pesar de que ella desearía tener algo más de marcha, de vez en cuando.

»Y entonces él recuerda que tiene una misión. Que para eso está aquí.

Esta vez, el silencio se alarga un poco más.

—¿Qué le dijiste cuando te lo contó? —le preguntó Diana.

—¡Le dije: «Y una mierda»! —gritó la mujer—. Creía que estaba perdiendo la cabeza. Le dije que se había vuelto loco. Pero estaba cambiando. Costaba seguir pensando que era una locura cuando yo misma lo sentía. Literalmente lo sentía dentro de mí, cuando me lo transmitía. Cuando aprendió a hacerlo, cuando me tocaba de cierta forma... —Sonrió—. Te he dado una paliza como si tuviera veinte años, ¿no?

»"Tengo que olvidarme de los despiertos. Eso me han dicho", me dijo. "¿Quién? ¿Qué has estado leyendo?", le pregunté. "A la gente que sabe sobre esto", respondió. —Frunció el ceño—. "No funcionaba, era un callejón sin salida, un truco barato", dijo. Lo que quería ahora era insuflar la vida justo donde la necesitaba, no en la basura del mundo. Como digo, todo esto lo cambió. No me refiero sólo a lo que era capaz de hacer, me refiero a su mente. Eso sí, conseguí esa marcha que buscaba, está claro. —Sonrió—. Nunca me arrepentí de eso. Esto no es un "ten cuidado con lo que deseas". Cuando te encuentras cara a cara con algo así, cuando sientes la vida que aprendió a desprender, también te cambia a ti. Como debería hacerlo. Era bueno. Sigue siéndolo. Era precioso. Verlo convertirse en lo que se suponía que debía ser. Verlo ganar confianza. —Una repentina expresión de placer le cambió la cara—. Las pocas dudas que tuviera se esfumaron la primera vez que despertó a un despertado. —No digas nada, Diana, pensó ella. La mujer negó con la cabeza—. A pesar de haber dicho que no lo haría. —Sonrió, orgullosa—. Ni siquiera fue algo deliberado. Simplemente rebosó un poco, se le cayó un poco en una materia que no tenía que estar viva. Hizo que un bolígrafo girase. —¿Sus sirvientes son objetos?, pensó Diana, sin decirlo—. Sólo podía hacerlo con algo pequeño, pero, mientras estaba ahí, podía ver a través de él, ver lo que el objeto veía. —Sonrió de nuevo, a la nada—. Un bolígrafo girando... y él no lo controlaba, ¡sólo le pedía lo que quería que hiciera! —Sacudió la cabeza y su felicidad se disipó rápidamente—. Duró un minuto, pero, al día siguiente, tiró el bolígrafo. Estaba muy alterado, decía que no podía volver a tomar ese camino, que era un error, que no debía caer en la tentación. Creo que quizá fuera... —Sacudió de nuevo la cabeza—. ¿Adictivo? Y un callejón sin salida, decía. ¡Pero ver que era capaz de hacerlo! Supe que era un soldado. Y yo también.

»Y sigo siendo leal, como he dicho. —Volvió a enfocar la vista y mirar a Diana—. A la causa. Pero no va a dejar de intentarlo y seguirá hundiéndose cada vez más en ese pozo con todo el que lo siga. Haciendo todo lo que hace porque "tiene" que hacerlo. —Arañó el aire con los dedos para dibujar las comillas—. Él se lo cree, Alam. Se equivoca. La muerte es malvada y no estoy diciendo que debamos adaptarnos a ella, lo que digo es que... —Guarda silencio un momento—. ¿Conoces el dicho "vivir bien es la mejor venganza"? Deberíamos construir comunidades que se comprometan con esa idea, así se gana. No con una guerra. No buscando batallas que no puedes ganar.

—¿Por qué te escondes? —le preguntó Diana—. ¿Por qué no haces todo esto público, al menos entre los fieles?

—Porque Alam es un santo. Arrodíllate y reza por no tener que tratar nunca con santos. Porque son lunáticos. Cuando se dio cuenta de que no iba a unirme a su cruzada, de que yo tenía mis propias ideas, decidió que yo sobraba. —Cerró los ojos y tragó saliva—. Se entristecería —dijo con voz firme—, como con cualquier muerte, pero tenía que ser así por el bien común, por la causa. Y en el grupo nadie tenía ni idea de lo que pretendía. La mayoría son almas perdidas. No saben mucho sobre todo esto. Se me ocurrió intentar escindir el grupo (entonces fue cuando subí esa primera publicación), pero no tenía a nadie de mi lado. Alam siempre ha sido más persuasivo que yo. Y mucho más peligroso. Sangre.

»Así que tuve que irme y mantener la cabeza gacha. Vivir lo mejor que pudiera. Sola. Y tomar precauciones. Pero, si me has encontrado, Alam también puede... —Se mordió el labio—. ¿Qué voy a hacer? ¿Qué vamos a hacer? ¿Sabe que le sigues la pista? ¿Cuántos sois? ¿Qué sois, una especie de fuerzas especiales? La cosa se va a poner fea si sigue adelante. Alam no es un hijo directo de Vayn, sino un descendiente. Por eso no puede enfrentarse solo a Unute. No es su igual, no es más que uno de los hijos de los hijos de la hija del rayo. Por eso ha estado buscando algo que le dé más fuerza, para aumentar ese poder.

—¿El qué? Has dicho que los despertados no...

—No, ellos no. No lo sé exactamente. No quiso contármelo. Entonces fue cuando empezamos... Entonces fue cuando me di cuenta de que no veíamos las cosas del mismo modo. Un día se puso a hablar del tema. Puede que uno de sus discípulos se lo dijera, no lo sé, para entonces hablaban mucho más entre ellos que él conmigo. Decía que necesitaba algo para fortalecer la vida. Una protuberancia de otro lugar. Le dio un nombre en una lengua antigua, decía que significaba «lo que da paso a la vida».

Un momento, pensó Diana. ¿Los hijos de la hija del rayo?

—Esto no tiene sentido —dijo Diana—. Creía que los hijos de los hijos del rayo nacen todos muertos...

La mujer la miró.

—¿De qué estás hablando?

—Unute no puede tener hijos...

—¿Unute? ¡El padre de Unute es la muerte! Claro que no puede tener hijos, ¡es el hijo de la no vida! Si la enemiga de la muerte, si la Vida tiene una hija, ¿por qué coño esa hija no iba a ser capaz de crear más vida? Para eso serviría. La estirpe de Alam es la Vida. —Estaba casi radiante, pero después perdió todo el brillo de golpe—. Por eso es tan triste que la haya perdido. —Entonces, mientras Diana se movía en la silla, la mujer la miró con otra cara—. ¿Cómo sabes eso de Unute?

Diana le sostuvo la mirada.

—Llevo mucho tiempo trabajando en este proyecto. Lo he... leído todo...

La mujer se llevó una mano a la boca.

—Eres... Ay, Dios mío. Dios bendito.

—Espera un momento.

—No has venido a averiguar cómo luchar contra él. Por Dios bendito, estás trabajando con él. ¡No eres su enemiga, sino la mía!

—Espera, escúchame un momento.

—¡Estás de parte de la Muerte!

De un único movimiento fluido, la mujer se agachó y metió la mano debajo de la mesa, justo donde Diana había intuido que tenía escondida una pistola en su funda, apuntando justo al asiento al que había procurado dirigirla.

Y por eso Diana estaba preparada. Sostenía su propio bolso en el regazo, con una pistola diminuta oculta en el bolsillo interior. Ni siquiera tuvo que perder tiempo levantándola para disparar. Apretó el gatillo tres cuatro cinco veces.

La mujer salió volando con una desagradable pirueta, con los brazos arriba, arañando las paredes, hasta dar contra la puerta lateral, agarrarse por accidente al delantal, caer y añadir sangre a las manchas de harina.

La historia del huérfano

Vi el zepelín que mató a mi familia y me pareció precioso, como una ballena, y comparado con la urgencia, el ruido y el temblor de la guerra, había algo maravilloso en su implacable lentitud, en que no se apresurara en su vuelo sobre la ciudad, sino que continuara avanzando serenamente a través de los focos. Yo estaba en el puente cuando las detonaciones florecieron bajo aquel zepelín, al descargar lo que había venido a traer. Los estruendos no aumentaron su urgencia. Pivotó a su propio ritmo y marchó hacia el norte.

Más tarde, el rabino me dijo el nombre de la aeronave, pero no lo repetiré. Me dijo que había llegado aquí después de otro bombardeo en el cobertizo de máquinas de Skierniewice y, para ir sobre seguro, había seguido hacia el noreste para descargar lo que le quedaba en las afueras de la ciudad. El rabino me dijo que ahora yo era un hombre y debía ser valiente y honrar el apellido familiar, y salmodió que esperaba que los recuerdos de los fallecidos fueran una bendición. Asentí, le di las gracias y no dije en voz alta, Vete a la mierda, rabino; a la mierda tus bendiciones y a la mierda con Dios.

Mi padre era un hombre fuerte como un tren que se reía como si rebuznara, y siempre que le decías que así parecía un burro se reía con más fuerza. Mi madre era baja y lista, y lo decía casi todo con los ojos, ya que era más elocuente con ellos que la mayoría con los labios. Awiszal era dos años menor que yo, pero mucho más lista. Dajcha tenía siete años y me mangoneaba como una profesora, con las manos en las caderas. La casa se les cayó encima. Puede que quisieran soltar la bomba sobre las cocheras que estaban al otro lado de la calle o puede que el capitán del dirigible se dejara llevar por algún rencor aéreo y fuera consciente de la naturaleza de los edificios que sobrevolaba.

La hermana de mi madre se hizo cargo de mí. Al cabo de un tiempo, su marido quiso regañarme (los oí discutir) por mis visitas nocturnas a los escombros, pero ella le dijo, Déjalo en paz, bruto, y él gruñó y no me habló ni de eso ni de nada más.

De lejos, las explosiones parecían suaves. Como tela. No podía permitir esa mentira. Vagué entre las pilas de escombros donde había nacido (levantaron vallas para que no entráramos, pero no era la única persona que se acercaba a explorar, aunque sí la mayor y la única que había vivido allí). Me sentaba en los pedazos de ladrillo y pizarra, y no me permitía fingir que las detonaciones habían sido lo que parecían, cortinas o niebla o seda o masa expandiéndose, sino que me obligaba a verlas como eran, un millón de bordes afilados y rocas, y a pensar que no había sido un cálido regazo lo que se había llevado a mi familia, sino que la habían matado a pedradas, como si fuera un castigo por aprovecharse de los muertos.

La ciudad prometió limpiar los restos de la casa, pero las autoridades tenían pocos medios y todos sabíamos que no se iban a llevar la basura en un futuro próximo, de lo que me alegré. Era mi jardín de piedra, mi colina de recuerdos. La visitaba por las noches para sentarme en la ausencia con mi hermana, mi otra hermana, mi padre y mi madre, y para hablar sin palabras con ellos.

Tras unas semanas, intenté llevar a Agata Faber allí para una visita nocturna. Ella había estado con Julian Biterman y Aleksander Melamed, y ya me había dejado meterle dentro los dedos aquella misma noche, pero, cuando vio adónde la llevaba, se apartó.

—¿Estás loco? —me dijo—. ¿Qué es esto?

No me dejó explicárselo. No habría sabido explicarlo, ni siquiera yo me lo explicaba.

Ahora creo que buscaba mi propio ritual. No sé por qué pensé que ese ritual podría haber sido follar con Agata con los pantalones bajados hasta los tobillos, y ella con su falda sobre el vientre, los dos arañados por el mortero de mi pasado, pero le agradezco que no me permitiera intentarlo. En vez de hacerlo, fui yo solo, trepé a lo alto de la pila y observé las casas de mis antiguos vecinos desde unos ángulos que antes me habrían resultado imposibles. Rebusqué entre las piedras.

Encontré un libro.

Cuando mi casa se derrumbó, dejó al descubierto las paredes de las de ambos lados, partes en bruto que llevaban décadas ocultas. Se veían tiras de papel de pared y las siluetas espectrales de escaleras y cuchitriles. Distinguí las puntas de unas páginas que asomaban por unas rendijas entre las tablas. Alargué la mano para sacarlas. No logré averiguar si aquello había sido un compartimento secreto tiempo atrás, la parte de debajo de un suelo o qué. Saqué un cuadernito fino, envuelto en cuero, muy sucio y maltrecho, que nadie había tocado durante años.

No tenía muchas hojas y no más de la mitad estaban escritas. Durante las primeras dobles páginas, las entradas estaban muy bien pegadas en el papel para que quedasen planas. De ellas, las primeras parecían pergamino viejo de mucha antigüedad, cuyas marcas apenas eran visibles, salvo a cierta luz, y que me resultaba imposible descifrar. Al cabo de unas cuantas hojas, empezaban las entradas más reconocibles, en el papel en sí, cada una con una tinta desteñida distinta. Las ladeé para que recibieran el brillo de una farola. Estaban escritas en lenguas que no conocía.

No tardé mucho en reconocer el idioma de las más recientes, que era el francés. Con mi salario en el despacho compré un pequeño diccionario francés-polaco. Con su ayuda y la de los volúmenes de mayor tamaño de la biblioteca, y la de mi colega Tomasz, cuya abuela era de Lorena, no me costó descifrar lo que estaba escrito.

La primera entrada a la que pude encontrarle sentido: «Ahogado, Sena, 1 de febrero de 1737. A Benín».

Otras:

«Fuego (doloroso), Estambul. 14 de marzo de 1753. A Providence.

Caída, Reikiavik. 14 de julio de 1763. A Dacca.

Cerdo, Cárpatos. 1 de enero de 1801. A Mosi-oa-Tunya».

La más reciente decía: «Disparo (policía secreta). Varsovia. 25 de febrero de 1861. A Londres».

Antes de eso, un siglo de violencia con alcance internacional. Colgado en Liechtenstein. Ataque de cocodrilos en Gold Coast. Un terremoto en un lugar llamado Wairarapa. Una violencia, un lugar, una fecha por línea. Después un hueco, después el siguiente. No los enumeraré todos.

La letra no era igual. En la primera entrada era más curvilínea que en la última. Pero se parecía lo suficiente como para creer que se trataba siempre de la misma persona.

Por tanto, ¿por qué quienquiera que hubiera escondido el cuaderno había escrito aquellas entradas y fingido que se remontaban a más de doscientos años atrás, e incluso más, hasta parar hacía cincuenta años?

Tras aquella pregunta había una respuesta que la reprobaba. Sabía que estaba ahí, aunque no pensaba en ella. Nunca se fue.

Y allí permaneció durante años y de allí salió y saltó a primera línea mucho después de la guerra, en 1927, cuando oí que llamaban a mi puerta muy tarde y, al abrir en bata, me encontré con un hombre alto, un hombre oscuro con ropa oscura y ojos tristes y oscuros, que me dijo: «Tienes mi libro». Y no me sorprendió.

Estábamos juntos a la luz tenue de una farola frente al emplazamiento de la casa en la que había pasado mi infancia y donde mi madre, mi padre, Dajcha y Awiszal murieron aplastados. Ahora había una casa nueva. Me pareció fea. Se veía una luz encendida en la ventana más alta, y me imaginé a un erudito trabajando, a una anciana a la mesa, a una pareja deseando verse mientras compartían sus cuerpos.

—¿Cuánto tiempo llevas vigilándome? —pregunté.

—Tu familia murió en 1914, ¿verdad? —dijo el hombre—. Regresé a la ciudad hace dos años. Había dejado el libro en la habitación de tus vecinos, pero, cuando llegué, no había ni rastro. No me pareció que se hubiera derrumbado durante el bombardeo y no se mencionaba ningún incendio. Tuve que indagar un poco. Pero no te has ido demasiado lejos.

Habíamos tardado unos veinte minutos, no más, en llegar caminando desde mi nueva casa.

—¿Y si el libro hubiera desaparecido? —pregunté—. ¿Si lo hubieran quemado o hecho pedazos?

Se encogió de hombros.

—Entonces me habría quedado sin él. Puede que lo hubiera empezado de nuevo. En algún momento se tenía que romper, de todas formas. Me sorprende que haya durado tanto. Aunque reconozco que me agrada que siga entero.

Se volvió hacia mí y alargó la mano.

—¿Cómo sabes que lo he traído con nosotros? ¿Cómo sabes que lo tengo?

Bajó de nuevo la mano y observó la casa sustituta.

—Todo es una apuesta. Reúnes datos y haces tu apuesta. A veces me equivoco, pero, a estas alturas, no ocurre a menudo. Al observarte, como he hecho durante el último año, he aprendido mucho sobre ti. Para hacer una apuesta sobre el tipo de hombre que eres y el tipo de niño que eras. Lo que habrías hecho y cómo lo habrías hecho, al enfrentarte a la tragedia.

—¿Tragedia? ¿Es eso lo que le pasó a mi familia?

Se encogió de hombros, no sin amabilidad.

—A veces —dijo con delicadeza— me gustaría poder evitar convertirme en *metáfora*. —No usó la palabra metáfora para decirlo, sino *przenósnia*, lo que me sorprendió—. Pero así es la vida. —No contesté—. A veces resulta insultante. Como si sólo importara lo que somos siempre que signifiquemos otras cosas. Esa condición nos aflige a todos, pero creo que yo soy más metáfora que la mayoría. No puedo hacer nada al respecto. Nadie puede. Y quizá sea lo mejor. Quizá no sea malo.

»La muerte... —Hizo una pausa y pensó—. La muerte es un viaje. Me interesan menos los símiles que las metáforas. La muerte no es como un viaje, sino que es un viaje. Todos lo sabemos.

Me saqué el libro del bolsillo. Lo sostuve en alto. No me cabe duda de que podría habérmelo quitado, pero no lo hizo. Observó y esperó a que se lo entregara.

—¿Qué significa este registro? —pregunté.

—Creo que lo sabes —respondió.

Lo miré y supe que era mucho más viejo que mi país.

—¿Cómo puedo saberlo?

—Creo que sabes más de lo que crees tener derecho a saber. La muerte es un viaje —dijo, y suspiró—. Pero ¿y si acaba otra vez aquí? —Escuché, huérfano de hermanas—. Lo que he descubierto es que la mayoría de los viajes te llevan de vuelta al punto de partida. Pero no todos. Hace mucho tiempo aprendí que, al final de algunos viajes, empiezas en un sitio nuevo. Esa clase de viajes no suceden a menudo. Así que, cuando lo hacen, merece la pena apuntarlos. —Señaló el libro—. En cualquier caso, nunca me ha resultado difícil recordarlo. Pero hay distintas formas de ver. Ver demasiado es abrumador. Si buscas patrones, existe una línea que separa el exceso de información de la falta de ella. Así que son datos.

—¿Y con esto basta? —pregunté, levantando el libro— ¿Es la cantidad de información perfecta?

—No. No basta en absoluto. Puede que baste dentro de mucho tiempo. Y, cuando escribo en él, como cuando cualquiera escribe en cualquier libro, lo que registro va acompañado de la infinidad de fantasmas de lo que no queda escrito.

—Los fantasmas de todo.

—Sí. Y la tarea del que registra, del escribano, es distinguir esos fantasmas, distinguir cuáles son los que importan entre todos los que podrían haber sido y cuáles importan menos. Por ejemplo, este libro. Espero que me ayude. Que logre aprender por qué a veces abro los ojos bajo un cielo distinto del cielo bajo el que los cerré. Y descubrirás... —Alzó la mirada y eligió bien sus siguientes palabras—. Piensa sobre algunos de los fantasmas que no están presentes en este libro, que no quedaron registrados porque no ocurrieron. El impacto de un meteorito, por ejemplo. El resultado de una transgresión contra el rey Shaka. El ataque de algo que se mueve aunque no debiera, mesas parlantes de lo más bulliciosas, me refiero. Aquí no ha quedado registrado nada de eso. Aunque eso no significa que sean equivalentes en su ausencia. No escribí sobre el *isigodlo* de las esposas de Shaka, ni escupí ni estornudé en su presencia y él nunca ordenó que nadie levantara una mano contra mí. Por otro lado, existen métodos secretos para saber dónde aterrizarán las rocas que viajan por el espacio, y he aprendido esos secretos y he elegido presentarme para recibirlas. Me desperté en Kaali después de uno de esos retos. Sin embargo, ése es el asunto: fue en Kaali donde terminé y fue en Kaali donde abrí los ojos. El fantasma del tercer ejemplo es aquí el más importante. Durante un tiempo creí que alguna de esas rarezas danzantes se ganarían una entrada en el libro, ya que, sin duda, me han buscado y buscaban cerrarme los ojos. Pero nunca han hecho el trabajo necesario. Hace algunos años, en un barco en alta mar, acabé con la última de esas persecuciones. Nunca sabré si habría tenido razón de haber salido el encuentro de otro modo y, de ser así, por qué. Como ves, ése es un fantasma pertinente. Significativo. Este libro pretende resolver un misterio y, aunque los dos primeros que podrían haber sido simplemente no están aquí, la última ausencia está muy presente en sus páginas.

Me daba cuenta de que no era polaco, aunque hablaba sin acento y comprendí cada palabra que dijo, salvo por aquel término extranjero, *isigodlo*. El verdadero sentido de lo que dijo con aquel arrullo de voz tan delicado y triste quedaba fuera de mi alcance. Aun así, a pesar de no entender nada, como cuando escuchas una obra musical exquisita, sentía que se comunicaba conmigo. No experimenté frustración alguna.

—¿Cómo funciona? —pregunté—. El libro, me refiero.

—Todos convertimos nuestra vida en rituales y creamos rituales para nuestra vida. —Al oírlo, levanté la cabeza de golpe. Él siguió hablando—. Podía mantener el libro en un sitio, sí. Pero ¿y si hay algo importante en la presencia del lugar de destino? ¿O es eso demasiado sencillo? Sin duda, el lugar causalmente importante debe de ser el punto de inicio. Por tanto, esto empezó con el primer viaje que me llevó a un lugar distinto. Regresé al lugar del que había partido. Pero, esta vez, siendo consciente de ello, como una decisión. Redacté la entrada y lo guardé donde había comenzado. Seguí con mi vida y mi tiempo. La siguiente vez que sucedió, regresé a donde había guardado el libro. Registré la información del siguiente viaje. Me lo llevé conmigo al lugar de inicio del último viaje, para volver a ocultarlo allí. Y así.

—Entonces, ¿la última vez que... empezaste un viaje merecedor de tal nombre fue en Varsovia?

—En el aniversario de la batalla de Olszynka Grochowska.

—Entonces, si estás aquí de nuevo... es que tienes algo que añadir. ¿Así funciona? —Alcé el libro—. ¿Estás aquí para agarrarlo, añadir una entrada y llevártelo a otro lugar, el último desde el que partiste?

Lo tomó. Lo abrió, sacó una pluma. Escribió, agitó el libro para que se secara la tinta y me lo devolvió.

Leí: «Arrastrado por un coche, Damasco. 3 de septiembre de 1880. A Bagamoyo».

—Entonces —dije en voz muy baja—. Ahora esto se va a Damasco. ¿Cierto?

Asintió.

Guardamos silencio.

—Tal y como yo lo veo, creo que Awiszal la oiría —dije—. La aeronave. Se acerca a la ventana y abre la cortina. Así me lo imagino. Mi madre le dice que no lo haga, que se porte bien, que la ayude con los platos, pero Awiszal levanta la cabeza para mirar el cielo…

—No te ayudará —dijo. No alzó la voz, pero la interrupción casi me hizo trastabillar—. Ninguna de las historias que cuentes. No digo que no vayas a sacar algo de ellas, pero, junto con esas historias, por cautivadoras que sean, las cuentes como las cuentes, siempre estarán los hechos.

—Ésos no puedo tocarlos.

—No. Pero tampoco podrás dejar de intentar alcanzarlos. Lo siento.

—Echo de menos sus voces —dije.

—Sí. La muerte es silenciosa. Es la primera calma y será la última.

—¿Eso crees? La primera calma es más antigua que la muerte, seguro. —Se me quedó mirando y parpadeó—. Y daría todo lo que tengo y tendré por volver a oírlas en este mundo. Ya oigo sus voces dentro de mí.

—Si eso te consuela, adelante.

—No me consuela. No es más que uno de los hechos. Lo cierto es que no me parece que haya mucha calma en la muerte.

Me miró de nuevo. Me sentí respetado. Como si lo hubiera sorprendido. Me sostuvo la mirada. Algo le cambió un poco la expresión. Quizá fuera curiosidad. No asentí, pero estaba a punto de hacerlo cuando habló de nuevo.

—En Damasco hay un parquecito. En la esquina de Sharia Al Jalaa y Aziz Al Seoud. —No me miraba a mí, sino que miraba allí, en su mente, desde Varsovia—. Repítemelo.

—Sharia Al Jalaa —dije— y Aziz Al Seoud.

—Me parece que eres un hombre que desea un viaje que conduzca a un lugar que no sea el de partida. Supongo que no hay motivo alguno por el que tenga que ser yo el que lleve el libro de vuelta al último punto en el que acabó.

—No lo entiendo.

—Seguro que sí. No sé por qué, pero voy a hacer otra apuesta. Regresa a este mismo punto mañana, dentro de dos días, dentro de tres días, y a ver qué pasa. Si me equivoco y mi viaje empieza aquí, como la mayoría, habrá revuelo o signos inequívocos de que las autoridades están haciendo lo que pueden por ocultar uno. Al cabo de unos días volveré contigo para recuperar el libro. Pero, si acierto, si esta apuesta tiene éxito, aquí no habrá nada que ver. Entonces deberás ir a Damasco. Dentro de un año, a esta misma hora según el huso local, preséntate en ese parque. ¿Recuerdas la ubicación? Ve allí. Y lleva el libro. Porque, si gano la apuesta sobre ti, y no puedo estar seguro de que así sea, pero lo estoy, tendré otra entrada para el libro.

Me sonrió. Se sacó una pistola del interior de la chaqueta.

—No —dije.

—La muerte es un viaje —dijo él.

Se metió el cañón del revólver en la boca y apuntó hacia arriba. Intenté hablar de nuevo. Disparó.

Me pitaban los oídos, los perros ladraban y vi encenderse una luz en el interior de sus mejillas, que se hincharon como si fuera un trompetista, y, con unos chasquidos húmedos, lo que estaba en el interior de su cabeza golpeó la pared que teníamos detrás.

Oí mis gritos.

Me miró. Ajustó la posición de la pistola dentro de la boca y señaló en otra dirección distinta. Disparó de nuevo. Y de nuevo y de nuevo.

Retrocedí mientras lo veía tambalearse al llenarse la cabeza de balas y oí cada vez más gritos y chillidos cercanos, y él siguió disparando, y eché a correr, y él se derrumbó contra la pared, se sacó la pistola de la boca ensangrentada, abrió la recámara, se metió la mano en el bolsillo con dedos temblorosos, sacó balas, recargó, cerró la recámara, se metió de nuevo el cañón en la boca y otra vez disparó, mientras me hacía gestos con la mano libre para que me fuera.

Corrí.

Regresé dos días después y, aunque los adoquines estaban manchados de sangre, no había nada más.

Regresé al día siguiente y la sangre había desaparecido.

Esperé otra semana y otra, y dos más, y nadie vino a reclamar el cuaderno.

Mi esposa dice que me he vuelto loco y que no piensa ir conmigo a Damasco.

El ojo y la falta de ojo

Diana estaba junto al cadáver, con la respiración alterada y el corazón acelerado. Seguía con el arma levantada. A pesar del pequeño silenciador, el disparo había sido tan fuerte y feo como una ventana al romperse. Esperó. Un perro ladró en alguna parte, pero con bastante alegría. La sangre se encharcaba en el suelo de la cocina. La mujer muerta contemplaba la parte de abajo de un armario. Diana no oyó ningún coche, ni tampoco palabrotas ni gritos de preocupación.

Se volvió a colgar el bolso al hombro, con su nuevo agujero humeante. Le temblaban las manos. Nunca se le había dado bien aquel aspecto de su trabajo. Se arrodilló y rebuscó rápidamente en los bolsillos de la mujer. No encontró nada. Se levantó, sacó el móvil. Marcó el número principal de B.

Ni le saltó el buzón de voz ni sonó, sólo oyó un eco vacío, por supuesto, como siempre. Colgó. Pasó por encima del cuerpo en dirección a la puerta y se detuvo.

Sacó de nuevo el móvil y meditó sobre sus opciones. Marcó y, esta vez, conectó al segundo timbrazo.

—Limpiezas Unite.

—Me llamo Daisy —dijo con parsimonia Diana— y tengo una mancha.

—¿Qué se ha derramado?

Ella miró el cadáver.

—Vino tinto.

—¿Dónde?

Le dio la dirección.

—¿Qué servicio necesita?

—Completo —respondió, y dejó escapar una bocanada de aire tembloroso—. Limpieza a fondo.

—¿Llaves?

—Estándar. Sin alarmas.

—¿Riesgos?

—Desconocidos.

—Cincuenta minutos.

La llamada se cortó.

No es que cambiara de idea, sé la verdad, había dicho Bennett/Plomer, o algo así. Soy leal.

Diana miró escaleras arriba y pensó en Keever y Caldwell. Los dos habían estado investigando el Proyecto Vida.

No soy valiente, pensó. Soy una científica, no una agente ni una detective. No sé qué buscaban Keever y Caldwell. Tengo que salir de aquí.

Miró a la mujer muerta.

Es cierto lo que decías sobre tu forma de moverte. Eso no se logra ni con todo el CrossFit del mundo.

Llamó a Keever.

—Keever —dijo cuando conectó—. Soy Diana. —Oyó ruido de fondo—. Jim, te conozco ya desde hace un tiempo y tengo que preguntarte algo. He descubierto que...

—¡Diana!

Por encima del ruido de gritos y gente corriendo, no se oía la voz de Keever, sino la de B.

—¿B? ¡Gracias a Dios! Tengo que hablar contigo. Debes tener cuidado. ¿Está ahí Keever? Ha...

—Cállate —oyó—. Keever está muerto.

Ella ahogó un grito y consiguió responder:

—¿Qué ha pasado?

—Uno de tus proyectos científicos se escapó.

—¿Qué? —susurró.

—Tu marioneta de retales del sótano se despertó.

Ella abrió mucho los ojos y se llevó la mano izquierda a la boca.

—B, escucha, ese proyecto no era mío, yo sólo...

—¡Me da igual! —gritó B—. Me da igual quién lo cosió y me da igual que quisierais a otro como yo pero más manejable, pero sí me importa que... —Era raro oírlo vacilar—. Ha matado...

—B —consiguió decir ella—. No estaba dormido, B, nunca estuvo vivo. No puede haber despertado. Caldwell no consiguió solucionarlo...

Hay alguien con poder sobre la muerte, se oyó pensar con la voz de Plomer, y su propia voz perdió fuerza.

—Díselo a los soldados a los que acaba de matar —dijo B—. Díselo a Jim.

Se cortó la llamada.

—¿Adónde ha ido? —preguntó B, que dejó con mucha delicadeza el móvil en el bolsillo de Keever.

El joven soldado al que se había dirigido B lo miró con ese sobrecogimiento que él tan bien conocía.

—Estaba... estaba usted luchando contra él señor, le dio, él le dio a usted y siguió intentando que lo dejara pasar, y entonces se movió demasiado deprisa y...

—¿No intentaba matarme? ¿Sólo intentaba pasar?

El hombre parecía desconcertado.

—Esa impresión me dio.

Los ordenanzas cubrieron el cadáver de Keever con una sábana y se lo llevaron en una camilla.

B se volvió hacia el sonido de disparos, a unos pasillos de distancia. El estruendo de las granadas.

—¿No se ha ido? —preguntó B—. ¿Sigue aquí dentro?

Salió corriendo. A través de aquellos pasillos secretos menos secretos, dejando atrás tablones de anuncios con información sobre noches de cine, liguillas de baloncesto, clubs de lectura. A través de puertas de seguridad y de una enorme cafetería inundada de la luz diurna que entraba por las ventanas altas, debajo de las cuales había sillas y mesas de formica volcadas y soldados agachados que gritaban y se desangraban, y el aire olía a disparos.

—¿Adónde ha ido? —gritó.

Siguió el rastro de sangre vieja y soldados gruñendo por los huecos de las escaleras. Corrió a través de los berridos informativos que brotaban de los altavoces y de los gritos insistentes, y adelantó a figuras armadas. Siguió las huellas. Una ruta aleatoria, la de una consciencia aterrada o desolada, horrorizada consigo misma. Ahora eran edificios de administración, salas de reuniones, despachos. La criatura a su imagen y semejanza había dejado atrás los laboratorios y los arsenales de los guerreros especiales.

B recorrió solo varios pasillos.

En uno de los de arriba, tres hombres estaban reunidos alrededor de un camarada herido que se retorcía en el suelo, mientras una mujer los protegía con una pistola sujeta con ambas manos, de espaldas a la pared, cerca de un cruce. Los cinco vestían ropa de civil, aunque la mujer los cubría con aire experto, y Unute vio que dos de los hombres también empuñaban pistolas.

—¡Gracias a Dios! —jadeó uno al verlo.

La mujer le hacía gestos frenéticos para que parase y después movió el dedo para indicarle que había algo al doblar la esquina. Al otro lado, B vio la luz moteada que entraba entre los árboles a través de una ventana que quedaba fuera del alcance de su vista.

—¡Señor! —susurró uno de los hombres, un joven con pinta de tipo duro y sangre en el traje gris—. Al principio creíamos que era usted. Después... vimos... ¿Qué es esa cosa?

—¿Cuándo ha sido? —preguntó Unute.

—Usted ha entrado... Esa cosa ha entrado hace unos tres o cuatro minutos. Atacó a Daniel. —El hombre hizo una mueca al mirar a su compañero herido—. Simone le acertó unas cuantas veces, pero la criatura no le hizo caso. Nos pasó de largo y se fue por ahí.

Miró detrás de Unute, que volvió la vista atrás, por donde se acercaba un pelotón cada vez mayor de soldados de fuerzas especiales con las armas en alto y listas, y los visores bajados. Unute se llevó la mano a la espalda, con la palma hacia fuera. El pelotón que se acercaba paró en seco.

—¿Y? —preguntó.

—Y sigue ahí —dijo la mujer, mirando hacia la esquina—. Lo oí parar. Puedo... —Tragó saliva—. Puedo verlo. Está... ahí, sin más.

Unute señaló a la mujer y le hizo un gesto para que ella también se quedara atrás. Alargó una mano, y ella le dio su pistola. Después, armado, dobló la esquina.

Al final del pasillo, aquella ventana daba a un verde intenso. Entre él y el brillo, cerca del último tramo de escaleras que subían, estaba aquella burla compuesta. Se encontraba de espaldas a él, y las grapas, las cicatrices y las suturas le tiraban de la piel resbaladiza. Se mecía. Parecía estar hipnotizada por la luz.

—¿Qué has hecho? —preguntó B en voz baja.

Levantó la pistola para apuntarle a la base del cuello de recortes. Se acercó. Oyó el eco de sus botas en el pasillo. Disparó.

El disparo retumbó en las paredes, y la criatura dio un respingo y se balanceó, y un cieno oscuro brotó del agujero de bala, pero el ser no cayó.

—¿Qué has hecho? —repitió B.

En realidad, lo que sentía era decepción. Estaba dolido.

Le habría gustado haberse equivocado con Caldwell. Y con Diana.

—¿Cómo te llamo? —dijo a la espalda de la criatura—. ¿Popurrí? ¿Yo? ¿Unute 2? ¿Franken-B, como Keever? Ya sé que Frankenstein era el científico y no el monstruo, blablablá. Siempre he sido ambas cosas. Lo que significa que tú también, ¿no? ¿Cómo es posible que estés aquí? ¿Qué te ha levantado?

Le puso la mano en el hombro y lo volvió para mirarlo.

Distintas versiones del mismo rostro arruinado, una única y otra múltiple, se contemplaron.

Lo que B vio en su reflejo roto fue desconcierto.

—No lo sabes, ¿verdad?

A lo que la criatura respondió balanceándose, nada más. Se balanceó de nuevo, y algo le faltaba.

Y aquella mirada de su único ojo no lo veía a él, sino algún vacío, algún *nihil*, el alivio del final.

Sintió que el hombro que sostenía se le escapaba, que el brazo caía. Oyó la repentina percusión de carne en el suelo. El ojo miró a través de él hacia un final. Y, mientras él miraba, el rostro, el pecho, el otro brazo, el vientre, el pene, las caderas y las piernas empezaron a deslizarse, a romperse por las costuras y a transformarse en cuestión de instantes, con la elegancia del líquido, de una cruda escultura de sí mismo a una cascada de negro, rojo, blanco de hueso viejo y el lodo de órganos rancios, y en aquel momento, mientras contemplaba lo que le quedaba de cara, mientras se le disolvía la frente y tanto el ojo como la falta de él desaparecían, Unute vio que la protuberancia que había roto la ventana ya no estaba en su frente.

—No lo entiende —dijo Diana—. Tengo que entrar. Tengo que ver a Unute.

—Señora, lo entiendo perfectamente —dijo la soldado del pasadizo que iba del complejo inicial al interior.

Era alta y le impedía el paso a Diana con expresión impasible. Habían levantado barreras de plástico por la pasarela, y otros soldados estaban apostados en distintos puntos, manteniendo discusiones parecidas con otros miembros no militares del personal, incluidos los de mayor rango, como Diana.

—Nadie responde a mis llamadas —dijo Diana.

—Estamos en cierre de emergencia, señora. Todas las señales no autorizadas están bloqueadas.

En caso necesario, la base entera podía convertirse en un inhibidor de señal.

—¿Está diciendo que mis llamadas no están autorizadas? —preguntó Diana, y la soldado se encogió de hombros—. Soldado... —Tan cerca de su despacho, Diana empezaba a ponerse nerviosa de nuevo. Sentía que la adrenalina se le arremolinaba dentro—. Soldado, no me enorgullece usar esta frase por primera vez en mi vida, pero ¿sabe quién soy?

—Sí, señora, lo sé.

—Pues apártese.

—Quizá no me he expresado con claridad. —Ahora era la soldado la que hablaba con voz tensa—. Sé quién es usted, señora. Sé que tiene acceso completo. Y sé cuáles son mis órdenes. El cierre por código Tau pasa por encima de cualquier otro código y, salvo por una orden directa en persona de mi oficial al mando, todos los demás protocolos quedan suspendidos. No sé mucho sobre lo que sucede, señora, porque es un cierre de emergencia, pero sí sé que han muerto varias personas, incluidos, al parecer, algunos amigos míos. Voy a hacer mi trabajo. Lo que significa no dejar entrar a nadie. Sin ánimo de ofender, señora, pero eso la incluye a usted.

Diana, con labios temblorosos, le dio la espalda.

—¿Estás bien?

Reconoció la voz de una de las personas que no podían entrar.

—¡Doctora Shur! —dijo Diana.

Shur se le acercó, preocupada.

—¿Alguna idea de lo que está ocurriendo?

Diana agitó una mano en dirección a la soldado.

—Esta persona...

Shur la apartó de allí y Diana se lo permitió.

—Lo sé —dijo Shur. Ya donde los guardias no podían oírlas, su voz se volvió más urgente—. Llevan varias horas así. Sólo tienen acceso los uniformes. No sé de qué va la cosa.

—Pero yo creo que sí.

—Pase lo que pase, no le vas a servir de nada a nadie si sufres un ataque de pánico, doctora Ahuja...

—Por amor de Dios, no estoy sufriendo...

—Por favor, no me mires así. No estás muy lejos. Ése es mi trabajo, literalmente. Ven a mi despacho. Una de las ventajas de ser personal de apoyo con acceso básico: mi oficina no está en ninguna de las zonas problemáticas.

Diana dejó de nuevo que la condujera.

En la sala de consulta, Shur le hizo un gesto para que se sentara y le sacó agua del frigorífico. Shur se sentó también, no detrás de su escritorio, sino en una silla cerca de la de Diana. Esperó a que la otra mujer bebiera y respirara hondo.

—Vale —dijo Shur—. Cuéntame lo que está pasando.

—¿No es evidente? —preguntó Diana, y gesticuló para señalar el camino por el que habían venido—. Hay una crisis y tengo que entrar...

Shur entornó los párpados.

—Hay algo más —dijo.

Diana le dio otro trago largo al agua.

—Eres buena —repuso al cabo de un momento—. Hoy he matado a alguien.

Shur asintió, despacio.

—Eso me parecía. ¿Tu primera vez?

—¿En este campo? —Diana negó con la cabeza. Le pasó por la cabeza brevemente la imagen de un asesino en potencia, su primera vez, un disparo a la cabeza más limpio que el último, un asunto mucho más claro—. Pero es mi segunda. No me gustó entonces y no me gusta ahora.

—Me preocuparía si te gustara. Vale. Vamos a tomarnos un momento. No tardaremos en averiguar lo que está pasando.

—Ya he descubierto más de lo que me gustaría saber. Y necesito contarle a B lo que sé. —Vaciló y después añadió—: Keever está muerto.

Shur asintió.

—Lo sé. Se ha corrido la voz. Era un buen hombre. —Más silencio—. Mira, si quieres hablar de ello, sobre lo que sea que esté pasando, sobre lo que has descubierto, no saldrá de aquí. Es lo que hago.

—¿Sí? —preguntó Diana—. ¿Igual que las sesiones de Stonier no salieron de aquí?

—Mujer, eso es distinto.

—¿En qué sentido?

—Tú tienes una graduación más alta. —Diana sonrió sin poder evitarlo—. Te lo digo porque... Keever había estado hablando conmigo, ¿sabes? Sobre Stonier. —Vaciló al ver la cara de Diana—. Creía que era a lo que querías llegar cuando decías que habías descubierto cosas.

—Sabía que él estaba investigando, pero no que había hablado contigo —dijo Diana—. ¿De qué quería hablar?

—De Stonier y el Proyecto Vida.

Silencio, de nuevo.

—¿Qué crees que ha estado pasando? —preguntó Diana, y dejó que Shur le diera vueltas a la respuesta—. Nunca he sabido bien qué sabes sobre Unute, pero conoces lo básico. ¿Qué crees que está pasando con él?

—No lo sé. Intento no pensar mucho en eso y centrarme en mi trabajo. No sé nada sobre él ni sobre cómo piensa.

—¿Tu trabajo no consiste en interpretar a la gente?

—A la gente, exacto —dijo Shur.

Diana la observó.

—Seguro que te diste cuenta hace tiempo de que mi trabajo consiste en averiguar qué es Unute. A veces le gusta... Creo que lo llamaría «provocarme». Me dice que, al fin y al cabo, es un dios, y yo le digo que no. —Durante un tiempo se había preguntado por qué le dolían tanto aquellos intercambios. Ahora se daba cuenta de que le costaba verlo, ver a cualquiera, intentar que no le importara nada cuando todo le importaba tanto. Como cuando alguien pide ayuda diciendo: «No puedes ayudarme»—. Repaso todo un espectro de teorías. Una broma genética.

Una mutación. Un extraterrestre. Una herramienta. Un arma. Un agente del cambio. Al menos no hablo de un dios.

—¿Pero? —preguntó en voz baja Shur.

—Pero. Pero hoy he conocido a alguien que creía sin lugar a dudas que hablamos de un dios. Y me ofreció un argumento muy convincente.

—¿Cuál? ¿Cuál es el argumento para convencerte de que esto va de dioses?

Diana la miró.

—¿Dioses?

—¿No es lo que has dicho? —preguntó Shur.

—Lo que he dicho es «un dios». ¿Por qué has pensado que hablaba sobre dioses, en plural?

Shur no movió un músculo del rostro.

—Supongo... —dijo al fin, y después suspiró.

y se colocó frente a Diana en un segundo y, al tocarle los labios con el índice, las extremidades de Diana se quedaron rígidas y frías. El susurro de Shur se le introdujo hasta el fondo de los oídos.

—¿Cuándo se ha oído decir que sólo exista un dios? —decía.

Según el software de detección de movimiento, los fonemas que el Franken-B había estado formando con los labios al cruzar el complejo podrían haber sido «¿Por qué?», en un torrente confuso de lenguas. Todo en el mismo silencio que guardaba ahora B.

Me da la impresión de que deberíamos haber aprendido algo el uno del otro, decía B sin darle voz. Una vez le dije a alguien que no se puede decidir no ser una metáfora. Y aquí estoy, mirando a un yo compuesto por ochenta milenios de desechos.

Tiene que ser una escena aterradora, ¿no? Pero, por más que me estrujo la cabeza (¡ja!) no tengo ni idea de qué significa. De lo que tú y yo significamos. Entonces, ¿cómo puede eso ser una metáfora?

Ya mientras lo pensaba, sabía que estaba equivocado. Sólo porque no supiera lo que significaba, sólo porque fuera contradictorio, opaco, no quería decir que la metáfora fallase. Momentos como ése podrían ser su vindicación.

Se volvió y miró, expectante, a la técnica que manejaba el puesto de trabajo que tenía detrás.

—Estoy repasando los datos de cuando estaba en su tanque —dijo la mujer—. Todavía no hemos encontrado nada sobre cómo... sobre por qué... —La vio mirar hacia el cilindro en el que los restos desmoronados de la criatura se anquilosaban de nuevo—. La última persona que trabajó con él fue Caldwell. —Entornó los párpados—. Unas cuantas veces. No pasó nada. Pero, la última vez que entró, la energía fluía hacia el interior. A través de una especie de foco. No había visto antes unas lecturas semejantes. —Negó con la cabeza—. No sé qué hizo.

—Un foco —repitió Unute.

Se marchó. Deambuló.

Ay, vaya, acabó en la cápsula de regeneración del babirusa. Entró, apoyó una mano en el huevo y sintió el movimiento del interior. Después salió y siguió andando, dejando atrás grupos de trabajo que lo saludaban con la cabeza o con la mano, o le daban la espalda, nerviosos. No pensó adónde iba.

B subió escaleras. Buscaba la soledad. Caminó durante un buen rato por las zonas más apartadas y vigiladas del complejo.

Por fin, llegó a una de las plantas superiores, vacía, en la que llevaba bastante tiempo sin entrar.

¿Por qué estoy aquí?, se preguntó.

Una ventana al final del pasillo daba al bosque. Se encontraba más o menos en la misma zona en la que su imitador se había derrumbado, unos pasillos más allá y más abajo.

Ah, vale, se respondió.

Frenó un poco, no vacilante, sino pensativo. Siguió subiendo por más pasillos cerrados.

Supongo que estaría bien comprenderlo, pensó. Quizá si comprendieras algo serías capaz de detenerlo. Se miró las manos. No siempre acabas convirtiéndote en lo que quieres. Y, a veces, empiezas siendo algo que preferirías no ser. Quizá nunca puedas entenderlo, aunque quizá sí. Y puede que eso ayude. Puede que eso lo cambie todo.

Por fin llegó a la habitación desde la que, ahora lo entendía, alguien había salido corriendo para interceptar a su yo compuesto en el punto en el que se había detenido en su camino ascendente, ya que lo habían llamado de algún modo desde el laboratorio. Estaba allí para quitarle algo de la frente y después volver a esta cámara a la que ahora se dirigía Unute, con su techo alto, su pasillo sin cámaras, su seguridad triple, una habitación en la que nadie se atrevería a entrar sin estar autorizado. En la que él estaba entrando justo cuando caía la noche.

Su despacho.

Estaba vacío. No se sentó al escritorio, sino que asió la lámpara y se ocultó en la oscuridad de la esquina, y esperó, esperó, preguntándose sin mucho entusiasmo en qué estaba pensando.

Allí se quedó un buen rato, imaginándose las sirenas, los gritos de «¿Dónde se ha metido?».

Lo que descubrió que pensaba fue una revelación que se le ofrecía en sangre, escondida de modo que no pudiera recibirla milenios atrás.

Se colocó de cara a su escritorio. Permanecía con la espalda contra la puerta.

Unute esperó mucho tiempo.

¿Era ya medianoche cuando oyó un sonido nuevo sobre él?

Guardó silencio. Vio que el panel se deslizaba, que salían unos dedos de la oscuridad que dejaba al descubierto. Vio brazos que se agarraban. Los vio tensarse y tirar, y el cuerpo de un hombre bajar a la habitación a oscuras y caer en ella sin hacer ruido.

Una silueta se levantó y avanzó hacia el escritorio.

El hombre no se movió cuando B encendió la luz y lo apuntó con ella. Sólo parpadeó y se puso una mano delante de los ojos.

—Hola, Caldwell —dijo B.

sangre

S

De vuelta a la oscuridad.

¿Qué es este sentimiento que crece dentro de ti?

El mundo es infinitamente más antiguo que tú, y estás seguro de que la creación es infinitamente más antigua que el mundo. Tu propia vida es sólo una pizca menos ínfima que la que se les concede a otros. Todo lo que has sentido a lo largo de ella lucha contra su opuesto en una guerra enmarañada. Esto que sientes ahora, mientras recorres los túneles de roca por los que caminaste hace muchos años y un cuerpo, es alivio, ansia, angustia y lamento.

Te detienes en los cruces que recuerdas. Sólo oyes un goteo.

La vida nueva se ha apropiado de este reino telúrico. Unos hongos moteados crecen en la piedra. Puede que trajeras sus esporas en el aliento cuando entraste por vez primera: puede que, después de tantos años yermos, de todos los bebés grises y fríos que colgaban como muñecos de trapo, ésta sea la única vida que seas capaz de engendrar, que tu única criatura sean las energías luminosas de la podredumbre.

Todos estos pasadizos están vacíos. Ni siquiera quedan fantasmas a los que visitar. Levantas la antorcha y dejas que las sombras aceitosas exploren. Estabas inconsciente cuando te arrastraron desde aquí hasta la cámara de tortura, la cámara de ejecución. Así que pruebas todos los túneles oscuros, uno a uno. Caminas despacio; no se te va a escapar nada. Tómate el tiempo que quieras para esta investigación. Para esta venganza.

Así que no estás por encima de la venganza. Muy bien.

Éstos son los canales. Sigues adelante durante días. Sigues tus pasos.

Durante todo ese tiempo, no oyes nada. Pero, cuando por fin te introduces por unas rendijas negras lo bastante estrechas como para que esto sea un nacimiento a la inversa, llegas a una columna de luz de luna que has visto antes, una luz de luna que desciende de una fisura en el techo y se refleja en las vetas metálicas de las paredes que te rodean, mientras te arrastras sobre una pila oxidada de cadenas antiguas, te encuentras en una montaña de huesos desecados que parecen palos, un mantillo compuesto por tus propios restos, decenas de cadáveres podridos superpuestos. Y no te sorprende que no estés solo, sin contar siquiera a tus cuerpos muertos.

Hay una mujer sentada en un trono fabricado con esas cadenas frías y destrozadas.

No se mueve cuando caes dando tumbos a sus pies. Su vestido fue blanco tiempo atrás, pero ahora está manchado y cubierto del fango de muchas vidas. Sostiene algo que no logras distinguir. Sólo cuando lo lanza a la piedra y deja escapar un crujido húmedo te das cuenta de que era la mitad de una máscara de arcilla.

Esta mujer tiene el pelo oscuro y ojos tan tristes como otros te han dicho que son los tuyos.

—Hola de nuevo —saluda—. Hermano. —Su voz es tranquila—. Sabía que no te habíamos matado. Has tardado más de lo que pensaba. Escucha.

Se levanta. Pone cara de sorpresa entonces, porque no dices palabra, sólo balanceas los brazos y saltas directamente a por ella, como una lanza. Se mueve tan deprisa como tú, pero tus puños le golpean el pecho como un ariete contra el muro de una ciudad y la empujan contra una roca dentada, y ella se gira al estrellarse contra la piedra, recibe el golpe y se aparta con elegancia inhumana para volver a la penumbra, ahora con otra mancha en la mortaja.

Te preparas para su contraataque. No se mueve.

Avanzas con más cuidado. Fintas, te agachas hacia la izquierda, te mueves a la derecha y te abalanzas sobre ella, pero ella da un paso a un lado y te la pasas de largo.

Se queda quieta.

Así que atacas de nuevo, y ella no dice nada y estás a punto de darle, pero nunca está ahí cuando llegan tus nudillos y aprietas tanto los dientes que te haces daño y hace mucho tiempo que no sentías una marea creciente de ira auténtica y lo que trae consigo, sí, aquí llega ese brillo, ese brillo azul, la luz del trance, y tu consciencia se te esconde dentro, al fin, se esconde detrás de unos ojos como ventanas, y oyes el rugido de tu propio éxtasis y tu propia voz que escupe Éste es mi berserk y Ahora morirás.

Despierta, Berserker.

Te levantas con el resuello de tu propio aliento ensangrentado, entre una pila de partes del cuerpo.

Ahora lo que entra por el agujero del techo es un rayo de luz solar. Ahí está la mujer, de pie con las palmas contra la pared. No parece asustada.

—Eres toda una bailarina —le dices al recuperar la energía.

—No voy a luchar contra ti —responde ella.

—Eso es cosa tuya. Pero yo sí lucharé contra ti.

Lo intentas de nuevo. La empujas con una fuerza que bastaría para hundir un barco. Cuando el puño llega, ella ya no está, así que astillas el pedernal.

—¿Fueron años? —le dices—. ¿O siglos? ¿Durante cuánto tiempo me torturaste?

Bailáis entre tus momias y manchas. Siempre se queda a un par de centímetros de ti.

—¿Y tú nunca has torturado a nadie? —pregunta ella—. Lo habría hecho de otro modo, de haber podido. Pero, por favor, escúchame.

—¿Qué eres? —le gritas.

ypero

al preguntarlo, al ver su expresión ante la pregunta, su presteza, su afán, su boca que empieza a abrirse, a responderte, sabes, aunque no por qué, que no quieres oírlo

así que

y así que

allá va, entras de nuevo en trance, pasas rápidamente a tu estado de fuga antes de que hable, y se entristece al verte sucumbir, y hay un nuevo sentido en la sensación, una nueva frustración, porque la sensación no se ha visto saciada, la sangre de ella sigue en su interior, y aúllas porque lo único que has hecho es romperte, y las rocas y demás no calmarán el hambre de tu trance tanático

ah en y del cielinfierno alegonía miseréxtasis tiraempujarajamuerde

defiende y lucha

el tiempo acelera deben ser los últimos días y

te conviertes en ti

ves que tu mano engarfiada no le arranca el rostro a ella sino a ti y

el tiempo permanece estático para siempre y jamás y jamás y

esto sucede esto ocurre para recorrerte y liberarse, tus violentas investigaciones contra estos rasgos como los tuyos, tú mismo,

tú

parpadeas y sientes que se te calma la respiración

—... dejado ir —dice ella cuando vuelves

Está indemne.

El ruido que dejas escapar es estrangulado, tristeza, hambre que sigue sin calmarse.

—¿Qué coño eres? —gritas de nuevo, como si fueras a oír su respuesta.

—Estoy intentando decírtelo —replica ella. Como si suplicara—. Te habría dejado ir. En cuanto lo comprendí. Debería haberme dado cuenta cuando los guardias, cuando los artefactos no reaccionaron. En cuanto supe que me habían mentido. Nunca quise tu dolor, sólo pretendía acabar contigo, y siempre sin odio. Nos mintieron a los dos.

—¡Sólo quería encontrarte! —le gritas—. Me he sentido muy solo.

Eso te sorprende.

—Yo también. Escucha, por favor. —De inmediato, corres hacia ella, pero no deja de hablar—. Cuando moriste y no eclosionaste pensamos que habíamos logrado lo que habíamos venido a hacer, que habíamos descubierto la modulación justa de energía o acumulado los años de violencia suficientes contra tu cuerpo. Pero no sentí nada dentro y me di cuenta de que habías despertado en otro lugar. Fue entonces cuando empecé a comprender que me habían mentido, pero al principio entendí mal la mentira. Antes de saberlo, había enviado a no sé cuántos de mis hijos, a los que respiraban y a los que no, al mundo, diciéndoles que siguieran intentándolo. Pero, por mucha culpa que sienta, ni siquiera puedo acabar conmigo. Así que escucha...

Abre la boca para contarte la verdad que quiere contarte, y eso te alarma de nuevo y, por tercera vez en ¿una hora? ¿un día? ¿una semana? ¿ochenta años? tu pensamiento se sumerge en la marea rugiente de la sangre violenta y dejas de ver

y esta vez, cuando despiertas, estás de rodillas. Debilitado, con la nariz y la boca chorreantes. Y tu antigua captora también está de rodillas, por decisión propia.

—Por favor —dice—. Yo también lo llevo dentro. Esa energía te volverá loco si se lo permites. He tenido más tiempo para trabajar en ello. Pero tienes que intentar controlarlo, ahora.

—El cerdo —dices al fin—. Como yo. Te encontró.

—Muchas veces. También se parece más a mí de lo que creía. Siempre supe que yo era la némesis de la entropía, y ¿era una estupidez identificarla como la muerte? —Se levanta. Agarras una piedra—. Sabía que regresarías. Me dispuse a descubrir la verdad a tiempo, para poder estar aquí, ante ti, para esperarte, porque te mereces...

Echas el brazo atrás y levantas la roca del suelo demasiado deprisa para que esta vez logre esquivarla, y su cuerpo escupe sangre. Vuelve su medio rostro hacia ti y dice entre dientes:

—¿Estás loco? —borbotea—. Escúchame...

¡Deprisa! ¡deprisa! ¡tráelo de vuelta!

Ha vuelto, ¡gracias a los dioses!, el azul del riastrid, la fuerza que empuja a la flor a crecer, a los mares a vagar, que te empuja a matar y a matar, no se ha debilitado, ah, ese alivio, la ahoga, y gimes como los lobos que te temen, diciéndole sin palabras que no permitirás que quede sin castigo y que sea lo que sea la destrozarás y que sea lo que sea lo que tenga que decir no quieres escucharlo.

Ella también grita.

—¡Para! —oyes a lo lejos—. ¡Te lo haces a ti mismo! ¿Es que no quieres...?

Y una parte de ti dice que sí, se sienta y la escucha, pero has venido aquí para dejar que la violencia fluya, así que permites que se apodere de ti, que te tape los oídos.

—¡ ... mentido! —grita—. ... a ti y a mí... —Pero cada vez estás menos presente para analizar la información—. ... me dijeron que...

Y ya no te importa ni qué le dijeron ni quién lo hizo

—¡Quédate! —grita—. ¡No seas cobarde! ¡No entres en...!

y esta vez

mientras miras la cámara

desde detrás de la luz azul de tus ojos

lo último que distingues

al rendirte al trance del berserker

es la misma luz brillando en los suyos.

y despiertas de nuevo

pero con una sensación nueva

Sintiéndote tú. Bajas la vista creyendo que verás el derrame líquido de fango sanguinolento y la perfección de un cuerpo nuevo, un huevo. Que ella, Vayn, te mató en la última pelea e inició otro ciclo. Que estás en otro lugar.

Pero sigues vistiendo tu ropa apestosa. Pero tu cuerpo sigue marcado con las pocas cicatrices y abrasiones acumuladas que, según reglas desconocidas, esta vez no se curarán. No has muerto un poco.

Por primera vez, miras hacia la otra punta, hacia los corpúsculos y restos. La cámara está repleta de los restos de los sacos colgantes que alguna vez te contuvieran, un nido de huevos vacíos a los que les vuelves la cara, ya que no deseas contarlos.

No has renacido, así que ¿por qué te sientes así? ¿Fuerte? ¿Muy vivo, renovado, revitalizado, revigorizado?

¿Dónde está ella? ¿Hay aquí alguna reliquia más que los huevos?

Vayn no aparece por ninguna parte. Estás solo.

Deprisa. Te pones de rodillas debajo del agujero. Te arrastras siguiendo un círculo en espiral, recorriendo el suelo con las manos, a través de todos tus restos, en busca de pruebas de su presencia, de la presencia de alguien que no fueras tú multiplicado por mil. Tienes sangre en las palmas de las manos, aunque no te has cortado.

Tu memoria es perfecta. Pero, aunque no olvidas, te preguntas qué sucede cuando tu mente se va demasiado lejos para crear recuerdos y si algunos de los que sí tienes son de cosas que no han sucedido.

¿Estuvo Vayn aquí? No mires atrás ahora. ¿Dónde están los cuerpos?

Por encima del pasadizo por el que entraste ves un rastro de tu propia sangre.

Lo observas, conoces bien las salpicaduras de las heridas y éstas no deberían estar donde están ni tener la forma que tienen. Distingues brochazos en los puntos en los que los dedos los han dejado en la pared.

Letras.

«Somos», dice, visible para los que saben cómo se seca la sangre, escrito con una letra que no conoces en un alfabeto antiguo. Sin embargo, lo que sigue, el objeto de ese verbo, está demasiado grueso, demasiado coagulado, demasiado pringoso, demasiado embadurnado, demasiado garabateado y emborronado para descifrarlo.

No puedes saber cuál era el mensaje de Vayn. ¿Es tan sólo esto? ¿Que sois, que ella es? ¿O escribió una respuesta a una pregunta, algo que pretendía que supieras, que te gritaba cuando se apoderó de ti la violencia? Lo escribió con la única tinta que tenía. Y entonces, y no puedes saber por qué, tuvo que borrar lo que había escrito. Te castigó con la ignorancia. Y después se fue. Te dejó. Y te dejó solo.

Y saliste. Y la buscaste durante un tiempo, no mucho. Te parecía tu deber. Una misión (es algo que sabes y ni lo niegas ni te regodeas en ello) en la que no deseas tener éxito.

Así que dedicas unos siglos a buscar a Vayn, pero ha desaparecido y puedes respirar de nuevo. Al cabo de varias vidas de buscarla, paras. Y al cabo de unos cuantas vidas más, dejas también de buscar a sus hijos, permitirás que lleguen hasta ti si eso es lo que quieren, y también dejas de buscar a otros hijos de tu padre rayo, y también a los del padre, la madre o lamadrepadre de ella, que odiaba al tuyo, al parecer, o a los de cualquier dios en general, porque has llegado a la conclusión de que eres el único y, de todos modos, no te importa, o no te importa no saberlo, y debajo de todo eso siempre está el abismo, observando, reclamándote, bajo todo eso está el silencio de la ceniza.

Un insecto salió reptando

Caldwell hizo un movimiento feo. A la tenue luz del exterior y la que tenía debajo, su rostro se veía demacrado. Sufrió un espasmo.

—Hola, Caldwell —repitió B.

Caldwell movió los labios deprisa, cada vez más deprisa, como si lo que B veía fuera la declamación de un largo soliloquio.

—Hola, Unute —dijo al fin. La voz le brotaba de las contracciones incesantes de la boca.

—¿Qué estás buscando, Caldwell? Estás desconcertado, ¿verdad?

—Unute —dijo Caldwell—. Unute.

Los labios se le seguían moviendo.

—No tenía mucho sentido —dijo Unute—. Entras y te comportas de un modo extraño, según los guardias, haces lo que fuera que hiciste para despertar a tu muñeco de retales y después... alguien se marcha, pero no hay ni rastro de ti por ninguna parte. —Se encogió de hombros—. Así que era evidente que el que había salido no eras tú. Quizá todavía quedara aquí algo que tenías que buscar. Creo que ambos sabemos que sigues órdenes. No hay muchas personas capaces de volver a entrar desde el exterior con la base en cierre de emergencia, pero ¿y si ya estabas aquí? ¿Y si era otra persona la que se fue en tu coche, alguien que vino dentro del maletero? Así que sólo tenías que meterte en una habitación segura del interior, donde nadie se molestase en mirar. Y conocías la habitación perfecta.

—Vaya vaya —dijo Caldwell. Movía la mandíbula y respiró hondo—. Reconozco no verte es una cuestión de suerte o encontrarle sentido estaría agradecido ayuda no creo que estoy pensando con claridad y pensar quizá y regresé y asusta puedes ayudar creo que puedes enfrentarte al tiempo es ahora ayuda miedo.

A Caldwell se le abrían y cerraban los párpados tan deprisa como los labios. Parecía estar recibiendo instrucciones.

—Ya no sabes lo que quieres, ¿verdad? —le preguntó Unute—. O qué es lo que te están pidiendo que quieras. Lo que te están ordenando.

—Confuso —dijo Caldwell.

—Seguro. No voy a llamar a nadie. Porque el caso es que estoy cansado. Y no sé qué va a pasar ahora, así que estamos solos tú y yo. Quiero que me lleves ante lo que sea que te está diciendo lo que debes hacer.

—Es confuso morir —dijo Caldwell.

—Sí que lo es. Y más confuso todavía regresar, ¿verdad?

Fue a tocar a Caldwell, pero él se movió más deprisa y lo empujó con la mano abierta y una fuerza mucho mayor de lo normal, de modo que Unute salió despedido por la habitación.

—Bueno, veo que has regresado distinto —dijo Unute cuando pudo.

Se levantó y le devolvió el empujón. A una velocidad imposible, Caldwell se preparó y evitó caer.

—¿Dónde está tu controlador? —preguntó Unute, que levantó las manos para adoptar una postura de lucha libre—. ¿Entró contigo? ¿Se oculta ahí detrás? ¿Crees que, por haber regresado una vez, puedes seguir haciéndolo? ¿Quieres arriesgarte?

Pero ahogó un grito porque Caldwell dio un paso adelante, le golpeó en la barbilla y retrocedió para volver a ponerse fuera de su alcance.

—Dímelo —dijo Unute—. O te destrozaré como tú destrozaste a tu muñeco. —Caldwell parpadeó—. Sí. Tanto esfuerzo para despertarlo y, en cuanto lo hiciste, te ordenaron que lo durmieras de nuevo. Permanentemente, esta vez. Eso ha tenido que dolerte. —Dio un paso adelante—. Ha sido una mierda, ¿verdad? No querías hacerlo. Le quitaste lo que lo había despertado. Después de que yo te lo encontrara. ¿Dónde lo has puesto?

Caldwell se enderezó. Se le quedó el rostro suelto. Abrió la boca. Sacó la lengua y apuntó con ella a Unute. Justo en la punta, una astilla de carne dura y blanca, resbaladiza de saliva.

—Eso es —dijo Unute—. Ahí está. Ése es el diente de huevo.

Unute alargó la mano.

Cuando el pulgar y el índice tocaron la lengua de Caldwell, Unute oyó un correteo y un estrépito detrás de él, un impacto, pero, antes de poder volverse, Caldwell cerró los dientes en torno a la carne de la mano de Unute.

Unute siseó de la sorpresa y tiró, pero el otro no abrió el cepo. Unute vio su sangre en la boca de Caldwell. Golpeó con la mano izquierda para romperle la mandíbula, pero Caldwell recibió el puñetazo y se giró, y una ráfaga de algo cruzó la habitación y Unute se perdió un instante, y regresó al oír que Caldwell emitía un sonido que podría haber sido «¡Ahora!».

Alguien apareció por detrás y pasó un nudo corredizo alrededor de las muñecas de Unute, que estaban unidas frente al rostro de Caldwell, y tiró con fuerza produciendo un ruido de carraca. Caldwell dio un paso atrás y otra atadura semejante apareció en los tobillos de Unute para juntárselos. Cayó de rodillas y levantó la vista.

Uniformes negros, con pasamontañas, lo rodearon. Soldados de la unidad. Unute forcejeó.

Las gruesas ataduras, como de cuerda, crujieron en brazos y piernas. Tiró de ellas y parecieron apretarse más y temblar, mientras el espacio que las rodeaba relucía con sus propiedades planas tan poco ortodoxas. Se oyó gruñir y tensó los músculos.

—Las habéis mejorado —dijo al fin, y dejó caer los brazos.

Se abrió la portezuela del techo por la que estos otros habían seguido a Caldwell. El hombre que le había colocado las ligaduras de Fenrir en las muñecas estaba ante él; se quitó la tela que le tapaba la cara y miró a Unute a los ojos.

—Stonier —dijo Unute.

Cuatro figuras se movieron, apuntándolo con sus armas. Unute notó que le cambiaba la respiración, que empezaba el ritmo que daba paso al riastrid.

Esto, esta sensación, la proximidad de la lucha, lo envió de vuelta a una cueva, y de los miles de veces que se había perdido en este frenesí, ¿por qué? ¿Por qué regresaba justo a ese momento? Y, ah, sí, lo sabía, era una proximidad de opuestos, porque en aquel momento se había esforzado por introducirse en ello, por apartarse del tiempo con la misma ferocidad con la que ahora luchaba por controlarse, por permanecer aquí. Apretó los dientes con tanta fuerza que se le partió una muela; el dolor le ayudó a aferrarse a la consciencia.

—Os propongo un trato —consiguió jadear mientras notaba un tic en los músculos. Todos permanecían inmóviles—. ¿Creéis que no me liberaré de esto? Sabéis que sí. Si me disparáis, sólo servirá para cabrearme. Y si tenéis muchísima suerte y me derribáis, sólo me retrasaréis un tiempo, nada más. Y volveré a por vosotros. Caldwell, ¿quién te ha traído de vuelta? Quiero hacer un trato.

Nadie dijo nada.

—¿Cuál es vuestro objetivo final? —preguntó Unute—. Seáis quienes seáis, sé que habéis venido para acabar conmigo para siempre, lo que es... —Negó con la cabeza—. Pero debéis escucharme. Sea cual sea ese plan especial que creéis que acabará conmigo, os interesa escuchar lo que os ofrezco. Y, mirad. —Se sentó, levantó las rodillas con cuidado y les enseñó las muñecas—. No me resisto. Estoy sentado, muy tranquilo. Quieto como una estatua. Si dejáis de escucharme, empezaré a luchar. Aunque esté atado, no os va a resultar agradable. Así que podéis probar vuestro plan por las buenas o por las malas. ¿Quién te trajo de vuelta, Caldwell? Quiero hablar con quien sea.

Un hombre dio un paso al frente. Dejó que el fusil le colgara de la correa, sobre el hombro. Se quitó la máscara. Era más viejo y tenía un rostro agradable y arrugado, y el pelo rubio revuelto. Miró a Unute a los ojos.

—Me llamo Alam.

—Sí —respondió Unute—. Conocí a tu madre.

—O puede que fuera tu abuela, o tu bisabuela, o tu tatarabuela. No lo sé. ¿Lo sabes tú? —Alam no se movió—. ¿Cuánto sabes de esto, Caldwell? ¿Puedes comprenderme? ¿Puede? —preguntó a Alam.

—Eres la muerte —susurró Alam. No sonaba revigorizado por el odio, sino casi como si soñara—. Ha pasado mucho tiempo. Eres el enemigo y vamos a acabar contigo.

—Tu madre o lo que fuera también pretendía matarme —le dijo Unute—. Me pasa mucho. Me hizo mucho daño durante mucho tiempo. Y, entonces... Entonces paró. Puede que decidiera que no podía hacerme nada más. Al final, se rindió y se fue. Y, ahora, tú... Su hijo o su nieto o lo que sea, has vuelto a la misión.

—No lo sabía —dijo Alam—. Me pasé varias vidas sin saberlo. Lo descubrí hace unos años. Alguien me desbloqueó. ¿Antes de eso? Puede que te costara creer lo fuerte que es la negación. Formo parte del linaje de la Vida. Seguí viviendo, cambiando de documentos de identidad cuando tenía que hacerlo, y ni siquiera me lo planteaba. No me hacía falta. Mi esposa se habría dado cuenta, si las cosas no hubieran cambiado. Mi última esposa, mi mejor esposa. Estaba conmigo cuando me contaron lo de mi herencia. Y por qué estoy aquí. Tenía sentido. Le daba sentido a mi vida y a la de ella.

—La última vez que vi al cerdo —dijo Unute—, antes de esta vez, me refiero, pensé que quizá hubiéramos pasado página. Creí que quizá hubiéramos alcanzado una nueva paz. ¿Cómo lo encontraste, Alam?

—Con mucho esfuerzo. Lo he estado siguiendo.

—Para encontrarme. ¿Le hiciste algo para que quisiera encontrarme de nuevo? ¿O ya me estaba buscando él solo? —Se notaba la voz quejumbrosa. Miraba a Stonier a los ojos mientras hablaba con Alam—. Así encontraste a Thakka —dijo—. ¿Fue algo deliberado, Alam? ¿O a veces pierdes un poco el control? Fue un error, ¿verdad? No pretendías devolverle la vida a Thakka, pero a veces se te escapa sin querer, como me pasa a mí con la muerte, ¿verdad? Pero no hay motivo para no usarla. Conseguiste que Thakka te dijera... dónde estamos. Así que viniste a Tacoma. Y después, ¿qué? ¿No podías seguir manteniéndolo con vida? —Miró a Caldwell—. Parece que has mejorado desde entonces.

—He tenido ayuda. He tenido un foco.

—Por supuesto —dijo Unute—. Sí. Bueno, eso espero, por el bien de Caldwell. —Se fijó en la consternación del rostro de éste—. ¿Su cuerpo todavía está herido? ¿Cuánto tarda en curarse? La primera vez tiene que ser difícil. Thakka fue la primera vez, ¿verdad, Alam?

—La primera vez con carne.

—Con razón estaba tan desconcertado. Primero él. Después encontramos mucha sangre tuya, Caldwell: nadie lo dijo en voz alta, pero tenías que estar muerto. Y aquí estás. Y esa criatura de retales que se despertó. ¿Vida donde no debería haberla? Esto me está recordando cosas en las que llevaba siglos sin pensar. Los llamaría misterios, pero ¿siguen siendo misterios si no me importaba cuáles eran los secretos? Nunca me interesó descifrar nada. Ese tipo de historias me han empezado a importar más desde lo de Ulafson. Supuse que lo que le hubiera insuflado vida a Thakka lo habría hecho también en mi réplica de la casa de los espejos, pero entonces vi a la criatura de cerca. Lo de Thakka fue porque Alam seguía al cerdo para encontrarme a mí. Y sé que tú intentabas usar la energía del cerdo para dar vida a tu marioneta, Caldwell, pero no podrías haberla despertado así. Para empezar, nunca estuvo viva. No era más que el residuo de varias muertes. Necesitaba ese último fragmento que encontraste, Caldwell. Que me pediste que te trajera. —Unute extendió el índice derecho—. Éste es su equivalente en este cuerpo. No suele caerse, supongo, más bien vuelve a introducirse de vuelta en el cuerpo. Ésta es la carúncula que seguramente usé para destrozarme la última vez. —Le dio unos toquecitos, la dura punta del dedo contra el pulgar—. Esto es lo que queda de mi último diente de huevo. Lo que me enviaste a buscar para ti era su igual, uno antiguo. Una de las pocas veces que se me desprendió. Y, además, creo que sé de qué veta procede. Esto es lo que introdujiste dentro de ese lodo acuoso al que convenciste de que era yo, Caldwell. Eso es lo que lo despertó. Con un poco de ayuda de tus nuevos amigos.

El diente de huevo. Una punta dadora de vida. El espolón duro (diente verdadero, queratina, uña, piel apelmazada) con el que un bebé de pájaro, un bebé de rana, una serpiente, una araña, un monotrema rompe su contenedor, su herramienta para salir a una nueva vida. Que después el cuerpo absorbe. O que se le cae. Un residuo. Un rejectamentum de la eclosión.

—El babirusa no lo necesita —dijo B— porque tiene sus colmillos. Pero resulta que a mí, tan blandito, me viene bien la ayuda. —Suspiró—. Entraste en mi despacho y se lo quitaste de la frente a tu creación de retales. Y le arrebataste esa vida. —Como el rabino Loew al restregar la palabra emet de la frente del gólem y dejar sólo met. De «verdad» a «muerto»—. ¿Para qué lo quieres, Alam? Descubriste que Caldwell lo tenía y lo enviaste a quitárselo a su experimento. ¿Para ayudarte a controlarte? ¿Para centrarte? Fuiste tú el que se desbordó y lo llenó de nuevo, ¿verdad? Fuiste tú el que envió a Caldwell a por él, ¿no?

—Me ayudará a canalizar —dijo Alam—. No es fácil, la verdad. Primero tenía que confirmar que funcionaba. Él ya lo había usado. Y, cuando me acerqué a verlo... —Arqueó las cejas—. Todavía estoy aprendiendo. —Apretó el puño y unos destellos de luz parecieron pasarle por encima de la piel; puso cara de tristeza—. Como el diente ya había empezado el trabajo, cuando me acerqué, mi estirpe despertó de golpe a la criatura.

¡La de cosas que hace este diente! Rompe la piel del capullo, ese lugar liminal, para devolver la no vida a la vida. No era de extrañar que pudiera darte a ti o a tu eco roto el último empujón hacia estas tierras del aliento.

—Caldwell, has hecho un gran trabajo volviéndome un escéptico de los dioses —dijo Unute—. Empezaba a aceptar tu forma de entenderlo, que soy una herramienta, blablablá. Que me había utilizado algo que quería que todo siguiera moviéndose; que quería alterarlo todo.

»Pero esto cambia las cosas, ¿no? Parece que los dos éramos imbéciles. Para mí no es nada nuevo que haya gente por ahí fuera que piense que soy el dios de la muerte y me odie. Pero resulta que son fieles a otro dios, que ese dios es el enemigo de mi padre, que el hijo de ese dios, o el hijo de su hijo, está aquí, y que tiene poderes, después de tantos milenios perdidos buscando algo así... Ni te imaginas lo que supone —susurró Unute, temblando de una emoción que no lograba nombrar—. Descubrir que de verdad son capaces de dar vida. —Contuvo el aliento hasta que volvió a salir en calma—. Bueno. Digamos que, de hecho, nací de la Muerte. El enemigo de la Muerte es la Vida. Y la Vida también tiene una hija. Vayn. Y ella podía tener hijos. Por supuesto. Ella es vida, y yo... no. No sé cómo haces lo que haces, Alam. De dónde obtienes la energía. Puedes devolver la vida. Puede que seas capaz de matar a la muerte. Y lo cierto es que estoy cansado, que estoy muy cansado de que la gente muera. —Se sorprendió al oírse decirlo y notar el alivio que le suponía hacerlo. Cómo le gustaba sorprenderse con algo—. Sé por qué estás aquí —le dijo a Stonier—. Tienes derecho a estar enfadado. Lo siento. —Unute miró a los soldados uno a uno, despacio—. No sé quiénes sois, pero lo siento. Por la persona que os arrebaté. Sé que la muerte os ha hecho daño. Que yo os he hecho daño. —Se recompuso—. ¿Qué pasó con los dolientes que no aceptaron tu invitación, Stonier? Preguntádselo —les dijo a los otros—. Preguntadle qué habría hecho si os hubierais negado. Preguntadle dónde está Joanie Miller. —Para cuando brotó la última palabra, había dejado de nuevo la ira atrás. Vio que los soldados se miraban entre ellos. No bajaron las armas—. Quizás esperáis que luche contra vosotros —dijo al fin—. Yo también lo haría. Pero estoy muy cansado.

»Así que voy a ofrecerte un trato, Alam —dijo tras suspirar—. No creo que puedas matarme. Pero sé que aprovecharás la oportunidad, sea cual sea. Y te prometo una cosa: me quedaré quietecito como un cordero. No me defenderé. Te permitiré hacer lo que quieras.

Lo que Unute no dijo fue, No creo que puedas matarme, pero ¿y si puedes? ¿Y si puedes darme el silencio? El fin de toda esta muerte. La mía y la de los demás. Y hay algo más: aunque no puedas matarme directamente, ¿y si puedes ofrecerme una vida digna de tal nombre? ¿Puedes acabar con la inmortalidad?

—Para conseguir mi cooperación, sólo tienes que matar a la muerte una vez más. En una persona más —dijo.

Trajeron una camilla. Lo metieron en una bolsa para cadáveres, todavía maniatado. Cerraron la cremallera casi hasta el final, pero dejando una rendija para los ojos. Oculto, tiró de sus ataduras. Sintió las estructuras complejas de los grilletes tensarse, adaptarse con inquietud, resistir.

Aunque sus acompañantes ocultaban el rostro, sí que veía las miradas que intercambiaban mientras yacía en la camilla.

—Éste no era el plan, ¿eh? —dijo. Todos evitaron mirarlo, salvo un hombre alto que no apartaba la vista—. Se suponía que iba a salir de otra manera.

Miraban a Alam.

—Si te mueves en la bolsa... —repuso él.

—¿Qué me vas a hacer? —dijo Unute.

Alam le dio la espalda para volverse hacia Caldwell, que se enfrentó a sus ojos con intensidad propia mientras su cuerpo probaba cien movimientos diminutos distintos, como si lo controlara algo poco acostumbrado a una máquina semejante. Alam alargó el brazo con la mano hacia fuera.

Al cabo de un momento, Caldwell sacó la lengua de nuevo, poco a poco. Alam le quitó la mota de piel de la punta. La guardó en el puño y se volvió hacia Unute.

—Si te mueves, no haré lo que me pides —le dijo Alam.

—A estas alturas, si quisiera dar la voz de alarma, ¿no crees que lo habría hecho ya? —dijo Unute—. ¿Acaso no soy yo el que te está diciendo adónde ir para que no te molesten? ¿Para que puedas hacer esto?

Alam ladeó la cabeza.

—¿Por qué? —preguntó en voz baja.

¿No sería la leche que fueras tú quien lo lograra, después de tanto tiempo? Y, entonces, Unute ahogó un grito de verdad cuando Alam le cerró la cremallera del todo, porque, como si lo hubiera dicho en voz alta, Alam asintió despacio, entornó los ojos y algo parecido a la lástima le asomó al rostro.

Mientras permanecía quieto, oyó un susurro cercano, junto al oído, a través de la bolsa. Una voz nueva.

—Se llamaba Bree. Soy su padre y estoy deseando hacerte todo el puto daño del mundo. Así que muévete, por favor.

Avanzan. Pasillos largos. El silbido de los ascensores. Más pasillos. Pasos que se acercan. El ritmo de las ruedas que lo llevan no cambia. La voz de Stonier, «Jacobs, Denton», gruñidos de respuesta, pasos que se alejan mientras ellos avanzan.

¿Así fue cuando su cuerpo se recompuso? ¿En este confinamiento?

Otro viaje en ascensor. La camilla frenó.

—Entrega —oyó decir a Stonier—. Y hemos venido a relevarte.

—No podemos... —contestó una mujer.

—Tenemos órdenes —dijo otro—. Ha habido un cierre de emergencia...

—¿Por qué crees que ha venido una unidad de combate? —repuso Stonier—. Corréis peligro. Id a vuestro punto de reunión y esperad instrucciones.

Cuando se perdieron sus pasos, oyó a Stonier decir:

—Voy a desactivar la cámara.

Ruido de otra puerta, un siseo, frío, las percusiones del metal.

Nada durante un buen rato. ¿Podía jugar a eso, se preguntó Unute, a estar consciente en su huevo como nunca lo había estado? En su oscuridad cerrada, en su camino intermedio, un momento de claustrofobia intensa, ese mimo que se le había negado.

La bolsa se abrió.

Unute se sentó y se liberó del capullo. Observó las luces y reflejos cegadores del depósito de cadáveres.

Sus secuestradores (si se podía usar el término, dado lo voluntario de su presencia) se habían distribuido por la sala. Uno de ellos le quitó el pasamontañas a Caldwell, que miraba al vacío.

El hombre alto, el que había susurrado a Unute, pulsó unos botones, y la pared de ventanas con vistas al pasillo se polarizó y se convirtió en espejo por el lado exterior.

Alam acarició los tiradores de los cajones del refrigerador.

—Ten cuidado —le dijo Unute.

Alam se detuvo en uno marcado como Keever, J.

—Cuidado —repitió Unute.

Alam lo abrió. Retiró la sábana que cubría lo que yacía dentro. Miró el rostro gris de Keever. Primero miró al hombre muerto a los ojos y después a Unute, curioso.

—Le debes a él tu presencia aquí —dijo Unute—. Me lo contó. Fue él quien te estudió y te recomendó a Shur. Había oído rumores sobre lo que podías hacer. Creo que tenía esperanzas, aunque no se lo creyera.

Debería haber creído, pero no albergado esperanzas.

—¿Es eso lo que piensas? —preguntó Alam—. ¿Que él nos encontró a nosotros? No es tan difícil meterle ideas en la cabeza a la gente. Y que crean que se les han ocurrido a ellos.

Unute entornó los párpados, pero después los volvió hacia la puerta que se abría y la voz de Stonier.

—Ya me he encargado de la cámara —dijo Stonier—, pero hay una complicación.

Detrás de él estaba la doctora Shur. Unute sintió un tirón, un cambio dentro al verla. Shur lo miró con odio puro. Empujaba una silla de ruedas. En ella, respirando, ensangrentada, con el rostro desencajado y una mordaza en la boca, estaba Diana.

—Sacadla de aquí —dijo Unute, que hinchó el pecho y notó que se le apretaban más las ataduras de las muñecas—. No tiene nada que ver con esto.

—Cuando salí de la zona de inhibición de señales, vi que tenía un mensaje —le dijo Stonier a Alam—. He informado a Shur.

Diana mascullaba, frenética.

Shur la señaló.

—Sabe algo —dijo.

—¿Por qué no te has encargado de ella? —le preguntó Alam.

—Porque necesitamos saber a quién le ha contado qué —respondió Shur.

—Soltadla —dijo Unute—. O no seguiré quieto.

Al cabo de un momento de silencio, Shur se sacó una pistola del bolsillo y apoyó el cañón en la sien de Diana. La mujer masticaba la tela que tenía en la boca.

—Anda, mira, el trato vuelve a entrar en efecto —dijo Shur.

—¿Crees que puedes amenazarme con la muerte de otra persona? —preguntó Unute. Sentía como si un insecto le recorriera la ropa—. De todos modos, si no la matas ahora, estará muerta dentro de un momento. Sesenta años, como mucho. ¿Te haces una idea de lo poco que es eso? ¿Crees que me supondría una diferencia? Y lo has dicho tú misma: necesitáis saber qué sabe y a quién se lo ha contado.

—Me gustaría, sí —respondió Shur—. Pero si tengo que establecer prioridades... —Puso una cara de emoción tan libidinosa que Unute se quedó conmocionado—. Porque no puedo creerme lo cerca que estamos del final. Del final de la muerte. Así que me gustaría interrogarla, sí, pero ¿si se complica la cosa? —Se encogió de hombros—. Y, volviendo a tu primer punto —añadió, aunque no lo miraba; él se dio cuenta de que su odio era demasiado intenso para hacerlo—, no sé qué retazos de consciencia te han llevado hasta aquí —dijo, señalando las ataduras—. Este trato... No hay nada más importante que esto, así que haz lo que has prometido y piensa en algo: no tenemos por qué matarla después. Creo que sabes que preferiríamos no tener que hacerlo. Y permíteme añadir que, si me obligas a dispararle, la habrás matado tú —concluyó, y esta vez sí consiguió mirarlo. Unute sintió otro tirón procedente de su interior, un espasmo. Vio algo en Shur que poco tenía que ver con el adusto objetivo de Alam—. Me da igual lo que hagas con ese tío —dijo Shur, señalando los cajones—, siempre que cumplamos la misión.

—¿Me prometes que la mantendréis con vida? —le preguntó Unute a Alam.

Todos permanecieron inmóviles en la cámara plateada, en el frío, en sus reflejos de filos y bombillas. Bajo los sonidos del metal, Unute oyó tela cuando Diana negó con la cabeza. Oyó que intentaba hablar. Alam movió la cabeza en lo que podría haber sido un gesto de asentimiento.

—Ahora, haz lo prometido —dijo Unute al cabo de un momento. Gesticuló con los brazos amarrados—. Mata su muerte. Después puedes intentar lo que quieras.

Alam miró el frío cajón.

—No estás completamente desprovisto de honor, Muerte —dijo Alam al cabo—. No había nadie que me explicara por qué no moría. Seguí adelante hasta que Shur me descubrió y me contó quién era.

Abrió el puño. Mantuvo el pulgar y el índice juntos, como si sostuviera una tachuela entre ellos. Colocó la mano, con aquel fragmento en ella, por encima del rostro inmóvil de Keever.

—Soy el final de la muerte —dijo.

Puso el diente de huevo en la frente de Keever. Le tocó la cara con la otra mano. Susurró:

—Vive.

De todas las esquinas de la habitación brotó un sonido tenue, como de campanillas. Los frascos, matraces y hojas diminutas, las retortas y los atriles temblaron, un baile de objetos. Unute entrecerró los ojos para protegerlos de una luz que subía, una luz en aquella habitación demasiado iluminada, un resplandor que crecía en el punto en el que Alam tocaba el rostro de Keever. Un brillo crepitante blanco azulado.

Las luces fluorescentes se apagaron y volvieron a encenderse.

Y la luz entró a borbotones y le recordó a Unute a aquellos arcos eléctricos que recorrían el metal de las paredes bajo la tierra, y la corriente brotó del descendiente de Vayn y entró en el cuerpo de Jim Keever, que se sacudió y contorsionó, que bailó como el metal de la sala, tamborileó con los talones, mientras el ruido salía de él cada vez más fuerte y el rayo entraba, de modo que el sonido cambió de los jadeos sin vida del gas que escapaba al grito de un hombre y

Keever se sentó.

En algún lugar, B oía el aliento entrecortado de Diana, que seguía intentando escupir la mordaza. Keever miraba al frente. Unos arquitos de luz azul le hacían temblar las extremidades. Abrió mucho la boca al ver a Unute. Dejó escapar un grito ahogado.

—Vale —dijo Unute—. Era cierto que podías hacerlo. Impresionante. Hola, Jim.

Keever salió dando tumbos del cajón, trastabilló, desnudo, temblando, con un gesto entre la visión y el dolor. Habló con una voz traqueteante, como de cadenas sobre hormigón.

—Eh, ¿qué pasado? —dijo—. Dónde he me siento como todo dentro y salgo duele vivo. ¿Puede ser que saber muerto yo? ¿Ayudado tú? Unute. Gracias hijo.

Unute tiró de nuevo de sus ataduras. La celosía descompuesta a nivel cuántico no se rompió. Era muy extraño sentirse tan sujeto.

—¿Pasado? —preguntó Keever.

Stonier le dio la mano con amabilidad y lo condujo a una esquina de la sala.

—¿De acuerdo? —preguntó Alam.

B dejó escapar el aire.

—De acuerdo. Mantenlo con vida.

Alam dio un paso adelante.

—Vamos a comprobar hasta qué punto eres honorable —dijo. No parecía asustado.

Y Unute encontró consuelo en la sumisión.

Estoy listo, pensó. Que ocurra. ¿Cuánto tiempo hace? Que sea ahora. Oyó que Diana gritaba desde su mordaza.

Al enfrentarse a ello, a esto, a lo que fuera esto, creció en él una incertidumbre que llevaba milenios sin sentir, y no sabía, no conseguía discernir si era, porque no podía ser, no, no podía tener miedo, ¿verdad?

Le dolían las manos. Le dolían los tobillos.

Esto es lo que quieres, le decía una parte de él a otra parte. No pueden, pero ¿y si pueden? Y otra parte decía, Alam da la vida, no la muerte, ¿cómo va a acabar con la muerte? ¿Tú eres la muerte? Y, de nuevo, vino entonces aquella tristeza tranquila.

—¿Qué crees que puedes hacer? —le susurró a Alam—. No puedes darme la muerte.

Al otro lado de la habitación, vio que Caldwell lo miraba con más atención y movía los labios para formar su nombre.

—Lo que voy a darte es la vida —le susurró Alam.

Ah, ahí estaba. De nuevo, Unute tenía fe. Esperanza. Si es el elegido de Vayn, si puede dar la vida, mi eternidad se ha acabado. Porque, sea lo que sea (yo), la vida eterna no es vida. No estoy vivo, así que ¿qué me hará la vida?

Y sacudió de nuevos sus grilletes, y esta vez supo que no intentaba luchar ni resistirse, sino estirar los brazos y el pecho hacia delante, para acercarse a lo que fuera aquello.

—Te voy a dar la hostia de vida —dijo Alam.

Bajó las manos. Unute sintió entre los ojos algo más afilado que un clavo. Una marea que subía por debajo. Alam le puso la otra mano en el pecho. La luz brotó.

Blanca azulada, de Alam a Unute. Se quedó rígido como una tabla. Los nervios y los músculos, la médula, y, por primera vez desde aquella casa subterránea del dolor, otra luz le quitó la vista, y no podía respirar, y estaba lleno, lleno, más lleno de vida. Estaba inflado de ella, se expandía como si se volviera más pesado y ligero a la vez, como si fuera a estallar.

Más allá del fulgor, Caldwell silabeó su nombre de nuevo. Keever lo miraba fijamente. Diana temblaba. La sonrisa de Shur era triunfal.

Unute sintió que algo tiraba de él, otra vez, más potente ahora con toda aquella nueva vida, que lo arrastraba, más fuerte que ninguna emoción.

Temblaba, tenía el cuerpo efervescente, se sentía suspendido en el aire, doblado hacia atrás, como si lo sujetaran unos brazos fuertes, sintió que el límite entre su cuerpo y el universo empezaba a quebrarse, y se resistió porque se daba cuenta de que aquella vida sería su fin. Que rebosaba, que sus bordes eran espuma cuántica como la de las olas, como la aguda llamada de las estrellas detrás de la materia, no morir, morir nunca, pero demasiado pequeño para contener tanta vida, y su carne, que se recomponía sin remordimientos se resistía y se veía sobrepasada por aquella dispersión de su ser, no muerte sino una vida tan profunda que lo esparcía por el todo, que lo extendía tanto que se le emborronaban los bordes, estirando su yo de un modo tan omnipresente, tan extremo, que se perdería, en todas partes y en ninguna, que así era como desaparecería, con una inmortalidad que erradicaba más el ego que cualquier muerte mortal, y

quizá debiera ser así, pensó, sintiendo de nuevo el impulso de rendirse.

Más vida cáustica lo atravesó y lo fortaleció demasiado, lo colgó del aire, y los brazos y las piernas se le abrieron hasta dividirse, y el mundo hizo una mueca ante aquel crujido ontológico de sus grilletes y la vida entró en lo que fuera que se movía de nuevo, que se le movía contra la piel, ¿en el bolsillo?

¿Qué?

No se trataba de un tirón interno convertido en háptico.

Embravecido por el derrame de su nueva energía avasalladora, que revivía todo lo que se había gastado, tiraba de él como si saliera de un huevo. La pieza de puzle. Atravesó la tela de la ropa y salió al aire, donde giró ante sus ojos.

En la sala, todos miraron aquel objeto flotante.

—¿Qué has hecho?

Con los ojos empañados, a través del terrible dolor de la vida, Unute reconoció la voz de Shur. Volvió la vista hacia ella, que no lo miraba a él, sino a Alam.

—¡Te dije que nunca crearas uno! —gritó—. ¡Te dije que me iría si alguna vez lo hacías!

Había algo profundo y resonante en su voz, y rabia y asco en sus ojos.

—¡No pretendía hacerlo! —gritó Alam—. Él la trajo y la dejó en su silla y, cuando la recogí, rebosé sobre ella, y cuando se movió la sentí, a veces veo a través de ella, ¡como si tuviera ojos! ¿Cómo no iba a hacerlo? ¿Por qué no debería hacerlo? ¿Acaso no soy la vida? Se suponía que no debías verlo, ¡pero lo estaba usando! ¡Para descubrir lo que buscábamos! —Suplicaba—. ¡Para la misión que me diste!

—¡Idiota! —gritó Shur.

—¡Pero ya estaba gastado! —dijo Alam—. ¡Se había ido!

El objeto volvía a estar lleno ahora, de ruach nuevo, del aliento del espíritu, de lo que rebosaba de Unute, vivo de nuevo, despertado de nuevo, y apestaba a amor y a odio. Y ¿por qué Unute sentía esas emociones, esencia y misión, que salían del objeto, sublimándose de él con su propia quididad excedente, las energías de la revitalización?

¿Por qué sentía que se trataba de un pequeño eco de algo que una vez había desmantelado en las entrañas de un barco, que había nacido como avatar de la vida misma para ser alérgeno a su opuesto? Entonces, ¿por qué ahora no le quemaba? ¿Y por qué su antepasado acechante, traído a la vida por el linaje de Vayn precisamente para darle caza con la energía de su rayo, no lo había percibido al entrar en la bodega del barco? ¿Cómo lo había sorprendido? ¿Acaso no era Unute el objetivo, acaso no era él la muerte, el anverso de Vayn? Entonces, ¿por qué las energías del objeto no lo negaban? Sí, la criatura de extremidades de madera lo había debilitado al luchar contra él con su exceso de vida, un avance del intento que ahora se desarrollaba, pero la había vencido. Y ahora, ¿por qué no era Unute el objetivo del foco abrasador de aquel diminuto descendiente accidental, de aquel símbolo de amor idiota y asilvestrado? Y, entonces, si no era hacia él, ¿hacia quién iba dirigido aquel odio?

ypero

Unute oyó que Diana escupía la mordaza y gritaba:
—¡Es mentira! ¡Os está mintiendo a los dos!
¡Lo Inerte no es la muerte! ¡Es la inmovilidad!
gritando:
—¡Alam no es tu opuesto, Unute, su rayo es azul, también!

A través de la vorágine, Unute vio que la piececita giraba, también escupiendo rayos, llena de agón, buscando lo opuesto de la energía para negar su existencia, y vio que Stonier la miraba pasmado, reconociéndola, mientras el objeto daba vueltas como una rueda de forma extraña, directo hacia Shur.

Quien, al verla llegar, miró a Alam con la sorpresa y la furia de la traición y

con una velocidad que superaba la de Unute, agarró un cortador de huesos, lo dejó caer sobre el recuerdo y lo partió en dos con un estruendo letal.

Stonier gritó.

—Nunca me resultaron venenosos —susurró Unute, todavía colgado en el aire y atravesado por el dolor del exceso de vida. ¿Dónde se metió Vayn?—. ¿Dónde se metió Vayn? —jadeó. Alam lo miró. Y, más alto, Unute repitió—: ¿Dónde se metió Vayn? ¡Stonier! —gritó—. Shur mató tu símbolo porque él la reconoce como algo ajeno al grupo de Alam. Los animados no odian la muerte, lo que odian es la entropía. Alam, Vayn me tenía atrapado, más que tú ahora, y, cuando regresé, ya no quería hacerme daño. Intentó contarme algo. Pero era yo y... —Unute hizo una mueca y barrió el aire con la mano, como si limpiara pintalabios de un espejo o pintura de la pared—. Le mintieron, Alam. Igual que a ti, Alam.

Alguien gritó que ya era demasiado tarde para que cambiara de idea. Unute siguió hablando más fuerte, más fuerte que lo que le destrozaba el cuerpo.

—Al principio, Vayn creía que ella era la vida y yo era la muerte. ¡Era mentira! Alam, yo no soy muerte y tú no eres vida. Nuestro rayo es el mismo. —Se volvió—. Mi padremadre y tu abuelamadrepadre nunca fueron enemigos. Vayn y yo no éramos enemigos. Tú y yo no somos enemigos

y toda aquella nueva vida tóxica que lo inflamaba salió rugiendo de él, y Unute cayó, se golpeó contra la camilla y acabó en el suelo, tumbado entre la humedad del sudor y la sangre humeante, y la piel le crujía intentando volver a crecer con el dulce alivio de no tener ya tanta vida dentro.

Se levantó. Examinó la sala, trémulo como un bebé. Y vio a Stonier con la mirada perdida, a Diana con los ojos empañados, a Caldwell parpadeando y formando palabras con los labios, a Keever con la cara de perplejidad de un recién nacido, a Shur, furiosa, y a Alam.

Alam negó con la cabeza.

—No.

—Sabes que es cierto —insistió Unute—. Tu rayo. El de Vayn, en la cueva, también era azul. Nunca fue rojo, nunca fue un «don» para arreglarme, fuera eso lo que fuera. Vayn me dijo que le habían mentido y después desapareció.

—Si se dio cuenta de eso, ¿por qué no te contó toda la verdad? —gritó Alam.

—... lo intentó —dijo Unute, y señaló a Shur—. Fue ella la que te habló de tu misión, ¿no, Alam? Te dijo lo que eras. Te mintió. Tú traes el cambio. Igual que Vayn. Igual que yo. No es la vida contra la muerte, sino el cambio contra la entropía. El Movimiento contra lo Inerte. Tú y yo somos del primero. Tu abuela y mi padre eran la misma fuerza. Shur..., quiere que ocurra todo esto porque está con lo otro. Quiere debilitar el cambio. Soy lo más fuerte que ha existido y no puede acabar conmigo. Nadie puede. Salvo, quizá, tú. Te está utilizando —dijo—, hermano.

Alam gritó. Era un agente doble, un enemigo de todo, salvo del descanso absoluto que no supone un alivio.

Y dejó de gritar. Y, en ese silencio, en aquella diminuta imitación de la quietud que es el objetivo y el deseo de la entropía, apareció un sonido nuevo. Un final. Un disparo.

Alam salió volando de espaldas, derramando sangre.

Shur lo miraba con el odio y la tristeza pintados en la cara, y una pistola humeante en la mano.

—Su herencia siempre estuvo diluida —le dijo por fin a Unute—. Si él no acaba contigo, yo acabaré con él. Al menos, me desharé de uno de los dos.

Apuntó entonces a Diana. Unute saltó para interponerse en el camino de la bala.

Recibió el impacto y se preparó para otro, pero Shur bajó a medias la mano del arma.

—Han sido muchos años —dijo. Hablaba en la primera lengua que Unute había conocido. Distinguía de nuevo aquel eco bajo su voz, de modo que los labios no se le movían del todo al ritmo de las palabras que le brotaban de la oscuridad de la boca. Los ojos se le tornaron más negros y fríos—. Muchos años observando desde la carne estridente en la que me hubiera introducido, por muy desagradable que fuera el proceso, viajando en el ruido y el movimiento de la carne, para encontrarte. Para encontrar a los que pudieran detenerte. Para interrumpir tu misión de mierda.

De la esquina de la habitación surgió un rumor de armas y preparativos.

—¡Stonier! —gritó Unute.

Gesticuló con las manos, arrastrando consigo los cabos de los grilletes. Espera, le indicaba. No dispares.

De repente, Shur levantó el arma. Unute se colocó entre Stonier y ella, pero la mujer se apuntó a la barbilla.

Unute se abalanzó sobre ella y metió la mano entre el cañón y la piel. Ella apretó el gatillo de todos modos.

Un rugido ahogado. La bala astilló los huesos de Unute y los atravesó, ardiente, para introducirse en la piel suave detrás de la sonrisa que esbozó al mirar a Unute a los ojos, mientras los de ella se ensanchaban al viajar el metal por sus senderos, abriéndole la base del cráneo, y sus pensamientos, el recipiente que los contenía, su malevolencia, su piedad y las motivaciones secretas que la habían conducido hasta allí salieron volando de ella junto con los restos de la sangre inmortal de la mano de Unute.

La ausencia pura lo miraba a través de los ojos de Shur.

La mujer exhaló humo y una sangre que parecía tan oscura como el alquitrán y, al caer, no dejó de mirar a Unute, y, desde detrás de sus dientes destrozados, con aquella voz más profunda, desde más allá de la negrura de su interior, en aquella lengua antigua, Unute oyó, En otra ocasión.

Le dio la espalda al cadáver de la defensora de aquel viejo embau-cador: el silencio.

Desde el suelo, Alam lo miraba. Se apagaba.

Regresa, pensó Unute. Le dijo:

—Regresa. Es el momento. Tu misión no consiste en matarme, sino en traer el cambio. Yo cambio las cosas a mi manera, tú a la tuya. Hazlo. ¡Haz tu cambio! Cambia. Mata tu muerte.

Alam parpadeó sin decir nada.

—Ponte las manos encima —dijo Unute—. Puedes hacerlo. Sabes hacerlo. Hazlo.

¿Sonrió Alam? Se esforzó. Jadeó y levantó los brazos. Movió los labios.

—Mata tu muerte —dijo Unute. Alam sostuvo su mirada y bajó poco a poco los brazos—. ¡No! —exclamó Unute, que le sujetó las manos y se las soltó en el pecho empapado, y Alam cerró los ojos y las dejó caer.

Unute palpó el suelo.

—¿Dónde está? —preguntó—. ¿Dónde está la carúncula? —Le tomó a Alam las manos—. ¡Póntela en la frente!

Cuando le soltó las manos, cayeron de nuevo.

¿Cuánto tiempo estuvo allí? ¿Cuánto tiempo estuvieron allí todos, con Shur doblada sobre sí misma y vacía, y Alam agonizando y ya muerto?

Al cabo de un rato, la puerta se abrió y Unute oyó botas de soldados.

—Descansa, soldado —oyó a Keever decir con voz temblorosa. Cuando habló de nuevo, era más fuerte—. Descansad, todos. Dadle espacio a Unute. Dadle tiempo. Dadle todo lo que necesite.

Semanas y países después.

Una mujer subió por el hormigón caliente de un hueco de escalera, giró la llave de su puerta, entró y cerró de nuevo. Se quedó muy quieta, escuchando.

Dijo en voz alta, pero no demasiado, y procurando controlarla:

—¿Quién hay ahí?

—Fadila.

Una voz en su salón.

Estaba lleno de luz. Había un hombre sentado en el sofá, acariciando a su gato pardo. Fadila lo miró a los ojos, que eran tranquilos y oscuros. Él asintió para saludarla y miró hacia el otro extremo de la habitación, a la *shahada* en negro reluciente sobre gris pálido, escrita con una bella caligrafía cúfica, colgada junto al grabado de una figura triste entrelazada con líneas de poesía polaca.

—Mi madre —dijo Fadila, señalando la caligrafía.

—Sí —respondió Unute—. Es precioso. No estaba seguro de que fuera religiosa.

—Creo que no lo era —respondió Fadila. Encendió un cigarrillo y habló a través del humo—. Pero adoraba el Corán.

—Y eso también —dijo él con un gesto hacia el poema—. Sé de quién era.

Ella inclinó la cabeza. Él sonrió y se levantó, de modo que el gato saltó de su regazo con elegante irritación. Unute se acercó al grabado y lo leyó en voz alta, traduciendo del polaco a su fino árabe.

—«Cuando muera... llevad mi ataúd a través de un túnel de horrores hasta su tierra virgen silenciosa... Donde no existen las estaciones, paralizada en el tiempo». —Arqueó una ceja, miró a Fadila y después de nuevo a las palabras—. «El relato brota eternamente de sí mismo y es absolutamente eterno». No sé si reírme, sentirme insultado o halagado. Tu tatarabuelo no me lo enseñó.

—Lo tuyo no es traducir. Eso ha sido una mierda —respondió Fadila.

—No me cabe duda. Intenta tú hacerle justicia a Lésmian. Aun así, creo que estaremos de acuerdo en su esencia. Y en la referencia.

Ella le dio una calada al cigarrillo.

—¿Qué es? ¿Un virus? ¿Los que trabajan contigo se infectan con parte de tu longevidad? No es normal que conociera a mi tatarabuelo. Y menos que hablara con él de su poesía favorita.

—En general, las personas que me rodean ven su vida más truncada antes de tiempo que alargada, Fadila.

—¿Por qué se lo dejaste a él? ¿La primera vez? Debería haber ido directamente a Varsovia, ¿no? ¿No era ése el método?

—Creía que me lo llevaría allí, pero para entonces ya había conocido a tu tatarabuela. Le gustaba estar aquí. Y a mí me gustaba él. Los métodos van y vienen.

Ella lo miró, francamente sorprendida. Apagó el cigarrillo.

—Quieres el libro —le dijo—. ¿Dónde terminaste y dónde empezaste de nuevo esta vez? —Suspiró—. ¿Y ahora qué? No es necesario que me trates con condescendencia dándome palique...

—Fadila —dijo él de tal modo que ella se volvió para mirarlo—. Escucha. —El gato se le metió entre los pies y él le susurró un beso—. He venido para darte las gracias. No volveré por aquí. Tienes razón. Tu vida es tuya. Ya has honrado a tu madre más que de sobra.

Ella guardó silencio un momento.

—¿Quieres quedarte tú con el Libro de Otro Lugar...? —preguntó—. ¿Tienes un plan nuevo para averiguarlo...?

—Ya lo he averiguado. —Ella ahogó un grito. Nunca había visto a nadie tan triste—. Te va a sonar a cuento de hadas, a algo que se les cuenta a los niños. Lo siento. Si pudiera convencer al universo para que fuera menos manido, lo haría. Pero yo no escribo el guion. Resulta que averiguar algo sólo sirve para retroceder un paso. —Miró por las ventanas, al tráfico de abajo—. Después de mucho tiempo intentando comprender, sé por qué me despierto en otro lugar, a veces. Cuando pierdo mi... —Hizo una pausa. En inglés, dijo—: Diente de huevo. —Después siguió en árabe—. Cuando mi cuerpo lo pierde, lo que rara vez sucede (normalmente, se reabsorbe), cuando muero un poco, mi ser, sea eso lo que sea, vaga hasta otro lugar seguro mientras me crece uno nuevo. Para poder salir del huevo al fin. De vez en cuando, el diente de huevo se cae y, cuando lo hace, crece de nuevo mientras yo estoy en el otro lugar. Así que misterio resuelto, ¿no? Código descifrado. —Sonrió—. Y eso a su vez plantea las preguntas de por qué me crece un diente de huevo y por qué su pérdida me deja sin un ancla. Y de qué soy. Y por qué. Y de cuándo acabaré, y todo lo demás.

—Tu cuerpo —dijo ella—. Puede que no te guste la moraleja de la historia, pero suena a que tu cuerpo lo sabe. Al fin y al cabo, es el que lo hace. Cuando necesita finalizar un capítulo. —Unute inclinó la cabeza muy despacio, puede que para darle la razón o puede que para objetar—. En cualquier caso, algo has sacado de todo esto. No me digas que no ha sido algo especial.

—¿El qué?

—¿Cuánto tiempo hacía? ¿No es emocionante descubrir una palabra que no conoces en todos los idiomas? ¿Qué coño es un diente de huevo?

Unute se rio con ganas.

—El Libro de Otro Lugar es para ti —dijo tras un momento de silencio—. Haz lo que quieras con él. Quémalo para darte calor. Embadúrnalo de mierda. Véndeselo a un adicto a las antigüedades y no tendrás que volver a trabajar; algunas de esas primeras entradas deberían llamar mucho la atención. Gracias por guardarlo. Conozco la respuesta y, como siempre, eso lo es todo o no es nada. O ninguna de las dos cosas.

—O ambas.

—Sea lo que sea, es la verdad, y eso es todo lo que hay.

El invierno llegó con ganas. Los pájaros volaban a toda prisa. Los días se oscurecieron. Unute estaba contemplando el bosque cuando entró Diana.

—Bienvenido de nuevo —le dijo ella—. Son unas vistas preciosas que se desperdician contigo.

—¿Crees que, como ya he visto algunas cosas antes, no quiero volver a verlas? —dijo B.

—No —respondió ella, y se volvió para mirarlo de frente—. Se desperdician contigo porque apenas pasas por aquí. —B empezó a pasearse por la enorme habitación—. Ni siquiera eres capaz de sentarte al escritorio. Eres como un guepardo en un zoológico. —B se sentó—. Stonier se ha ido —dijo al fin Diana—. Ha escapado.

No quiso mirar directamente a B, que inclinó la cabeza para clavar la vista en el escritorio, pero, por el rabillo del ojo, Diana vio que, al levantar de nuevo la cabeza, dejaba escapar una risa exagerada.

—Celda ultrasegura, ¿eh?

—Fallo de funcionamiento. No pareces sorprendido.

—¿Cómo lo supo Shur? —le preguntó él al cabo de un rato—. ¿Que sabías algo? Cuando fuiste a verla.

—No lo sé, algo que dije o por cómo lo dije. No lo sé. Ni siquiera sé todavía lo que sabía. Me giré y... No sé lo que me hizo.

—Extraído de un escarabajo venenoso, al parecer —dijo Unute—. Antes de que te diera una paliza.

—Al principio creía que era algún poder de lo Inerte —dijo Diana—. Qué suerte tengo.

No con aquel cuerpo, pensó Unute. Con aquel vehículo.

—¿Estás bien ahora? —le preguntó.

—Me pasé varios días vomitando, pero ya ha pasado lo peor.

—Da gracias de que Shur no estuviera segura de qué sabías. Porque, de lo contrario, no estarías aquí.

—¿Cómo está Keever?

—Bien —respondió B, despacio—. Para un tío que ha regresado de entre los muertos.

—¿Lo sabe?

—Era imposible ocultárselo. Está... —Se encogió de hombros—. La verdad es que parece estar bien. Hace mucho ejercicio.

—¿Para no pensar en ello? —preguntó Diana, incrédula.

—¿Y? Quizás eso forme parte del problema: que todo el mundo piense que es algo muy gordo lo convierte en algo muy gordo. Puede que no tenga por qué serlo.

—Puedes enseñarle cómo va el tema. Ahora es miembro del club más pequeño del mundo.

—No tan pequeño como yo pensaba —dijo Unute—. Puede que no sea grande, pero no es tan pequeño como yo pensaba. Alam... Lo llamé hermano, pero, técnicamente, ni siquiera era mi hermanastro, sino mi sobrino lejanísimo. Del hijo de mi hermanastra.

—¿Por qué se hizo eso? Podría haber...

Se llevó las manos al pecho.

—Pásate varios siglos vagando sin rumbo para que de repente te den un propósito, que después descubres que es mentira. Te tiene que afectar.

Diana vaciló.

—¿Qué nos dice eso sobre la fuente? —preguntó con cautela.

—Soy su herramienta, supongo. Igual que Vayn. Ella lo descubrió. Y no quería tener nada que ver con ella.

—Crees que sigue por ahí fuera, ¿verdad?

—Sí. Yo no muero. ¿Por qué iba a morir ella?

—Alam murió.

—Estaba diluido. Pobre idiota. —Diana se volvió para mirarlo al percibir su tono de voz—. Vayn tuvo un hijo. Como mínimo.

—¿Y?

—Y es mi hermana. ¿Por qué yo no puedo?

Una corriente fría cruzó el cuarto.

—Todavía queda mucho que aprender —dijo Diana.

Podría haber hecho una mueca, pero Unute fue amable y asintió, como si ella no hubiera dicho una idiotez.

—Sigamos adelante, supongo. Todavía puedes ayudarme. Todavía puedo ayudarte.

—¿Y Caldwell? Ahora sabes que no puedes fiarte de él. Ni de él ni de su... secta.

—Quizá puedas sacarle información. Sobre eso.

—Sí, suerte con eso —repuso Diana—. Sé que lo has visitado.

Allí, con su túnica blanca en su celda blanca de hospital. Había ido para investigar las heridas punzantes que la pieza de puzle, aquel recuerdo furioso, había dejado. Que todavía seguían allí, a medio curar, y él seguía vivo, aunque no debiera. No tenía ningún sentido. Fuera cual fuera el estado de los poderes de Alam cuando los usó con Caldwell, lo único que habían necesitado era su contacto y el diente de huevo.

—Puede que vuelva en sí un poco —dijo Diana—. Aunque, como he dicho, no puedes fiarte de él.

—No me fío de ninguno de vosotros.

—Quizá pasarse un tiempo muerto lo calme un poco.

—Lo dudo. Hace falta algo más que un poco de muerte para cambiar a la gente. —Se acercó a la puerta—. Regresaré dentro de unos días.

—¿Adónde vas ahora?

—A ver a una amiga. Para despedirme.

—Shur —dijo Diana al fin—. ¿Quién... qué era? Sabemos que encontró a Alam. Sabemos que logró extender rumores sobre ella en las redes correctas y meterle ideas en la cabeza a Keever, y que él fue el que puso esto en marcha. Es lo único que tenemos. Sabemos que falsificó su historial cuando se enteró de que estábamos reclutando, vale...

—Debió de pensar que había llegado su momento. Seguro que estaba esperando cualquier oportunidad desde que, gracias a Thakka, Alam descubrió quiénes éramos. No tuvo nada que ver con Ulafson, por cierto. Eso fue mucho antes... Shur no pudo haberlo convencido para hacer lo que hizo, aunque en cierto momento me lo planteé. Pero... —Se puso serio—. Pero Ulafson sentía lo que sentía. De no haber sido eso, habría sido otra cosa, Shur habría encontrado el modo de entrar. Pero fue eso.

—Ése es el tema —dijo Diana—. ¿Cómo sabía todo lo que sabía? La gente decía que era muy buena. Es imposible que fuera una terapeuta de verdad. ¿Cómo? ¿Se formó muy deprisa? Es un chiste. Lo fácil que es fingir serlo, me refiero. Como todos los charlatanes.

—En realidad, no piensas eso. Es como has dicho, estaba ayudando a la gente. A algunas personas, algunas veces. Ya sabes que siempre le das mucha importancia cuando descubres que sé hacer cosas que te sorprenden, y entonces yo te recuerdo que llevo en este mundo tiempo de sobra para haber aprendido muchas cosas. Bueno...

Arqueó las cejas y Diana se quedó mirándolo.

—¿Crees que era como tú? —preguntó ella.

—Está claro que no. No volvió a levantarse. Pero no sabemos cuánto tiempo llevaba por aquí. Sabemos que sabía cómo hacer eso: falsificar de manera impecable. —Cerró los ojos. De ser otra persona, cabría pensar que acababa de recordar algo—. Puede que el quid del asunto no sea ella. Ella era un recipiente. Oí algo... Tú también lo oíste, al final. —La miró, y Diana se dio cuenta de que vacilaba—. ¿Y si sólo llevaba viva el tiempo que parecía? ¿Cuántos años? ¿Unos sesenta? ¿Sesenta y cinco? No sabemos qué era lo que veía a través de sus ojos.

—¿Qué te dijo? —le preguntó Diana—. ¿Qué idioma estaba usando? ¿Al final?

—Ella, o lo que fuera, expresaba su frustración. Me dijo que pretendía acabar con mi misión. Que ésa era su misión.

—¿Qué significa eso?

—Ya lo oíste. Era lo opuesto al cambio.

—Y... —Diana juntó los dedos en punta—. Eso significa que tú eres el cambio.

Él inclinó la cabeza.

—Yo, el cerdo, Vayn... Aunque vosotros también. Puede que no seáis tan poderosos, ni una amenaza tan importante para lo que anhela, pero no por ello armáis menos escándalo. Y eso es algo que odia.

—Entonces, ¿qué? ¿Quiere matarte a ti y a todo?

—Lo dudo. Pero es una táctica clásica, ¿no? Primero te libras de la artillería pesada del enemigo. Es un comienzo.

Diana cruzó los brazos.

—¿Qué crees que deberíamos hacer ahora?

—Permanecer vigilantes, diría yo. Tardará un tiempo en reorganizarse, pero tiempo no le falta. Deja que te pregunte algo, Diana: ¿crees que lo primero fue el cambio o la inmutabilidad?

—Lo segundo. Para que se perciba el cambio, tiene que haber primero ausencia de él.

—Pero, si no había cambio, tampoco podía existir su ausencia. Era la nada, sin más.

—Entonces, ¿dices que el cambio fue lo primero? —preguntó Diana.

—No, digo que no lo sé. Pero digo que ambos llevan mucho tiempo en este mundo. Y que ambos tienen agentes. Creo que yo soy uno de ellos.

—Ya te dije que eras una herramienta. ¿Vas a seguir con tu misión? ¿O quizá sea mejor llamarlo «hacer aquello para lo que te crearon»?

—Si descubro qué es eso exactamente, lo decidiré.

Guardaron silencio, aunque silencio no había. Escucharon el canto de los pájaros.

—¿Qué ha pasado con Stonier? —preguntó Unute al fin.

Ella se encogió de hombros, como disculpándose.

—Llevaba días sin hablar. Llevaba días sin abrir los ojos. Pero no dejaba de susurrar, aunque los micrófonos no lo captaban, y todos los guardias te dirán que parecía tener la boca llena de sombras. Y, entonces, una noche, desapareció. Todas las cámaras dejaron de funcionar. Cuando llegó el personal de seguridad, la habitación estaba vacía. La ventana... se había desmoronado, sin más. Como si tuviera miles de años. Salió por ella y se marchó. Comprobaron las cámaras: estaban oxidadas, congeladas y cubiertas de polvo.

—Cada vez más cerca de la muerte entrópica —dijo Unute—. Todo se vuelve cada vez más frío y viejo. Tampoco deberías sorprenderte tanto. Igual que yo, tú tampoco crees que esto sea el final de la historia.

Medianoche. Un uadi sin nombre. Un hombre caminaba trabajo-samente, salido de la nada y de ninguna parte, cargado con un gran paquete. Se le hundían los pies en la arena, resbalaba y frenaba, pero no paraba. Salió la luna, que lo bañó con su luz, y él se arrebujó en la capa.

Por debajo del nivel del mar, con vistas no a las rocas, sino a una tierra densa e irregular. Se quitó el paquete de la espalda y lo dejó en el suelo. Con tanto cuidado como si de un niño se tratara, sacó el gran peso que guardaba dentro. Lo depositó en la tierra. Recorrió con una mano el cuero palpitante de la superficie. Acercó los labios y le susurró de modo que nadie más lo oyera. Observó. Estaba observando cuando salió el sol y el cielo empezó a arder. Estaba observando cuando el sol alcanzó su cénit y aclaró todas las sombras. Estaba observando cuando la luna regresó.

Cerca ya del segundo amanecer, tras varias horas de quietud, el huevo se agitó. El hombre observó. Contuvo el aliento. Desde el interior del huevo, una punta, como una lanza, empujó y estiró la membrana carnosa hasta hendirla, y de él salió un charco húmedo de líquido espeso. El desgarrón se ensanchó y, de la sombra del interior, salió derramado el cuerpo rosa y en carne viva de un babirusa. Dientes afilados. Resollaba.

—Bienvenido —susurró Unute.

El cerdo pataleó, trastabilló, se levantó, se volvió y lo vio. Se quedó quieto. Un estremecimiento le recorrió todo el cuerpo.

—No estás acostumbrado a verme tan pronto —susurró Unute.

El cerdo se encorvó. Lo miró.

—No tienes por qué hacerlo —le susurró.

El animal emitió su primer sonido, un grito horrendo, que se perdió en la noche del desierto. Con colmillos relucientes, pisoteó el suelo mientras la piel seguía creciéndole encima. El hombre extendió las manos, preparado, y, cuando el cerdo fue a por él, lo apartó con delicadeza.

El cerdo se giró y recuperó el equilibrio.

—No tienes por qué hacerlo —susurró el hombre.

El cerdo corrió de nuevo hacia él, y Unute lo agarró por los colmillos y sacudió la cabeza. El animal se quedó quieto. Lo observó. El hombre lo soltó. El sol se alzó en el cielo. La luz era cada vez más intensa, y el cerdo babeó y corrió de nuevo a por él, y, esta vez, cuando lo agarró, lo atrajo hacía sí, lo abrazó y rodó con él, de modo que se retorcieron por el polvo y acabaron tumbados y jadeantes sobre la arena.

Después de permanecer así un buen rato para recuperar el aliento, el hombre aflojó un poco su presa y el cerdo se liberó. Se levantó y se volvió hacia el hombre. Lo miró. Agitó la cabeza. Unute asintió.

Dijo:

—He venido a saludarte. Y a despedirme. A dejarte seguir tu camino, hermano.

El cerdo se volvió hacia el sol. Lo miró directamente, de cara, como no debe hacerse.

—Buen viaje —le dijo el hombre.

El cerdo esperó y lo observó. Unute frunció el ceño y bajó la vista. Rebuscó un momento entre el lodo bajo el huevo. Y sonrió. No mostró sorpresa.

Levantó en la punta de los dedos un fragmento diminuto de queratina que había caído de un colmillo. Una protuberancia que el babirusa ni siquiera necesitaba.

El cerdo movió la cabeza abajo y atrás. Después le dio la espalda para volver a mirar el sol. El cerdo empezó a andar. El hombre lo observó, y el animal no se volvió de nuevo. Así que no vio que el hombre agitaba una mano para despedirse, aunque lo hizo durante mucho tiempo, hasta que el animal desapareció de su vista.

La historia del doctor

Para alguien que se jacta de ser un agente, o incluso el mismo Ángel, de la Muerte, mi paciente siempre ha sido un interlocutor de lo más gentil y considerado.

Un día, al final de nuestra serie de sesiones, me contó una historia. Cuando terminó, se levantó del sofá, se volvió hacia mí para estrecharme la mano, me dio las gracias y me dijo que le había sido de ayuda, lo que espero que no fuera tan sólo buena educación, y expresó su esperanza de haberme sido a su vez de ayuda, lo que así era, aunque de un modo que me perturbaba sobremanera, y me informó de que no volvería a verlo.

He pensado en él a menudo y no he hablado sobre él con nadie. ¿Para qué darles munición a los que me toman por un charlatán? En éstos, mis últimos días, me ha sorprendido verme impelido (empujado) a escribir la verdad de que existe, al menos, un hombre que, reprimido por la muerte, siempre regresa.

Mi paciente me ha contado particularidades barrocas y cargadas de implicaciones sobre su vida eterna: huevos y cerdos, sangre y frenesí, y la pérdida del ego como la liberación oceánica de lo místico. ¿Acaso eran más extrañas que su naturaleza básica?

Recuerdo una vez, quizá la única que lo vi quedarse sin palabras. Mientras estaba allí tumbado, aludiendo a un acontecimiento sucedido antes de que naciera mi tatatatarabuela, me dijo: «No olvido nada, *herr doktor*. Mi memoria es perfecta».

Esto me despertó tal interés que lo interrumpí, cosa que nunca hago.

«Señor ____ —le dije—, después de todo lo que me ha enseñado, no dudo de su palabra. Pero no creo que eso signifique lo que cree que significa. Es usted un hombre, ¿no es cierto?».

Él dudaba a ese respecto. Yo no.

«Un hombre de lo más extraordinario, como no puede ser de otro modo —le dije—, pero lo que siente y el hecho de que sienta en general, lo ubica dentro del ámbito de lo humano. Si creyese lo contrario, no habría acudido a verme. Y creo que lo hizo porque sabe algo del inconsciente».

«¿Y?».

«Y debe saber que lleva dentro un mar oscuro. Que ningún recuerdo es una grabación exacta. Que recordar lo que hizo no puede decirle por qué lo hizo. ¿Acaso no sueña usted, señor____? ¿Cómo son sus sueños? ¿Alguna vez ha dudado sobre si lo recordado era parte de la memoria o un sueño?».

«No».

A lo que le pregunté:

«¿Cómo puede saberlo?

Ante eso no tuvo respuesta. Creo que disfrutó con la conversación.

El hecho de su existencia, de la creciente necesidad de su interior, fueron incitaciones cruciales, como he dicho. El ímpetu final para mi revolución intelectual se produjo con la historia que me contó el último día de nuestra relación.

Me habló del babirusa que era un eco de su propia vida. Que, según me contó, el animal podía entrar en la habitación en la que se encontrase en cualquier momento para intentar matarlo de nuevo.

«Debe de ser muy difícil vivir con un impulso tan implacable y que ni siquiera has elegido tú mismo —dijo al fin—. Una vez hizo todo lo posible por que acabara de otro modo».

Esperé a que me contara más. Y siguió hablando, tal y como esperaba que hiciera.

«¿Alguna vez ha estado en Gotemburgo? Lo cierto es que ya no sé si el cerdo es capaz de entrar en cualquier sitio. Puede que esos días hayan quedado atrás. Puede que el asunto haya cambiado. La última vez que lo encontré, fui yo el que lo buscó, y no al revés».

«¿Por qué?».

«Fue hace más de dos siglos. Vaya a Gotemburgo y lo verá. —Esperé—. Llevaba mucho tiempo buscándolo. El cerdo había regresado a tierras similares a las de su nacimiento. Me acerqué a él, como siempre hacía, cuando tenía que hacerlo: con precaución y cautela, listo para hacer lo que fuera necesario.

»Yo era la única persona en aquella islita —dijo, y en su voz era palpable una tristeza como nunca había oído antes—. Y él era el único cerdo. Lo busqué en el interior. Lo encontré. Oí su respiración. Olí su fuerte aroma. Vi un cuerpo grande, tumbado, resollando, con los flancos agitados. Me acerqué.

»El cerdo me miró. Me observó acercarme».

Mi paciente se sacó una fotografía del bolsillo y me la entregó.

«Hjortsvin», decía en una etiqueta de una vitrina. En la vitrina había un cráneo, los restos descarnados de una cabeza de cerdo. Dos colmillos inferiores que se extendían hacia fuera y hacia atrás, como los patines de un trineo. De los colmillos superiores, que se rizaban hacia el cielo desde la mitad del hocico, faltaba el izquierdo. Imposible saber si antes o después de su muerte.

Pero lo que llamaba la atención era el diente superior derecho. Se arqueaba hacia la frente, hacia la línea central. La punta del diente llegaba justo hasta la mitad, por encima y entre los ojos. Se había introducido y abierto un agujero allí. Lo había horadado con el mismo colmillo, que se internaba en la oscuridad del cráneo y se clavaba varios centímetros en él. Para mascar sus propios pensamientos.

«Nadie sabe qué hacen con esos colmillos —me dijo mi paciente, devolviéndome de golpe a la habitación—. Pero no dejan de crecer.

»No puedo decirle qué significa todo esto —siguió diciendo mientras señalaba la fotografía—. Sólo que, si me pregunta por qué fue un babirusa el que nació con algo similar a lo que sea que yo llevo dentro, por qué tuvo que ser en concreto un puerco ciervo el que viva para siempre, le mostraré ese cráneo».

Semanas de presión, como una prensa contra la piel, su empuje, la escisión, el arañar contra el hueso mientras la mandíbula del cerdo se movía, grabando su propio arte en el cráneo con cada bocado. Triturando. Aquello no era la obra de un momento de fortaleza y la libertad del conocimiento, la muerte o ambos, sino un crecimiento que se alargaba en el tiempo, una paciencia terrible.

«Estamos hablando de un animal al que sus propios dientes intentan matarlo», dijo.

«O iluminarlo», respondí.

Frunció el ceño. Lo que me sorprendió, puesto que yo me había fijado al instante en el punto en el que el colmillo perforaba el cráneo. Justo en el chakra ajna. El cerdo se había trepanado en el epicentro de la consciencia mística.

«Sí —dijo él—. Puede».

»Toda esa lucha —añadió—, toda la ira que le había visto durante varias vidas, había desaparecido. Cuando me miró esa última vez, lo que vi fue cansancio. Me acerqué más. No hizo nada.

»No se había limado los colmillos en la madera. Debía de haberse pasado toda la vida, muchos años, apoyándose en el colmillo mientras éste crecía, varias horas todos los días, empujándolo, doblándolo hacia el centro de la cabeza. —Se llevó la mano hacia la frente, de nuevo—. Tuvo que empujar así durante muchos meses. Para atravesar la piel y el hueso.

»Intentó moverse. No para luchar. Para alzar el hocico hacia mí. En el ojo le vi una mirada de dolor terrible, y también resolución. Me senté a su lado, le puse la mano encima y le deseé la paz. Todavía se la deseo.

»Esperé con él, viendo en lo más profundo de aquel ojo los pensamientos del cerdo revueltos por el hueso a través de la herida infectada. Le susurré para calmarlo cuando vi miedo. Siguió allí tirado, respirando trabajosamente, esperando la muerte. Me senté con él. Su suicidio duró varios días. El diente de mi pobre hermano crecía sin parar, pero era lento».

Guardó silencio un buen rato, y yo también.

Cuando el hombre que ya no volvería a ser mi paciente se levantó para marcharse, le di las gracias por todo lo que me había contado, y él me dio las gracias por mi paciencia.

«Señor ____ —le dije, y se volvió para mirarme—, me ha dicho que no desea ser una metáfora. Pero la elección no es suya. Me ha descrito el capullo en el que regresa. Del que renace. Que envuelve su antiguo cuerpo o que está hecho de él. Señor___, teniendo en cuenta todo lo que hace, estoy seguro de que sabe mucho sobre las mariposas. Puede que más que yo. Sin embargo, nuestra mente es perversa. A veces es como si escribiéramos un mensaje para nosotros y después lo emborronáramos con el mero hecho de escribirlo. Como si intentáramos contarnos una verdad y ocultarla a la vez. Hay algo en lo que no parece haber pensado.

»Vino a mí preguntando si podía ayudarlo. Y me ha dejado claro que no es a morir, sino a hacerse mortal. Ahora bien, cualquier niño sabe que una larva entra en una crisálida y sale de ella convertida en mariposa. Pero eso no es correcto. Una oruga en un capullo, una larva en su recipiente, un gusano en su pupa... no cambian de forma, sino que la descomponen. Se convierten en un *urschleim*, en un moco primordial químico. Su cuerpo, su cerebro, desaparecen. No son nada. Y, de las sustancias químicas de su destrucción, otro animal completamente distinto se reorganiza. La mariposa, la polilla es un recién nacido compuesto por la carne muerta de otro. Una pupa no es un lugar de regeneración ni de revitalización. Es una cámara de ejecución y una sala de partos, todo en uno.

»Llegó a mí con la intención de comprenderse mejor y de comprender la mortalidad. Se equivoca. Quiere ser capaz de morir como si no hubiera muerto y muerto y muerto de nuevo. No es usted inmortal, señor, sino mortal innumerables veces. Es usted infinitamente mortal».

Guardamos silencio durante un buen rato.

«*Herr doktor* —dijo al fin—, supongo que, a mi vez, debo preguntarle si existe alguna diferencia entre ambas cosas».

«Yo creo que sí. Y creo que ahora usted también lo sabe. Y no olvidará saberlo, aunque puede que no vuelva a sentirlo como lo siente ahora. La memoria es un laberinto. Pero eso también lo sabe ahora».

Me miró a los ojos y le vi de nuevo sorpresa en el rostro.

Vi asombro.

Agradecimientos

Nuestro más profundo agradecimiento a: Celia Albers, Pam Alders, Laura Bonner, Ben Brusey, Season Butler, Mic Cheetham, Stephen Christy, Keith Clayton, Bill Crabtree, Cara DuBois, Richard Elman, Maya Fenter, Chris Fioto, Regina Flath, Matilda Forbes Watson, Matt Gagnon, Ron Garney, Rafael Grampá, Alexandra Grant, Ben Greenberg, Eric Harburn, Ashleigh Heaton, Tori Henson, Matt Kindt, Alex Larned, Julie Leung, Cheryl Maisel, Erin Malone, David Moench, Tricia Narwani, Jordan Pace, Mary Pender, Ramiro Portnoy, Sue Powell, Elizabeth Rendfleisch, Ross Richie, Clem Robins, Filip Sablik, Keith Sarkisian, Scott Shannon, Sabrina Shen, Scott Sims, Team BOOM!, Leila Tejani, Bonnie Thompson, Julien Thuan, Meredith Wechter y Adam Yoelin.

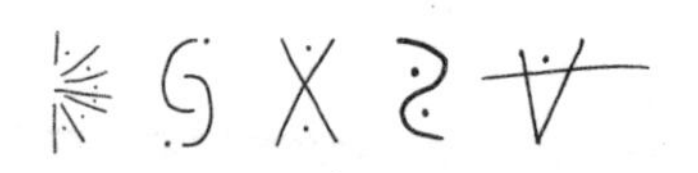

Esta obra se imprimió y encuadernó

en el mes de agosto de 2024,

en los talleres de Egedsa, que se localizan

en la calle Roís de Corella, 12-16, nave 1,

C.P. 08205, Sabadell (España).